HIJOS DEL SOL Y LA LUNA

CECILIA AGÜERO

HIJOS DEL SOL Y LA LUNA

CECILIA AGÜERO

YOUNG KIWI, 2024
Publicado por Ediciones Kiwi S.L.

Primera edición, enero 2024
IMPRESO EN LA UE
ISBN: 978-84-19939-34-0
Depósito Legal: CS 936-2023
© del texto, Cecilia Agüero
© de la cubierta, Borja Puig
Corrección, Mercedes Pacheco

Código THEMA: YF

Copyright © 2024 Ediciones Kiwi S.L.
www.youngkiwi.com

NOTA DEL EDITOR
Tienes en tus manos una obra de ficción. Los nombres, personajes, lugares y acontecimientos recogidos son producto de la imaginación del autor y ficticios. Cualquier parecido con personas reales, vivas o muertas, negocios, eventos o locales es mera coincidencia.

Esta fue la primera novela completa que escribí en mi vida. Se la dedico a todes les que estuvieron ahí para mí, desde el principio, cuando mi sueño era solo un borrón y ustedes creían que iba a poder conseguirlo. Gracias.

PRÓLOGO
EL ROSTRO DE IPATI

Para Cili, Ipati siempre había sido el sol. Estaba presente en su piel, en los veranos larguísimos, en el calor que la empapaba mientras jugaba con su hermanita, hasta en las noches sofocantes en las que le suplicaba a su papá que la dejara dormir al raso.

Esas eran sus noches favoritas, porque adoraba el aire fresco después de un día bochornoso. Incluso, aunque su hermanita no dejase de suplicar por una historia.

En realidad, no eran historias, en plural, sino una sola. La única. La primera. Esa que, por alguna razón, su hermanita adoraba y su padre, que era incapaz de negarle algo a sus hijas, entonaba con voz suave, grave y arrulladora de cara a las estrellas.

—En el inicio de los tiempos, el mundo estaba poblado de grandes porciones de tierra.

—¿Qué tan grandes? —la hermanita de Cili solía interrumpir, curiosa, con lo primero que le llegase a la cabeza.

El padre sonreía e intercambiaba una mirada con su mujer antes de responder.

—Mucho más grande de lo que podrías imaginar. Días y días de marcha para abarcar alguno de esos trozos, separados por masas inmensas de agua.

—¡El río!

—Sí, el río. Pero también, algo todavía más inmenso que el Elisio. —Ese era el nombre de la gigantesca serpiente de agua sobre la que ellos vivían—. Imagínate, de entre toda esa inmensidad, una tierra hermosa, única, partida en dos. Esa, hijas mías, era la tierra elegida.

»Allí fue donde el sol y la luna se enamoraron. —Era el momento en el que la hermana de Cili se cubría la boca, extasiada. Ella, en cambio, adquiría una expresión adusta, un poco escéptica. En eso, se parecía mucho más a su madre—. El sol, con sus cabellos broncíneos y su fulgurante destello, no podía dejar de observar la figura plateada y misteriosa de la luna, cubierta de delicadas cicatrices que deseaban ser acariciadas. Sin embargo, había algo que se interponía entre los dos, y no era solamente la distancia imposible que existía entre uno y otro.

Le correspondía a Cili susurrar el nombre:

—El Elisio.

—Así es. —La corroboración de su padre siempre llegaba con un guiño—. Nuestro hondo río, que sigue siendo tan difícil de atravesar. El que nos proporciona sustento y nos obliga a respetarlo, a convertirnos en hombres y mujeres de bien. El dios Serpiente.

»Fue el sol quien se rindió primero. Era imposible cruzar ese horizonte; no iban a lograrlo. Así que, en vez de eso, fundaron un lugar en el que tanto la luna como el sol pudiesen vivir en armonía. Separados, pero unidos. Esa tierra se llamó Ipati, y su centro, la Ciudad Real.

»Ipati se convirtió en el centro de nuestro universo y, nuestro Elisio, el más importante.

A Cili, le generaba una profunda nostalgia oír los comienzos del mundo. Era como si se hubiese perdido una parte importante de la vida, una en la que no había estado presente. Le incomodaba y le provocaba escozor, pero no solía quejarse porque bien valía la alegría de ver a su hermana satisfecha y a su padre orgulloso, porque sus hijas mostrasen tal interés por sus ancestros. Para él, la historia lo era todo, y Cili todavía era muy joven para entender que quienes la apreciaban de esa manera era porque se la habían negado durante toda su existencia.

En cambio, ella había crecido bien arraigada. Ipati siempre le había ofrecido su mitad más brillante, más soleada. Para ella, su tierra era cálida y serena, igual de confiable que su padre.

Hasta la noche que mostró su luna.

Al principio, Cili no la había diferenciado mucho de las demás. Habían cenado los cuatro, mientras conversaban en voz baja, y estaban disponiendo los jergones cuando escucharon el griterío fuera.

—¡Niñas, aquí! —había ordenado enseguida su padre, irguiéndose en toda su estatura.

Más tarde, Cili escucharía las habladurías que decían que Baldassare había nacido lejos de Ipati, en una tierra de tifones, inmune al miedo.

Su madre había soltado el cuenco, haciendo un gran estrépito. Cili y su hermana pequeña habían corrido hacia los brazos de su padre mientras los chillidos seguían aumentando.

Luego, se daría cuenta de que había estado viviendo una fantasía infantil; que el sol de Ipati en realidad no refulgía con tanta fuerza. Y, esa noche maldita, en verdad, no se diferenciaba demasiada de las otras.

Ya no quedaba nada del cuento, porque ya no había serenidad en esa tierra yerma.

Su madre, que temblaba como una hoja, había soplado las dos velas antes de tratar de acercarse a oscuras hacia su familia, encogida en un rincón. Su marido la había abrazado, haciéndole sitio de inmediato.

—Necesito que estén muy calmadas —les había advertido Baldassare a las dos, con la voz ronca. Edite había empezado a lloriquear contra su hombro, para que las niñas no la vieran—. Es como el juego de siempre, ¿de acuerdo? Quietas y en silencio. Cuando afuera se callen, habremos ganado.

Cili ya empezaba a acostumbrarse a ese juego que se sucedía cada vez más seguido. No terminaba de gustarle, porque su madre no parecía contenta con la idea de divertirse antes de dormir, pero le agradaba no tener que poner una excusa para obtener un abrazo de su padre. Le avergonzaba pedírselo en voz alta.

Sin embargo, esa noche había sido diferente: los gritos solo habían escalado, como si quisieran quebrar el cielo negro que los envolvía.

Edite se mordía las lágrimas mientras sus hijas seguían fantaseando con ganar otra vez el juego de su papá.

De pronto, una patada hizo saltar la precaria puerta de madera, y una luz amarilla bañó la única estancia.

—¡Cierra, cierra, imbécil! ¡Van a encontrarnos!

No habían visto todavía a la familia agazapada en la esquina.

Cili, sorprendida, había observado cómo un hombre inmenso tomaba la madera con las manos y volvía a colocarla en su sitio. No se parecía a Baldassare. La niña creyó que era amarillo por la luz que se reflejaba en la piel, pues ninguno de los hombres llevaba camisa.

Fue el gemido ahogado de Edite el que los puso sobre aviso.

—¿Qué mierda...?

—¡Cállate! —rugió el primero. Parecía ser el jefe.

Baldassare rompió el abrazo para ponerse frente a las tres mujeres.

—No le hagan nada a mi f...

Desesperado, el jefe atizó con uno de los palos que traían, rompiéndole la cara. Edite volvió a chillar, esta vez de horror, abalanzándose sobre el rostro quebrado de su marido.

—¡Cállense, maldita sea! —ordenó el tipo, haciendo aspavientos, sin decidirse a golpear a la mujer.

Cili entendió que el juego había terminado.

—¡Apaguen las luces! ¡Van a encontrarnos! —El hombre, exaltado, se dirigió al que llevaba el farol. Eran cuatro en total. Estaban armados con picas y cargaban sendas bolsas arpilleras que soltaron sin miramientos sobre los jergones—. ¡Háganlo, ya!

—¿Papá?

Cili había mirado a su hermana, que tampoco había entendido lo que estaba pasando. Quiso sujetarla —el corazón, que le latía fuerte en el pecho, le estaba dictando el camino a seguir— para susurrarle que hiciera silencio, pero la niña se le adelantó.

—¿Papá? ¡Papá!

Baldassare no estaba inconsciente, aunque apenas se movía. La nariz se le hinchaba a una celeridad pasmosa; no dejaba de perder sangre.

—¡Cállense! —repitió el jefe. Tenía los ojos desorbitados—. Si por culpa de ustedes nos encuentran, voy a...

—Déjame encargarme de una hermana —pidió el que había levantado la puerta. Cili no sabía si de verdad era amarillo, pero tenía los ojos más claros que había visto en su vida—. Por fav...

—¡Shh!

El silencio reinó solo por un segundo, hasta que Cili vio con horror cómo su hermana empezaba a lloriquear.

—Papá, papá... ¡Papá!

—C-cariño... —tartamudeó Edite con la voz quebrada—. No...

—¡PAPÁ!

—¡CÁLLATE, MIERDA!

—Niko, déjame matar...

—¡Van a encontrarnos, me cago en mi maldita mierda! —El jefe ignoró al que seguía suplicando y al otro tipo que parecía espiar por la única ventana, haciendo un paneo rápido del exterior. De una zancada, tomó a Edite por el cabello y la elevó un palmo hasta acercarla mucho a su rostro.

No era amarillo, como creía Cili. Era la luna. Era blanco.

—Si no haces que las malditas crías se callen, me haré un collar con tus huesos —amenazó en voz muy baja antes de escupirle a propósito a la mujer.

Baldassare hincó un codo, pero no pudo hacer nada para recuperar a su esposa.

Cili podía prever cuándo su hermana iba a echarse a llorar. No lo hacía casi nunca, era una niña tranquila, mucho más que ella. Solo la había visto aterrada y hundida en lágrimas esa vez que su padre había sacado un enorme insecto del jergón que compartían. Y cuando la niña vio a su padre cubierto de sangre y la expresión descompuesta de Edite a un palmo de ese monstruo, alcanzó su límite. Rompió a llorar, a todo pulmón.

—¡Cili!

El jefe había dejado caer a Edite bruscamente al escuchar el lamento histérico de la cría. La mujer se derrumbó encima de su otra hija; Baldassare no había podido advertirle a tiempo. Aterrado, quiso llegar hasta la niña que berreaba, pero la fuerza le falló.

—¡Calladla, maldición! ¡Nos van a quitar la piel si nos encuentran!

—Hay gente acercándose —advirtió el que espiaba fuera, por encima de los alaridos desesperados.

—Niko, déjame...

—¡CALLA A LA MALDITA NIÑA!

Hacía tiempo que la tierra de Ipati no podía reflejar la dicha y la serenidad del cuento favorito de su hermana. Esa noche, Cili supo que la paz le había sido esquiva desde el principio, solo que ella no se había dado cuenta.

El que había sacado la puerta de cuajo desenvainó con la misma rapidez un cuchillo corto que llevaba en el cinto para sujetar con la otra mano a la cría de la cabeza.

—¡No!

—¡Callaos o la mato!

Lloraba aterrada. La niña vio los ojos claros y el rostro que la obligó a clavar el mentón sobre la única superficie que había en la casa antes de abrirle la boca para sacar la lengua.

—¡NO!

No podía llorar porque el hombre le había estirado la lengua, se estaba ahogando.

La niña se revolvió, muerta de miedo, como si tuviese alguna posibilidad de vencer la fuerza de aquel tipo, que había podido con la puerta.

De un solo tajo, la lengua saltó para aterrizar frente a la mirada de Cili. Un pequeño trocito rosa que iba a perseguirla en sus pesadillas más oscuras.

PRIMERA PARTE
LOS DEL OTRO LADO

«Dios Serpiente
El del vientre rutilante
Permítenos cobijarnos en tu
Ondulación
Porque tu inmensidad repele
Nuestros miedos».

Antiguo canto de los hijos del sol.

CAPÍTULO 1

Cuando Cati se levantó, supo que, por primera vez en su vida, nadie iba a prestarle mucha atención, y no le molestaba, en verdad. Ella también tenía la cabeza en otro sitio.

Era un día fuera de lo común para el pueblo.

Su madre ya estaba en el exterior, retirando malezas con las manos desnudas.

La chica salió deprisa, alisándose la falda y saludando a Edite con un gesto.

—¡Cati, espera! —exclamó la mujer cuando la vio corriendo—. ¡No te separes de Bruno! ¡Y dile a tu hermana que...!

Demasiado tarde. Cati siguió el camino que serpenteaba desde su casa, disfrutando del solazo que estaba entibiándole la piel.

Pasó como un rayo por entre las chozas vecinas, sin atinar a detenerse a ver si Bruno ya estaba listo para salir.

—¡Eh, Cati! —El grito espantó a las tres viejas gallinas que tenían en el corral, que empezaron a cacarear asustadas. El chico estaba dándoles de comer, y se sorprendió al ver a Cati con esas prisas—. ¡Espera! ¡¿Qué...?! —Ella le hizo un gesto, acompañado de una sonrisa, antes de seguir su camino—. ¿Vas al puerto? ¡Espérame!

Cati no lo oyó. El joven farfulló una incoherencia antes de soltar los granos que llevaba en las manos emulando un cazo. Las gallinas se volvieron locas al escuchar cómo estos caían, enzarzándose en una pelea por ver quién conseguía más mientras Bruno salía del corral pasando una pierna por encima de los hilos fabricados por su padre.

—¿Por qué nunca escucha...? —masculló, mirando hacia el punto donde Cati se había perdido de vista. El sol pegaba con fiereza sobre su frente perlada—. Espero que al menos Cila esté allí.

La plaza estaba llena de gente. A Cati el corazón le dio un salto al notar todos esos cuerpos hinchados de calor, un tanto desorientados. El bochorno era demasiado fuerte para la época, y cuando la canícula llegaba tan pronto, cualquier cosa podía suceder.

Las personas allí reunidas no se decidían a empujar para bajar hacia el puerto o permanecer allí, esperando la entrada de los extraños en un sitio con más espacio y, también, mejor protegidos. Pero Cati quería ser testigo de todo y, si conseguía llegar hasta el puerto, tal vez podría ver a su padre; así que empezó a abrirse paso entre empujones, intentando colarse en el hueco que se agrietaba gracias a su fuerza, para acercarse a la otra punta de la plaza y tomar el corto camino que conducía al muelle. Era demasiado esmirriada para su edad, y todos en el pueblo estaban tan ansiosos que no conseguía que le hicieran caso.

—¿Cati?

Esmeralda era apenas una jovencita, pero tenía casi la misma estatura que ella, y también estaba buscando crear un hueco para hacerse sitio. A Cati siempre le habían fascinado los abalorios que vendía en la plaza, pero, esa vez, no tenía tiempo para eso. Se señaló las faldas, haciendo un gesto de impotencia con las manos que la niña tardó en entender.

—No, es... —Un codo sin rostro le golpeó sin querer el hombro a Esmeralda, quien dejó caer un ominoso collar que brillaba al sol—. ¡Espera! ¿Por qué estás sola?

Pero Cati ya se había perdido entre el amasijo de gente y sudor. Empujó un poco más, alcanzando al fin el otro lado. También había muchas personas en el camino que bajaba. Una extraña mezcla de curiosidad y recelo a ambos lados iba floreciendo.

—¿Es cierto que van a instalarse junto al río?

—No, van a estar en la plaza. No sé quién mierda les dio esos lugares.

—Dicen que son delincuentes los que mandan para aquí... ¿Por qué tenemos que aceptarlos?

—Van a trabajar en el puerto.

—¿Van a trabajar o van a robar?

—Los hijos de la luna han perdido su reputación hace generaciones. Sus ancestros deberían estar avergonzados.

—Mira, yo no me olvido... Mi padre encontró su fin bajo el filo de sus armas. No tengo intención de perdonar. Arruinaron a mi familia.

—¿Eso es lo que desea Ciudad Real? ¿Que perdonemos?

—Esas pieles tan blancas me generan un rechazo tremendo. ¿Cómo demonios se supone que vamos a dormir con esa gente al lado?

—Quiero verlos de cerca...

—¿Crees que tendrán miedo?

—Nosotros deberíamos tener miedo de esa escoria. Ya veréis, ¡van a arruinarnos!

—¡Van a dejarnos pelados en la noche y se van a llevar todo! ¡Ya saben cómo hacerlo!

A Cati no le gustaban esos comentarios tan negativos. Nadie había emitido juicio en su casa, excepto Cili. Había estado de un humor de perros desde hacía tiempo, pero desde que el mayor había anunciado que varias familias de los hijos de la luna iban a instalarse en Ipati, como parte de las expresiones de buena voluntad que se extendían desde Ciudad Real, su rabia no había dejado de escalar.

—¡Buena voluntad, una mierda! —había espetado de mal modo una noche, haciendo que su madre se escandalizara.

—En esta casa no se habla así —la había reprendido Baldassare, sin perder la compostura—. Contrólate.

—¡Pero papá...! —había protestado la joven, furiosa—. ¿Estás de acuerdo con toda esta locura?

Cati los veía, asustada. No le gustaba cuando peleaban.

—Lo que yo piense no importa —había zanjado el hombre, partiendo el pan con más fuerza de la necesaria—. Lo que importa es que van a llegar, y tenemos que aceptarlo.

—¡Pues yo no quiero!

Cili se había puesto de pie, a pesar de las quejas de su madre, y se había marchado.

Atemorizada, Cati había observado con súplica a su padre.

—Volverá enseguida —la había tranquilizado Baldassare, haciéndole una caricia rápida en la cabeza—. Necesita aceptar las cosas.

—Tendrías que dejar de consentirla tanto —había murmurado Edite, contrariada—. No puede andar sola de noche, ya no es una niña.

Baldassare había terminado de cenar en silencio.

Cati quería saber de qué se trataba. La llegada había sido confirmada hacía pocas semanas y, desde entonces, esperaba ansiosa y curiosa.

Hacía tiempo que había dejado atrás sus intentos por recordar esa noche en la que había perdido todas las palabras. Sentía cómo su propia mente frenaba sus pobres pinceladas para dibujar lo que había pasado, para no aterrarse con el cuadro completo.

—Yo me acuerdo por las dos —le había dicho Cili, un día en el que había tratado de confiarle sus pensamientos. Su hermana había contraído el rostro, enterrando con fiereza los dedos en la arena fría, de cara al río—. Así que, no necesitas hacer nada. Déjalo así.

Cili era la que siempre lidiaba con todo.

Cati nunca había visto a alguien que no fuese moreno. Había escuchado que su padre no lo era, pero Cati no veía nada extraño en él: tenía la voz muy gruesa, pero su piel era igual que la de ella y que la de su madre; sus cabellos tenían el mismo color, pero mucho más ensortijados que el de ellas. Estaba segura de que los vecinos se equivocaban respecto a Baldassare.

En cambio, los que estaban por arribar al muelle eran verdaderos desconocidos. Llegaban, de enfrente, de aquel sitio simbólico que había sido el centro del miedo durante dos generaciones. La verdad detrás del bonito cuento que le gustaba escuchar cuando era niña. Sin embargo, gracias a esas fantasías, Cati estaba libre de eso. Veía todo con ojos limpios.

Ella no recordaba a ningún hijo de la luna.

—Pero ¿qué haces aquí? —Escuchó que le decían en la distancia, antes de que una mano fuerte se posara en su hombro para girarla. Había alcanzado al fin el puerto, donde una muchedumbre se intentaba hacer pequeña para poder ver la precaria embarcación que estaba amarrada al único muelle. No esperaba ver a Cili tan pronto, ni tan enfadada—. ¿Por qué estás sola? ¿Mamá no te dijo que te quedaras en casa?

Cati la abrazó como método de persuasión; era su jugada más habitual.

La joven se quedó tiesa ante el contacto.

—No intentes cambiar de tema —la reprendió, tomándole la mano para que no se separase—. Debiste haberte quedado. Esto no es un espectáculo para niñas.

Cati protestó, pateando el suelo.

—Te llevaré de vuelta cuando tenga un momento —le advirtió, ignorando su torpe berrinche—. ¿Por qué no esperaste a Bruno?

Ella se encogió de hombros, y Cili bufó.

—No te separes.

Su hermana se encargó de hacer suficiente sitio para que nadie rozara a Cati, dando codazos a quien fuera necesario. La joven era mucho más grande y fornida que ella; no le molestaba usar su fuerza en público. Muchas veces, bromeaban con que su espalda era incluso más ancha que la de varios muchachos de su misma edad.

—¡Ey! ¡Aquí, aquí!

Cati lo reconoció de inmediato, a pesar de que entre los presentes apenas podía atisbar, si se ponía en puntillas, la mano que se agitaba para llamarles la atención.

—No pensé que vendríais —dijo Álvaro, abriendo paso a Delia para que pudiera llegar.

Ella se abalanzó sobre Cati, que le respondió con cariño.

—Hace mucho que no te veo —reprochó la recién llegada, más hacia Cili que hacia su hermana—. Podrías dejarla tener más libertad, ¿eh? Bruno no es el único que merece tu confianza.

—Cila es así —contestó Álvaro, al ver que la joven permanecía de brazos cruzados—. Es peor que el gato que teníamos de niños.

—No me compares con un animal —respondió ella con brusquedad.

Cati sonrió.

—¿Quieres que Álvaro te cargue para que veas mejor? —le preguntó Delia, contenta de tener la atención de la más pequeña.

—No.

—Nadie te preguntó a ti, Cila —se burló el joven. Ella frunció más el ceño.

—Voy a llevarla a casa en cuanto... —fue interrumpida antes de poder terminar.

—¿Quieres?

Cati le echó una mirada algo avergonzada a su hermana, antes de sacudir la cabeza en señal de asentimiento.

—Si te pones celosa, puedo cargarte a ti también —le susurró Álvaro a Cili, apartados.

Ganó de su parte un empujón brusco que lo echó hacia atrás.

—No me hables.

—Nadie va a quererte con ese maldito carácter. —El joven no había terminado con el culo en el suelo porque la muchedumbre lo había sostenido—. Te encanta romper las reglas, ¿verdad?

Cili iba a responder, pero Delia la atajó, intentando calmar las aguas.

—Solo quiere probarte, déjalo —le recomendó con timidez, algo asustada por la fiera expresión de la chica—. Vamos, bueno para nada. ¡Haz algo útil y sube a Cati!

—Con cuidado —añadió su hermana mayor, sin mirarlos.

—Con cuidado —concedió Delia, resignada.

Álvaro se mordió la lengua para no eternizar la pelea e hincó la rodilla en la arena para ofrecerle a Cati su espalda.

Ella dudó un momento, antes de abrazarse al cuello de él, agradecida de que Álvaro no pudiera verle el rostro en llamas.

El sol le rebotó directo en los ojos, un palmo por encima del resto de coronillas que buscaban echar un vistazo. Había comenzado el desembarco.

—¿Ves algo? —preguntó Delia desde abajo. Estaba dando saltitos, ansiosa.

—Sujétate, Cati —ordenó Cili, haciendo caso omiso a la escalada de excitación y nervios colectivos.

Su hermana obedeció, afianzando el agarre para no caerse de la espalda de Álvaro.

Podía ver cómo habían comenzado a bajar; la gente que estaba más cerca se ahogaba en murmullos. Con rapidez, la exaltación iba dando paso al recelo, y los gritos eran cada vez más altos.

Eran varias familias. Las mujeres estaban cubiertas para protegerse del sol rabioso, y Cati apenas podía verlas. Apretaban con fuerza la mano de los niños desorientados. Nadie parecía entender por qué los miraban tanto.

Hasta que aparecieron los hombres.

Hacía tiempo que Cati había evaporado de su cabeza los intentos de recordar la noche que había cambiado su vida. Ya no hurgaba en falsas invenciones tratando de llenar los huecos que había en su mente. Se había resignado, haciéndole caso a Cili y dejándolo estar. Había encerrado su inquietud en un recodo profundo de su ser y no había vuelto a mirar atrás; por eso, no sabía cómo debería sentirse en ese momento, cuando el recuerdo volvía a observarla a la cara.

Esa piel blanca, brillante bajo el sol. Y los ojos... Los ojos más claros que Cati hubiera visto nunca, repetidos una y otra vez en todos esos hombres y en todos esos niños que iban a ser parte de su pueblo a partir de entonces.

CAPÍTULO 2

A Bruno le había llevado toda la tarde dar con Cati.

El pueblo era un caos: la gente no había dejado de abarrotar la plaza, como si se tratara de un día de fiesta, y los niveles de violencia se habían incrementado con el correr de la jornada.

El chico había creído, en principio, que Cati podría andar por allí, como parte del espectáculo.

No dejaban pasar a los recién llegados; los murmullos se habían convertido en gritos cada vez más histéricos. Bruno había visto cómo una de las mujeres, que siempre compraba sus huevos, tiraba del manto con el que se cubría una de las blancas, hasta hacerla trastabillar y caer. El hecho lo había horrorizado.

Conocía a la mayoría de los que habían estado en el muelle y en la plaza. Había crecido allí; las mujeres habían conocido a su madre y todos sabían quién era su abuelo. Su padre llevaba proveyendo huevos desde que había nacido; todos sabían dónde quedaba su hogar. Por eso, se había llevado una sorpresa desagradable al ver cómo, los que solían ser amables con él —había visto al tipo barbudo que siempre les llevaba algo preparado por su esposa cuando se acercaba a ver a las gallinas—, parecían haberse vuelto otras personas. El barbudo estaba llamando eso, que su padre le había dicho que *jamás* podía decirle a una mujer, a las blancas que pasaban aferradas a sus hijos, intentando taparse la cara con los pañuelos.

A Bruno le asustó esa demostración tan sincera de desprecio, y dio un respingo cuando el primero de los hombres blancos quiso responder.

Los jóvenes se habían arremolinado junto a la que había terminado por tierra, intentando levantarla, a pesar de los pisotones. Entre la marea de gente, que apenas le permitía ver, Bruno atisbó

24

un puñado de chicos, que tendrían más o menos su edad. Uno larguirucho se había parado frente a la pobre mujer tendida en el suelo y había empezado a increpar a los mirones, haciendo muchos aspavientos con las manos.

Contuvo el aliento cuando el hombre barbudo le cruzó la cara de un puñetazo al niño que, por la fuerza del impacto, cayó junto a la mujer a la que intentaba defender.

Bruno se hizo espacio para marcharse, aterrado. Nunca había sido partidario de la violencia, y verla de primera mano lo había puesto enfermo.

Le costaba justificar a su gente, por más que entendiera por qué los adultos estaban tan enojados. Era demasiado pequeño para recordar las razias que había sufrido esa zona de Ipati de la gente del otro lado del río.

Su padre sí las había tenido presente, y había sido de los muchos que no habían estado de acuerdo con la instalación de los blancos en el pueblo, pero no había nada que hacer. La decisión ya había sido tomada. Ni siquiera el mayor podía oponerse; no de las directivas que llegaban de arriba.

Bruno no tenía nada en contra de los recién llegados. En verdad, había creído, de manera ingenua, que pasarían desapercibidos. Solo eran un puñado de familias para un pueblo que seguía expandiéndose, desbordando los límites que habían tenido desde hacía décadas.

Su abuelo le había contado que, hacía tiempo, la casa de Cati, la de la familia de Edite, estaba tan alejada del núcleo del pueblo que había que caminar un buen trecho hasta alcanzarla.

En ese momento, en cambio, se unía con las demás, en una masa uniforme de construcciones. Seguía marcando el límite de ese lado, justo encima del monte antes del recodo, pero el pueblo también había crecido por la otra punta e, incluso, algunos hogares se habían alejado bastante del borde del río.

Por eso, estaba haciéndose tan difícil hallar a Cati; el sitio a cubrir era mucho mayor que sus capacidades. Hubiera querido, al menos, encontrar a Esmeralda, la cría con la que Cati se llevaba tan bien, y que vendía baratijas en la plaza todos los días. Con el sitio abarrotado, ni siquiera había podido atisbarla.

Se había alejado casi corriendo de allí, agitado y algo mareado, todavía con los chillidos desaforados de la plaza en los oídos. Subió la pendiente resollando, y se maldijo de nuevo por no hacer más de ejercicio. Siguió de largo para llegar hasta la casa de Cati.

Se encontró a Edite con un enorme canasto a medio llenar, secándose el sudor que le generaba el sol.

—Hola, señora —se hizo notar él, sin entrar en el huerto.

La mujer dio un respingo y lo miró espantada.

—¡Bruno!

—¿Cati ya regresó? —El chico no permitió que ella le preguntara primero.

Su mueca asustada le dio la respuesta. Volvió a maldecirse, haciendo que su corazón corriera todavía más deprisa.

—No. Creí que estaría contigo.

—No quiso esperarme... —se lamentó Bruno, sin entrar en detalles—. No se preocupe. Seguro que se encontró con Cili en el muelle.

—Espe... ¡Bruno!

No se giró para responderle, ya se volvía ladera abajo.

Se sintió mal por Edite, pero asustarla no iba a hacer que encontrara a Cati más rápido.

Descartó llegar hasta el puerto por su propio pie, ya que era imposible con toda la gente que había, y no tenía intención de volver a pisar la plaza. No creía, con sinceridad, que Cati hubiera podido alcanzar a su hermana. La ansiedad le apretó la garganta y tuvo que esperar un momento, doblado en dos, para recuperar la respiración.

Recorrió todos los alrededores, intentando dar con la chica. El pueblo era un caos, así que nadie se habría fijado en ella.

Conforme pasaba el tiempo y el sol brillaba más fuerte, Bruno se desesperaba más. Era su culpa. Si a Cati le pasaba algo... No tendrían que haberla dejado salir en un día así. ¡Él tendría que haber hecho más por detenerla! Lo había pillado por sorpresa. Había creído que bajarían juntos a la plaza más tarde.

Resignado, se saltó el almuerzo para seguir buscándola.

Dio la vuelta larga para llegar a la otra parte del río, en donde doblaba y se volvía más rápido.

Bruno nunca había visto el mar, pero los que sí lo habían hecho, los pocos aventureros que viajaban a Ciudad Real, decían que aquel río se parecía mucho a uno. Era su dios Serpiente, tan ancho que apenas se podía distinguir el otro lado.

Eso, tal vez, había sido la maldición de toda la gente que vivía ahí.

Agitado, se tomó un momento para llenarse los pulmones de aire antes de bajar la duna de tierra que se volvía arena sucia, mordida por una sola rompiente.

Exhaló de golpe al divisar una pequeña figura junto a la orilla desierta.

Era Cati.

Maldiciéndose por última vez —habían ido allí muchas veces: cuando niños, a recoger piedritas y, más mayores, a dejar correr el tiempo—, se deslizó demasiado aprisa para alcanzarla, haciéndose daño en las rodillas desnudas con los matorrales que crecían salvajes sobre la duna.

Cati dio un respingo al sentir el movimiento cerca de ella, pero sus facciones se suavizaron al reconocerlo.

—¡Al fin te encuentro! —farfulló Bruno, un tanto abochornado por su aspecto desesperado. Se serenó para poder sentarse a su lado, y Cati solo se encogió de hombros—. ¿Por qué no me esperaste?

Ella repitió el mismo gesto, con la mirada perdida en el horizonte. Se abrazaba las piernas para poder enterrar el mentón entre sus rodillas huesudas.

Bruno no le permitió escaquearse.

—¿Bajaste a la plaza?

Cati torció el gesto antes de asentir lentamente con la cabeza.

—Era un caos. Supongo que no alcanzaste el muelle. —El chico se atragantó cuando leyó la respuesta en las facciones de ella—. ¿Cómo...? ¡Cati! Si Cili se entera de que estuviste ahí, sola, va a matarte. ¡Y a mí!

Ella enterró la cara entre las rodillas y dejó salir un sonido gutural.

Bruno se tapó la cara con una mano.

—¡Esto es un desastre! —Cati le dio la razón con otro asentimiento, aun con la cabeza escondida entre las piernas—. ¿Por eso estás aquí sola?

A veces, a Bruno le hubiese gustado que su amiga pudiera responder con algo más que con gestos. Era un pensamiento egoísta, lo sabía, y se odiaba por ello. No conocía bien la historia de cómo había perdido la capacidad de hablar, porque nadie en la familia quería mencionarlo en voz alta, pero era consciente de que no había sido por un paseo en el desierto. No era tan tonto como para ignorar las cosas que decían algunas mujeres sobre la familia de Edite, reunidas los días libres en la plaza.

Intentaba no caer en la lástima, porque odiaba ese sentimiento. La había vivido de primera mano en todos los rostros sin nombre que lo habían acariciado cuando su madre había muerto, como si él estuviera exigiendo aquel cariño artificial.

Cati no le daba lástima, aunque a veces se encontrara deseando escuchar su voz.

La chica se encogió de hombros, y volvió a contemplar en el horizonte. Era obvio que estaba triste.

Así que Bruno se tumbó en la arenilla tosca y se dejó consumir por el sentimiento de desasosiego que exudaba su amiga.

No había sombra, y el estómago le había empezado a rugir de frustración. El esfuerzo de la mañana y las carreras por todo el pueblo lo habían dejado sediento y exhausto, sin mencionar que hacía rato que habían pasado el mediodía. Pero, se quedó allí, llenando el silencio de Cati. No quiso volver a preguntar nada. Ella permaneció inmóvil durante un tiempo que se le antojó eterno, cubierto solo por el chirrido de las chicharras y el frufrú del viento contra la maleza.

Al menos, desde ahí, no se oía el desastre campal de la plaza.

Bruno fue el primero en sobresaltarse al escuchar de nuevo pasos a su espalda, por el mismo camino que había llegado él.

El sol ya había empezado a bajar; sentía la piel ardiendo y la boca en llamas.

Cili avanzaba a grandes pasos hacia ellos, bajando la duna con una agilidad envidiable. Estaba furiosa.

—Catarina, ¡ven aquí ahora mismo! —exigió, sin una pizca de gracia en la voz.

Bruno tembló.

—Creo que estamos en problemas... —le murmuró a su amiga, pero ella no reaccionó. Siguió dándole la espalda a su hermana, lo que solo consiguió cultivar más el enojo de Cili.

—¡No me hagas ir a por ti! —Avanzó dos pasos y se plantó delante de ella, con los brazos en jarras—. Bruno, vete a casa. Tu padre te está buscando.

No admitía réplicas. Cili siempre le había dado algo de miedo, con esa actitud bravucona y un poco arrogante. No sabía cómo negarse y, ciertamente, tampoco cómo desobedecerle.

Bruno se puso de pie de un salto, tocándole apenas el hombro a Cati para llamar su atención.

—Lo siento —murmuró sincero—. Te veo mañana.

Ella le regaló una mirada triste.

Bruno no soportaba verla de ese modo. Cati siempre estaba sonriente, de buen humor. Pocas cosas le borraban el ánimo, y él se había encargado personalmente, desde que eran niños, de combatirlas para que estuviera siempre feliz.

Se inclinó para besarle la coronilla con torpeza, con las mejillas rojas, al recordar que Cili seguía mirándolos, echando chispas.

Cili aguardó a que Bruno trepara la duna y se perdiera por el camino que conducía de vuelta al pueblo, antes de reducir la distancia que la separaba de su hermana.

Él se quedó al otro lado, sabiendo que estaba siendo tonto y también entrometido, escondiéndose entre las matas. Si se asomaba un poco, podía distinguirlas bastante bien.

Le daba reparo dejar a su amiga sola en esa tesitura.

—No te hagas la tonta, porque no te pega —le estaba espetando Cili. Cati se hundió más en su posición—. Levántate. Mamá está histérica.

Cili tuvo que tomarla del brazo para incorporarla, porque ella no parecía dispuesta a obedecer.

Bruno se encogió un poco más.

—No puedo creer que pongas esa cara. ¿Sabes cómo estuve todo el maldito día? Tuve que fingir frente a papá para que no se diera cuenta, porque ¿qué crees que iba a decirle? ¿Que eres una niña caprichosa que se fue sin decir nada, *sola*, con toda la gente que había en el puerto?

Cati hizo una mueca antes de echarse a llorar sin ruido, quebrando en seco el enfado de su hermana.

—No es posible... —murmuró Cili, frustrada, antes de darle unas torpes palmadas en la espalda, incómoda y arrepentida—. Vamos, no llores. —La joven le clavó los dedos, sollozando un poco más fuerte—. No quise gritarte, es que... estábamos preocupados.

Cati se retiró para limpiarse la cara y asintió, compungida.

—No puedes irte así, y menos sin nadie que te acompañe. ¿Entiendes? —A pesar de las formas, en eso Bruno estaba de acuerdo—. Había muchísima gente hoy en la plaza, y podrías haberte lastimado. Las cosas se pusieron algo violentas, después —intentó hacerla reaccionar, buscando disminuir su tono severo—. No vuelvas a hacerlo.

Se relajó cuando Cati asintió, frenética, todavía con lágrimas manchándole la cara.

—Vamos a casa —la instó, girándose para que ella pudiera limpiarse—. Mamá hizo el pan que te gusta.

Bruno suspiró. Era el momento perfecto para retirarse antes de que las hermanas lo vieran.

Cili enarcó una ceja, cuando vio que Cati levantaba el rostro hinchado, sorprendida.

—¿Qué? —se burló la joven, ofreciéndole la mano para poder subir—. ¿Te creíste que íbamos a olvidarnos de ti solo por esto? Voy a terminar creyendo que sí eres tonta.

Dejó escapar un corto suspiro cuando vio que Cati estiraba una sonrisa húmeda, símbolo de que todo volvía a la normalidad.

Echaron a andar juntas de regreso a casa, con el sol hundiéndose a los pies del río, y Bruno suspiró aliviado.

CAPÍTULO 3

Cati a veces fingía que dormía, y nadie notaba que en verdad estaba escuchando las discusiones en casa.

Su regreso no había sido agradable.

Edite la había abrazado como si, en vez de haberse perdido algunas horas por ahí, hiciera años que no sabía nada de ella.

—No exageres, mamá —había intentado apaciguarla Cili, a pesar de que ella había estado igual de nerviosa.

Edite le había sujetado el rostro a su hija menor con ambas manos y la había mirado a los ojos directamente.

—No puedes irte así, sin compañía. ¿Me has escuchado?

Cati había asentido con vehemencia, mientras contenía otra vez las ganas de llorar.

Para cuando Baldassare regresó del puerto, el ambiente se había suavizado. Edite ya había amasado el pan y la misma Cati la había auxiliado cortando los trocitos de pescado para la cena.

Si el día había sido inusual y violento para el pueblo al completo, dentro del hogar se habían puesto de acuerdo para fingir lo contrario.

—Con todo lo que ha ocurrido no pude conseguir algo de carne —se excusó Baldassare, hablándole a Cati—. Te prometo que mañana me haré con un buen trozo.

Ella le puso una mano sobre los nudillos encarnados y le sonrió antes de negar con la cabeza.

Ninguna de las mujeres había mencionado el episodio de la mañana. Baldassare no se había enterado de la pequeña aventura de Cati, y tampoco la había visto en el muelle.

Ella se marchó a dormir, después del beso reglamentario de su madre, una vez que los jergones estuvieron estirados.

Lo cierto era que deseaba estar sola, para intentar asimilar lo que había descubierto y averiguar cómo debía comportarse al respecto. No lo había hecho a propósito.

El conflicto en su familia estalló antes de que pudiera encontrar el sueño.

—Cila, necesito que hablemos —dijo su padre, severo—. Siéntate.

Cati se encogió un poco más sobre sí misma, oliendo la tormenta que se aproximaba en su hogar.

—Me encontré con Álvaro en el puerto —siguió Baldassare, ajeno al temor de su hija pequeña.

—Lo que sea que te haya dicho, habrá sido con intención de molestarme. Es un idiota.

—¡Cili! —exclamó su madre, alterada—. No hables así de un hombre.

—Él no es un hombre —masculló la joven, burlona. Cati hasta podía imaginarse sus labios fruncidos con desagrado—. Es un idiota y un engreído.

—Hija, ya te expliqué que no pienso tolerar ese vocabulario en mi casa. —Al menos, Cili tuvo la decencia de guardar silencio—. Me comentó que te había visto muy irrespetuosa. Comportándote de manera indebida. Otra vez.

—Papá, entiende que...

—No, entiéndeme tú. Aquí, con nosotros, puedes hacer lo que quieras. Sabes que no voy a impedírtelo, pero tú misma fuiste la que pidió ayudar en el muelle y...

—No puedes estar ahí abajo con todos esos hombres sin comportarte como es debido, Cili. —La voz de su madre era casi suplicante—. ¿Qué van a pensar?

—No me importa lo que otros crean.

—¿Y lo que piensen de mí? —El argumento de Baldassare quebró un poco la obstinación de su hija—. Si quieres seguir trabajando, vas a tener que ceñirte a las reglas.

—Pero ¿qué reglas? No hay ninguna para los hombres, ¿verdad? ¡Eso es ridículo! —Cili estaba haciendo mucho ruido, y Cati adivinó que se había puesto de pie, furiosa—. ¡Valgo mucho más que los críos que ayudan ahí, y tú lo sabes!

—No, si dejas que los muchachos como Álvaro sigan notando que intentas destacar por encima de...

—¡No intento destacar! No puedo evitar ser quien soy, ¿o sí? ¿Qué quieres, que me haga más pequeña? ¿Qué finja no tener fuerza? ¡Es absurdo!

—¡Cili! —volvió a escandalizarse Edite, al borde del llanto—. Es importante mantener una reputación honorable si quieres...

—¿Esto es todo por lo que piensa el idiota de Álvaro? —preguntó ella, masticando las palabras, sin oír las razones de su madre—. No puedo creerlo.

—Intenta reflexionar, hija —pidió Baldassare, conciliador—. Pronto Cati también será mayor y...

—Ah, no —La rotunda negativa de Cili resonó en el pecho de su hermana, que se había visto venir aquella disputa. Se encogió más como si así pudiera cubrirse los oídos para no oír nunca más—. No voy a permitir que restrinjan a Cati con reglas absurdas, sin ningún tipo de razón. —Temblaba de indignación—. ¿Me oís? No voy a permitirlo.

—¿Puedes hacer el favor de escucharme? —Baldassare estaba perdiendo la paciencia que tradicionalmente lo caracterizaba—. No es decisión tuya lo que vaya a ocurrir con Cati. Solo permíteme...

—No. A mí me da igual, porque no pienso casarme nunca, pero no voy a dejar que moldeen su personalidad para el bien de algún hombre que...

—Cila, no puedes levantarnos el tono de ese modo —advirtió su madre, con la voz quebrada. Cati no necesitaba observar la escena para saber que estaba sollozando.

—Haré lo que sea necesario, ¿de acuerdo? ¡Esto...! —Cati oyó un forcejeo, supuso que su padre estaba intentando detener a su hermana, pero Cili era escurridiza—. No puede ser. Me voy.

El silencio que siguió a su declaración la hizo suponer que efectivamente se había marchado.

Edite lloraba ya sin ocultarlo.

—Esta niña nos va a traer tantos disgustos... —Hipó, cubriéndose el rostro con ambas manos—. ¿Cómo puede...?

Baldassare la había alcanzado para frotarle la espalda.

—Ya se le pasará —intentó animarla en voz muy baja—. Intentaré hablar con ella de nuevo.

—¿Para que siga rebelándose? —lloriqueó la mujer, sin dar tregua—. Baldassare, todo el pueblo habla de ella. Le permitiste trabajar en el puerto... ¡En el puerto! Y va por ahí, con otros hombres... Han de mirarla como si fuese una... una...

—En realidad, no es tan...

—No te atrevas. —Edite sonaba herida, decepcionada—. No te atrevas a darle la razón. Sabía que te pondrías de su lado.

—¿Cómo voy a prohibirle trabajar si ella tiene razón? —Suspiró Baldassare—. Es mucho mejor que muchos de los muchachos jóvenes que andan por ahí, y su físico no ha hecho más que ayudarla.

—¡No es lo que una jovencita debería estar haciendo! —chilló su mujer, alterada—. Con esa gente desconocida aquí... ¿Cómo podremos protegerla, si ni siquiera la hemos educado para ganarse el respeto de su propia gente? —Baldassare no respondió—. Esa niña necesita aprender su lugar aquí. Cati no puede tener ese mal ejemplo como algo bueno.

—Cati no tiene nada que ver aquí.

—¿Sabes lo que hizo hoy? —Edite lo ignoró, se sorbió la nariz y volvió a la carga. Las mejillas de Cati, tumbada inmóvil, a pocos pasos de ellos, ardían de vergüenza—. Quiso bajar sola a ver a los blancos. ¡Ni siquiera esperó a Bruno! ¡¿Quién sabe lo que le pudo ocurrir con toda esa gente!?

—Baja la voz —pidió el hombre, tenso—. Vas a despertarla.

—Todo esto es porque le has dado demasiado a Cila, y Cati cree que es lo que hay que hacer —prosiguió su mujer, sin hacerle caso—. Todavía es una niña, pero no por mucho tiempo, Baldassare. No va a ser una niña para siempre.

El aludido suspiró con pesadez y adquirió ese talante medi-
tabundo mientras sopesaba las palabras de Edite.

—Lo sé. Ya lo sé.

—Cili tiene que dejar el trabajo y aprender a comportarse.

—Me gustaría ver cómo vamos a conseguir eso... —repuso el
hombre, sincero—. Mañana volveré a hablar con ella. No te enojes,
¿de acuerdo? Vayamos a descansar.

Cati creyó que la tormenta había pasado hasta que, en el silencio de la noche, volvió a escuchar a su madre sollozar mientras
Baldassare le susurraba palabras de consuelo.

CAPÍTULO 4

La primera vez que Marco estuvo en una pelea, ya no se sentía en casa.

No había estado de acuerdo con el traslado, como cada uno de los que habían sido elegidos para aquella estupidez. Hasta habían protestado, él y muchos más para frenarlo.

Pero la decisión había sido irrevocable.

Tenían que tomar sus pertenencias, que entraban en dos sacos con facilidad, y marcharse a pie hasta la embarcación que iba a cruzar el río, que solía dividir su tierra de la de los morenos, hasta alcanzar su nuevo destino.

Al fin, Ciudad Real respondía al horror de los blancos, pero lo hacía de una manera precipitada y chapucera.

Ellos no deseaban moverse. No querían abandonar su sitio. No era eso lo que estaban buscando. Y, sin embargo, tampoco podían negarse, porque no había un plan mejor.

Nadie estaba feliz allí arriba, ni siquiera los más pequeños.

Las mujeres se habían apiñado en un costado, fingiendo indiferencia y murmurando asustadas, protegidas del sol por sus pañuelos, mientras el resto intentaba mantener a los críos bajo control, aunque estuvieran igual de nerviosos con la llegada.

Al final, había sido peor de lo que Marco había imaginado.

Le había herido el orgullo, recientemente descubierto, escuchar los gritos de los locales, que no dejaban de azuzarlos —«ladrones», «escoria»— para provocarlos. Le sorprendió ver cómo marchaba Fabian, siempre tan altanero, con la cabeza erguida y el rostro inexpresivo, cuando él mismo podía sentir la rabia en forma caliente espesándole las venas. Y había explotado, cuando pudo atisbar cómo uno de esos monstruos de piel morena tiraba del pañuelo de Susi, que le cubría la cabeza y los brazos. Ella había gritado, espantada, y había trastabillado entre toda esa gente, que se había reunido con el solo motivo de odiarlos.

Su cuerpo había reaccionado por inercia y, luego, cuando tuvo tiempo de reflexionar al respecto, había llegado a la conclusión de que no se arrepentía.

En un parpadeo había estado frente a Susi, que seguía sin poder levantarse, porque los morenos le pisoteaban el pañuelo, y, con toda la fuerza que no sabía que tenía, le había propinado un puñetazo al moreno, antes de explotar en improperios hacia el resto de los mirones.

Luego, todo había sido un caos.

Por más que lo hubiera deseado, no recordaba mucho qué era lo que había ocurrido, pues se había llevado una paliza, que le dolería más de una semana. Pero estaba orgulloso, porque Fabian le había asegurado que había hecho lo correcto.

Eva se había largado a llorar, en cuanto los vio enzarzarse en la pelea con los demás, y ni Susi había podido calmarla.

—¡Muchachos, deteneos! —su padre había tratado de intervenir, en vano, pues fue ahogado por los gritos de guerra que explotaban en la plaza—. ¡Calmaos, por favor!

—¡Bastardos! ¡Truhanes!

—¡Monstruos!

—¡Regresad a vuestro sitio, no queremos ladrones!

—¡Vuelve a decirle eso a mi hermana y te partiré la cara! —Ni siquiera tenía muy claro de dónde habían salido esas palabras, solo que estaban bulléndole directo desde el estómago y no había tenido vergüenza de escupírselas a ese estúpido moreno.

No se arrepentía.

Había algo en esa tarde que lo había hecho cambiar, que lo había hecho crecer, y Fabian ya no lo miraba como un niño.

Aquella misma noche, su familia, la de Fabian y las demás, que los habían acompañado, se habían refugiado en una de las edificaciones, que serían su hogar a partir de entonces, para quemar todos los resentimientos.

Susi había llorado, creyendo que nadie la veía.

—Esto no tiene sentido —le había espetado Fabian nada más verla, enojado. Su ira no se dirigía a la joven, por supuesto, pero estaba tan desbordado, que no había podido evitar ser brusco—. No fue tu culpa, así que deja de llorar.

—Intento hacer que lo entienda desde hace horas —comentó su padre desde atrás, contrito—. Tal vez consigas que a ti te escuche...

A Marco incomodaba cuando Susi lloraba. Nunca había sido de esas niñas que pillaban rabietas por todo, así que sus lágrimas solían significar que en verdad estaba herida. En aquel momento, tenían sabor a humillación, y a Marco le ardía el rostro de recordarlo.

—Déjame curarte eso —le había pedido Eva, refunfuñando.

Ella sí que se había llevado un buen susto en la plaza; Fabian luego le contaría que había llorado histérica, porque en la rabiosa algarabía se había perdido y nadie quería ayudarla.

Marco se había apartado, a pesar de que tenía el labio roto y la mitad de su cuerpo escocía como nunca antes lo había hecho en su vida.

—El niño ya es todo un guerrero, Gerd —se había mofado Fabian. Le golpeó la espalda al pasar, sin notar la mueca de dolor de él—. Deberías estar orgulloso.

—Lo que pasó en la plaza no debe volver a ocurrir. —La respuesta del hombre no fue lo que Fabian esperaba, y la sonrisa se le resbaló hasta quebrarse a sus pies. Susi se tapó el rostro con las manos—. No queremos que esta gente nos odie. Tenemos que intentar adaptarnos a...

—¿A qué? ¿A su estúpida idea de paz? —lo interrumpió Fabian, frunciendo el ceño. Su expresión solo se afilaba con el moretón que se había ganado en el pómulo—. ¿A toda esta mierda? Nadie nos quiere aquí, Gerd. Supéralo. *Nosotros* no queremos estar aquí.

—Hijo, habla con respeto —pidió Janina en voz baja, la madre de Fabian, que se había acomodado junto a Eva.

—Intento conseguir que entren en razón —la contradijo, dando una vuelta para observar a todos los presentes. Otra vez, Marco deseó ser más como él; hasta su padre lo estaba escuchando, a pesar de que no compartiera su opinión. Susi había dejado de llorar—. ¿Qué es lo que vamos a hacer aquí?

—No podemos volver a irnos, Fabi —murmuró ella, abrumada—. ¿Qué tratas de decir?

—Si vuelven a insultarte, voy a matarlos, y hablo en serio. —El silencio se hizo tan espeso que hasta la pequeña Eva se asustó, con los ojos bien grandes ante la amenaza—. Y Marco estará de acuerdo conmigo, ¿verdad?

Una eternidad pasó volando antes de que se atreviera a responder.

—Sí.

—Si ya nos odian, haremos que al menos nos respeten.

CAPÍTULO 5

A pesar de los cuidados de Eva y Susi, el cuerpo le había seguido doliendo durante un par de días más, que fueron una pesadilla para los suyos.

Fabian se había juntado con su pequeña pandilla y había sido él quien había conseguido comida, y un sitio en aquel lugar tan poco hospitalario.

Habían averiguado que casi todos los hombres trabajaban en el puerto y en sus pequeñas huertas. No era tan diferente a lo que alguna vez habían conocido los blancos, pero el sitio donde estaban apenas tenía espacio para todos, y la tierra no parecía demasiado fértil.

Fabian y los demás habían empezado la discusión por conseguir el respeto que habían querido.

Marco los había acompañado, aunque poco había hecho más que estorbar.

Susi estaba preocupada por él.

—No vayas a meterte en otra pelea —le había suplicado la mañana siguiente a su llegada. Tenía ojeras profundas, y Marco pronto descubriría que le daba miedo salir de la casa—. No es necesario que sigas todo lo que dice Fabi.

Él había procurado no espantarla más, pero no tenía pensado hacerle caso.

Su padre solo le había dado consentimiento con un gesto de la cabeza.

El resto del tiempo, Marco se dedicaba a curiosear.

Al principio, Roque se había mostrado reacio.

—Tu padre no quiere que nos metamos en problemas —lo había advertido, señalando hacia donde estaban viviendo—. Y el mío tampoco.

—¿Cómo crees que vamos a instalarnos aquí si no conocemos nada más que estas cuatro paredes? —había rebatido Marco con lógica, desarmando a su amigo por completo—. Vamos.

En cierta forma, tenía razón, y Roque al final estuvo de acuerdo con él.

Habían visto cómo escupían al pasar a uno de los suyos, pero parecía que no se metían demasiado con los niños.

—No somos niños —se había quejado Marco por lo bajo, mirando con rabia a una morena gorda que fruncía la boca con desprecio al verlos.

—Que te hayan puesto un ojo morado no significa que seas Fabian, ¿sabes? —le había devuelto Roque.

Por toda respuesta, Roque se había sonrojado. Lo había empujado en revancha, pero las carcajadas parecían desentonar con su alrededor.

No les había ido mal.

Además de muestras de odio de todo tipo, habían podido analizar en la tierra todas las entradas que tenía la plaza principal del pueblo, de modo que, al segundo día, ya sabían la manera más rápida de bajar al puerto.

A pesar de que el lugar donde habían anclado le generaba cierta nostalgia, en realidad preferían evitarlo: estaba siempre lleno de hombres morenos.

Marco creía conocer ya cualquier manera de regresar a casa desde todos los puntos que habían visto. También la zona que los locales llamaban «el desierto» y no presentaba ningún atractivo en particular.

Al tercer día, habían escuchado que, si daban un rodeo largo detrás de la plaza, podían volver a encontrarse con el río, subiendo por la lomada de las últimas casas y volviendo a bajar para encontrarse con una curva en el afluente.

—Vamos.

Había pasado el mediodía y hacía un calor sofocante. De ese lado del pueblo, las casas parecían más precarias y espaciadas; no se veía a nadie cerca. El sol les daba directamente en la nuca. Se habían quitado las camisas para anudárselas sobre la cabeza y evitar que los rayos les cayeran sobre la coronilla. Era una costumbre muy morena, pero no les quedaba más remedio, porque no estaban tan acostumbrados a esa canícula. De donde venían ellos, todo era muy seco, era cierto, pero el sol no parecía querer despellejarlos con sus rayos.

—Creo que es por ahí —se aventuró a decir Roque, señalando una duna poco elevada cubierta de maleza.

Había una última construcción antes de que el terreno descendiera y la tierra se hiciera más clara. Cuando se acercaron, fue evidente que más allá solo podía haber agua.

No se veía un alma en el páramo.

—A que llego primero —soltó Marco deprisa, antes de empujarlo con la palma y echar a correr, al fin sin miedo de que sofocaran su risa.

—¡Eh! ¿Qué...? ¡Maldito! —Escuchó que se quejaba su amigo antes de seguirle los pasos, jadeando. Para cuando sintió su presencia a su espalda, Marco ya había derrapado hacia abajo sin control, e intentó sujetarse de un hierbajo que se cortó con la fuerza que le imprimió a su descenso.

—¡Cuidado!

Demasiado tarde. Roque se cayó encima de él y terminaron por rodar juntos durante la última parte, envueltos en una nube de tierra, arena y sudor. Marco se deshizo del cuerpo de su amigo, riendo a carcajadas —las primeras genuinas que dejaría escapar desde que llegaran—, y se tumbó en la arena hirviendo de cara al cielo.

—¿Por qué no hay nadie aquí? —Escuchó que se preguntaba Roque mientras se acomodaba el turbante improvisado, que se había perdido en la caída—. ¡Es el mejor sitio en el que hemos estado desde que cruzamos a este lado!

Tenía razón. Marco estaba preguntándose si podrían nadar de ese lado del río —no parecía ser tan rápido y letal como en el centro del pueblo—, cuando sintió que su amigo le sacudía el brazo. Sus facciones se habían endurecido por completo.

—Allí hay unos... unos...

No necesitaba terminar la frase para que Marco comprendiera.

Se incorporó de inmediato, plenamente consciente de que solo eran dos niños blancos, solos en un páramo desierto, fuera del pueblo y de lo poco que les había otorgado seguridad.

Pero los otros no parecían tener intención de acercarse. Los separaba una distancia considerable, pero no era suficiente como para no ver que en verdad no eran adultos. Eran tres, morenos a rabiar; y, al juzgar por su estatura, no podrían tener mucha más edad que ellos.

—¿Qué haces? —se alarmó Roque al ver que Marco avanzaba con paso decidido hacia allí—. ¿Te has vuelto loco? ¡Maldición!

Lo siguió a su pesar, mascullando improperios en tono cada vez más bajo a medida que se acercaban a los locales.

—¡Eh!

El único chico presente se puso de pie de un salto, y a Marco le agradó notar que no era más alto que él. Pensó cómo actuaría Fabian en una situación así, y decidió aprovechar la ventaja.

—¿Qué hacéis aquí? —increpó, imitando la posición que le había visto poner a él cuando buscaba riña.

—¿Qué hacéis *vosotros* aquí? —corrigió el chico moreno. No parecía atrevido, había trastabillado para ponerse de pie.

Una de las niñas, que lo acompañaban, también se levantó, cubriendo a la otra.

—No queremos problemas, así que mejor idos —aseveró ella, mucho más firme que su compañero.

—Sabéis que ahora este es nuestro sitio, ¿verdad? —se metió Roque, que cedía demasiado aprisa a la presión. Marco sonrió complacido—. Podemos quedarnos todo lo que queramos.

Los morenos parecían debatir internamente qué hacer.

—Deli, no te molestes —murmuró el chico, atajando lo que fuera a decir la niña—. Mejor nos marchamos.

—Sí, haced caso a vuestra *amiga* —provocó Marco a propósito, sin poder evitarlo.

Nunca había peleado antes de llegar a Ipati. Había creído que era un chico pacífico, pero esos tres días le habían demostrado, de una manera real y cruda, cómo se veía la cara del odio y, también, cómo se veía el hombre que quería ser.

—¿Y no sois muy pequeños para andar sin vuestras madres sucias? —siguió, ciego de arrogancia. Era estúpido, porque era obvio que tendrían la misma edad que él, pero no podía evitarlo. Era como si la voz de Fabian le susurrara al oído y él no pudiera negarse a su efecto—. Al menos podríais usar el río para lavarse.

—¡Cállate! —espetó el chico, rojo de rabia y vergüenza—. No tenemos nada que discutir con un blanco.

—Cati, vámonos —murmuró la otra chica, Deli, girándose hacia su amiga para ofrecerle la mano.

—¿Tenéis miedo? —se burló Roque, haciendo una mueca ridícula que llenó de satisfacción a Marco y obligó a boquear al chico moreno, que no sabía qué responder.

—No —replicó Delia, altanera—. Los blancos solo dan pena. ¿No es verdad, Cati?

Marco aguardó una respuesta que no llegó.

La tercera niña tenía la mirada baja, no podía verle el rostro.

Delia la sujetaba con ambas manos, a pesar de que estaba de pie, como si quisiera infundirle ánimos. Al final, solo asintió frenéticamente con la cabeza.

—Vámonos —ordenó Bruno entre dientes. Temblaba, y Marco no supo si era de indignación o de terror.

Le gustó el cosquilleo que le recorrió la piel al saber que eran los dueños de la situación y que, por una vez, eran ellos los que estaban haciéndoles pasar un mal rato. Todavía tenía demasiado frescas las lágrimas de Susi, llena de tierra en el suelo, con su pañuelo pisoteado.

—¿Por qué tenéis tanta prisa? —Buscó sujetarle el brazo a la más pequeña para tirar de ella, cuando la niña levantó la cabeza,

45

al fin, para encontrar su mirada por solo un parpadeo. El sonido gutural que salió de su boca abierta, llena de pánico, lo obligó a soltarla, sorprendido y descolocado.

—¡Cati! —chilló Delia, perdiendo los estribos—. ¡Aléjate de ella, sucio...!

Todo sucedió demasiado rápido.

La chica se había puesto en el medio, y Roque había reaccionado antes de que Marco pudiera evitarlo. Más tarde, su amigo le confesaría que creía que el tipo iba a saltar, pero era obvio que estaba demasiado asustado por ellos.

El puñetazo había caído limpio sobre el rostro de Delia, que gritó y terminó sobre la arena, sujetándose el rostro. Cati se venció de rodillas a su lado, alteradísima.

Fue ese el momento que Bruno eligió para reaccionar.

—¿Qué...? ¡Malditos! —No había tenido tiempo para pensar más insultos. Se abalanzó sobre ambos amigos, con demasiado ímpetu y poca experiencia, más aterrado porque volvieran a golpear a alguna de las chicas, antes de considerar que iban a molerlo a palos.

Marco no había peleado nunca antes de llegar a ese lado de Ipati. Sin embargo, allí parecía que era lo único que sabía hacer.

CAPÍTULO 6

Cuando Fabian llegó a lo que los morenos llamaban puerto, se sorprendió al comprobar que no coincidía con sus recuerdos de llegada.

Cuando no estaba atestado de morenos en busca de pelea, se veía deslucido y hasta sombrío. Abrasivo. El sitio no tenía nada de especial, además de la masa de agua que corría hacia abajo, el dios Serpiente. Había solo un muelle emplazado contra la arena rugosa que apenas mordía el río. Se encontraba igual que el día que lo habían atravesado rumbo a lo que sería su nuevo hogar. El resto estaba concurrido por la mayor parte de morenos del pueblo, que andaban sin camisa y listos para el trabajo.

Lo que sí seguía dejándolo sin palabras era el hecho de que, en efecto, por mucho que oteara en dirección contraria, era imposible vislumbrar el otro lado.

Su verdadera tierra, la que había abandonado. El Elisio cortaba Ipati de una tajada demasiado profunda.

Fabian había conseguido la información del único tipo que no parecía querer arrancarle toda la piel para ver si eran igual de humanos. A juzgar por lo que decía, el pueblo se dedicaba a vadear y a recoger las piedras preciosas que se arremolinaban entre la arena viscosa de aquella parte del río. Venían desde arriba, y ellos eran privilegiados por poder cazarlas primero, al ser uno de los emplazamientos más alejados sobre el dios Serpiente. Para cuando el río alcanzaba Ciudad Real, mucho más abajo, en un camino que por tierra podía demorar días enteros, el agua ya no llevaba nada que resplandeciera en su seno.

Los morenos recogían las hermosas piedras durante la temporada de más calor, cuando podían meterse hasta la cintura en el agua, casi agradecidos de la frescura.

Tres o cuatro veces por año, gracias al permiso que había comprado el concejo en nombre del pueblo, podían montar una feria para intercambiar sus productos y así conseguir el vellón del invierno, y la sal necesaria para conservar el pescado que sacaban del río cuando el calor empezaba a amainar, antes de encerrarse en sus casas para sobrevivir a las heladas.

Al parecer, nunca alcanzaban los hombres para la cantidad de piedras preciosas que fluían del río; así que, a pesar del desprecio que habían sembrado desde su llegada, los necesitaban.

Por eso, se había levantado esa mañana, lleno de confianza para hacer lo que debía y se esperaba de él.

Se había deshecho del torpe abrazo de Eva, que seguía haciendo pucheros cuando le insistía en que no quería dormir con ella, y había ignorado la muda advertencia de su madre, que ya estaba despierta.

—Cuídate.

Se había encontrado con Floro y Pío nada más salir de su nuevo hogar.

—¡Este calor de mierda va a matarnos antes que los morenos! —fue todo lo que dijo el primero, antes de palmearle la espalda a Fabian.

—No hace falta que lo digas en voz tan alta —murmuró el otro, torciendo el gesto al ver cómo una mujer que salía con su cesta volvía a entrar en su casa, después de lanzarles una mirada aterrada—. ¿Esto va a ser así siempre?

—¡Qué importa! —desestimó Fabian, ignorando—. Vamos.

Los habían alojado detrás de la plaza, así que ir caminando les había tomado apenas unos minutos.

Era casi gracioso cómo Fabian y Floro se habían acostumbrado a las muestras de desprecio tan rápido. Pío, sin embargo, seguía sin poder ignorar el miedo que despertaban a su paso; sobre todo entre las mujeres.

—¡No soy un monstruo! —se quejó, gritando hacia la tercera jovencita que se había cubierto el rostro para escapar de su campo de visión—. ¿Por qué...?

—Olvídalo. —El tono de Fabian era duro, pero Floro estuvo de acuerdo con él—. Concentrémonos en una cosa a la vez.

Y fue lo que hicieron cuando estuvieron frente al río.

—¡Los blancos están aquí! —exclamó un moreno, a pesar de que era obvio.

—Me pregunto si alguna vez dejarán de decirnos «blancos» como si quisieran aplastarnos —el comentario de Floro fue intencionado, y levantó el resquemor de los locales que estaban más cerca.

—Id por ahí —ordenó otro, señalando con el dedo un punto en la playa cubierto de cabecillas oscuras—. Pregunten por Baldassare.

—No necesitamos tutor —murmuró Fabian entre dientes.

—A mí me importa una mierda.

Pío tuvo que sujetar a ambos con sus manazas para que no siguieran la pulla, y los empujó para que echaran a andar hacia donde les habían indicado.

—Por favor, comportaos.

—Si vuelvo a escuchar otra cosa así, juro que...

No pudieron saber qué era lo que Floro iba a jurar porque vieron cómo uno de los morenos se erguía y les hacía una seña tosca.

—Aquí vamos... —Fabian impostó una sonrisa de cenizas antes de acercarse.

El tipo que los llamaba era un hombre más bien mayor, con el cabello negrísimo y expresión apacible. Lo acompañaba un joven que rondaría los veinte años. No había terminado de mirarlo, que Fabian ya había empezado a odiarlo. No hizo falta tener ningún acercamiento con ese muchacho para saber que no podría disminuir su animadversión y, posiblemente, fuese mutua.

—¿Eres Baldassare? Nos pidieron que viniéramos aquí —indicó con una falsa cortesía que hizo que Floro se atragantara de risa.

—Háblale con respeto a tus mayores —espetó el moreno más joven, corroborando la primera impresión de Fabian.

Baldassare negó apenas con la cabeza, obligándolo a recular.

—Os enseñaremos cómo utilizar las redes y cómo meterse en el río —ignoró la disputa infantil, yendo al tema—. Espero que aprendáis rápido, porque nos faltan hombres. Y supongo que a vuestras familias les vendrá bien el sustento.

—No creo que unos blancos como ellos puedan ayudar demasiado —repuso el joven moreno—. ¿No le tienen miedo al agua?

Pío tuvo que pellizcar en el brazo a Floro para que no soltara el insulto que tenía anudado en la lengua.

En parte, sin embargo, la acusación era cierta: los blancos le tenían respeto al agua. Sobre todo, al Elisio.

Al contrario que los hijos del sol, que habían crecido adorando al dios Serpiente, los hijos de la luna se reservaban una adoración más severa, casi temerosa. Conocían sus peligros más que su vientre brillante, y su historia reciente les recordaba lo temerario que era cruzar aquel gigante a nado.

—Álvaro, no pedimos tu opinión —lo estaba cortando, Baldassare, sin inmutarse, y regresó a la conversación con Fabian—: Las redes están por allá. Tomadlas y regresar.

—Claro.

Se echaron a reír, sin terminar de darles la espalda. No habían tenido ocasión de ver cómo un maldito moreno cerraba el pico en su presencia.

—Esto va a ser divertido... —presagió Fabian, encantado. Sonreía de verdad, y no entendió por qué solo Pío le seguía el juego.

—¿Qué...?

—¡Vaya! No sabía que también existían joyas oscuras, ¿eh? —soltó Floro, alcanzando la caseta de las redes.

Fabian parpadeó y tardó un segundo de más en entender de qué hablaba su amigo.

—Oye, es una morena. ¡Cállate! —le había murmurado Pío en vano, porque el otro ya se acercaba con toda su arrogancia.

La chica estaba sentada en el borde, con los pies enterrados en la arena y las piernas abiertas para poder sujetar mejor la red que parecía estar arreglando. Mordía el hilo grueso entre los labios, para sostenerlo, mientras intentaba encontrar el agujero que la había estropeado.

—¿Qué hace una muñequita morena aquí? —Floro se plantó frente a ella—. ¿Tu padre no te dijo que este es sitio de hombres?

La aludida escupió el hilo para poder mirarlos con desprecio.

—Me importa una mierda lo que tú creas que dice mi padre —espetó, sin variar un ápice su expresión. Fabian soltó un silbido de admiración, mientras Floro se ponía rojo de rabia—. Idos de aquí.

—Solo venimos a por unas redes —explicó Pío, intentando conciliar la situación antes de que se saliera de control—. Ya nos vamos.

La chica se limitó a desafiarlos en silencio, con las cejas enarcadas.

Ellos pasaron por su lado para coger lo que necesitaban, sin quitarle los ojos de encima.

—Eres demasiado joven para andar con esa pose y tener tan mal carácter, ¿no? —dijo Fabian, después de un momento de reflexión.

Las redes, en verdad, eran fuertes; aros moldeados con miles de hilos, atravesados por toda su superficie, para poder soportar la arena que transportarían, y lo suficientemente anchas para poder tirar de ellas con ambas manos.

Floro seguía callado, mudo de indignación por haber sido puesto en su sitio por una muchacha morena.

—No tengo mal carácter —respondió ella, sin variar la inflexión de su voz—, y no es de tu incumbencia.

—Entonces, ¿qué haces ahí sentada, en medio del trabajo de los hombres? —La sorpresa de Pío fue sincera. Ladeó la cabeza, quedando como un idiota, para dar a entender su evidente pasmo al verla allí, cuando todas las otras jóvenes, tanto blancas como morenas, estarían cuidando del huerto, de los pocos animales de tiro y ganado que poseían o cocinando para la cena.

—Ah, una rebelde —comprendió Floro. Chasqueó la lengua antes de añadir—: Puedo hacerte el favor en cualquier momento, querida, aunque vas a tener que lavarte esa piel de mierda primero.

Esa vez, Fabian no tuvo siquiera tiempo de silbar.

La chica no había hecho nada para impedir que Floro se inclinara sobre ella, sino que había esperado el momento justo para volver a tomar el hilo grueso que tenía entre los labios para, con ambas manos, ponérselo detrás de la nuca antes de apretar sobre su nuez.

—Antes de que puedas tocarme —empezó, demasiado cerca del rostro del joven, que nunca había tenido a una mujer amenazándolo, ni blanca, ni morena, tan cerca. Sentía su aliento tibio en la nariz—, ya te habré arrancado la cabeza.

Los dos jóvenes empezaron a abuchear a la vez, doblados de asombro, con un poco de burla, mientras esa chica empujaba a Floro, que cayó de forma indecorosa sobre la arena.

—Idos a la mierda.

Pío ayudó a levantarlo, mientras Fabian seguía riéndose. Era la primera vez que se reía así, desde que habían alcanzado esa orilla.

—¿Qué demonios se cree que es? —farfullaba su amigo de vuelta, hinchado de humillación—. ¡La próxima vez que la vea, la pondré en su maldito sitio!

—Creo que ya nos quedó claro que no es posible —lo picó Fabian, y esquivó con facilidad el gancho de derecha que intentó propinarle Floro.

Pío, que ya había olvidado la gracia, intentó hacerlos entrar en razón.

—Estamos aquí para trabajar, ¿recordáis? —siseó, de regreso a donde se conglomeraban los morenos—. Intentemos no quedar peor.

—Entonces, contrólalo —respondió Fabian, encogiéndose de hombros.

Su amigo suspiró.

Baldassare los esperaba de brazos cruzados, ya sin el tal Álvaro a su espalda.

Los tres se juntaron a su alrededor, escuchando con distintos grados de atención las parcas y concisas indicaciones del hombre, que se limitó a señalar lo que les parecía obvio.

—La corriente aquí no es tan fuerte como después de la curva, pero, de cualquier manera, tenéis que enterrar bien los pies. Sigue siendo necesario respetar los flujos de fuerza y movimiento —les recomendó, haciendo señas para que observaran a los que ya estaban en el río—. Es bueno para nosotros que el Elisio se mueva, porque hace que haya piedras en esta zona de manera constante. Es su manera de retribuirnos por el respeto que le ofrecemos.

Fabian oía a medias, mientras observaba atentamente a los demás. Era evidente que sabían lo que hacían.

Divisó a Álvaro con el agua hasta la cintura. Charlaba con otro tipo que sería igual de repelente que él, mientras enterraban las redes con ambas manos, antes de sacarlas con rapidez para que el agua no se llevara lo que pudieran cazar. Solían recoger solo arena mojada, pero, cuando daban con una piedra, la lavaban bien y la colocaban en el pequeño canasto que tenían atado con unas correas gruesas en sus espaldas desnudas. Algunos, incluso, hacían equilibrio con el cesto sobre la coronilla.

—¿Qué tan difícil puede ser esto? —masculló Floro a su lado, dándole la vuelta a la red que tenía, antes de dirigirse a paso firme hacia el agua.

Nadie lo detuvo, a pesar de que Baldassare todavía les daba instrucciones.

—¡Eh, espera!

Para cuando Pío lo notó, el aludido ya había hundido los tobillos en el río.

—Si queréis sobrevivir aquí, vais a tener que aprender a escuchar —aseguró Baldassare, enarcando ambas cejas para ver el espectáculo—. ¿Vuestro amigo sabe nadar?

—No tengo ni idea —confesó Fabian, haciendo que Pío palideciera bajo el sol.

—Oye, papá, ¿qué haces...? —Cili se detuvo con brusquedad cuando vio quiénes eran los blancos con los que estaba hablando su padre.

Llevaba encima la red que había arreglado y se había atado el largo cabello castaño en un enorme moño sobre la cabeza. Así, parecía todavía más fiera de lo que habían comprobado que era.

Cruzó una breve mirada inflamada con Fabian antes de girarse otra vez hacia Baldassare, ignorándolos.

—¿Qué haces...? —Sin embargo, tampoco pudo completar su pregunta.

—¡Floro!

Ella y Fabian vieron a la vez cómo Pío, asustado, corría hasta la orilla gritando el nombre de su amigo.

—Pero ¿qué...? —Cili apartó de un manotazo a Fabian para poder ir a ver lo que ocurría—. ¿Es que es idiota?

Floro se había alejado mucho más de lo que estaban inmersos los demás. Cualquiera que hubiera hecho aquello más de dos días conocía el límite que flotaba invisible, el momento exacto en el que el río se volvía traicionero.

El blanco había estado vanagloriándose en voz alta de lo cobardes que eran los morenos por no adentrarse más, como si fueran niños asustados.

En ese momento, sin embargo, era él quien intentaba manotear el agua para mantenerse a flote, enredado en la corriente, que no tenía intención de perdonarlo.

Cili se mojó los pies al alcanzar la orilla, viendo cómo, desesperado, Pío pedía ayuda.

Ninguno de los suyos se había movido de sus sitios. Álvaro se limitaba a observar, como los demás, con las redes en alto, impávidos ante las llamadas de auxilio.

—¡Maldición!

Cili actuó antes de que Fabian terminara de procesar la información.

Se quitó la larga camisa de hombre que llevaba por encima de la cabeza, arrojándosela a la cara, y se metió en el río de tres zancadas.

El joven se quitó la prenda, todavía tibia, para ver cómo ella era la única que braceaba hasta alcanzarlo.

—¡Floro, aguanta!

Pensó en meterse a ayudar, pero terminaría cometiendo el mismo error que su amigo.

Al ver a Cili alcanzando al blanco, el resto de los morenos parecieron salir de su pasotismo.

A regañadientes, Álvaro y su amigo nadaron cruzando el límite que los mantenía en pie, para sacar entre los tres a Floro, que resollaba, rojo de vergüenza y medio ahogado.

Lo tiraron a la arena nada más salir del río.

Descompuesto, Pío le golpeó con fuerza la espalda para que pudiera escupir toda el agua que había tragado.

—¡Imbécil! —masculló Cili. Se deshizo de los otros dos, dando dos grandes zancadas para reunirse con su padre—. ¿No les hablaste de la corriente? ¿Es que no saben respetar al dios Serpiente?

—Los blancos creen que pueden hacerlo todo —respondió Álvaro de mal humor, tendiéndole su camisa—. Póntela.

Justo en ese momento, Fabian notó que había sujetado la prenda todo ese tiempo y que el moreno se la había arrebatado de las manos.

—Tienen mucho que aprender si quieren trabajar aquí —repuso Baldassare, sin ninguna inflexión negativa en la voz.

Álvaro los miró con desprecio antes de marcharse, llevándose a Cili consigo, que obedeció a regañadientes.

Floro seguía tosiendo contra la arena, roto de humillación.

CAPÍTULO 7

Cili era la que se levantaba primero; había sido así casi desde niña. Tenía un mecanismo en el cuerpo que la hacía saltar, nada más percibía los primeros rayos que contaminaban la noche para darle fin.

Cuando era pequeña, fingía seguir durmiendo, comiéndose la vergüenza para poder hacer como si no se hubiera dado cuenta de que estaba abrazando a Cati, o incluso a su padre.

Después de masticar con rabia los doce años y su repentina entrada en el mundo adulto, se levantaba en silencio, con cuidado de no pisar ni perturbar al resto de su familia, que continuaba descansando al menos una hora más. Se vestía deprisa y salía al alba, echando a correr por el borde del pueblo para darle toda la vuelta.

En verano, en cambio, prefería meterse al río. Había algo sincero y refrescante en sumergirse cuando el puerto estaba desolado y el cielo todavía no anunciaba el nuevo día.

Nadaba ida y vuelta, especialmente contra la corriente, antes del rápido que la llevaría hasta el recodo. Tenía un desafío privado, en el que intentaba nadar más de cinco veces contra la corriente antes de que diera inicio la jornada.

Su conexión con el Elisio era profunda y privada.

Los días de calor más sofocante ya empezaban a escasear, así que Cili calculaba que no le quedarían tantas oportunidades para meterse en el río antes de que se le empezaran a entumecer las extremidades.

Los intrusos habían llegado justo antes de la última feria del vellón y, por lo que sabía, no tenían pinta de que pudieran pasar el invierno con comodidad.

En parte, eso la satisfacía: si atravesaban penurias, tal vez decidieran marcharse y regresar por donde habían venido.

Eso le disminuiría el dolor de cabeza.

Después de que llegaran los blancos, su hermana se había comportado de manera muy extraña. Cati se negaba a salir, incluso con Bruno, y pasaba largas horas afligida con su madre en el huerto.

A Cili le desesperaba ver cómo se volvía más y más taciturna, sin que pudiera hacer nada por evitarlo. Le había preguntado a Bruno —estaba segura de que al chico le aterraba hablar con ella, pero le daba igual—, a Delia, e incluso había buscado a la cría que vendía abalorios en la plaza, con la que Cati había hecho buenas migas; la muchacha de Gadisa.

Nadie entendía lo que le pasaba.

Cili estaba por tomar medidas más bruscas, ya que estaba muerta de desesperación.

El invierno estaba a la vuelta de la esquina y Cati seguía sin querer salir de la casa.

Fue entonces, cuando Edite tomó cartas en el asunto. A la mujer no le había molestado que la niña estuviera cerca de ella, un poco más resguardada y protegida, pero sí le asustaba que el temperamento de Cati cambiara; siempre había sido una niña feliz, a pesar de su mutismo.

Así que, al final, había sido ella la que había iluminado al menos una de las razones del hermetismo de Cati.

—Tu hermana es ya una jovencita —le había explicado con brusquedad a Cili, cuando le exigió que le contara lo que había ocurrido—, y no sabe cómo comportarse, gracias a ti.

—¿Por qué?

—¡Porque rompes todas las reglas, Cila! —El tono de su madre se endureció—. ¡Ella no sabe qué hacer! ¿Alguna vez te has detenido a pensar lo duro que puede ser para Cati intentar contentarte a ti y al resto? ¿Lo difícil que sería ser una chica buena y dulce, y, a la vez, no decepcionarte por no ser como tú?

Ella se había quedado sin habla.

Su madre dejó caer un bufido antes de dar media vuelta para regresar al hogar.

Cili le había dado muchas vueltas a esa idea durante el largo invierno. Era la peor época para el pueblo, pues el frío azotaba y la actividad era muy poca. Los animales se refugiaban con las familias y todos aguardaban, con paciencia infinita, a que el sol volviera a brillar con fuerza y el ciclo renaciera de las heladas.

—Papá, ¿crees que soy una mala influencia?

Ella y el hombre eran los que más salían.

Cati se refugiaba dentro la mayor parte del tiempo, salvo alguna que otra tarde ligeramente cálida; su familia temía que fuera a enfermar.

Cili, en cambio, que no había estado en cama ni un momento de su vida, salía a estirar las piernas, se aseguraba de que el exterior de su choza no se congelara y daba una vuelta por la plaza principal.

Ese día, ambos se encontraban ufanados en arreglar la verja de entrada, que se había humedecido demasiado por la niebla persistente.

—¿A qué te refieres, hija? —Baldassare seguía concentrado en su tarea, así que no se molestó en mirarla a los ojos.

A Cili se le hizo más fácil expresar lo que quería decir de esa forma, porque podía fingir que todo eso no la preocupaba horrores.

—A que si crees que las niñas tomarían... un mal ejemplo de mí. O de mi... manera de hacer las cosas.

—¿Las niñas? —repitió entonces su padre y se quedó quieto. Levantó apenas la mirada y se pasó una mano por el cabello, mucho más ensortijado que el de su hija.

Más de una vez había oído mencionar el rasgo foráneo de su padre. No era un paria, no pertenecía a las tribus nómades de Gadisa. Sin embargo, tampoco era alguien de esa tierra. Se distinguía fácilmente por ese pelo tan extraño.

Había oído que su madre era de Alena, de los hombres que llegaban en temporada para hacerse con las mejores piedras, pero Cili nunca le había preguntado. Le daba miedo, y también algo de bochorno, porque a ella no le importaba de dónde hubiera llegado. Solo lo quería allí, a su lado, para siempre.

No le importaba si su padre hubiera nacido al otro lado del inmenso mar, en el continente salvaje, guerrero y ajeno de Alena. No le importaba.

¿Cómo iba a importarle si, cuando Baldassare le clavaba los ojos con ternura, sabía que podía observarle el alma directamente, por mucho empeño que ella pusiera en ocultarla?

—Lo que quieres decir es tu hermana, ¿verdad? Quieres saber si serías una mala influencia para Cati, y no para las niñas. No te he visto muy cercana a otra niña antes. —Baldassare sonrió y Cili tuvo que aguantarse las ganas de replicar, con las mejillas ardiendo.

—Bueno, sí.

—¿Cómo podrías? —Su padre se limpió las manos con dos enérgicos choques de palmas antes de regalarle una tosca y rápida caricia en la mejilla—. Cili, no conozco a una persona que sea tan fuerte, tan valiente y directa como tú. Cati tiene suerte de tenerte como ejemplo. No es una desgracia para ella. —El mutismo de su hija lo obligó a insistir—: Has visto lo que pasó con esos blancos durante el primer día. Solo tú fuiste a socorrerlo. Incluso siendo un muchacho arrogante y presuntuoso. Lo hiciste porque eres una buena chica, y estás orgullosa de ello. ¿Cómo podrías ser una mala influencia? ¿Quién te ha dicho eso?

Ella prefirió hacer caso omiso a la última pregunta.

—Fue algo que se me ocurrió —susurró, sin mirarlo—. No quiero que Cati tenga que cargar con mi… carácter, o lo que sea.

—No lo hará. Ella conoce a su hermana. Todos aquí la conocemos —añadió, con afecto.

Cili se sacudió la sensación incómoda —ya era muy mayor para esas muestras tan palpables de cariño—, y siguió en la faena, haciendo de cuenta que nunca habían tenido esa conversación.

Lamentablemente, para ella, fue solo cuestión de tiempo para que Cili comenzara a reflexionar sus maneras y, sobre todo, las formas de presentarse, siempre pensando en lo que Cati estaría pensando, y en cómo su ejemplo tendría que instruirla y no condenarla.

No dejó de bajar a trabajar durante el verano en el puerto. Seguía siendo la única muchacha, pero, en vez de comportarse como un hombre más, hizo un esfuerzo por moderarse y pasar desapercibida.

Procuró ignorar a Álvaro y sus constantes pullas veladas. También los comentarios de los blancos que habían conseguido sobrevivir al invierno y se sumaban a la nueva temporada con brío.

No siempre lo conseguía, no podía mentir. Tenía que atarse las respuestas rápidas y las miradas insidiosas ante los comentarios que podía suscitar, pero, al menos, las habladurías sobre sus formas masculinas e irrespetuosas habían dejado de llegar con tanta frecuencia a su hogar.

Para su sorprendente alegría, no solo era algo bueno para Cati, que volvía a florecer con sus tiernas expresiones, sino también había limado en parte su complicada relación con su madre.

Era una ventaja que no había visto venir, pero que agradecía.

No reñir en casa le empezaba a gustar, y hacía que el condenado esfuerzo valiera la pena.

Casi sin darse cuenta, pasaron dos inviernos más desde su determinada decisión a no convertirse en un problema para su hermana. Cati era ya una muchacha hermosa, casi adulta, y Cili no podía estar más orgullosa de ella.

No tenían el mismo carácter. En absoluto. Sin embargo, allí donde podría haber visto debilidad en Cati, Cili solo veía dulzura e inteligencia.

Su hermana sería la muchacha más codiciada de todo el pueblo. Estaba segura.

La temporada alta en el puerto volvía a estar en su punto álgido, y esa jornada estaría dedicada casi exclusivamente a los preparativos para la feria del vellón del día siguiente.

No le extrañó que él ya estuviera zambullido en el río, cuando alcanzó la orilla.

No hizo ningún gesto que diera a entender que la había visto, así que Cili se limitó a quitarse la camisa y dejar sus pertenencias en la caseta de las redes antes de sumergirse.

Habían aprendido a ignorarse.

El blanco había empezado a nadar allí, poco después de su llegada, y Cili presumía que era para no hacer el mismo ridículo que su amigo.

Se había sorprendido de que solo él quisiera aprender a manejar las corrientes, cuando habían sido cinco los blancos que habían terminado trabajando en el muelle.

Su padre estaba conforme con su desempeño, a pesar de ser novatos, y hasta había sonreído de más cuando comentó que ninguno se había ahogado todavía.

Pero era evidente que el tipo ya sabía nadar y había entendido el curso del río.

A Cili le fastidiaba que siguiera presentándose casi todas las mañanas, incluso más temprano que ella. Le robaba el poco tiempo de paz absoluta que conseguía solo en esos momentos, y le daba rabia la mirada descarada que le lanzaba ese blanco, cuando ella salía del agua, apurada para ponerse la camisa, por encima de las prendas mojadas.

—¿Qué mierda miras? —le había espetado la primera vez, sin poder contenerse.

No era estúpida. Sabía que sola contra él no iba a poder, pero tenía a mano las redes que guardaban en la caseta y, de ser necesario, los instrumentos afilados que se usaban para moldear. Pensaba dar pelea. Además, el blanco no parecía muy de riñas. Tenía pinta de pacífico.

—Nada.

No habían vuelto a hablar durante semanas, pero la mirada seguía ahí.

—Vuelve a mirarme y te pasará lo mismo que a tu amigo.

A partir de entonces, compartían el río en silencio, verano a verano.

Ella se preguntaba hasta cuándo iba a tener que soportarlo. Esperaba que, después del invierno, ya no volviera a dejarse caer por esos lares.

CAPÍTULO 8

Cati bullía de excitación mientras seguía la estela de su madre para dirigirse a la plaza, teniendo especial cuidado de no tirar ni una de las piedritas que tenía en el canasto.

Era un día radiante, aunque el sol ya no pegara con tanta fuerza. Le hacía cosquillas en la piel mientras se iban instalando, junto con las demás mujeres, que empezaban a montar los puestos, aprovechando la tarde que llegaba a su fin.

El resto de los hombres, por su parte, recogían las últimas piedras de la primera etapa de esa temporada.

—¡Cati! —Escuchó a su espalda, antes de girarse y recibir el abrazo cálido de Esmeralda, que, como siempre, llevaba mucha decoración en sus trencitas, además de los abalorios que vendía, bien sujetos en una mano—. Hacía tiempo que no te veía. ¿Cómo estás?

Su madre chasqueó la lengua y se giró con brusquedad, fingiendo no oír a la joven. A Edite no le gustaba Esmeralda, y, aunque jamás había puesto pegas a la torpe amistad que había formado con su hija, tampoco la alentaba a continuar con ella.

Cati asintió frenéticamente con la cabeza y una sonrisa brillante.

—Habrá mucho trabajo hoy —comentó su amiga, entendiendo lo que quería decirle—, y mañana será todavía peor. ¡Ojalá vengan mujeres con los de siempre! Tienen más interés en estos. —Hizo tintinear los collares. Cati volvió a observarlos fascinada—. Te guardaré uno para que lo luzcas mañana, ¿sí?

La aludida parpadeó, sorprendida, antes de apresurarse a negar con la cabeza. Aunque le encantaba la bisutería que vendía Esmeralda, nunca había podido adquirir ninguna pieza, y ella tampoco le había ofrecido ninguna. No le parecía correcto y, de cualquier manera, tampoco lo anhelaba tanto. Le hubiera gustado regalarle un collar a Cili, pero ya sabía que a ella no le interesaban demasiado esas cosas.

Por eso, la pilló por sorpresa, por más que la propuesta de Esmeralda se oyera sincera.

Ella la sonrió, tomándole una mano a Cati, para que dejara de agitarla en negación, y le guiñó un ojo.

—Luego hablaremos más.

Antes de que Cati pudiera pensar en algo, Esmeralda ya se había marchado, extendiendo bien los brazos para que pudieran apreciar sus baratijas brillantes.

—Cati, si viniste aquí era para ayudarme... —le recordó su madre con paciencia, y le tendió uno de los palos que sujetarían la estructura—. Vamos, sostenlo.

A su alrededor, todos parecían hacer lo mismo.

Era un evento que se repetía al menos dos o tres veces al año, en el que el pueblo ofrecía al resto las piedras preciosas que habían recogido en esa temporada. Se llamaba la Feria del Vellón porque la mayoría quería intercambiar su pesca del año por lana caliente y sal para el invierno, además de algún animal exótico para la zona.

Los pastores de Ipati, junto con los marinos de Alena, lo sabían y nunca faltaban a la cita.

La forma más sencilla de sobrevivir a las heladas era salando el pescado, que se recogía al bajar el calor intenso y complementarlo con lo que lograran sacar de las ferias. Pero lo más importante era el vellón, porque las ovejas en esa tierra se morían antes de alcanzar la temporada buena. El poco ganado que sobrevivía en los pueblos que bordeaban el Elisio eran los más fornidos, de tiro, que no ofrecían métodos de abrigo.

Para la primera feria, todavía hacía demasiado calor, y se notaba. Las mujeres habían hecho lo posible por protegerse del sol con amplios toldos sobre sus cabezas, incluso aunque ya había pasado bastante del momento más intenso del día, mientras disponían de las tablas necesarias para poder exponer mejor las piedras.

El concejo del pueblo había recogido hacía unos días las monedas necesarias para comprar su derecho a un puesto en la plaza. Era el impuesto regular, junto al que cobraban para ingresar en el pueblo a los pastores que llegaban de las zonas fértiles, para intercambiar sus productos y los provenientes del puerto.

En realidad, en Ipati las monedas se utilizaban solo para transacciones oficiales; para comerciar en la feria bastaba un intercambio justo entre las dos partes. Solo el mayor estaba autorizado a vender monedas en el pueblo, y se compraban con el solo objetivo de pagar luego su puesto en la feria.

Ajena a la diversión y la curiosidad de Cati —era la primera vez que le permitían tomar parte de aquello, y hasta había conseguido que Baldassare la dejara quedarse en la feria—, Edite repasaba la plaza con la mirada, nerviosa, mientras se ufanaba en que todo quedara perfecto. Algunas conocidas le hacían un gesto con la cabeza cuando reparaban en su mirada, a lo que ella respondía con un corto saludo.

No era diálogo lo que buscaban sus ojos, sino algo más.

Suspiró cuando se dio cuenta de que nada estaría dicho hasta el día siguiente, e hizo su mejor esfuerzo por sonreírle de vuelta a Cati cuando tuvieron todo listo.

Justo en ese momento, las blancas ingresaron por la entrada más cercana a su barrio.

El ambiente bajó apenas el volumen. Pasaría desapercibido para cualquiera que no conociera la situación, pero incluso ese pequeño cambio fue recibido con resentimiento por parte de las recién llegadas.

Cati las vio, cuando pasaron por su puesto, para ubicarse en el sitio que habían adoptado la primera vez que habían asistido a la feria; cerca de donde habían terminado por instalar sus hogares.

Se escondió detrás de su madre, con las mejillas arreboladas, a pesar de que ya tenía casi la misma estatura que ella, y hacía tiempo que los suyos habían perdido la costumbre de evitar el paso de los blancos.

Edite le hizo una corta caricia en la cabeza para animarla, y continuó tirando para que el toldo quedara perfecto.

Cuando se sintió segura, Cati fingió acomodar las tablas que no podía mover sola para espiar, por entre las pestañas, al grupo de mujeres blancas que empezaban a montar sus propios puestos, como los demás.

Odiaba admitir que, además de miedo, sentía mucha curiosidad, de la que se avergonzaba profundamente.

Los hombres blancos le aterraban; sin embargo, sus mujeres tenían algo hipnótico. Cuando podía, se dedicaba a observar sus cabellos tan claros y rubios, como etéreos, y sus pieles tan pálidas que parecían enfermas. Lucían hermosas, de una manera macabra y sutil; y tenía que reprimir sus ganas de saber de primera mano si de verdad ese pelo tendría el tacto tan fino como se veía.

Pero se sentía mal cada vez que las observaba por el rabillo del ojo, incómoda y un poco roja.

—Eh, Cati. Señora Edite.

Bruno hizo un gesto con la cabeza para saludarlas, sobresaltando a la chica, que advirtió cómo toda su sangre se agolpaba de pronto sobre sus mejillas.

—Bruno, querido. —La mujer lo adoraba. Era con el único, además de la familia, con el que le permitía salir a Cati—. ¿Cómo estás? ¿Necesitas ayuda con algo?

—La verdad... —El recién llegado hizo una mueca y captó enseguida la atención de Cati, que asintió al entender su indirecta—. ¿Podría llevarme a Cati un rato? Mi padre va a enojarse si rompemos alguno de los huevos para mañana, y lo más probable es que eso suceda si dejo sola a Delia. Yo solo no puedo con todos.

—Bueno, de acuerdo —consintió Edite, contrariada—. De cualquier manera, nosotras ya estábamos terminando por aquí. —Se giró hacia Cati, que había puesto su mejor cara de inocencia—. Regresaré a casa. ¿Te quedas aquí hasta que te recoja Cili?

Ella asintió de inmediato antes de pegarse a su amigo, cómplice.

—No te separes nunca de Bruno —indicó su madre, recogiendo las cosas—, y no hagáis tonterías.

—Claro que no, señora Edite —le aseguró Bruno. Hizo una señal con la mano y provocó la risa silenciosa de Cati—. Hasta luego.

La mujer se marchó después de un último repaso al puesto y una mirada severa a su hija, quien aceptó la advertencia sin moverse. Dio un rodeo a propósito para no pasar frente al revuelo que estaban haciendo las blancas y se perdió de vista, camino a casa.

Cati sonrió y saltó, emocionada.

—¡Ya, ya! Era cierto lo que dije —le reveló Bruno, sin evitar contagiarse de su buen humor—. Tenemos que levantar el puesto o el viejo va a enloquecer mañana.

Su amiga no parecía decepcionada por aquello.

—Luego podremos dar una vuelta —prometió él, y le guiñó un ojo con rapidez, antes de llegar a arrepentirse.

Hizo señas para que Cati lo siguiera hacia donde estaba el sitio reservado para ofrecer otras cosas que no fueran piedras.

En general, no eran demasiadas.

Era difícil hacer crecer algo en el suelo árido del pueblo, porque nada sobrevivía al invierno. Lo normal era que las mujeres mantuvieran pequeñas huertas en sus casas con cultivos de corta estación, solo para abastecer a sus familias.

El padre de Bruno se había dedicado a criar gallinas y a recolectar sus huevos, después de que una enfermedad se hubiera llevado su brazo, impidiéndole seguir recogiendo el preciado material en el río.

Lo cierto era que las ferias no le servían de mucho, y solía intercambiar más con la propia gente de allí.

También estaba la familia de Esmeralda, que nunca había aceptado comprar un puesto en la plaza, y se dedicaban a mostrar sus abalorios andando entre la gente, cuando el sitio empezaba a rebosar.

—Deli, por favor, no rompas nada —suplicó Bruno al ver a la chica inclinada sobre los fardos, sobre los que habían puesto los huevos para exhibirlos—. Con cuidado.

—Pero ¿qué crees que soy? —se ofendió ella, lo que provocó la risa de Cati—. Ah, claro. Tú siempre te pones de su lado.

—Es porque te conocemos —rebatió Bruno, obligándola con delicadeza a que se alejara de allí—. Mejor ven, y ayúdame a sujetar el toldo. Cati, coloca bien los huevos, ¿sí?

La joven obedeció de inmediato, todavía riéndose de la mueca enfurruñada de Delia, quien se aseguró de demostrar su ofensa fingida, hasta que Bruno le garantizó que confiaba en ella tanto como en Cati.

CAPÍTULO 9

—No vas a decirme que no a mí, ¿verdad?

—Fabi, suéltame.

Él no le hizo caso, porque podía ver la sonrisa que intentaba disimular tras los pliegues del enfado.

Susi volvió a rezongar, buscando quitárselo de encima, como si ahuyentara a una mosca molesta. Pero no era el único que la perseguía.

—No te hagas la difícil, si sabes que al final vas a terminar cediendo —la presionaba Floro, asomado desde atrás de su amigo, con una mueca sucia y divertida—. ¿Qué te cuesta? Hazlo por mí.

—¡No seáis brutos! —los amonestó Pío, observando el ceño fruncido de Susi—. Perdónanos, pero, con tu ayuda, esta vez podríamos...

—... conseguir que dejen de tratarnos como mierda —completó Fabian, sin darle tiempo a la joven para escandalizarse—. Anda, no te enfades. Te lo compensaré.

—O puedo hacerlo yo —intervino Floro, haciendo un rápido movimiento con la cadera, que Susi rechazó girando el rostro.

—Si quieres contribuir, cállate —lo amonestó Pío por lo bajo, y le pellizcó el costado.

El joven hizo una mueca exagerada de dolor, que su amigo no se tragó.

—Dejadme —pidió Susi una última vez, casi suplicando—. Mi padre no estaría de acuerdo.

—Yo trataré después con Gerd —le aseguró Fabian, sin dejar pasar la oportunidad—. ¡Por favor, por favor! Eres la única que puede hacerlo. —Le tomó las dos manos cuando vio una grieta en la máscara de rechazo de la chica, y siguió presionando para terminar de quebrarla—. Puedo pedirle a Eva que te acompañe...

—¡Eva es una niña!

—Ya está en edad de merecer.

Esa vez Pío no necesitó hacer ninguna advertencia, porque el mismo Fabian cazó a Floro por el cuello, haciendo una llave con el brazo para apretarlo sin piedad.

—¡Estás hablando de mi hermana, imbécil!

—Él nunca sabe dónde está el límite —murmuró Pío, avergonzado—. No le hagas caso, y Fabian no quiso decir de ese modo lo de Eva... La idea es que se junten algunas de ustedes para ofrecer *mejor* las piedras. Estaremos con ustedes todo el tiempo.

Susi torció el gesto, meditando las palabras del joven.

Fabian vio su momento y soltó a Floro, que se retorció mientras tosía para recuperar el aire.

—Te juro que no permitiré que nada te pase. —Estaba siendo sincero y ella lo supo, como siempre—. Es solo una jugada para quitar del medio a los morenos, ¿puedes?

El largo suspiro de Susi le adelantó el triunfo.

—¡Pero...! —No pudo expresar sus pegas, porque Fabian ya le había besado la mejilla y se alejaba hacia la plaza.

—¡Te quiero! ¡Ya lo sabes!

—Gracias. —Pío inclinó apenas la cabeza, de manera mucho más formal. Susi, abochornada, no supo qué decir—. Nos veremos en la feria.

—¡Ponte hermosa! —le recomendó Floro, ya recuperado, y le sonrió con desfachatez antes de seguir los pasos de su amigo.

Susi recuperó el dominio de sí misma ante el comentario y se echó el cabello hacia atrás, para fulminarlo con la mirada, pero los tres ya se iban hacia la plaza. Así que, se giró para regresar, nerviosa, a su casa.

Tenían razón, y Susi lo sabía, pero no por ello se sentía menos asustada al respecto.

Era la primera feria de la temporada y la más importante.

Llevaban allí el tiempo suficiente para entender la dinámica del pueblo, y conocían a la perfección lo que iba a ocurrir: los pastores de Ipati y los marineros de Alena llegaban, como siempre, después de un viaje largo, tedioso y muy arriesgado. Unos, con sus carretas llenas de vellón y algunas excentricidades; los otros, con los depósitos de sus recias embarcaciones, atiborradas de sal, para hacerse con las piedras preciosas más bonitas y grandes del año, y luego llevárselas hasta sus tierras.

Esos pocos hombres eran los únicos que se atrevían a hacer el viaje extenuante de un punto al otro.

Los hijos del sol atravesaban desde sus campos más fértiles y se dirigían hacia la derecha, para alcanzar Ciudad Real, y luego, al llegar a la desembocadura del Elisio, seguían su curso hacia abajo, hasta las zonas pesqueras. La mayoría se quedaba en los primeros pueblos, los más cercanos al centro de Ipati. Sin embargo, la comodidad suponía una derrota, porque los pueblos del final del río eran los que recolectaban menos piedras preciosas. Las más valiosas y la mayor cantidad se quedaban en pueblos como ese, donde su posición alejada y privilegiada les servía, por única vez, de ventaja.

Por otro lado, estaban los marineros de Alena. Ellos llegaban de un viaje todavía más largo. Susi jamás había visto a una persona de la salvaje Alena, pero conocía sus historias: eran hombres de mar, de la tierra de los tifones. El mar era como si el dios Serpiente se hubiera hinchado hasta devorarlo todo; su inmensidad era inconmensurable.

A Susi le aterraba la posibilidad de lanzarse al mar, sabiendo que el agua podía ser tan letal. Sin embargo, los marineros de Alena hacían aquel viaje todos los años, al menos una vez, y se llevaban las mejores piedras de la temporada. Solían coger el Elisio y ni siquiera bajaban a la Feria del Vellón. Atracaban en el muelle y enviaban un emisario para realizar el intercambio, antes de retirarse hasta el siguiente año. Su sal era la más preciada de Ipati.

Los blancos habían experimentado demasiado desprecio durante las ferias pasadas.

Era indignante ver cómo, por más que ofrecieran lo mismo e incluso algunas de las mejores recolecciones de la temporada, los morenos seguían escogiendo primero a los de piel oscura para hacer transacciones.

Incluso los de Alena, a quienes poco les importaban los odios ancestrales de los hijos del sol y la luna, preferían a sus viejos comerciantes.

Susi había visto, roja de ira, cómo tenían el descaro de elegir unas piedras insulsas, ridículamente opacas, antes que las más brillantes de las suyas.

Estaba harta de pasar frío en invierno. Le preocupaban los huesos de su padre, que ya no tenía edad para enfrentar aquello; y Marco, que se hacía el desentendido y le ofrecía siempre su ración más generosa, para que le calentara el cuerpo, cuando en verdad había noches que no paraba de tiritar.

Así que, cuando llegó a su casa, con el corazón latiéndole desbocado, tomó una decisión.

—¿Vas para la plaza? —le preguntó su hermano, que estaba terminando de lijar las asperezas del banquito que le habían hecho a Gerd para que pudiera sentarse en la feria, sin que le doliera la cintura—. Termino esto y bajo.

—Sí, vine a recoger unas cosas. —No era del todo cierto, pero no quería mentirle a Marco.

Buscando ignorar el bombeo frenético de su corazón, se deshizo con rapidez del pañuelo que le protegía la coronilla del sol, y se soltó el cabello, que le cayó espeso hasta la espalda. Tenía uno más colorido, que prefería guardar para ocasiones especiales —así no se le gastaba—, que agarró casi sin mirarlo. Se quitó la camisa que llevaba encima, por lo que se quedó solo con el vestido ligero de una pieza, y se anudó bien el cinturón sobre el talle.

En el último momento, recordó que las morenas llevaban un tiempo imitando la nueva costumbre de recogerse el pelo en una coleta. Para contrariarlas, ella se trenzó aprisa pequeñas porciones de su cabello rubio y suelto, para darle un efecto más delicado, esperando no verse ridícula.

—¿Me esperas y...?

Marco se quedó con la palabra en la boca, porque su hermana salió deprisa, sintiéndose desnuda, al tener los hombros al aire. Se pellizcó las mejillas para darles un poco de color y atravesó casi corriendo el barrio de los blancos para alcanzar la plaza.

Llevaban demasiado tiempo allí, como para que los morenos persistieran en sus signos de rechazo. Desde que se habían delimitado sus espacios de manera natural, la regla era la indiferencia. Por eso, le avergonzó sobremanera volver a levantar miradas sorprendidas y un poco inflamadas a su paso.

Volvió a sentirse segura, cuando llegó a los puestos montados por los suyos, en una esquina de la plaza.

—¡OS dije que sería buena idea! —se vanaglorió Fabian, que fue el primero en verla—. Exquisita.

—Déjame —murmuró Susi, azorada, envolviéndose con los brazos—. Solo lo hago por... Ya sabes.

—Porque eres inteligente y quieres lo mejor para nosotros, sí. —La desfachatez del joven la abrumó, mientras le daba paso para que se acercara—. Eres la mejor.

—No entiendo por qué me lo piden solo a mí.

—Viktoria y las niñas también vendrán —apuntó Pío, que estaba terminando de lavar las mejores piedras en una jofaina, para que quedaran bien brillantes—. No eres la única.

—Pero sí, la más hermosa —añadió Fabian, con una inocencia que nadie le creía—. Buena idea. —Y señaló su torso, haciendo que Susi se encogiera más sobre sí misma.

—¡Idiota! —refunfuñó a media voz, para que solo él pudiera escucharla—. No me mires.

—Lo importante es que lo hagan ellos —repuso el joven, encogiéndose de hombros—, pero me aseguraré de que tengas lejos a Floro. Le cuesta contenerse.

Susi hizo una mueca de asco que provocó la risa de su amigo, quien le palmeó la espalda como si fueran camaradas, y siguió a lo suyo, intentando resolver todos los problemas de último momento.

La plaza era un revuelo.

Los morenos parecían demasiado ufanados en lo mismo que ellos como para que las asperezas saltaran.

Susi se escondió en uno de los puestos, ya listos para observar al resto.

A pesar de los nervios, pudo apreciar que lo estaban tomando casi como una fiesta.

Muchas familias enteras se aseguraban de tener todo en orden; los niños corrían por doquier y las madres gritaban en vano. También estaban los críos que vendían abalorios, con sus sonrisas de papel, paseándose entre el gentío para ofrecer sus joyas.

Justo en diagonal al sector blanco, estaban todos los que no ofrecían piedras, y distinguió algunas frutas y huevos; hasta al viejo excéntrico que tenía una turba de pajaritos que estaban llenando el aire con su trino.

Marco llegó con Eva un rato después, cargando el banquito al hombro.

Su hermano enarcó una ceja, pero no hizo comentarios sobre su aspecto, cosa que Susi agradeció en silencio.

—Ay, Susi, ¿puedes hacerme algo así de bonito en el cabello? —le pidió Eva, entusiasmada, dando un brinco para llegar hasta ahí—. Por favor, ¿puedes?

No hacía falta que le rogara con las manos juntas y el puchero que la hizo reír, porque iba a decir que sí de cualquier manera.

—Siéntate.

Marco bajó el banquito y se lo ofreció a su amiga.

Enseguida, con dedos hábiles, Susi le trenzó el pelo rubio, para hacerle un hermoso medio recogido, justo por debajo de la coronilla.

Su hermano se desentendió de ellas y fue a por Roque, y los demás, que ultimaban detalles.

Se bebía la expectación en el aire.

Al finalizar la jornada, sabrían si volverían a pasar frío en los próximos dos meses o si podrían descansar, tibios, con un cuenco caliente entre las manos.

—Ponte aquí —indicó Fabian, saliendo de la nada, antes de que Susi alcanzara a divisar a su padre.

Había terminado por improvisar un trenzado colectivo a todas las niñas y jovencitas blancas que la conocían, y, claro, habían seguido la estela de Eva, que andaba presumiendo su recogido con coquetería.

Las morenas, sobre todo las de menor edad, habían espiado de reojo, pero ninguna se había acercado.

—¿Soy parte del puesto? —se quejó ella, volviendo a cruzarse de brazos para ocultar su incomodidad—. Voy a empezar a creer que valgo lo mismo que las piedras.

—Créeme, cuando esta mierda termine, te regalaré lo que quieras —le aseguró Fabian, con esa sonrisa que convencía a todos—. Te conseguiré un collar.

—No es necesario —se apresuró a negar Susi, abochornada—. Yo también quiero que todo salga bien para nosotros.

—Lo hará. Estaré cerca, por si acaso. Tú solo concéntrate en ser hermosa y llamar la atención.

—Todo lo que una chica quiere oír…

Fabian se rio por su ironía, tirándole un poco de los brazos para que aflojara la tensión de su cuerpo.

—Cualquier cosa, avísame a mí o a Pío. —Miró hacia la entrada principal de la plaza, por la que empezaban a entrar algunas carretas haciendo mucho ruido—. Bueno, Marco ya está grandecito también, ¿eh? Tal vez tenga que empezar a cuidar más la honra de su hermana.

—¡Eres un cínico! —lo amonestó ella, enojada—. ¡Eres tú el que me está utilizando!

—Claro que no. Tú aceptaste. Todos ponemos algo aquí. —Sonrió y deslizó la mirada hasta el pecho al descubierto, cuando Susi bajó los brazos—. Y resulta que tú tienes buenas tetas. Úsalas.

—¡Fabian!

—¡Te voy a regalar ese collar esta noche cuando hayamos triunfado! —le aseguró por encima del alboroto del gentío, que empezaba a amontonarse, mientras saltaba sobre las piedras ya expuestas, para ir a ayudar a Floro, que le hacía señas—. Eres la mejor.

Fabian mantuvo su palabra.

La jornada fue larga —el sol enseguida empezaba a picar después de un momento al raso—, y tuvo que encargarse de varias cosas, pero nunca le quitó el ojo de encima a Susi. Eva enseguida entendió lo que estaban haciendo y se apresuró a apostarse a su lado, arrastrando a sus amigas consigo, a pesar de la cara larga de alguna madre recelosa.

Pronto vio cómo las tornas empezaban a cambiar.

Los morenos se acercaban al grupo de mujeres, encabezado por Susi, que se paseaba por entre los puestos blancos. La piel blanca de la joven brillaba con tanta fuerza como las mismas piedras, bajo el sol radiante.

Apocada, la joven mantuvo una actitud serena y amable, ofreciendo los mejores rendimientos de la búsqueda.

Fabian ya había cantado victoria en su interior, a pesar de que todavía no había resultados palpables.

Escuchaba a medias los comentarios de Floro, cuando Susi señalaba los puestos, intentando captar a los pastores hacia ellos. Despacio, buscaba que la belleza de Susi quebrara la solidaridad de los morenos, acechando como una fiera. Paciente y desesperada.

Al caer la tarde, tuvo que aceptar el sabor de la derrota.

Furioso, pateó el tronco improvisado sobre el que se había sentado todo ese tiempo, aguardando algo que no llegaría.

—Ten paciencia —le había recomendado Pío, sin éxito—. Cuando se terminen las mejores de los morenos, vendrán a buscar las nuestras.

—No me jodas —masculló Fabian, ya sin una pizca de la afabilidad, que le había pintado la cara en la mañana—. Para cuando eso pase, solo nos quedará mierda. Tengo que hacer algo.

Su amigo lo vio salir aireado, tomando la camisa que se había quitado para soportar el calor. Se la lanzó a Susi, que estaba un poco más allá, todavía con la sonrisa cansada intacta, tratando de conseguir que alguien prestara atención a sus puestos.

—Póntelo, si quieres —murmuró sin mirarla—. Tendremos que pensar otra cosa.

—Pero...

Fabian ya daba zancadas hacia el centro de la plaza, concentrado solo en su frustración.

Eva, que estaba a su lado, se encogió un poco de hombros.

—No le gusta cuando las cosas no salen cómo él quiere.

—Sí, ya sé...

CAPÍTULO 10

No le bajó la rabia ni siquiera al otro día.

Fabian estaba tan lleno de ira que no se preocupó en ocultárselo ni siquiera a Eva.

La feria terminaría muy pronto, y los puestos de los blancos seguían prácticamente intactos. Tenían que hacer algo. Podía sentir los dientes afilados del frío mordiéndole los jodidos talones.

Todos sabían que lo más importante se conseguía durante la primera Feria del Vellón, la única a la que asistían los marineros de Alena. A medida que iba descendiendo la temperatura y el verano se terminaba, era menos probable que los pastores quisieran hacer el extenuante viaje hasta allí, sin contar con que las mejores piedras ya se habrían vendido.

—¿Qué mierda miras? —espetó Fabian de mal humor cuando vio a la morena, Cila, bajando en dirección a la plaza, con otra chica—. Maldición.

Volvía del largo rodeo desde el río, y por eso no estaba en su barrio. Había intentado encontrar una solución mientras nadaba, pero nada le había llegado a la cabeza.

Cila solo le dirigió una mirada asesina y siguió su rumbo, con el cervatillo asustado detrás.

Susi había sido su mejor carta, y la habían ignorado.

Ahora tenía que luchar contra el tiempo para pensar una nueva estrategia que les diera a los desgraciados pastores o al emisario de Alena una razón para acercarse a sus piedras.

Fabian no lo entendía.

Habían pasado por eso ya demasiadas veces, y la llama de la frustración continuaba intacta. La temporada anterior había recogido la piedra más grande, era preciosa. La había terminado por malvender, durante el último día de feria.

Gracias a eso, el padre de Susi no había cedido al invierno.

—¿Qué vamos a hacer? —preguntó Pío en voz baja, desesperado, cuando lo vio llegar.

En la plaza apenas amanecía.

La gente que llegaba a la zona por la costa del Eliseo, para encontrar las piedras preciosas más famosas de Ipati, dormían al raso o tumbados en las carretas semivacías. Eran muy pocos los que vivían lo suficientemente cerca para emprender el regreso después del primer día.

—No tengo idea. —Fabian se pasó la mano por la cara, frustrado—. No se me ocurre nada.

Floro, que había estado afilando una rama con el cuchillo del que jamás se deshacía, gruñó.

—Sujetaremos a esos morenos de mierda, con esto —sacudió la hoja, haciéndola destellar al sol— y les enterraremos las malditas narices en los puestos. Simple.

—Preferiría no tener que recurrir a la violencia —murmuró Pío, incómodo.

—No seas una niña —lo increpó su amigo, girándose hacia Fabian, que suponía que iba a recibirlo mejor—. De verdad, es nuestra única oportunidad.

—Puede ser...

—No, Fabian, no lo alientes. —Pío tenía el rostro contraído de enfado—. ¡Van a odiarnos más de lo que ya lo hacen!

—¿Y qué? —masculló él, de mala gana—. No va a cambiar nada.

—Si esta vez los obligas a la fuerza, ¿qué pasará en la próxima feria? ¿Y la próxima temporada? ¡Solo va a ser peor!

—¿Sabes qué? —espetó Floro, dándole un manotazo a Pío, que lo hizo perder el equilibrio—. Te odio, y odio toda la mierda que sale de tu boca.

Se echó a reír con Fabian, cuando su amigo terminó con el culo en la tierra.

—Es porque tengo razón —farfulló desde abajo, antes de hacer una mueca de dolor al acomodarse.

Floro le tendió la mano para ayudarlo a levantarse, pero él la rechazó, malhumorado.

—Si la señorita no quiere la opción obvia, entonces, ¿qué mierda vamos a hacer? —Chasqueó la lengua—. Porque no podemos quedarnos aquí viendo cómo los morenos sucios se quedan con todo otra vez. Voy a perder los malditos dedos si vuelvo a dejarle la única manta de la casa a la mujer de mi tío.

—Podemos ser honestos e intentar que...

—Callos.

Sus amigos se giraron, indignados, ante la orden cortante de Fabian.

—Pero ¿qué...?

—¡Un momento, callaos! —repitió, serio. Tenía la mirada en un punto fijo de la plaza, y había levantado un dedo, como si estuviera conteniendo algo.

Pío intercambió una mirada estupefacta con Floro, quien se cruzó de brazos y perdió enseguida la sonrisa.

—¿Eres idiota o qué?

Fabian no respondió y Pío se encogió de hombros.

—Déjalo.

El silencio se estiró un minuto largo, cargado de expectativa.

—Ya sé lo que haremos...

Sus amigos siguieron la línea de su mirada hasta dar con la entrada principal de la plaza, donde yacía una sola carreta, casi olvidada, con un montón de vellón esponjoso encima.

CAPÍTULO 11

Pío estaba sudando una barbaridad. Le hubiera gustado permanecer impasible como Floro, que solo había recibido las indicaciones de Fabian, y, con su sangre fría, había colaborado a trazar el plan.

—Esto va a salir mal, va a salir mal... —murmuraba mientras la carreta llegaba hasta la casa de Fabian.

—Cállate de una jodida vez —masculló Floro.

Nunca había estado tan nervioso en su vida. Había intentado disuadirlos, aun sabiendo que, cuando a Fabian se le metía una idea en la cabeza, no había forma de quitársela.

—¡Solo van a conseguir que nos sigan creyendo ladrones! —había intentado convencerlos, en vano—. Y esta vez van a tener razón.

—Nadie te pidió tu opinión —dijeron a la vez, antes de sonreír y chocarse las palmas.

No había sido tarea sencilla alejar la carreta de la plaza.

El dueño, por lo que podían presumir, era un moreno que estaba solo, durmiendo de lado, junto a otra carreta a la que tenía atados a sus animales.

Floro había querido llevarse un cordero, pero hubiera sido mucho más complicado salir sin que nadie lo notara.

La única ventaja era que tenían bien cerca la entrada a la plaza que conducía hacia el barrio de los blancos, y, cuando llegaran ahí, podrían relajarse un poco. Los morenos no entraban en las callejuelas en las que se habían instalado los hogares de los blancos, y, tal vez, hasta conseguirían tantear algo de ayuda de los suyos.

—¿Qué hacéis?

Pío saltó, asustado, creyendo que los habían pillado. Desesperado, intentó quitarse la imagen de castigos diversos, espantosos, que no paraban de dibujarse frente a sus ojos.

—¿Qué haces tú aquí, Marco? —rebatió Fabian, como si fuera usual estar arrastrando una carreta hacia el pequeño patio de su casa.

—Estaba buscando a Eva —contestó el chico, con más curiosidad por ver lo que hacían que de responderles—. ¿De dónde sacasteis eso?

—Mira, niño, esto es asunto de los grandes —advirtió Floro, antes de que Fabian llegara a pensar una respuesta ingeniosa—. Así que, mejor lárgate.

—Es por eso, por lo que nadie te quiere —murmuró Pío, tapándose la cara. El sudor se le había secado en la piel, pegajoso.

—No soy un niño —contestó Marco con acidez.

—Bueno, bueno… O te esfumas o nos ayudas —cortó Fabian, y miró a ambos lados antes de encastrar la carreta en la entrada—. No tenemos mucho tiempo si no queremos que nos descubran.

Marco no hizo más preguntas. No era estúpido. Entendió todo, cuando Floro se montó de un salto ágil y empezó a bajar el vellón con ambas manos, lanzándoselo a los demás para que lo guardaran.

—¡Rápido, rápido! —pedía Pío, dejando que el miedo se le enroscara en la garganta—. Si alguien nos ve…

—Cállate —volvió a espetar Floro desde arriba—. ¡Y muévete!

Con cuatro pares de brazos, fue mucho más simple esconder todo lo que cargaba la carreta. La pequeña casa de Fabian flotaba en una nube de vellón acolchada, algo que podrían haber conseguido, si alguien se hubiera interesado en las malditas piedras el día anterior.

—¿No deberían explicarle a Eva? —preguntó Marco, cuando la carreta quedó vacía, observando el desastre que había quedado dentro—. Va a asustarse si encuentra esto así.

—Yo me encargo —se desentendió Fabian con un gesto vago.

—¿Qué hacemos con esta mierda? —se desesperó Pío, saliendo de la casa, al fin con las manos vacías. Pateó la carreta para aclarar a qué se refería—. Si la devolvemos, van a darse cuenta más rápido.

—En cuanto el moreno se despierte, lo habrán notado. —Fabian se encogió de hombros—. Tenemos que deshacernos de ella.

—¿Dónde?

Floro se rio entre dientes del tono agudo, un poco histérico, de la voz de Pío. Su amigo estaba demasiado ocupado procurando que su corazón no se le saliera por la boca, como para replicar. Había creído que Fabian tendría un plan más sólido, que no habría forma de que los descubrieran, pero, como siempre, había actuado por instinto. Le temblaba el pulso.

—Podemos meterla en la casa —propuso Marco, echando un vistazo dentro—. O partirla y dividirla para los nuestros. La madera no nos vendría mal.

—No es mala idea —comentó Floro, saltando para bajarse—. Todo un *adulto*, Marquito—. Quiso revolverle el cabello, pero el joven lo esquivó.

Pío tenía ganas de gritarle. No entendía cómo mierda podía tomarse todo tan a la ligera.

—No está mal, pero en cualquier momento van a empezar a buscarla —repuso Fabian, meditándolo—, y no tenemos tiempo de repartirla de esa manera. Hay que deshacerse de ella.

—¿Dónde? —repitió Pío de nuevo—. No es como si pudiéramos enterrarla o...

—Ahogarla —completó Fabian. Una sonrisa lenta se expandió por su rostro—. Vamos a lanzarla al río.

—Pero no podemos volver por la plaza —replicó Marco, práctico—. Y debe haber hombres en el muelle.

—Daremos el rodeo largo, hasta el recodo. Si la lanzamos a los rápidos —indicó Fabian, con su conocimiento sobre el Elisio bien aprendido—, va a hacerse pedazos.

—¡Buena idea! —exclamó Floro, ya sujetando la estructura para seguir tirando de ella—. Vamos, vamos... No os quedéis ahí como idiotas.

Con las manos sudadas, Pío y los demás empujaron con todas sus fuerzas. Vacía, la carreta iba más rápido, pero también era más ligera y daba muchos más tumbos. El peligro estaría en cuanto salieran del barrio de los blancos, para dar toda la vuelta hacia el río. Iban a tener que pasar desapercibidos un buen trecho.

—No tiene sentido que nos tapemos las caras —comentó Marco cuando Floro lo propuso—. De cualquier manera, se van a dar cuenta de quiénes somos, por el color.

—Maldición.

Pero la mayoría de los morenos estaban ya en la plaza, ultimando lo que quedaba para el fin de la feria. Se cruzaron con un enjambre de niños que bajaban corriendo en la otra dirección, sin prestarles atención.

—Vayamos por aquí —indicó Fabian, pensando con rapidez—. Es más largo, pero habrá menos personas.

Era una cuesta poco empinada, que subía con un puñado de casas sobre su ladera, antes de bajar casi yerma. Una vez que descendieran, estarían a salvo. No había mucha construcción en ese sector, bien cerca del meandro del río. La última casa parecía ser el centinela del pueblo, observando atenta desde arriba.

Atravesaron deprisa la subida, resollando.

Floro y Fabian, que eran los más fuertes, empujaban desde atrás; Pío dirigía, y Marco se aseguraba de que las ruedas no se desviaran.

—¡Escuchad, deteneos! —soltó de pronto Pío, nervioso. Creía haber atisbado movimiento.

—No podemos frenarnos en el medio —masculló Floro de mal humor—. No es nada. Eres un jodido paranoico. ¡Seguid!

—No, es en serio. —Pío tiró con una fuerza que no sabía que tenía para girar la carreta y meterla entre dos árboles, junto a un huerto mustio—. ¡Callaos!

Fabian los obligó a acuclillarse antes de echar un vistazo.

El cielo diáfano no ayudaba en su empresa; había mucha luz y su piel blanca brillaba llamando demasiado la atención, pero Pío tenía razón: dos morenos —creía recordar quiénes eran, ya que trabajaban con ellos en el muelle— andaban charlando sin prisa, en dirección a la plaza. Por el ángulo en el que se encontraban, era difícil que los vieran a ellos o a la carreta. Habían tenido mucha suerte porque era una zona en la que había un puñado de árboles, además de que la casa que tenían enfrente los cubría casi por completo. Ellos iban en bajada, distraídos en sus comentarios.

No tenían que hacer ningún movimiento.

Fabian se volvió para ponerse el dedo índice contra los labios, pidiendo silencio.

Floro intentaba controlar la agitación causada por la subida. A su lado, Pío no respiraba. Sabía que, si llamaban la atención, los morenos iban a notarlos y estarían perdidos.

Marco, que era el más delgado, se asomó sin que nadie se lo pidiera, y se deslizó en el espacio libre que tenía sobre el huerto, hasta la casa.

—¡Ey! —lo llamó Pío, asustado.

Marco les hizo un gesto para demostrar que no había problema.

—Creo que se fueron —murmuró Fabian, sin perder de vista al chico.

Marco, alejado un trecho, asintió con la cabeza, regresando con los demás.

—¿Escuchaste algo? —Iba diciendo uno de los morenos, con el ceño fruncido. Ya los habían pasado cuando se detuvo.

—¿Qué? —El compañero no parecía estar prestando mucha atención, pero el primero estiró el cuello para otear el paisaje, hacia atrás.

—¿Baldassare no estaba ya abajo?

—Capaz es una de sus hijas.

—O el holgazán de Feliciano.

Fabian palideció. Los morenos vacilaban, sin decidirse a volver sobre sus pasos, y Marco seguía a mitad de camino, con el rostro descompuesto. En el huerto, tenía muchas menos posibilidades de ocultarse, si al final ellos regresaban.

—Van a volver hacia aquí —masculló Pío, tirando de la camisa de Floro, como si nadie lo estuviera constatando, si él no lo decía—. ¿Qué hacemos?

—¡Shh! —chistó Fabian, antes de buscar a toda prisa una manera de salir del aprieto.

Dejó a los otros dos entre los árboles y salió, para hacerle señas a Marco de que rodeara la casa y se reuniera con él del otro lado, mientras los pasos finalmente empezaban a acercarse.

—¡Van a vernos! —El chico había perdido su aplomo—. ¿Qué...?

Pío hacía gestos desesperados, acuclillado bajo la carreta, mientras Floro flexionaba los brazos como si estuviera preparándose para pelear.

—Vamos a dejarla ahí —decidió Fabian deprisa. Pío lucía al borde del desmayo—. Vamos... ¡Venid hacia aquí!

Floro captó el mensaje y, con cuidado, tiró de su amigo para atravesar el huerto, sin dejar de vigilar a los morenos que seguían hablando muy cerca, ajenos a la situación.

—¿Qué mierda pretendes que hagamos? —cuestionó Floro en voz muy baja en cuanto los alcanzaron—. ¿Te has vuelto loco?

Se habían ocultado tras la casa, pero la carreta seguía entre los árboles. Los morenos podrían verla sin demasiado esfuerzo.

—No. Regresemos al barrio —indicó Fabian, de inmediato—. ¿Estás bien?

—Sí —mintió Pío, empapado en sudor.

—¿Vamos a dejar la mierda esa ahí? —cuchicheó Floro.

—No se me ocurre algo mejor.

—Capaz que se vayan —se aventuró a conjeturar Pío mientras se asomaba.

Los morenos no lucían con intención de marcharse. Se reían a carcajadas demasiado cerca. Ya habían olvidado la repentina sospecha, y volvían a discutir animadamente. Si daban solo dos pasos más, podrían ver la carreta encastrada enseguida.

—Nos vamos nosotros —sentenció Fabian—, y que piensen lo que quieran.

Los cuatro se midieron, a la espera de una idea mejor que no reflotó.

—Podemos... meterla en el huerto —susurró Marco, de golpe—. Y va a parecer que fue culpa de ellos.

—Nadie va a creérselo —rebatió Floro, cínico—. Al menos, ningún moreno. Nos echarán la culpa de cualquier forma.

—Y van a tener razón.

—Nadie pidió tu pesimismo de mierda. —La réplica de Floro provocó una mueca agria en Pío. Podría haberse sentido culpable, pero en el cuerpo no le cabía nada más que zozobra. Ya no solo veía escenas de castigo sobre su piel, sino también sobre la de sus amigos. No podría tolerarlo, e iba a terminar descompensándose.

Marco se mordió el labio inferior.

—Tal vez sí... Aquí vive Baldassare.

—¿Y? —Fabian lo conocía; los había adiestrado. Era el padre de Cila. No le caía mal, pero era moreno.

—Él no es de aquí, ¿no se dieron cuenta? Mi padre me lo dijo. Él o alguien de su familia proviene de Alena. —Marco no parecía estar bromeado—. Si tenemos una oportunidad de echarle la culpa a otro, es esta.

Fabian necesitó una fracción de segundo para meditarlo, en la que el corazón de Pío se olvidó de que necesitaba seguir latiendo.

—Hagámoslo.

CAPÍTULO 12

Cati se lo estaba pasando en grande. Había disfrutado muchísimo de la feria, y esperaba que el segundo día le diera tantas alegrías como el primero. Cili la había acompañado a todos lados, y cumplido cada uno de sus caprichos, mientras su madre, la especialista en conversar con extraños, se lucía ofreciendo las piedras de su hija y su esposo.

Baldassare la había dejado a su aire: había pasado la mañana en el muelle y saludado después a viejos pastores conocidos, que se acercaban solo para esas fechas. Se compartían parcas historias sobre Ciudad Real y las temporadas previas.

Los intercambios habían sido un éxito. Habían conseguido un cordero sano y joven, y suficiente vellón para la mayor parte del invierno. Además, Cati se había divertido con Bruno y Delia. También había hecho rezongar un poco a Álvaro, que solo se había dejado ver hacia la tarde, llevando de un lado a otro a Cili, que intentaba poner buena cara a sus tonterías.

Al día siguiente, todo fue mucho más relajado, pues los principales intercambios ya se habían cumplido, y los foráneos, que solían tensar la Feria con su presencia, volvían a surcar el Elisio a toda prisa, hacia su tierra lejana y salvaje.

Las familias que se habían asegurado un respaldo aceptable para las épocas de frío dedicaban el segundo día a divertirse un poco, a conversar con los pastores que siempre traían noticias de otras zonas de Ipati, y a beber.

Cati esperaba ansiosa la fogata que tendría lugar a la noche; Delia le había jurado que todos se ponían a bailar alrededor, en honor del dios Serpiente, como en las bodas, y ella no podía esperar para hacer lo mismo con su hermana y con Bruno.

Cili estaba siendo permisiva. Lo cierto era que su hermana se había portado muy bien y, en el fondo, no sabía negarse a ninguno de sus caprichos mientras fueran seguros.

Sus padres las dejaron dormir un poco más, dado que la mayor parte del trabajo estaba hecho.

Cati llegó a la plaza con Cili. El movimiento ya había empezado. Los blancos parecían haberse levantado al alba; estaban todos ya en sus puestos, con las caras largas. Solo algunas mujeres intentaron mantener una sonrisa artificial, alentando a que se acercaran.

—Están enojados porque no consiguieron nada —explicó Cili por lo bajo.

Cati ya lo había adivinado, porque ocurría todos los años.

Su hermana estaba de mal humor desde que se habían cruzado a ese blanco que les había ladrado, como si fuera el dueño del mundo.

—No es problema nuestro —añadió, como si se respondiera a sí misma—. Vamos.

Baldassare estaba hablando con expresión seria con algunos de los suyos, un poco más allá, así que se reunieron con Edite, que las saludó con un gesto.

—Cili, ¿puedes ayudarme a dejar el toldo un poco más firme? Se aflojó durante la noche.

La joven se puso a ello de inmediato, sin remilgos, al subirse a uno de los troncos que sujetaban la madera para poder alcanzar mejor los postes.

Cati quiso sostenerlo para que su hermana no tambaleara, pero Cili ya había terminado antes de que atinara a poder afianzarlo bien.

—Listo. —Repasó el ambiente, y se sorprendió al ver a Álvaro correr hacia donde estaba su padre, hablando con otros hombres—. ¿Pasó algo?

Edite se tensó.

—Nada. ¿Por qué no vais a dar una vuelta? —las alentó con una alegría tan fingida que hasta Cati sospechó—. O regresen a casa. Lo cierto es que no creo que vaya a haber demasiado trabajo.

—De acuerdo… —aceptó Cili, recelosa. Le hizo una seña a su hermana—. ¿Vienes?

Se alejaron del puesto, y de pronto entendieron que la atmósfera en la feria no era la misma que el día anterior.

Descartando a Álvaro, Cili se dirigió a la opción más segura.

En el puesto solo estaba Bruno y, de cierta manera, la joven lo agradeció, porque el padre era mucho más reacio. En cambio, ella sabía utilizar la debilidad del chico por Cati.

—¡Ey, pensé que vendríais más tarde! —las saludó, levantándose—. ¿Queréis saber lo que va a pasar?

Cili pudo sentir cómo su hermana se envaraba de inmediato, asustada ante lo desconocido.

—¿Con qué exactamente? —fingió hacerse la tonta.

Bruno torció el gesto, desanimado.

—¿No lo escuchasteis? —Las caras de ambas hermanas le dieron la respuesta negativa—. Al parecer, uno de los pastores perdió la última carreta que tenía llena. El mayor está intentando averiguar qué ocurrió, pero nadie luce muy contento…

Cati le hizo gestos a su amigo, asombrada.

—No es nadie conocido —explicó él, entendiendo lo que quería decirle—. Es el hijo de un viejo amigo de papá, pero hacía un par de años que nadie lo veía por aquí. Se llama Rolando.

—Fueron los blancos, es obvio —soltó Cili, resentida. Peinó otra vez la plaza con la mirada, y se detuvo en el sector de los otros, que parecían querer aparentar normalidad. Las piedras brillaban tanto como el día anterior, pero nadie se acercaba.

Solo Esmeralda, la amiga de Cati, andaba por ahí, conversando con una joven muy rubia.

—No puedes asegurarlo. Ya han dicho eso, pero nadie pudo encontrar pruebas —murmuró Bruno, aunque no tenía suficiente aplomo para defender su postura. A él tampoco le agradaban los blancos.

—Todos saben que son ladrones —espetó Cili, regresando la vista hacia ellos—. Solo tienen que revisar sus casas, y seguro encontrarán lo que están buscando.

Cati frunció el ceño y negó con la cabeza.

—Cati tiene razón —prosiguió Bruno, decaído—. El mayor jamás pediría eso. Los adultos van a resolverlo.

—Ya, y supongo que mi padre está con ellos. Deberían de pedirles a los blancos que...

—Ellos ya aseguraron que no tienen nada que ver.

—Como si alguien fuera a creerlos —masculló Cili.

—Esto arruinó la feria —se lamentó Bruno, sin más energía para seguir discutiendo con Cili. Miraba apenado a Cati, que quiso encogerse de hombros para restarle importancia—. Lo siento.

—Bah, no es culpa tuya —le aseguró Cili.

Cati asintió, de acuerdo, antes de tomarle las manos a su amigo para regalarle su mejor sonrisa.

—¿Cómo os fue aquí? —Cili intentó cambiar de tema.

—Nada mal. Creo que estaremos bien —aseguró Bruno, antes de hacer un rápido repaso de lo que le quedaba. Tenía menos de la mitad de los huevos, y las gallinas más viejas cacareaban en su corral—. Incluso mejor que la temporada pasada, dependiendo de la próxima feria.

Cati se alegró. Quería tanto a Bruno como a su familia, y le tranquilizaba saber que no tendrían problemas para afrontar los fríos. Le palmeó el brazo, contenta, para demostrárselo.

Dos hombres, de los suyos, llegaron corriendo y fueron directamente hacia donde se conglomeraban los demás.

La atmósfera no hacía más que cargarse de tensión.

—Parece que dieron con el culpable, ¿no? —adivinó Bruno desde la distancia, volviendo a ponerse serio.

Cili, que era la más alta, estiró el cuello para poder distinguir las expresiones y atisbar lo que estaba ocurriendo.

El mayor, un tipo entrado en años, que era respetado por todo el pueblo, discutía con los otros dos —ella los conocía; trabajaban en el puerto, como casi todos—, mientras los demás empezaban a intervenir, aireados.

La conversación iba escalando en intensidad, y Cili, enseguida, vio cómo Baldassare era interpelado.

Algunos estaban gritando.

El mayor intentaba mantener la calma. Su padre no había elevado la voz.

—Cati, quédate aquí —pidió Cili, con un mal presentimiento en la boca del estómago—. Vuelvo en un momento.

Bruno la respetaba demasiado como para intentar impedirle que se acercara. En vez de eso, apretó las manos de su amiga para tranquilizarla, sin mucho éxito.

Cili se abrió paso a empujones y, mientras lo hacía, reparó cada vez más en la discusión que se desarrollaba con mayor temperatura.

—¡La carreta estaba ahí, en tu casa! ¿Qué tienes que decir al respecto? —Cili no podía distinguir las voces, ya que siempre había procurado ignorar a los demás tipos que trabajaban en el muelle. Ella no era la hermana simpática.

—¡Esto es una estupidez! Baldassare lleva entre nosotros una eternidad.

—Si no tiene nada que ocultar, deberíamos poder revisar su casa.

—No voy a permitir eso. —Era la voz de Álvaro, que brotaba del extremo opuesto al que se encontraba Cili—. ¿Solo por una sospecha van a quebrar la confianza en él?

—No es una sospecha —decía el mayor cauteloso y lleno de tensión—. La carreta estaba ahí.

—¡En su propio huerto!

—Y vacía. ¿Qué vamos a decirle a Rolando?

—¡Nunca pasó algo así! Esto sienta un pésimo precedente. Si la noticia se expande, nadie querrá arriesgarse a viajar hasta aquí, y ¿cómo haremos para pasar el invierno? Hasta donde sé, las piedras no se comen.

—Ni dan calor.

—Cálmense —pidió el mayor, cuando Cili alcanzó a abrirse paso hasta el centro del círculo donde se encontraban los hombres—. Baldassare, ¿qué puedes decirnos al respecto?

El corazón de la joven se detuvo al ver el rostro impasible de su padre.

—Si la carreta estaba ahí, por algo será —expresó con tranquilidad. Cili tuvo ganas de gritar.

—¿Eso qué quiere decir?

—¿Está confesando?

—¡Ladrón!

—¡Cállate! —exigió Álvaro. Empujó con violencia al que había acusado a Baldassare. Ninguno había visto todavía a Cili, que seguía congelada en su sitio, sin saber qué mierda pensar—. ¡Es de los nuestros!

—En realidad, no —sentenció otro. Cili no podía distinguir su rostro—. Él no es de aquí. No es un verdadero hijo del sol.

—Lleva mucho tiempo entre nosotros, pero su familia viene de Alena. ¿Cómo podemos saber que no...?

—Basta —ordenó el mayor, antes de que Álvaro pudiera replicar, o peor, atestar algún puñetazo—. Baldassare, te conozco y conozco a tu familia. Necesito que nos digas qué está pasando aquí.

Cili había perdido la voz.

—Sé lo mismo que ustedes —respondió su padre, inclinando un poco la cabeza—. Nosotros no hemos tocado esa carreta.

—Entonces, ¿podemos revisar tu casa?

—Nadie va a poner un pie en la maldita casa —espetó Álvaro, hinchado de furia.

—Todo apunta a que eres el culpable. —El mayor parecía querer suplicarle a Baldassare que se defendiera—. ¿Sabes dónde está el vellón?

—No.

—¿Ni quién lo hizo?

—No.

—Rolando quiere una reparación por su agravio y un castigo al culpable. Sabes que, si no, expandirá el chisme en Ciudad Real y podría ser nuestra ruina —el hombre intentó mantener la calma mientras le explicaba—. ¿Entiendes lo que te digo?

—Sí.

—¿Qué...? —Cili golpeó al que tenía al lado para saltar hasta donde estaba el mayor—. ¡No!

La mueca de su padre se descompuso cuando, al fin, la vio.

—Cila, no te metas en esto —ordenó Álvaro entre dientes, más asustado que rabioso.

Ella retiró el brazo con violencia antes de que pudiera sujetarla para arrastrarla lejos.

—¡No! —repitió, agitada, como si hubiera corrido todo el trayecto—. Esto no puede ser, señor. ¡No puede castigar a mi padre por algo que no hizo! ¡Fueron los blancos, estoy segura!

El mayor le regaló una mueca de pena.

—La carreta estaba en su casa —escuchó que le decían de mal modo.

—¡Que nos diga dónde mierda está el vellón!

—¡Mi padre no lo haría! —Tenía los ojos oscuros fijos en el mayor—. ¡Usted lo sabe!

—Cila, vete de aquí. —Esa vez no fue Álvaro, sino el mismo Baldassare el que se lo ordenó, con un tono tan filoso como una daga—. Déjame resolverlo.

—Lo siento mucho, hija —murmuró el mayor, entendiendo su dolor—, pero es mi deber. Todas las pruebas apuntan a ello, y no podemos permitirnos que Rolando se marche diciendo que aquí hay ladrones. Tenemos una reputación que sostener...

—¡No! ¡Mi padre no es un ladrón!

—Requisaremos las piedras de Baldassare para compensar. Y mañana... —el hombre alzó la voz por encima de los gritos de Cili— ... prepararemos el poste.

—¡No! ¡NO!

—Cili, ven. —Los brazos de Álvaro la sujetaron por detrás y tiraron de ella, para separarla del mayor. Era el peor momento para que se mostrara considerado, en vez de burlón.

Baldassare había bajado la cabeza, aceptando en silencio la sentencia, como si se tratara de algo cotidiano. La gente a su alrededor no paraba de murmurar.

—¡Suéltame! —rugió ella. Forcejeó hasta quebrar la resistencia de Álvaro, y se abalanzó, desesperada, sobre el mayor—. Por favor... ¡Por favor! No puede... —El pobre hombre intentaba apartarla como podía, sin éxito, pues Cili era muy grande y buscaba con coraje clavarle los dedos sobre la pechera de su camisa—. ¡Castígueme a mí!

—¿Qué...?

—¡Castígueme a mí! —chilló la joven, más convencida—. Por favor, dejen a mi padre.

—Cila, detente. —La voz de su padre fue como acero hirviendo, clavándose en sus huesos. No tuvo el valor para mirarlo a la cara.

—¡No! No pueden... No puede... ¡Él no hizo nada!

—Tampoco tú. —El mayor lucía descompuesto.

Nunca había tenido que lidiar con situaciones de conflicto. Todos sabían que el cargo era más bien un reconocimiento de sabiduría y honor. Lo único que hacían los miembros del concejo era supervisar las ferias, vender el derecho a sus puestos, efectuar la recolección anual de víveres para Ciudad Real y organizar los respetos al dios Serpiente, las bodas, los funerales.

Los litigios eran casi inexistentes en una comunidad tan pequeña, a pesar de que tenían ciertas atribuciones judiciales menores, que no dependían del centro de Ipati.

A fines prácticos, cada pueblo alejado de Ciudad Real se gobernaba a sí mismo.

La desesperación de Cili estaba asustando al mayor, que se quedó sin habla.

—Hazle caso a Baldassare —pidió Álvaro entre dientes. Esa vez, se cuidó de no tocarla para no continuar alterándola—. Por favor.

Pero la chica observó hacia todos lados, intentando encontrar un hueco en esa situación que le permitiera salirse con la suya.

—Es el único hombre de nuestra familia —explicó atropelladamente, buscando apoyo en los demás morenos que la observaban recelosos y desconcertados—. No puede quedar imposibilitado.

—Nadie dijo...

—¡No puede! —exclamó Cili, presa del pánico. La voz le salía deformada por la urgencia—. ¡Castíguenme a mí, se los suplico! Mi padre tiene que poder cuidar de Cati. Todos saben que ella... Mi hermana necesita a sus padres. Yo soy joven, aguantaré.

El silencio flotó sobre los presentes, amenazándolos con caer, afilado, sobre sus coronillas.

—La cría tiene un punto —dijo al fin un hombre, cruzado de brazos—. El daño lo hizo la familia.

—¡No me jodan! —espetó Álvaro, perdiendo el control—. ¡No van a tocar a una mujer!

—Ella lo pidió.

—Tiene razón. Cati no puede quedar desamparada.

—Pero ¿Baldassare...?

—De cualquier manera, lo importante es que entiendan que no puede haber robo sin castigo. Los blancos tienen que saber cuáles son las reglas aquí.

—No podemos permitirnos rumores.

El mayor parecía al borde de las lágrimas.

—Señor, por favor —suplicó Cili, demasiado cerca de él—. Piense en mi familia.

Él boqueó y se dirigió hacia Baldassare, que estaba lívido.

—No va a escuchar a una niña... —insinuó él, dejando que de a poco se quebrara su máscara de seriedad. Bajo la sombra quieta, llameaba la indignación.

El mayor miraba a uno y otro lado, desesperado, intentando dar con la solución que contentara a todos.

—Alguien tiene que responder por esto. Rolando lo exige, y también nuestras buenas costumbres.

—No será demasiado si se trata de alguien joven, y Baldassare no va a poder soportarlo.

—Todos pensamos en Cati, ¿no?

—¡Cila, no!

El mayor inspiró profundamente.

Se produjo un vacío silencioso antes de que dictaminara su sentencia.

—Convocaremos al concejo. Allí se decidirá. Ya sea Cila o Baldassare, alguien tiene que hacerse cargo de esta ofensa. —Un murmullo de consentimiento chispeó entre los presentes—. En Ipati no se tolera el robo.

CAPÍTULO 13

Fabian no había podido dormir en toda la maldita noche. Seguía dando vueltas, intentando cerrar los ojos y que en sus párpados no se dibujara el espectáculo que se había montado esa morena, sin importarle nada.

Se sentía sucio. Culpable.

Había pateado, enojado, la manta que compartía con Eva y se había puesto de pie antes de que rayara el alba. No sabía bien qué era lo que tenía que hacer. No sentía la energía suficiente para ir al río, pero tal vez ella estaría allí.

Si la hacía cambiar de actitud, quizá podría dejar de sentirse una mierda.

Entre los blancos, había habido un largo disenso a puertas cerradas, cuando los mayores se enteraron de cuál había sido la verdad, emulando el concejo, que estaría reunido al mismo tiempo entre los morenos, para decidir qué miembro de la familia iba a tomar parte en el castigo.

Fabian había aguardado el veredicto con la cabeza gacha, acompañado de Floro y Pío. Habían decidido dejar afuera a Marco. De cualquier manera, nadie tenía pruebas de que hubiera estado con ellos.

Antes de que estallara el conflicto, Roque había entrado resollando para anunciar que el concejo había votado su solución.

Gerd fue el que peor se lo había tomado.

—¡Esa chiquilla morena va a recibir el castigo que merecéis vosotros! ¿Cómo os sentís al respecto? —les había ladrado, enojado. Hizo una mueca de dolor al levantarse para poder increparlos con autoridad.

El cuñado de Pío, a su lado, lucía profundamente decepcionado.

—Tenemos que devolver el vellón y arreglar todo esto —había propuesto, sin mucho convencimiento.

—¡No!

—Lo que hicieron estuvo mal, Pío —insistió su cuñado—. Pésimo.

—¿Y morirnos de frío está bien, según vosotros? —contraatacó Floro de mala manera.

Fabian había estado mordiéndose la lengua para contener la misma pregunta. No conseguía encontrar calma.

—No, pero tenemos que adaptarnos a sus reglas. —Gerd era inflexible.

—Sus reglas son una mierda.

—Floro, te pido que controles tu vocabulario —indicó Janina, la madre de Fabian, sin variar su expresión—. Son tus mayores y hay mujeres presentes.

El aludido boqueó, sin nada ingenioso para poder rebatir.

Fabian intentó poner un poco de cordura a la situación.

—No podemos devolver el vellón, Gerd —explicó, eligiendo con mucho cuidado las palabras, para no herir más los ánimos caldeados—. A la chica no van a hacerle nada. Es una de las suyas. Si nos entregamos, van a asegurarse de que lo pasemos como la mierda.

—¡Van a matarnos! —graznó Pío, que se apretaba las manos con fuerza, presa del nerviosismo.

Fabian estuvo de acuerdo con su amigo. Era lo más probable. Si los morenos se enteraban, prepararían la horca para todos.

—Y lo que están intentando hacer va a fallar de cualquier modo —Floro recuperó su carácter explosivo—, porque, si nos entregamos y nos matan, todo Ipati va a saber que aquí había blancos ladrones que fueron a la maldita horca.

—Eso no puedes asegurarlo.

—Floro tiene razón —aseguró Fabian, con la mandíbula tensa.

—No podemos devolver el vellón.

—Tenemos que dejar que las cosas sigan su curso —alentó Fabian, firme, al ver que empezaban a ganar—. En unos días se habrán olvidado, y nosotros tendremos lo suficiente para pasar el invierno.

—Es la única solución.

Los tres miraron a Gerd, convencidos de su posición, esperando a que el hombre pronunciase su opinión. Era el más respetado entre la comunidad blanca, y Fabian estaba seguro de que, si estaba de acuerdo con ellos, sería caso cerrado.

—Quiero que entendáis que esto estuvo mal —comenzó el hombre; su mueca de enfado no cedió ni un ápice—, y que podría haberos costado la vida.

Fabian contuvo la respiración.

El viejo hizo una pausa larga, que nadie se atrevió a interrumpir.

—Pero también entiendo por qué lo hicisteis y que nuestra situación aquí dista de ser generosa. —Los miró directo a la cara—. Necesito que me juréis que no volveréis a actuar por vuestra cuenta de esta manera nunca. *Ahora.*

Ellos se observaron entre sí. Floro, conteniendo el grito de victoria; Pío, todavía sin poder creérselo. A la vez, cruzaron los dedos índices antes de llevárselos a los labios.

—Lo juramos.

Gerd cabeceó, aceptando sus palabras.

—¿Y qué va a pasar con la chica? —preguntó Susi con timidez. Había estado escuchando todo desde el fondo, asustada por la bronca que podría caer sobre sus amigos.

—¿Desde cuándo te interesa una morena? —se burló Floro, intentando distender el ambiente sin éxito.

—Es una de ellos —repitió Fabian de manera mecánica—. No van a hacerle nada.

Pero no lo había terminado de creer. Seguía dando vueltas a la forma en la que todo se había desarrollado, pensando si habría habido alguna manera de evitarlo.

—¿Por qué fueron tan rápidos en desconfiar de esa familia? —preguntaba alguien, mientras Fabian seguía sumido en sus cavilaciones.

Gerd tomó la palabra, con su voz profunda.

—Alena es una tierra desconocida. Si Ipati fue bendecida por el dios Serpiente, Alena estuvo desde el principio maldita por los tifones de su padre, el dios del Océano. Son gente salvaje, sin orden. Aquí, blancos y morenos tenían su lugar. En Alena no hay reglas. No hay divisiones.

—Muchas divisiones no hay si hemos terminado viviendo al otro lado —se jactó Floro, con intención de picarlo.

—El equilibrio se rompió y, por eso, el Elisio nos permitió cruzar. Fue culpa del castigo del Gran Fuego, no del dios Serpiente —Gerd se lo tomó en serio e intento explicarlo. Sacudió la cabeza y prosiguió—: Si ese hombre realmente desciende de Alena, no me extraña que hayan desconfiado. Los hijos de la tierra de bruma son impredecibles.

—¿Y ladrones como nosotros?

Gerd intentó censurar a Floro, pero él ya se estaba riendo.

La reunión amainó después de aquello.

Fabian salió de su casa al otro día, cuando estaba apenas clareando, en dirección a la plaza.

Los blancos habían estado escuchando desde lejos cómo la discusión alcanzaba su clímax.

Le había parecido ridículo ver al moreno, Baldassare, aceptar impávido las acusaciones e insultos. Sabía que tenía una personalidad poco propensa al conflicto —todavía recordaba que, durante mucho tiempo, había sido el único que se dirigía a ellos en el muelle con neutralidad—, pero había una diferencia entre ser de esa manera y aceptar sin rechistar la culpa.

Pero lo que más le había sorprendido, sin duda, había sido Cila. No se había percatado de su presencia, hasta que había empezado a gritar por encima de los demás morenos, pidiendo piedad para su padre.

Aquello, sí le había parecido más normal, a pesar de que la morena no tuviera pruebas para asegurar la inocencia de Baldassare.

Sin embargo, no esperaba que la situación se resolviera así, y creía que nadie, ni blancos ni morenos, podría haberlo previsto.

Además de culpa, Fabian sentía una profunda admiración por aquella cría. No sabía si él podría haber tenido ese valor para enfrentarse a todos esos morenos, para defender a rabiar a su padre, y, al verse acorralada, proponerse ella misma.

Eva le había contado lo demás.

—La hermana es muda —le había confesado con desdén, mientras se peinaba el cabello con los dedos—. Nos lo aseguró una morena en la plaza. Por eso, estaba tan desesperada porque no le pasara nada a su padre. Y esa es la única que trabaja en el muelle, aun siendo mujer, ¿puedes creerlo?

Lo sabía, porque él mismo lo había visto. De la misma manera que, en ese momento, veía cómo esa morena rebelde daba furiosas brazadas contra el río, suficientemente poderosas como para mantenerse siempre en el mismo sitio.

Fabian no podía creerlo. Ya no hacía tanto calor y las noches comenzaban a refrescar; el agua no estaría cálida, pero Cila ya estaba ahí, ahogando sus miedos en un montón de rabia.

Fabian se sentó sobre el monte, sin bajar a la playa, y la observó mientras el tiempo pasaba y el cielo se abría, sangrando sobre sus cabezas.

No estuvo seguro de cuánto tiempo permaneció allí, con los ojos fijos en el punto oscuro que se movía sobre el agua. El sol comenzó a recalentarle la piel, y no aflojó la sensación de malestar que no lo dejaba en paz desde la tarde anterior.

Cila lo había visto, por supuesto, pero no dijo ni una palabra.

Salió del río, recogió sus cosas y se estrujó el cabello que le caía a un lado. Lo ignoró, como había hecho tantas otras mañanas, y se marchó con paso firme, sin mirar atrás.

Para cuando Fabian llegó a la plaza, estaba tan atestada como el primer día de feria.

Le sorprendió ver tantos morenos en silencio. No habían terminado de desmontar los puestos —nadie había estado de ánimo para hacerlo— y parecía que faltaba espacio para que todos pudieran estar cómodos.

También había algunos de los suyos. Floro estaba con Marco y Roque, un poco más allá, pero Fabian prefirió no acercarse a ellos. Ya había supuesto que Pío no tendría estómago para ver el espectáculo.

Lo puso un poco enfermo escuchar los comentarios en voz baja; hacía demasiado tiempo que nadie era castigado públicamente. Al parecer, tres morenos se habían negado a golpear a una mujer, y el mayor había tenido que obligarlos, tal y como indicaba la norma.

Se preguntaba si el viejo, Baldassare, estaría allí o habría preferido guarecerse en su hogar.

También sopesaba cómo era posible que el tipo hubiera aceptado ese intercambio ridículo, por más que hubiera sido el voto del concejo el que tuviera la última palabra. No entendía cómo podía inclinar la cabeza de esa manera, aunque fuera ante la autoridad de su propio pueblo. En su tierra, las cosas se habrían hecho de otra manera.

Cila era una muchacha fuerte, claro, no hacía falta demostrarlo, pero si aquello se salía de control, los padres morenos solo conseguirían dos hijas incapacitadas de por vida.

—Esto es espantoso —murmuró Susi, saliendo de la nada, para colocarse a su lado. Se mordía las uñas, nerviosa. Parecía tan poco descansada como él—. No sé por qué vine.

—Supongo que nadie aquí lo tiene claro —confesó Fabian, sin sorprenderse de verla—. Todo un espectáculo. —Procuró ignorar el peso profundo de la culpa que se hundía en su estómago.

—El tipo se quedó para ser testigo —comentó ella, manteniendo la conversación en un murmullo. No escondía su animadversión—. ¿Puedes creerlo?

—De esos morenos ya nada me extraña.

—El padre de la chica fue a ver al mayor más temprano, ¿te has enterado? —El silencio de Fabian le dio la respuesta—. Se encerraron una eternidad, pero parece que no pudo hacer que cambiara de opinión. De alguna forma, le aseguraron que era por el bien de la familia... Es una locura.

Él se encogió de hombros, ácido.

—En realidad, tiene algo de sentido. Con seguridad, se han quedado arruinados, si tuvieron que entregar todo lo que tenían. Si Baldassare no consigue recoger lo suficiente para la próxima feria, van a morirse de hambre. O de frío. —Torció el gesto—. O de ambas.

—¡No vas a justificar que le hagan eso a una chica...! —se indignó Susi—. ¿Y si fuera yo?

—Nunca lo permitiría —la respuesta de Fabian fue tajante. Las facciones de Susi se aflojaron ante el cariño tácito reunido en esa frase.

—Ya sé.

Estiró el cuello para ver cómo se hacía el espacio suficiente para terminar de colocar el viejo poste, encastrado en una pequeña plataforma. Por los ánimos que se olían, no faltaba demasiado. La gente a su alrededor empezaba a agitarse.

Cabezas rubias y morenas se mezclaban por primera vez, desde que los blancos habían llegado, sin que nadie reparase en ello. Lo importante aquel día era otra cosa.

Cila salió junto al mayor, que lucía cabizbajo, arrepentido.

Los seguía de cerca un tipo moreno con la cara cubierta.

El silencio quebró la plaza.

Susi le secuestró la mano para apretársela con fuerza.

Erguida, se veía compuesta, como si no quisiera que nadie prestara atención a su intento desesperado de fingir normalidad con los labios blancos.

A Fabian volvió a sorprenderle, y casi se le escapó una carcajada incrédula, al ver que la maldita morena vestía, otra vez, como un hombre, listo para el trabajo en el puerto.

El mayor repitió los cargos, ansioso.

Un ligero murmullo recorrió la plaza, cuando explicó por qué era Cila quien tomaría parte del castigo y no Baldassare, como representante de la familia, por decisión del concejo reunido la noche anterior.

Ella había permanecido impávida, con la mirada al frente y la misma expresión de hierro con la que lo enfrentaba cada vez que la veía.

Fabian se preguntó, en un segundo estúpido y fugaz, si ella sabría su nombre.

Cila se arrodilló frente al poste, con una dignidad que pocos podrían conseguir en toda una vida.

El mayor mismo fue quien le sujetó las muñecas por encima de la cabeza, de modo que abrazara el pilar y le diera la espalda al tipo sin rostro, que ya había empuñado la larga cuerda con la que cumpliría su trabajo. Era la misma clase de soga que se utilizaba en el puerto.

—Creo que voy a vomitar... —susurró Susi antes del primer chasquido.

Cila soportó el latigazo inicial en silencio.

Fabian suponía que, en un respetable arrojo, le habían permitido conservar la camisa. La cuerda mordió la tela y la rompió, llegándole hasta la piel oscura.

El alarido de la joven le llenó el cuerpo durante el instante que duró el segundo impacto, que también despertó a la multitud.

—No... No puedo ver esto —tartamudeó Susi, antes de girarse con los ojos llenos de lágrimas.

Cila aullaba, con el rostro congestionado, parcialmente escondido entre los brazos.

Fabian parecía hipnotizado por el movimiento de la soga manchada de sangre. No podía entender si la gente a su alrededor estaba igual de descompuesta que Susi o si se habían contagiado el morbo sádico del tipo que seguía lanzando latigazos contra la piel virgen de la morena.

Tenían que ser quince, era lo que había anunciado el mayor. Así lo hacían en Ipati desde tiempos inmemoriales; lo decían las canciones, lo decían sus relatos. Era la ley.

Fabian pudo soportar ver menos de diez.

Su cuerpo reaccionó solo, todavía sin poder escuchar a su alrededor.

Soltó a Susi, abriéndose paso con toda la fuerza que tenía, para llegar hasta el poste. Comprendió demasiado tarde, que sus oídos zumbaban porque Cila había dejado de gritar.

Estaba inconsciente.

El tipo moreno no llegó a verlo; ya estaba haciendo el movimiento amplio con todo el cuerpo para que la soga volviera a restallar contra la espalda de la chica.

Fabian se metió en el medio como un rayo, recibiendo el latigazo en el antebrazo para protegerse el rostro.

—Pero ¿qué...?

—Es suficiente. —Ni él mismo se oyó.

Con los dedos temblorosos, un poco aturdido, trató de desanudar las cuerdas que sostenían a Cila contra el pilar.

Le dio la espalda al verdugo, sin pensar que podría volver a dejar caer la soga embebida en sangre.

En la sangre de los dos.

El cuerpo de la joven se soltó de golpe, y Fabian la sujetó con cuidado.

No supo cómo habría hecho para cargarla, porque la camisa estaba toda rasgada, hecha un desastre sanguinolento. Tenía la espalda destrozada, abierta en carne viva. Se pegaba con los jirones perdidos de tela.

Él ni siquiera sentía el verdugón que se le había abierto en el antebrazo.

—Es suficiente —repitió, y esa vez fue más fuerte.

El tipo sin nombre se había detenido. Parecía que todos se habían congelado, o tal vez fuera parte de su espejismo surreal.

Estaba tocando a una jodida morena.

—Es... suficiente.

Nadie le impidió el paso cuando empezó a andar con Cila desmadejada en sus brazos, sin saber a dónde mierda lo estaban llevando sus piernas temblorosas.

CAPÍTULO 14

Esa vez había sido demasiado sencillo escaparse. El carcelero era Bruno.

Se conocían lo suficiente; él se había dado cuenta de su actitud casi de inmediato.

Cati simplemente lo había mirado, decidida, durante un rato que se le antojó infinito, mientras deseaba arrancarse la piel para poder dibujar en ella sus sentimientos.

—Tu madre va a odiarme —se lamentó el chico. Sabía que no iba a poder detenerla—. Por favor, cuídate.

La noche anterior había sido un vendaval, cuando llegó la noticia de la resolución que había tomado el concejo. Los gritos habían quebrado su hogar: Edite lloraba, Cili replicaba con mucha rabia y Baldassare intentaba calmarlas sin éxito.

La mujer quería que ambos fueran a apelar al mayor, ya que ellos no habían hecho nada. No merecían ser juzgados de esa manera. No paraba de despotricar en contra de los blancos, segura de que ellos estaban detrás de todo aquello.

Baldassare buscaba un poco de tranquilidad, pero sabía que su hija menor sollozaba en silencio a un lado.

Intentó por todos los medios disuadir a Cili, que chillaba desesperada, culpando a su padre por haberse quedado en silencio mientras lo increpaban.

Fue una de las pocas noches en las que Cati no anheló tener voz; no sabía qué podría decir que aliviara a su familia. Estaba asustadísima. Nunca había visto a Baldassare sudar de estrés ni a Cili tan fuera de control. Hubiera deseado tener las palabras justas, tibias, que los envolviera en un abrazo indestructible, donde nadie pudiera hacerles daño, pero eso no iba a ocurrir.

La madrugada se partió en dos sobre su casa, cuando Cili insultó con rabia a sus padres, antes de salir intempestivamente, sin volver la vista atrás.

Edite respiraba con dificultad.

—¿Qué vamos a hacer ahora?

La mujer terminó arrullando a Cati, que no dejaba de temblar, mientras le susurraba mentiras que ninguna creía.

Baldassare ni siquiera intentó tumbarse. Les acarició la cabeza sin mirarlas y, apenas el día dio su primer bostezo, salió hacia la plaza.

En la ira de la noche, Edite le había asegurado a Cili que no sería cómplice de semejante bestialidad. Su hija se había marchado sin dirigirle la palabra.

A medida que el momento se acercaba —y Cati lo sabía porque el sol ya brillaba con fuerza, desafiándola a que intentara frenar el tiempo—, los pasos de la mujer se volvían más frenéticos.

Al final, Edite había terminado yendo a buscar a Bruno para que le hiciera compañía a Cati, mientras ella se marchaba con los nervios a flor de la piel hacia la plaza.

Cati jamás había presenciado un castigo. No recordaba que algo así hubiera pasado en el pueblo, y la descomponía pensar en Cili de pie, frente a los demás.

No supo qué fue lo que tiró de ella para salir corriendo, a pesar de la expresión llena de abatimiento y susto que le obsequió Bruno.

Llegó agitadísima a la plaza atestada; el corazón no solo le aleteaba por el esfuerzo físico, sino por la tensión y el temor acumulado en su menudo cuerpo. Cati tuvo un recuerdo fugaz del día en el que los blancos habían llegado, pero, en ese momento, ellos y los suyos se mezclaban de manera indiscriminada, murmurando entre sí.

Se abrió paso a empellones.

Cili ya estaba de pie junto al mayor.

Desesperada, trató de buscar a su padre, esperando que él frenara aquella locura. Si había alguien que podía solucionar ese desastre, era él.

Cati estaba segura de que lo vería caminando hacia ella, con su hermana del brazo, y que le explicaría que todo había sido un torpe malentendido.

La gente bullía por todos lados, y Cili avanzaba hacia el poste. Cati no podía ver lo que iba a pasar.

Nunca había sentido tantas ganas de gritar. ¿Dónde estaba Baldassare? ¿Cómo habían llegado los del concejo a esa ridícula conclusión? ¿Por qué nadie se daba cuenta de que todo era un terrible atropello?

Cili estaba de rodillas, con la cabeza hundida y las muñecas sujetas por encima de la coronilla. De la garganta de Cati solo salía un gemido lastimero. ¿Por qué no podía hablar? Le temblaban las rodillas. Le temblaba el cuerpo entero.

—No puedo creer que vaya a ser la chica.

—¿No le da vergüenza al padre permitirlo? —Eran dos blancos, a su lado—. Creo que esto se fue de las manos demasiado rápido, ¿no?

—El moreno de la carreta quería justicia. Está por ahí.

Con las ganas de rasgarse la garganta, que apretaba con la punta de los dedos, Cati se quedó de piedra al no escuchar el alarido de su hermana con el primer latigazo. Su cuerpo se estremeció con violencia, pero ningún sonido salió de ella.

Cati estaba ahogándose entre las lágrimas, que no paraban de brotar de sus ojos abiertos de par en par, y los gemidos guturales, que la estaban partiendo en dos.

Con el segundo restallido, Cili recuperó la voz, y su hermana se creyó morir.

—Ey, ¿estás bien?

La joven se había doblado por la cintura, conteniendo las arcadas. No escuchaba nada a su alrededor. Su mente reproducía una y otra vez el segundo en el que la sangre había empezado a correr por la soga y el rugir inhumano de Cili.

—¡Eh! ¡Se va a desmayar!

Cati sintió cómo alguien la sujetaba por los codos y la alejaba de la multitud, embelesada con el espectáculo, pero no pudo recuperar el aire que le rehuía de los pulmones. Seguía berreando, mientras hacía un esfuerzo sobrehumano por contener las arcadas.

—Oye, en serio, ¿estás bien? ¿Me escuchas?

Unos ojos muy claros interrumpieron su curso de visión. Se ahogaba.

—Dale aire.

Cati se inclinó, sin importarle nada más que el vómito que le calentaba la boca. Escupió sobre el suelo, y el blanco tuvo el tino de apartarse al ver que ella no respondía. Unas torpes palmadas le sacudieron la espalda, mientras terminaba de devolver saliva mezclada con bilis.

Mientras tosía, un poco mareada, trató de erguirse y limpiarse los labios.

El blanco seguía mirándola atento.

—No tendrías que haber venido a ver, ¿eh? —intentó quitarle hierro al asunto—. ¿Estás mejor?

Cati estaba en una especie de trance ridículo. Había procurado mantenerse lo más alejada posible de los blancos y ahí estaba ese, tocándole la espalda y buscándole la mirada, con los gritos de su hermana de fondo.

—¿Va a vomitar de nuevo? —inquirió otro. Cati ni siquiera lo había visto.

—Ey, ¿no vas a responderme? ¿Estás bien? —El chico sacudió la mano por delante del rostro de Cati, como si la creyera tonta.

Ella apretó los labios, volvió a limpiarse con la manga de la camisa y asintió deprisa con la cabeza.

—¿Qué...? ¡Marco, mira! —exclamó el otro chico, llamando la atención de ambos. Cati cayó en la cuenta de que un silencio casi sepulcral se había derramado sobre la plaza—. ¡Es Fabian!

El aludido, Marco, siguió sosteniéndola parcialmente por la cintura mientras estiraban el cuello —el corazón de Cati se encontraba al borde del suicidio—, para ver cómo un blanco tomaba en brazos a Cili y la bajaba del estrado, con el rostro contraído.

110

CAPÍTULO 15

Los morenos no tardaron en rodear a Fabian, que parecía observarse a sí mismo desde arriba, ajeno a la sensación de irrealidad que sentía. La mente le daba vueltas.

Primero notó la presencia de Susi, que lo seguía aprisa, pero se cuidaba de no trastabillar.

—Cúbrela con esto —soltó temblorosamente, y se quitó el largo pañuelo con el que solía resguardarse la cabeza y los hombros del sol, para extenderlo por encima del pecho de Cila—. No le toques las heridas.

No había terminado de salir de la plaza, cuando un contacto seco en el hombro lo hizo frenarse. No tenía ni idea de dónde estaba yendo, de cualquier forma, así que no le molestó ver que se trataba de Álvaro. Iba con la rabia y la impotencia pintada en el rostro.

—Dámela —ordenó, con tono áspero, extendiendo los brazos.

Fabian no discutió. Empezaba a entender la mierda que había hecho. Cuidó que el cuerpo de la morena llegara con cuidado hasta los suyos, mientras Susi ayudaba sin rechistar.

—Yo... —No supo cómo continuar esa frase. ¿Qué haría entonces? ¿El pastor reclamaría por el final del castigo?

¿Debía él y tomar el sitio de esa morena, ya que había sido su propio cuerpo el que había detenido el espectáculo?

Álvaro acomodó a Cila, sujetándole la cabeza, sin dirigirle ni una mirada.

El resto no tardó en alcanzarlos.

—¡Cili!

Fabian supuso que aquella mujer era la madre. Era obvio que había estado llorando, ya que tenía los ojos inyectados en sangre. Besó la frente de su hija y acarició el rostro de Álvaro.

—Hay que llevarla a casa —indicó con la voz quebrada.

Detrás, Baldassare se abría paso con las facciones cinceladas en hiel. Fue el único que se dirigió directamente a los blancos.

—Tu nombre es Fabian, ¿verdad?

Él asintió, con los puños temblorosos. Tenía el cerebro embotado. No llegaba a dar con ninguna maldita respuesta. Solo podía observar.

El hombre dio un paso y, ante el asombro de todos allí, estiró el brazo y le ofreció la mano.

Fabian tardó un segundo de más en estrecharla.

—Gracias.

Edite le había dado la espalda adrede, con los labios apretados y el llanto atorado en la garganta.

—A casa —le repitió a Álvaro—. Llamaremos a Hilde. ¡Rápido!

La mujer, tensa, tomó el pañuelo que cubría a su hija y lo desechó de un movimiento ligero, antes de ponerse delante del moreno y echar a andar a paso apretado, mientras le daba indicaciones para que no tropezara por el camino.

Baldassare soltó la mano de Fabian y, sin volver a mediar palabra, los siguió.

Un breve enjambre de curiosos los imitaba a distancia prudencial.

Aturdido, Fabian levantó el trozo de tela, ya sucio de tierra, y se lo devolvió a una dolida Susi.

—No era necesario —musitó, y lo sacudió en vano para tratar de limpiarlo—. Solo quería ayudar.

No tuvo tiempo de reaccionar, pues Marco y Roque salieron de entre la multitud con una morena adelante, que tendría más o menos su misma edad.

—¿Qué...?

La chica frenó en seco al verlo con las palmas vacías, manchadas de sangre.

Empezó a gimotear. Un sonido espeluznante que Fabian jamás había oído.

—¿Dónde está? —soltó Marco, y patinó de golpe al encontrarlo.

Susi se aclaró la garganta para no sonar tan afectada al rebatir:

—¿Qué les pasa? ¿Quién es ella?

—No tengo idea, pero no puede, o no quiere, hablar —explicó el aludido—. Pero creo que quiere ver a la morena.

—¿Por qué hiciste eso? —exclamó Roque detrás. Estaba más asombrado por lo que había ocurrido que por entender lo que quería la desconocida.

Cati seguía haciendo señas que no se entendían hacia Fabian, y a ella misma, desesperada.

Entonces, él recordó las palabras de Eva, y todo pareció tener más sentido.

—Es la hermana. La hermana muda.

La joven asintió frenéticamente con la cabeza, con los ojos embebidos en lágrimas.

—Se la acaban de llevar tus padres —explicó, adivinando lo que quería—. A tu casa, creo.

—¡Cati! —chilló una voz, antes de que alguien más pudiera añadir nada—. Al fin te encuentro.

Era Esmeralda. Se había puesto encima todos los collares para no perderlos, mientras recorría desesperada la plaza en su busca.

—Mi abuela sabrá cómo curarla —le aseguró, ignorando a los demás, que observaban perplejos la situación—. Tenemos que apurarnos, vamos.

Le tomó la mano, decidida, y echaron a correr muy juntas.

Cati no lograba controlar sus lamentos, mientras se sorbía los mocos y pensaba que ni siquiera había podido darle las gracias a ese blanco por ayudarla.

—Este es el día más extraño que viví en mi vida —sentenció Marco, despacio, mientras las veía perderse entre las casas.

Nadie lo negó.

Empezaba a hilar sus recuerdos, y le parecía que la mudita era la misma que se había encontrado esa vez en el río, cuando recién llegaban a esa orilla.

—Ven, tienes que lavarte eso —le indicó Susi a Fabian en voz baja, mirando las manchas rojas de sangre que empezaban a secarse sobre su piel; se mezclaban con la larga marca del látigo en su antebrazo.

Él no se había dado cuenta de lo mucho que le escocía. Si tenía que ser honesto, no podría haber afirmado mucho más que su propio nombre.

—¿Por qué lo hiciste? —repitió Roque, que no podía dejar de reconstruir la escena en su mente, cada vez con mayores tintes épicos.

Fabian guardó silencio. No hubiera podido responder, porque ni siquiera él tenía la certeza; y, de cualquier manera, revelar su culpa no era algo que pudiera hacer allí, al aire libre.

Marco también tenía la vista clavada en él; aguardaba por una sinceridad que no llegó.

Se limitó a sacudir la cabeza y a hacerles señas para adentrarse en el barrio de los blancos, donde estarían a salvo de las murmuraciones que iban a elevarse durante los próximos días.

Fabian pensó que iban a olvidarlo, cuando una nueva noticia invadiese el pueblo. Se aferró a esa certeza para poder seguir andando erguido, sin recrear el tacto de esa morena contra sus brazos. La suavidad de su piel sana, y el horror de su carne viva, fresca, agobiante.

Lo que no sabía era que su manera de actuar acababa de cambiar de forma definitiva el curso de su vida.

CAPÍTULO 16

Floro siempre entraba sin llamar en donde Fabian, a pesar de que Eva solía quejarse melindrosa de que no era lo correcto.

Janina, su madre, había intentado reprenderlo, pero había sido imposible: Floro le sonreía y volvía a hacerlo al día siguiente.

Por eso, a Fabian no le sorprendió su aparición tempestuosa, mientras buscaba dónde echarse un rato, fatigado. Floro no leyó su ánimo, porque iba ofuscado en sus propios pensamientos.

—¿Tienes un momento? —ladró, sin esperar respuesta para seguir—. ¡Ven, anda! El idiota de Pío no deja de llorar como una niña. Necesito que le hables.

Fabian se puso de pie, con las cejas enarcadas, antes de resignarse.

—¿Qué quieres que le diga? —refunfuñó, antes de frotarse el rostro para quitarse los restos de la modorra.

Floro hizo un gesto de impotencia con los brazos.

—¡No sé, lo que haces siempre! —terció, saliendo al exterior soleado, para que Fabian lo imitara—. Que deje de hacerse el desdichado.

Su amigo siguió sus pasos de mala gana.

Después de la feria, los morenos solían tomarse unos días de fiesta y haraganería, en la que él había aprovechado para no salir de los límites invisibles del barrio de los blancos. No deseaba encontrarse con ningún moreno, porque todavía no tenía claro si sería capaz de controlar su genio. Ya no deseaba más malentendidos.

Estaba seguro de cuál era el problema de Pío, pero no tenía claro cómo podría ayudarlo, si él mismo no lo había resuelto primero. Todavía sentía que la culpa lo corroía por dentro, en especial por las noches, cuando no tenía nada que lo distrajera para no recrear el cuerpo caliente y desvanecido de la morena en sus brazos.

Nadie se había atrevido a mencionar el hecho de que Cila no hubiera cumplido el total del castigo.

La afrenta había quedado resuelta, y el pastor Rolando se había marchado sin volver la vista atrás, para alivio del mayor.

—Alguna vez podrías intentar entenderlo, ¿no te parece? —le recriminó Fabian, haciendo visera con la mano para cubrirse la cara de los rayos furiosos del sol que calentaban la tierra—. No todos piensan como tú.

No le quedaba duda de que a su amigo los dilemas morales no le habían quitado el sueño. Al contrario, Floro habría dormido a pierna suelta, sin ningún tipo de remordimiento rondándole la cabeza. A veces, su simpleza era tan dura que Fabian la envidiaba un poco.

A pesar de todo, habían hecho lo correcto. Ese invierno, iban a conseguir levantar la cabeza, y no solo sobrevivir.

Floro se descolocó por un segundo, antes de sonreír con arrogancia.

—Pero, si lo hicieran, la vida sería más sencilla.

A pesar de que no estaba del mejor talante, Fabian no pudo evitar sonreír.

—¡Ah, siempre es bueno recordar que existe alguien con más ego que yo!

—Ya, ya… —lo cortó Floro, perdiendo la paciencia por su carcajada—. Anda. Debe estar en su casa. —Lo instó con un gesto para que se perdiera hacia delante.

—Qué gracioso —lo atajó Fabian, cazándolo del brazo—. Tú te vienes conmigo.

—Pero…

—Camina.

Floro resopló ante la intransigencia de su amigo y, después de refunfuñar sin sentido algunas maldiciones, lo siguió con el ceño fruncido.

Fabian no se molestó, porque la dinámica siempre había sido de esa manera. Conocía a sus dos amigos desde que era un crío. Había estrenado sus puños con ellos —primero contra Floro y después con ambos en contra de otros niños—, había llorado con ellos y había decidido cruzar el río con ellos.

Encontraron a Pío, tal y como lo habían supuesto: arreglando tonterías delante de su casa.

—¡Eh! —lo llamó Floro con brusquedad.

El aludido levantó la cabeza y achicó los ojos para evitar la resolana, como si no se imaginara quiénes eran.

—¿Qué hacéis? —soltó, agrio y a la defensiva. Quiso ignorarlos, soltando las malezas que estaba arrancando del portal para entrar.

Fabian se preguntó si él también luciría de esa manera, con horribles ojeras oscuras.

Lo siguió dentro con el resoplido de Floro sobre la oreja.

—¿Nos estás evitando? —se burló, para romper la tensión.

—Claro que no.

—No seas llorica —le espetó Floro, con el rostro fruncido—. No finjas, porque no estamos para estupideces.

Pío había sido un niño enclenque y asustadizo. En realidad, a Fabian no le había caído muy bien al principio, a pesar de que Janina, su madre, y la de él, habían sido amigas desde que ellos eran recién nacidos.

Fabian no jugaba con él, pero tampoco lo maltrataba. Prefería pasar el rato con Floro y otros niños más, haciendo travesuras y algunas maldades. Sin embargo, algo había cambiado cuando los otros críos habían empezado a meterse con Pío: Fabian había sentido una punzada de malestar; algo que luego sabría asociar con culpa. Le parecía que estaba traicionando a su madre más que al niño, pero no tenía muy claro qué era lo que debía hacer. Así que Floro lo había resuelto por él. Como era el más alto y el más robusto de todos, un día se había limitado a agarrar por el cuello a uno, y a regalarle un puñetazo que había terminado con tres dientes perdidos en la tierra.

Pío no se lo agradeció. Salió corriendo hacia su casa, muerto de miedo.

Pero algo se había quebrado.

Con el tiempo, Pío los había empezado a seguir. A distancia prudencial primero, más cerca después, haciendo que Fabian comenzara a tomar su presencia como algo habitual y necesario. Él había sido el primero en cortar el silencio y hablarle, con un Floro enfurruñado detrás. Y, al final, habían quedado ellos tres. Fabian había aprendido a quererlos como hermanos; las dos partes de su equilibrio. Podía cerrar los ojos tranquilos si alguno lo sostenía detrás.

—No soy llorica —Pío los enfrentó, en la penumbra del interior—. Solo soy más humano que tú, ¿sabes? Podrías aprender.

—¿A qué?

—¡A tener jodidos sentimientos, maldición! —respondió Pío, alterado. Flexionaba y relajaba los dedos a la altura de su pecho, como si quisiera formar un puño—. ¡La chica podría morirse!

—Cálmate —pidió Fabian, reprimiendo el escalofrío que le supuso oírlo en voz alta—. Nadie va a morirse y tampoco nadie va a enterarse de esta mierda. Entiendo que esto te afecte, también me...

—Ah, no me jodas —masculló Pío—. ¡Tú solo querías ser el héroe! Como siempre.

Fabian no supo cómo responder a eso.

Floro decidió intervenir:

—Mira, no te voy a mentir: creo que estás exagerando y que, aunque se nos fue un poco de las manos... —Ignoró el ruido de indignación de Pío al oír su elección de palabras—. No fue para tanto. La morena está viva.

—Por ahora.

—La morena está viva *por ahora* —concedió Floro a regañadientes—, y que tú llores, no va a hacer que se recupere milagrosamente. Lo que hicimos fue lo mejor.

—Habla por ti.

—Sí. —Floro se acercó a él con bravuconería, para ver si Pío se animaba a discutir—. Y si no estás de acuerdo, puedes devolver la jodida manta que va a abrigar a tu hermana encinta este invierno.

Pío apretó los labios, furioso, y dejó correr el tiempo antes de rendirse. No tenía nada más que añadir. Suspiró, buscando relajar los nervios y tapándose la cara con la mano.

—Lo siento —murmuró con un hilo de voz—. Pero... me siento muy culpable.

Floro iba a hablar, pero Fabian lo cortó con un gesto. Se acercó con cautela a su amigo.

—Yo también —le confesó sin avergonzarse—, pero todo fue por un bien mayor, ¿de acuerdo? Recuerda eso. Piensa en los tuyos. Si no lo hacemos nosotros, nadie lo hará.

Pío gruñó y asintió.

—Y la morena va a estar bien, no te preocupes.

—¿Cómo lo sabes? —ironizó Floro, de brazos cruzados, sin entender si había conseguido su objetivo o no.

Fabian tuvo una idea.

—¿Eso te dejaría más tranquilo? —le preguntó a Pío—. ¿Que te asegure que la chica va a estar bien?

—No puedes hacer eso.

—Claro que puedo —se mofó Fabian, recuperando enseguida su arrogancia—. Dijiste que era un héroe, ¿recuerdas?

CAPÍTULO 17

Los días siguientes fueron frenéticos para Cati. Pasaron frente a sus ojos como un borrón, en el que solo recordaría con claridad pocas cosas.

El llanto agónico de Cili era una de ellas. Tardaría mucho tiempo en dejar de oírlo en la oscuridad, muerta de miedo. Se despertaba a menudo, acezante, aguardando a que el gemido lastimero de la joven rompiera la quietud de la noche. Antes, incluso que su madre, ella ya estaba allí, intentando aliviarle un poco el dolor.

Cili tenía la espalda destrozada. Cati se había vuelto a descomponer cuando la tendieron sobre los jergones que su madre había extendido a toda prisa y terminaron de rasgar la camisa para poder airear bien las heridas. Lloraba mientras intentaba acatar las órdenes ásperas de Edite, concentrada en lavar a Cili y aliviarle el dolor antes de tratar de que recuperara la conciencia.

Cati discutió con su madre por primera vez ese día. Ella había llegado con Esmeralda apenas unos minutos después que sus padres. Bruno había abierto la puerta, compungido, al escuchar de lejos el revuelo. Edite ya había ladrado indicaciones a todos los presentes, y Baldassare se había marchado corriendo al río para buscar agua fresca.

Edite se había percatado un poco después de que Cati no estaba en la casa, cuando entró resollando con Esmeralda de la mano. Volvía a arderle en la garganta la necesidad de comunicarse correctamente. Hizo unas torpes señas a su amiga para que le explicara cómo podía ayudar, pero ya era demasiado tarde.

Edite, asustada y furiosa, le había cruzado la cara con una sonora bofetada.

—Te dije... que te quedaras... aquí —farfulló la mujer, alterada, volviendo su atención hacia Esmeralda—. No quiero verte en mi casa. ¡Fuera!

Cati, con los ojos llenos de lágrimas y la palma helada sobre su mejilla hirviendo, intentó hacerse entender, desesperada.

Esmeralda carraspeó.

—Señora, creo que mi abuela podría...

—¡No quiero tener nada que ver con tu gente! —cortó Edite, temblando de indignación—. Sal de mi casa. ¡Ahora!

Esmeralda agachó la cabeza y buscó la mirada húmeda de Cati para disculparse antes de girarse y echar a correr.

Bruno, con la boca abierta y los puños apretados, no se había movido de su sitio.

—¡Ve afuera a esperar a Hilde! —ordenó la mujer, trastornada, haciendo grandes aspavientos para que le hicieran caso—. ¡Cati, límpiate esos mocos y ven aquí! ¡Necesito...!

Bruno salió corriendo, mientras su hija obedecía y veía el cuerpo destrozado de su hermana. Tuvo que hacer un esfuerzo hercúleo para mantenerse consciente —de cierta manera agradeció haber vomitado en la plaza, porque ya no tenía nada más que expulsar— y auxiliar con las manos trémulas a su madre. Se mordía la cara interna de las mejillas con tanta fuerza que pronto empezó a sentir el regusto metálico de la sangre en la boca, mientras le quitaban a Cili los restos del tejido de la camisa de la carne expuesta de su espalda.

Baldassare e Hilde llegaron a la vez, y Edite pudo abandonar su posición tiesa junto a su hija para abalanzarse sobre su marido. Rompió a llorar, quebrando su sólida determinación al saberse tranquila porque ellos iban a encargarse a partir de entonces.

Hilde era la madre de Delia, la partera del pueblo. Había ayudado a dar a luz a todos los niños morenos, incluidas las dos hijas de Edite. Solía decirse, medio en serio, medio en broma, que ella sola se había encargado de alumbrar a la pequeña Delia porque no confiaba en nada más que en sus manos para llevarlo a cabo.

—Tranquila... —había musitado la robusta mujer. Alentó a Edite dándole dos palmadas en la espalda, que se sostenía rota de los brazos de Baldassare—. Me encargaré de todo.

Desde entonces, habían pasado casi tres días, en los que Cili había delirado de fiebre y dolor, mientras aguardaban a que los emplastos de Hilde hicieran efecto.

Ni Hilde ni Edite habían abandonado la casa. Se turnaban para cuidar y velar por la joven, que no recuperó la conciencia hasta el anochecer del cuarto día.

Cati había llorado a solas con su padre, fuera de la casa.

—Ya pasó...

No le daba vergüenza acurrucarse como una niña pequeña contra Baldassare. Tenía ya edad suficiente como para pensar en casarse, pero volvía a tener cinco años cuando su padre le acariciaba el cabello. Había creído a pies juntillas sus palabras y estaba segura de que Cili iba a recuperarse, a pesar de seguir asustada y llena de dolor.

Edite se había disculpado poco después. La abrazó con sentimiento y Cati la perdonó enseguida.

—Estaba muy alterada —intentó justificarse, bañándole la coronilla con sus lágrimas tibias—. Mi único alivio era saber que estabas aquí a salvo, Cati. Entiéndeme. Lo lamento.

Ella solo necesitó devolverle el abrazo para que su madre comprendiera que la había perdonado.

Muchos pasaban por la casa de Baldassare para tener noticias de Cili, y para cotillear un poco entre ellos. Álvaro se dejaba ver todos los días, contrito y poco hablador. Delia había acompañado a Cati las noches que su madre se había quedado allí, apretándole fuerte la mano y asegurándole, con una alegría que no se correspondía con el ambiente, que todo estaría más que bien.

Después de que Cili recuperase la conciencia y que Hilde les asegurara a sus padres que las heridas estaban cicatrizando a la perfección, Cati se sintió con la suficiente valentía como para alejarse más de unos pasos de su hermana.

Había dos cosas que quería hacer.

La primera era más sencilla, pues no necesitaba más que bajar a la plaza; Esmeralda siempre la encontraba, incluso antes de que empezara a buscarla. Había tenido el arrojo suficiente como para no pedirle a Bruno que la acompañara, aunque la ansiedad le brotara hasta la garganta. Era hora de aprender a crecer.

Esmeralda estaba con uno de sus hermanitos, paseándose sin mucho entusiasmo, más concentrada en hacer que la cría se mantuviera en pie para poder caminar.

Cuando Cati le hizo señas, la sonrisa de la joven iluminó todo a su alrededor.

—¿Cómo está Cila? —preguntó nada más verla, tomando en brazos a su hermana para poder acercarse con más rapidez—. ¿Cómo estás tú?

A Cati siempre le había entibiado el pecho que Esmeralda la tratara como su igual, y que le hiciera preguntas que no podía responder con suficiente detalle. Esa vez, había sido demasiado, y, sin importarle la cría en el medio, le echó los brazos al cuello para estrecharla con fuerza. Era la única manera que se le ocurría para expresar todo lo que sentía.

Gracias. Te quiero.

Perdóname.

—Todo se resolverá. No seas tonta —la consoló Esmeralda, sonriendo un poco y peinándole el cabello—. Lo importante es que Cila esté bien. Ya está a salvo.

Cati asintió aprisa y le tomó la única mano libre que tenía, intentando hacer señas en la dirección de su casa y a ella misma, con los ojos muy abiertos como si de esa forma Esmeralda pudiera leerle el pensamiento.

La joven parpadeó y tardó un momento, mientras su hermanita jugueteaba con los collares, haciendo ruido y balbuceando, para entender a qué se refería.

—No pasa nada —dijo al fin, con cuidado—. Entiendo a tu madre. Era un momento complicado. No tendría que haberme tomado ese atrevimiento.

Cati se golpeó el pecho, angustiada.

—Tampoco es tu culpa —leyó Esmeralda, endulzando su tono de voz—. Olvídalo, ¿sí? ¿Me mantienes al tanto sobre Cila? —La sonrisa que se ganó por parte de su amiga bien valió el tirón de pelo que recibió de su hermana, fastidiada por la falta de atención.

Cati se preguntó si estaría cruzando algún límite si se rendía a las ganas que le picaban en las palmas de abrazarla otra vez.

No temía a las demostraciones físicas, porque así era como se comunicaba en su casa. Sus padres y Cili habían aprendido a relacionarse con ella por gestos, y a Cati solo le bastaba algún movimiento para expresarse a la perfección. Aquel círculo se extendía a Bruno, que era casi como un hermano, e incluso a Delia.

Esmeralda, sin embargo, era la única amiga que tenía por su propia voluntad. No era que a Bruno le desagradara la chica, ni mucho menos, pero siempre había estado un poco apartada de los demás, tildada de *rara*. Ninguno de los dos lados se había molestado en cambiarlo. La relación se ensanchaba en el tiempo. Por eso, a pesar del cariño infinito que sentía Cati por Esmeralda, le costaba un poco más desenvolverse con ella. Terminaba preguntándose demasiado qué hacer, hasta que ya era tarde.

Esa vez, en cambio, la salvó algo externo.

La atención de Esmeralda varió enseguida hacia la blanca que se acercaba un poco tímida a ellas, retorciéndose las manos. Esmeralda siempre estaba atenta, como en guardia. No se perdía ningún detalle de lo que ocurría a su alrededor, por más que luego no comentara nada al respecto.

Cati la reconoció: era la chica que estaba con el blanco que había sacado a Cili del poste. Sin todos los nervios que llevaba encima, podía verla más de cerca, sin remilgos. Era bellísima. Tenía una piel casi traslúcida, como una luna reluciente, coloreada solo en los pómulos.

Lo que más le llamaba la atención a Cati, además de sus rasgos tan armónicos, era el largo cabello rubio que le caía ondulado, como una capa a su espalda.

124

—Perdona… —No se atrevió a mirar a ninguna a los ojos—. Creo…

Esmeralda elevó ambas cejas. No era precisamente bienvenida. Tampoco entre los blancos, por mucho que se hubiera esforzado por mostrarles sus abalorios.

Susi rebuscó sobre su falda, nerviosa, intentando dar con algo.

—El otro día… Es decir, me parece que es tuyo.

Iba a tenderle algo, cuando la hermanita de Esmeralda agitó el puño, sorprendida por la nueva presencia, y pilló un mechón de cabello rubio, estallando de felicidad.

La mueca de Susi se suavizó de inmediato.

—¿Te gusta? —dijo en un arrullo, sin atreverse a tocarlo—. Tengo más por aquí, ¿verdad?

Cati se admiró ante su actitud bondadosa, sin juzgar en absoluto.

La joven miraba a la bebé con cariño, mientras ofrecía el otro rizo para su puño, ignorando el contraste que hacía su piel con la de la niña.

—Lo siento —murmuró más confiada, volviéndose hacia Esmeralda—. El otro día, cuando estabas en nuestro puesto en la feria, se te cayó esto. Lo encontré después, y me pareció que era mejor devolverlo.

Era uno de los collares de la joven, muy fino y de color cobrizo.

Pasmada, Esmeralda solo atinó a asentir.

—Gracias.

—Es una niña preciosa —añadió Susi, soltando con delicadeza los puñitos de la pequeña para que liberara su cabello—. ¿Cómo se llama?

—Muriel.

Esmeralda no pretendía ser descortés. Solo estaba sorprendida.

En la esquina, habían empezado los murmullos.

—Ya veo… —Susi pareció querer decir algo más, pero se lo pensó mejor al observar de reojo cómo se levantaban los cuchicheos—. Buen día.

—¡Gracias! —repitió Esmeralda, más convencida, viéndola alejarse.

Otra vez, Cati deseó poder hablar o al menos haber llevado consigo a Bruno para que le hiciera de intérprete. Esa muchacha blanca tan inocente, seguro que conocía a su segunda misión en el día. La más difícil.

Dejó a su amiga en la plaza, con una sonrisa a medio coser, y se dirigió con el paso titubeante hacia lo que hacía tiempo se llamaba el barrio de los blancos.

No había ninguna regla que indicara que allí no podían circular morenos, por supuesto. No obstante, preferían evitarlo, casi como una cuestión de respeto. Era el único sitio en el que los blancos podían sentirse más o menos en su hogar.

Cati se sentía muy violenta al romper ese acuerdo tácito, pero, en verdad, quería volver a encontrarse con el chico que la había ayudado.

Le asustaba no reconocerlo. Aquel día se sentía terrible y todas las emociones se le habían desbordado de la piel. Además, los blancos le parecían todos muy similares, y sus rasgos se habían desdibujado con el paso de los días.

Avanzó, angustiada, mirando a ambos lados, y esperó que la echaran a patadas con cada paso que daba.

Varios niños la observaron como si fuera un espectro. El más grande se había atrevido a levantar un pedrusco y estaba por lanzárselo, pero Cati fue más rápida y torció la esquina, para desaparecer de su campo de acción.

Las mejillas le hirvieron con cada mirada estupefacta que levantaba y, por centésima vez, se preguntó si no hubiera sido mejor pedirle a Bruno que la acompañara.

—¿Qué mierda haces aquí, morena? —Escuchó que le gritaban más cerca de lo que esperaba. Era un tipo blanco, sin camisa, con los hombros rojos y una sonrisa que le aterró—. ¿Buscas algo?

Se apretó los labios y adivinó que no le estaba preguntando realmente.

Caminó más rápido, y aterrada.

—¡Si buscas un buen hombre que te haga quitar la cara de susto, me dices!

Volvió a girar para perderlo de vista, con el corazón martilleándole en los oídos. Había sido una mala idea. Tenía ganas de llorar y de volver a casa.

—¡Eh! ¿Qué haces?

No se detuvo a ver quién era esa vez. Echó a correr sin tener muy claro a dónde iba; empezaba a desesperarse por salir de allí.

No había pasado más de tres casas antes de querer volver hacia donde suponía que estaría la plaza, cuando se llevó por delante un cuerpo que salió de la nada. Tropezó y se enredó con su propia falda.

—¿Qué mierda...? ¡Ten más cuidado!

Al sentir tierra entre los dientes, Cati no pudo contener las lágrimas de rabia. Se sorbió la nariz, cabizbaja, para tratar de ignorar a quien fuera que había hecho que terminara de esa forma tan patética. Tendría la cara sucia y pegajosa, e iba a tener que lavarse antes de regresar.

Hubiera querido ser invisible.

Una mano nívea se tendió muy cerca de su nariz.

Se levantó sin su ayuda, con el mentón pegado al pecho para que no la vieran más humillada.

—Ah, es la muda, ¿verdad?

Se asustó al oír eso y levantó la mirada. Era un blanco de su edad, un poco más alto, y una chica. La conocían, era evidente, pero Cati no terminaba de cuadrar ese rostro con sus volátiles recuerdos.

—¡Roque, ya encontré las...!

El otro se acercaba trotando, haciendo un gesto con la mano en alto para que le prestaran atención. Se quedó con la frase a medias al distinguir el cabello oscuro entre sus amigos.

Era él.

—¿Qué haces aquí? —preguntó la chica, que no se había distraído por el grito. La observaba recelosa—. ¿Qué quieres?

—¿Te perdiste? —Roque habló muy despacio, como si tuviera problemas para entenderlo.

Pero Cati ya había tenido suficiente. No esperaba encontrarlo con más gente; aunque, en ese momento, le parecía ridícula su imaginación infantil. Por supuesto que estaría con amigos, o con quien fuese. Comprendió que el otro chico era el que lo acompañaba la mañana en la que había ocurrido lo de Cili, pero a la otra blanca no la reconocía.

Había ensayado lo que haría. Se señalaría y luego a él, antes de apretarse la palma contra el pecho e inclinar la cabeza; suponía que el blanco lo entendería. Pero estaba demasiado alterada. Sucia, llorosa y con las manos temblando. No podía siquiera recordar lo que había pensado hacer para agradecerle por haberla ayudado.

No podía vencer en tan poco tiempo su miedo profundo a esos ojos claros.

Se pasó la manga por el rostro, y sintió cómo los mocos se pegaban vergonzosamente a su mejilla. Quiso tocarlo, empujándolo con tanta fuerza que lo hizo trastabillar hacia atrás. Se inclinó apenas y salió corriendo, deseando con todo su cuerpo estar dirigiéndose hacia la plaza.

—¿Qué se supone que fue eso?

Aún no sabía su maldito nombre, y no tenía idea de cómo podría habérselo preguntado.

Sin dejar de correr, Cati se permitió derramar un par de lágrimas más antes de alcanzar al fin terreno seguro.

SEGUNDA PARTE
BAILES SOBRE EL AGUA

«Ay, qué queda de mí; no tengo tierra, no tengo familia, no tengo raíces, solo ánimo al andar.

Ay, qué queda de mí, no tengo existencias, no tengo ganado, no tengo afectos, solo esperanzas de un día mejor».

Lamento de los pueblos de Gadisa durante su exilio.

CAPÍTULO 18

Se podía respirar el día de celebración, a pesar de que justo fuera a comenzar a la mañana siguiente.

A Álvaro no le gustaban demasiado los días festivos, pero aquel era el que más odiaba. Ya lo estaba anticipando su humor, especialmente irritable. Hubiera sido imposible detenerlo, e igual de inútil que detener una tormenta con las manos.

Su hosquedad empeoró cuando se cruzó con el blanco de mierda que tenía en la mira hacía ya tiempo. Adrede, se plantó para chocarle el hombro al pasar, pero el tipo no respondió a su pulla, dado que iba ensimismado en alguna estupidez.

Álvaro tenía tanto odio en las entrañas, que no conseguía discernir a qué dirigirlo primero.

No sabía qué había pensado el blanco, pero había sido jodidamente fácil descubrir su secretito. Casi un juego de niños. Suponía que el idiota no podría imaginar que Hilde era la hermana de su madre y que todo lo que ocurría en esa casa pasaba por la de él.

La cuestión era que no había pasado más de cuatro días desde que Cili había recuperado la conciencia, y que Álvaro ya sabía que el que le estaba proveyendo a su tía la mitad de los ingredientes necesarios para sus emplastos era ese blanco, Fabian.

Había considerado darle un susto cuando estuviera lejos de ese otro enorme imbécil, con el que solía andar para todos lados, y el esmirriado que parecía más bien un niño muy alto. Sin embargo, a su pesar, había tenido que refrenar la rabia que le brotaba desde las venas, porque Cili necesitaba esa medicina.

Le enfermó caer en la cuenta de que debería haber sido él quien notara que, por muchas reservas que Hilde tuviera en su pequeña

130

botica, para heridas así de profundas, sería cuestión de tiempo hasta que empezaran a escasearle.

El blanco se las dejaba en la puerta, un montón de hierbajos y cortezas, anudados con una de las cuerdas del puerto, en algún momento de la noche.

Álvaro se preguntaba cómo mierda hacía para encontrarlas, reconocerlas y tener el tiempo suficiente para regresar al pueblo, y, además, cumplir la jornada de recolección en el muelle. Le quemaban las ganas de saber por qué demonios estaba haciendo todo aquello. ¿Era porque se preocupaba por Cili? Era un *blanco*. No tenía sentido.

Sin embargo, desde que olía la fiesta a la vuelta de la esquina, Fabian había ocupado cada vez menos sus pensamientos.

Álvaro estaba nervioso, inquieto. Se había tenido que tragar una pésima mirada por parte de una madre por haberle gritado de más a unos niños, que no paraban de corretear alrededor de la casa de Cili, impidiéndole descansar.

Lo que más le molestaba era que ella parecía haberse recobrado ya por completo. Intentaba ignorar que parte de la energía de la joven podía deberse a la cercanía de las festividades.

Cati también estaba emocionada al ver cómo su hermana ya tenía la capacidad de pasear por el jardín y el huerto sin problema alguno.

Habían tenido una fuerte discusión hacía pocas tardes, tumbados en la hierba mustia, cuando Cili le había asegurado que estaba lista para volver al puerto.

—Tenemos que aprovechar todos los días cálidos que queden. Papá solo podrá con las piedras, o con los peces. No con ambas. Tengo que volver a hacerme cargo de la otra mitad, como siempre.

La segunda feria iba a comenzar después de las celebraciones sobre el río, como era costumbre. Era lo que iniciaba la temporada de pesca, cuando la temperatura empezaba a bajar de manera gradual y se iba haciendo más cómodo cazar peces con largas cañas, antes de seguir metiéndose hasta la cintura en el agua cada vez más fría. Comenzaban el acopio para el invierno.

La segunda feria era más regional; recibían menos viajeros, pero más conocidos. Solían ser aquellos morenos más jóvenes, que llegaban desde la línea de la costa, pasando por Ciudad Real y terminando en alguno de los pueblos que bordeaban el Elisio. Los intercambios eran más pequeños, más efectivos y, sobre todo, más jocosos. Sin la presencia extraña de los de Alena, los hijos del sol se regocijaban en otra temporada que tocaba a su fin. Lo importante eran las celebraciones y el ocaso de la temporada cálida.

Álvaro, distraído por lo mucho que le fastidiaba la época, había observado a Cili incrédulo.

—No estás hablando en serio, ¿verdad?

—¿Tú qué crees?

—No seas ridícula, Cila —Le costaba llamarla por su diminutivo cuando estaba siendo testaruda, que era la mayor parte del tiempo—. ¡No puedes meterte al agua así!

—¿Así cómo? —replicó ella, estirando mucho el cuello.

—Apenas has sanado.

—¿Cómo lo sabes?

—Le pregunto a Hilde todas las noches —aseguró, sin avergonzarse de la realidad—. Ella no me miente.

—¿Y yo sí? —Cili hizo una mueca desmedida—. No me jodas. Nadie más que yo puedo saber cómo me encuentro. Sé lo que te digo. Es mi cuerpo, ¿no? Mira.

Álvaro hubiera deseado no sorprenderse cuando la joven se giró para darle la espalda antes de levantarse la camisa encorvada sobre sus rodillas para demostrárselo.

—Pero... —Tardó un segundo en recuperar el aliento—. ¡Cila, cúbrete!

—Tengo razón.

La tenía, pero no era el momento. Conservaba largas líneas rosadas sobre toda la piel, suficientemente elevadas para poder crear dibujos con ella.

Sin embargo, no era eso lo que le perturbaba a Álvaro. Hubiera querido abrazarla ahí mismo y terminar de quitarle la camisa para apretarle los pechos, deseando saber si seguiría siendo así de desafiante cuando estuviera dentro de ella.

Iba a repetirle que se cubriera, cuando Cili se bajó la ropa para enfrentarlo.

—Volveré mañana. Me importa una mierda lo que digas. Me siento bien, y estoy harta. No tengo ganas de seguir aguantando a mamá.

—Tu padre no estará de acuerdo —le recordó Álvaro, jugando su última carta.

Siempre había odiado que Cili trabajara en el puerto. Había sido una decisión ridícula por parte de Baldassare, y no entendía por qué no había retirado aún su permiso. Había tenido que frenar la furia caliente que lo ahogaba cada vez que los ojos de los demás —y peor, los de los malditos blancos— se deslizaban sobre ella cuando salía del agua con las prendas empapadas, pegadas a ese jodido cuerpo, siempre demasiado expuesto.

La sonrisa arrogante de Cili lo desarmó.

—Ya me encargo yo de mi padre.

Álvaro se preguntaba cuánto tiempo más iba a tardar en volverse loco por completo. Había descartado la idea de ir directamente a Baldassare a pedir su mano, porque Cili montaría un escándalo y, peor, lo despreciaría, pero empezaba a quedarse sin ideas, y la cercanía de las fiestas solo hacían que su desesperación escalase a velocidad de vértigo. Si Cili volvía a encontrarse con ese rematado imbécil, Álvaro no estaba seguro de poder contener las ganas de matarlo con sus propias manos.

En la plaza, la gente ya estaba montando otra vez los puestos. La fiesta tomaba todo el día y el pueblo entero bajaba al río, por lo que muchos preferían adelantar trabajo y dejar todo hecho para poder disfrutar tranquilos de la jornada.

La segunda feria nunca era tan importante como la primera: no decidía el destino del invierno. Más bien sus matices.

En ese caso, sería especial solo para la familia de Cili, que había quedado en una situación precaria después de lo que había ocurrido.

A Álvaro lo hostigaba una pésima sensación cada vez que volvía a pararse allí, dónde la habían azotado.

Los días que le habían seguido a eso, habían sido algo frenéticos.

Álvaro, además de corroborar, casi constantemente, que la joven no hubiera empeorado, se había encargado de buscar hasta el hartazgo el maldito vellón que le habían robado a Rolando. Había hecho todo lo que había podido, aun sin que Baldassare se lo pidiera, pero no había habido forma de encontrarlo.

La gente, después de algunos días de intenso murmullo, había empezado a dejar ir el rumor y asumieron que el verdadero ladrón —porque nadie creía seriamente que alguien como Baldassare pudiera haber hecho algo así, por mucho que el pueblo necesitara salir limpio del atolladero— o era algún forastero que se había escapado o solo se había desecho de la prueba del delito.

De cualquier forma, la sospecha había empezado a descender y, de a poco, el tema dejó de indignar para sembrar compasión en las personas.

Muchas de las mujeres y esposas de los que habían votado a favor del castigo llegaban hasta Edite para ofrecer ayuda o alguna atención. Veían a Cili como una mártir, como la que había tomado la responsabilidad de mantener el honor de la familia. Había hecho lo necesario para salvaguardar la reputación del pueblo, y eso era valioso.

La atmósfera, entonces, era de alegría y compasión. Habían quedado atrás las duras recriminaciones contra la familia de Baldassare. Se notaba en al aire, al menos.

Cati y Bruno estaban en su puesto montado para la feria. A Álvaro le extrañó no ver a un adulto.

—¡Oye, no los mires! —masculló por todo saludo, al ver que la chica observaba disimuladamente hacia donde se concentraban los blancos—. No merecen tu atención.

Cati dio un respingo y, un poco asustada, asintió mucho —demasiado— con la cabeza.

CAPÍTULO 19

—No estoy seguro si malinterpreté esto, pero ¿puede ser que no quisieras verme?

Cili tenía el agua hasta la cintura y, con las mangas arremangadas hasta las axilas, inspeccionaba con la poca luz que quedaba lo que había conseguido pescar con la red, intentando divisar entre toda la arena viscosa alguna chispa brillante.

Cuando escuchó la voz que bajaba hasta la playa, irguió el cuello y escondió su sorpresa. Terminó en silencio su tarea antes de salir del río con el aro a un lado y la bolsa tristemente vacía.

—Vas a congelarte —le aseguró Toni, lamentándose por no poder tener nada a mano para ofrecerle.

Ella, sin embargo, no se acercó a él, sino que se dirigió hacia la caseta de las redes, donde había dejado el resto de sus cosas y una camisa seca. El puerto lucía desierto.

Se estaba cambiando cuando sintió su presencia a sus espaldas.

—Entonces, ¿era verdad? ¿No quieres verme? —se lamentó Toni, tratando de mezclar el humor con la verdadera decepción.

Cili se giró bruscamente, un poco enojada.

—No seas ridículo.

Lo abrazó con torpeza, con el cabello goteando. A Cili le costaba lo suyo demostrar cariño, pero no se envaró cuando Toni le apretó apenas el talle, feliz de volver a verla.

—¿Por qué sigues aquí? —inquirió, dejándola ir, al saber que se pondría a la defensiva demasiado rápido—. Ya sé que no es de tu mayor interés, pero todos están preparándose para la fiesta.

—Creí que llegarías mañana —explicó, ignorando su pregunta y tomando asiento en el borde de la caseta, con los pies descalzos sobre la arena.

—Quería verte antes de todo el caos —confesó él, sentándose a su lado.

Toni se veía cansado y mucho más viejo desde la última vez que habían estado frente a frente. Cili podía contar las líneas que se habían dibujado alrededor de sus ojos oscuros.

Era un comerciante de la costa. Para ellos, Ciudad Real era algo más tangible que el simple centro desde el que se movían pocos hilos que fueran a perjudicarlos. En cambio, los pueblos del río estaban doblemente desahuciados: por el desierto, a un lado, y por el largo cauce del Elisio, que no solo los había separado una vez de los blancos, sino que también los alejaba de la ciudad.

Ante el silencio de Cili, él carraspeó para romper la quietud.

—Álvaro, para variar, no quería decirme dónde encontrarte. Al final adiviné las señas que me hizo Cati.

Ella cabeceó.

Toni no sabía si era demasiado pronto para sacarlo a colación, pero el sol ya casi se había puesto y Cili tendría que regresar enseguida a casa.

—Sí, sabes que él te quiere, ¿verdad?

—¿A qué te refieres? —murmuró la joven, abrazándose las rodillas todavía húmedas del río. Se había sentado en la entrada de la caseta de las redes y él la imitó con cautela—. Nos criamos juntos.

—Bueno, estoy seguro de que Álvaro quiere algo más —insinuó Toni, nervioso. Los últimos rayos de sol parecían las nervaduras de una hoja sobre sus cabezas y, por décima vez en aquel día, él se preguntó si estaría haciendo lo correcto.

—No voy a casarme con él, si es lo que estás intentando decir —le aseguró Cili. Se agarró todo el cabello para estrujarlo a un lado y secarlo como pudo. No lo miraba, pero Toni podía dibujar su honestidad—. Creí que ya lo sabías.

—Ya.

Otra vez ese silencio que seguía incomodando a Toni.

Observaba de soslayo la figura recortada de la joven a su lado, igual de morena y cerrada, que la noche que terminaba de volcarse encima de sus hombros.

—Todavía no me respondiste qué hacías aquí —improvisó, extendiendo las piernas hacia delante.

Cili se encogió de hombros.

—Me estoy quedando poco más todos los días.

—¿Hasta la noche? ¿Estás loca? ¡Vas a enfermar!

—No digas tonterías —lo desestimó Cili, echándose hacia atrás sobre las palmas—. Mejor que lo haga yo, a que lo haga papá.

—No lo entiendo.

Ella parecía un tanto reacia a explicarse.

—Tuvimos... un pequeño inconveniente durante la última feria. —Hizo un gesto con la boca, que Toni supo leer de inmediato.

—Lo siento —se disculpó, bajando un poco la cabeza—. No lo sabía. No he tenido mucho tiempo para comentar las historias de la temporada mientras venía hacia aquí.

Cili pensó en las marcas que le mordían la piel y prefirió no entrar en más detalles, agradeciendo que no hubiera oído nada de lo ocurrido.

—Está bien.

A él le dolió un poco la sinceridad de Cili. Había esperado, en alguna parte de su ser, que estuviera más entusiasmada por haber podido verse un poco antes de lo esperado, pero, como siempre, la joven parecía una montaña con una cima imposible de conquistar.

—Quedamos un poco cortos de piedras, y tenemos que compensar con esta feria —siguió explicando Cili, ajena a sus pensamientos—. Papá está pescando, y yo me encargo de esto. Así que, por eso, sigo por aquí.

Toni la conocía lo suficiente como para saber que no iba a obtener más información que esa. Decidió dejar para después las pesquisas.

—Te extrañé —soltó de pronto, ahorrándose todo lo demás que tenía en la mente. Cili enarcó ambas cejas, pero no dijo nada—. Mañana podemos pasar la fiesta juntos, ¿qué te parece?

—Voy a bajar temprano a tratar de conseguir las últimas piedras —respondió ella, con cuidado de no marcar ninguna inflexión en su voz.

—De acuerdo. —Toni se odió por haber aceptado tan deprisa. Todo estaba yendo peor de lo que había previsto, y había tenido muchas jornadas para imaginarse todos los escenarios posibles.

En ninguno Cili estaba tan bonita como esa maldita noche.

—Podría ayudarte —se desesperó, y se sintió ridículo. Pero no se arrepintió tan pronto, porque ella inclinó la cabeza para mirarlo a los ojos antes de estallar en carcajadas—. No soy tan gracioso, ¿eh? —De cualquier manera, se rio a su par, aligerando la tensión de sus músculos.

—Lo siento —sonrió al fin Cili, poniéndole una mano en el hombro. Le chispeaban los ojos—, pero no aguantarías en el río ni un parpadeo.

—Gracias por subestimarme.

—Te estoy cuidando —lo corrigió, más suelta—. La gente de la tierra debe quedarse en la tierra. Vosotros no habéis podido domesticar vuestro océano, pero aquí las cosas son diferentes. Estaré bien —hizo una pausa, volviendo la vista al horizonte para no tener que mirarle la cara—, pero puedes venir, si quieres. No me molesta la compañía. Cuando la fiesta baje al río, podemos unirnos.

Toni sonrió ampliamente; al fin Cili había bajado la guardia. Se atrevió a reducir un poco la distancia entre los dos, quedando a menos de un palmo de su cuerpo.

Ella lo tomó por sorpresa, como siempre.

—Solo dime de una vez.

—¿Que te diga qué? —se desorientó él. Estaba más concentrado en sopesar su reacción, si le agarraba la mano que le había quedado muy cerca.

—¿Por qué has llegado antes?

Toni respiró profundo, sin saber qué mierda responder.

Decidió ser honesto. Era lo único que le había servido con Cili, después de todo.

—No sé si voy a regresar después de esta feria —murmuró, deseando ser más valiente para poder sostenerle la mirada—. Yo..., lo lamento.

—De acuerdo.

No se lo vio venir.

De pronto, los ojazos oscuros de Cili estaban sobre toda su piel, mientras apretaba los labios contra su boca, al fin abierta a su deseo.

CAPÍTULO 20

Cati no había dejado de prestar atención, nerviosa, al puesto de los blancos, por más que Bruno no dejara de torcer el gesto, preocupado.

Cuando vio que Esmeralda se acercaba con su andar garboso, como aleteando, se quedó prendada del vuelo que tenía su falda al andar. Estaba segura de que ella no tendría tanta gracilidad.

De un tiempo a esa parte, Cati se había empezado a fijar en detalles tontos como aquel, que la ponían más y más ansiosa. Se lamentó por todas las veces que había odiado su falda, cuando era más pequeña, que le impedía moverse con soltura para seguir jugando. Podría, en cambio, haber aprendido a caminar como Esmeralda, en vez de sentirse torpe e inútil cada vez que andaba.

Los misterios de su feminidad seguían escapándosele.

Los nervios la estrangularon cuando divisó a lo lejos que su amiga se detenía primero a hablar con la hermana; esa blanca tan hermosa.

Esmeralda no parecía amilanada. Al contrario, le susurraba con aplomo muy cerca de su oído.

Después de un corto intercambio, se acercó a Marco, que estaba de espaldas.

El corazón de Cati se saltó un latido, anticipándose. No pudo ver si a él le ocurría algo o no, pues la gente seguía pasando ajena a su ansiedad.

Bruno volvió a suspirar, por enésima vez en la tarde, mientras Esmeralda se paseaba por la plaza con los brazos extendidos, para que se pudieran apreciar sus abalorios.

Cati aguardó hasta que llegó a ellos, conteniendo la respiración, sin darse cuenta.

La chica se plantó con una sonrisa y extendió la palma para dejar caer el pedrusco sobre la mano de Cati.

—¡Nunca me divertí tanto en mi vida! —confesó en voz baja, radiante.

La emoción de Cati se reflejaba perfectamente en todos sus rasgos.

Apretó la piedrita en un puño, sin echarle ni un vistazo.

—¿Quieres que te acompañe? —susurró Esmeralda, encantada de poder mantener el secretismo.

El gruñido de Bruno la interrumpió.

—Ya lo hago yo.

—Pero...

Cati la estrujó contra sí con un brazo, elevándola sobre el puesto. Le sonrió e hizo tintinear los collares, y demás baratijas, para hacerle entender que debía volver a su labor.

Esmeralda lucía un tanto decepcionada.

—Tienes razón. —Hizo un rápido análisis de la plaza con la mirada—. Bueno, ya sabes dónde encontrarme, ¿sí? Me dices cualquier cosa.

Le apretó una última vez la mano a Cati con cariño, antes de volver a las andadas, con los pies descalzos y el ruidito de sus colgantes, pisándole los talones.

La mañana pasó increíblemente lenta.

Edite llegó a poner orden, nerviosa, esperando que todo estuviera perfecto, y obligó a Cati a sentarse a tejer las coronas de flores que usarían ella y su hermana al día siguiente.

Eran especiales. Unos pétalos de desierto llamados flor del Aire, porque eran las únicas que llegaban a florecer en un clima tan extremo.

—Solo le pido al cielo que mañana Cili no haga un berrinche y respete su lugar... —La mujer suspiró, antes de colocarse al lado de la más pequeña, para zurcir el vestido ajado, que había pertenecido primero a su madre, luego a ella, y que, finalmente, ese año pasaría a Cati.

Tan ensimismada estaba en su tarea que no se dio cuenta de lo ansiosa que se veía su hija, que bufaba cada pocos minutos.

Apenas prestó atención cuando Delia y algunas chiquillas aparecieron para mostrarle el bello arreglo que estaban haciendo para decorar los postes, que iban a sostener las antorchas en la playa.

Después de un breve almuerzo, Bruno, que se había marchado a su propio puesto, cuando Edite tomó el mando, regresó con cualquier excusa para sacar de allí a su amiga.

La mujer alzó las cejas, sorprendida, pero, al ver que la corona de la joven estaba lista, no tuvo nada que objetar.

—Regresad antes de que se haga de noche —ordenó, extendiendo la falda en la que estaba trabajando para no olvidar ningún detalle—. Bruno, cuídala.

—Como siempre, señora.

Cati lo abrazó, sin importarle que todavía estuvieran en medio de la plaza, y él la aceptó, un poco incómodo.

—No me gusta mentirle a tu madre —farfulló, colorado, sin mirarla. Ella hizo un puchero—. Sí, es mentir —le aseguró de mala gana—. No te estoy cuidando. Te estoy consintiendo... Y me estoy cargando toda la confianza que tiene tu familia en mí.

Cati negó enérgicamente con la cabeza, contrariada. Ya habían salido de la zona más concurrida, pero Bruno seguía avanzando reacio. Ella tiró de su manga para obligarlo a girarse y que la mirara a los ojos.

—¡Agh, no seas así! —se lamentó el joven, sonriendo a su pesar—. Está bien, no me quejaré más. Vamos.

Era difícil permanecer enfadado con Cati, y Bruno lo sabía.

No dijo nada cuando ella pescó su mano y echó a andar, aferrada a él. Estaba disculpándose, a su manera, por el mal rato.

Alcanzaron la curva del río un poco después. La ausencia de casas hacía que soplara ya más viento que en el medio de la plaza.

El clima empezaba a cambiar.

Bruno nunca descendía de la duna. Se cruzaba de brazos y aguardaba allí, sentado sobre algún tronco partido, de espaldas al río, conteniendo las ganas de escuchar.

Cati, en cambio, escalaba aprisa para caer sobre la arena.

Por norma general, él ya estaba allí. Todavía era una rutina muy nueva, como para que pudiera acostumbrarse. Su corazón siempre la traicionaba.

Todo había comenzado con su disculpa.

Cati había cambiado de estrategia, después de haber fracasado en su incursión en el barrio de los blancos. Se había mordido las lágrimas durante varias jornadas, aterrada por lo que le había ocurrido, y reuniendo uno a uno los trocitos de valor que se habían regado a sus pies, para volver a tener la oportunidad de hacer lo correcto.

Sin embargo, se le ocurrió una mejor idea, porque no creía poder volver a soportar la mirada de tantos blancos sobre su rostro.

Así que, cuando halló a Marco —había sido difícil, porque no tenía muchas excusas para vagar sola por el pueblo, sin que su madre se enterara—, lo había seguido, resuelta. Su idea era pillarlo en algún momento en el que estuviera a solas, y hacer su mejor esfuerzo por ofrecerle la disculpa y el agradecimiento que merecía.

Pero había sido complicado.

Ella se había sentido muy tonta escondiéndose como una cría. Lo había frenado en una esquina, cerca del barrio de los blancos. No sabía cómo hacer para llamar su atención sin tocarlo, ya que todavía le asustaba tener tan cerca esa piel clara.

Al final, había logrado agarrarle de la manga para obligarlo a girarse.

—¿Qué...? —Se había atragantado con el resto de la frase, que intentaba pujar de sus labios.

Cati lo había soltado de inmediato, cohibida. Irguió la columna, inspiró profundo y lo señaló, apretando apenas su índice contra el pecho de Marco, antes de hacer lo mismo consigo misma.

Luego unió las palmas, como si suplicara, e inclinó la cabeza. Le ardían las mejillas.

—Lo siento. No te entiendo.

Su seguridad volvió a quebrarse en esquirlas, que se le clavaron sobre los pómulos. Tenía ganas de llorar. Nunca había deseado comunicarse tan sinceramente como en ese momento.

Marco se rascó el cuello, incómodo, mientras Cati boqueaba, sin poder emitir sonido alguno.

—Bien, es evidente que quieres decirme algo, ¿no? —tanteó, haciendo una mueca. Ella asintió, tragándose la frustración—. Pero no puedo interpretar tus gestos, perdona. ¿No tienes a alguien que pueda hablar por ti?

Ese no era el asunto: quería ser ella misma la que transmitiera sus sentimientos. Le afligió que él no pudiera entenderlo. Claro que no era tan importante para Marco.

—Mira, ¿qué te parece si nos vemos a la tarde sobre el río? ¿Sabes dónde me refiero? —Enmudeció y se puso rojo, abochornado—. Bueno, claro que lo recuerdas. Dile a tu amiga que vaya contigo, podrá decirme lo que quieres y de paso... —Hizo una mueca y bajó los párpados—. Podemos pedirle disculpas por... Ya sabes.

Cati había asentido tres veces, antes de echar a correr en busca de Delia.

De esa manera, se habían encontrado en el rápido, como dos bandos reacios a considerar la presencia del otro.

Marco se había percatado la noche posterior al castigo de la morena que, a quien habían ayudado Roque y él, era la misma chica que estaba en la playa el día que habían terminado peleándose.

No le había prestado atención hasta entonces, y se sentía profundamente abochornado.

—No te entiendo —le había asegurado Roque, de camino a la playa, cuando su amigo le había comentado lo que había ocurrido—. ¿Qué te importa lo que piense una morena?

—Bueno… —No era eso. Le daba un poco de lástima; era una niña, y parecía gorjear como un pájaro tratando de obtener atención—. No es que me importe, es solo que…

—¿Te sientes culpable?

—Algo así —aceptó Marco, encogiéndose de hombros. No sabía cómo poner en palabras lo que sentía al respecto y, de cualquier forma, no estaba acostumbrado a tener ese tipo de charlas.

—Si alguien se entera de que estás hablando con una de ellas…

Roque había dejado el pensamiento en el aire, pero su amigo sabía lo que había querido decir.

Al final, habían podido comunicarse.

Los morenos —la chica muda, su amiga y el tipo que siempre estaba con ellas— estaban muy tiesos, respetando una línea imaginaria trazada sobre la arena.

Marco, al fin, había entendido lo que Cati quería expresarle, y se quedó de pie como un idiota; como si le hubiesen dado con un palo en la cabeza. No lo despreciaba. Agradecía el gesto que había tenido con ella, y hasta lamentaba no haber podido hacerlo antes.

Su hermana casi había muerto por culpa de los blancos, y esa niña se disculpaba con él como si le debiera algo.

La segunda vez que se encontraron había sido casualidad, o así se lo había repetido Marco, una y otra vez. Sentía que estaba traicionando a Fabian por interesarse en una morena, pero Cati parecía diferente a los demás. No lo juzgaba con la mirada ni lo creía inferior, pero también lo intimidaba. Le ponía nervioso que la chica no pudiera hablar, y le había dado muchísimo asco atisbar que su boca se encontraba vacía.

Cati lo había saludado con la mano y se había marchado a su aire.

Marco, contra todo pronóstico, había buscado una excusa para analizarla unos instantes más.

Esmeralda había entrado en el juego casi por azar, pero al final había sido evidente que era la única que podía atravesar el límite invisible que dividía blancos de morenos.

Y el resto era historia.

Cati todavía no podía creer la valentía que requería escapar, cada ciertos días, para pasar un ratito robado al tiempo con Marco. Se había demorado en conseguir que le agradara su presencia, aunque su objetivo era más íntimo. Tanto, que ni siquiera había podido ser sincera con Bruno al respecto.

Necesitaba a Marco para poder quitarse ese pánico visceral que les tenía a los blancos. Lo *necesitaba*.

No quería seguir sintiéndose vulnerable.

Quería parecerse un poco más a Cili y vencer sus miedos, comenzando por el más profundo.

Además, los sermones del mayor, respecto a la integración de la comunidad, le habían calado hondo. En ese tiempo de convivencia, a pesar de su terror sordo, había hecho su mejor esfuerzo por dejar de ver a los blancos como extraños. Eran parte cotidiana de su vida y, aunque prefería mantener distancia con ellos, no les deseaba mal.

Además, muchas mujeres blancas se habían solidarizado con Cili, después de lo que había ocurrido. La hermana de Marco, esa chica blanca, alta y hermosa, que siempre era amable con Esmeralda, se había acercado una vez a su madre para preguntarle si podía ayudarlas de alguna manera.

Todavía le avergonzaba recordar cómo le había respondido Edite.

Así que, había decidido que, si quería un cambio, debía comenzar por ella misma.

Se había dejado enredar por la aventura y la emoción de Esmeralda, y por la impresión de que, de alguna forma, Marco también tenía un hormigueo de curiosidad que llenar.

—Hola.

Bajo la luz del día, la piel de Marco relucía. Tenía las mangas de la camisa dobladas hasta las axilas, mostrando los hombros enrojecidos por el sol. Era una luna tímida, difícil de descifrar.

A Cati no le gustaba mentirse a sí misma. Todavía llameaba, bajito, en algún sitio de su interior, ese miedo doloroso e irracional que la impulsaba a salir corriendo. Cada vez que veía a Marco, se acuclillaba junto a ese fuego, y, después de respirar profundo, y asegurarse de que los ojos del joven eran tan claros y sinceros como lo recordaba, exhalaba lo suficientemente fuerte como para apagarla durante un rato.

Marco siempre esperaba la sonrisa de Cati y la seña para que se sentara antes de moverse.

Una vez, enjuagándose después de la jornada en el fondo de su casa, había pensado en ellos dos como dos animalitos asustados. Acezantes, aguardaban el movimiento del otro para emularlo.

Marco respetaba a rajatabla la distancia física que había impuesto Cati sin pensarlo, y creía que, de alguna forma, ese límite era lo que los había mantenido en buenos términos.

—¿Estás entusiasmada por la fiesta de mañana? —preguntó, flexionando las rodillas sin dejar caer el culo en la arena. El viento fresco le echó el cabello hacia atrás, aliviándole el calor, después de montar el puesto en la plaza.

Cati, que se había cruzado de piernas, volvió a asentir, contenta, a un palmo de distancia.

A Marco le avergonzaba un poco mirarla. No tenía claro cómo tratar con una chica. Cati parecía muy dulce, pero todo se dificultaba mucho más cuando no podía expresarse correctamente.

Más de una vez, abochornado, había intentado hablar con Eva al respecto, pero no había caso.

Se había criado con Susi, que era sencilla y honesta. Cati se veía similar, de no ser por su ausencia de palabras. Así que, a su pesar, a veces tenía que observarla con atención, como en ese momento.

Entusiasmada, Cati se había agarrado la falda, esparcida por la arena, para hacer un gesto, moviéndola sobre sus piernas, esperando con ansia que la entendiera.

—¿Bailar? —alcanzó a adivinar Marco, con torpeza. Le costaba muchísimo comprender las señas de Cati, si le rehuía el contacto visual.

Ella le sonrió.

—¿Pero no bailáis todos los años? —se extrañó, sin entender tanta emoción.

No era la primera celebración en el río a la que asistía.

El primer año, ningún blanco había querido bajar a la playa, y se habían encerrado para terminar de levantar lo que llamarían su barrio. Pero, el segundo año, la mayoría de los chicos habían asistido, curiosos, para averiguar de qué se trataba.

La alegría por un nuevo año y por las bendiciones del dios Serpiente proliferaban en su costa y, durante esas celebraciones, parecía que el Elisio refulgía como una lengua de fuego.

Ya a nadie le parecía mal que fueran a presentar sus respetos en esos tiempos. Los blancos se limitaban a formar su propia fogata.

Cati bufó, frunció la nariz y se señaló, antes de negar con la cabeza.

—Ah... —Imaginó que, por alguna razón, ella no había bailado el año anterior—. ¿Ya tienes tus flores?

Cati asintió, recuperando su buen humor.

Se quedaron un rato en silencio, escuchando el río correr.

A Cati le gustaba disfrutar del sol, sin que hiciera tanto calor. Enterró las manos en la arena y se echó un poco hacia atrás, apreciando la calma que ofrecía el río, siempre de fondo, en su vida.

Marco estaba haciendo un agujero con el dedo, cabizbajo e incómodo. Todavía no terminaba de entender por qué seguía con esa locura.

No tenía nada en contra de Cati. Al contrario, ya que consideraba que podría ser la única morena que valiera la pena. Sin embargo, le seguía pareciendo una traición a los suyos.

Estaba seguro de que, si su padre se enteraba, iba a decepcionarse. ¡Y ni hablar de Fabian! Pero seguía yendo.

Era un idiota.

—¿Viste lo que te mandé? —soltó. Se aclaró la garganta con la mirada fija en la orilla, buscando algo para distraerse. Percibió el movimiento a su lado y, cuando giró, vio el rostro oscuro de Cati brillante de alegría.

Había extendido el brazo por encima del límite preestablecido. Tenía la piedrita en la palma.

—Es un pato —explicó Marco, sintiéndose estúpido—. Todavía le faltaba un poco —añadió, al ver que ella lo inspeccionaba con ambas manos—. Dámelo. En realidad, está horrible. En unos días puedo hacer que el pico al menos luzca como...

Amagó para quitárselo, pero Cati se negó deprisa y encerró la piedrita en un puño, manteniéndola a salvo, cerca de su pecho.

A Marco le dio risa notar que parecía ofendida.

—Oye, no era para tanto. —Sonrió, fingiendo para que no notara lo complacido que estaba.

La morena sacudió la cabeza, agitó el puño en el que guardaba su pato tallado a medias y se señaló varias veces con el índice.

Marco entendió perfectamente a la primera.

Es mío.

Era idiota, sí, pero Cati apreciaba las tonterías que hacía. Como nadie lo había hecho.

Tal vez, por eso, seguía con todo ese sinsentido.

Se encogió de hombros y sonrió.

—La próxima, haré una gallina.

Cati se volvió para guardar su tesoro en el bolsillo de la falda, con una sonrisa que resplandecía aún más que el sol chispeante en lo alto.

CAPÍTULO 21

Fabian necesitaba un momento a solas.

Se había escapado de Susi, primero, y de Pío, después, con alguna excusa ridícula. Estaba abrumado, y necesitaba aire.

Llevaba combatiendo una espesa sensación de culpa, anudada en la boca del estómago, desde hacía varios días, de cara a la nueva feria.

Era imposible no relacionarla con la última.

Todavía le costaba mantener la cabeza erguida cuando se cruzaba con el moreno Baldassare.

Era la noche previa a la celebración del río, y había mucha excitación en el aire, lo que se compensaba con la temperatura fresca, que empezaba a envolver el pueblo. Todavía hacía calor cuando pegaba el sol sobre la piel, pero, una vez oscuro, se notaban los anticipos del invierno.

Fabian bajó todo recto hasta el muelle, esperando que el viento que soplaba desde su tierra —que parecía a veces tan cercana y, casi siempre, tan lejana— lo calmara un poco.

Había tenido varias pesadillas que lo habían despertado sobresaltado y cubierto de sudor, junto a Eva, todavía con el corazón latiendo contra las costillas, pensando que los habían atrapado.

En un silencio tenso e impenetrable, las mujeres habían tejido aprisa el vellón robado, como si, al tenerlo allí a la vista, la prueba del delito fuera prácticamente insoportable.

Fabian había observado todo el proceso sin emitir palabra.

—¡Pero si hicimos lo que había que hacer! —se había exasperado Floro cuando las primeras mantas estuvieron terminadas—. No entiendo.

—Tú nunca entiendes una mierda.

Pío era el que peor lo estaba pasando. Había desarrollado cierta tendencia nerviosa y prefería mantenerse lo más alejado posible de los morenos.

Floro se había burlado de él, y le había asegurado que no podían adivinar lo que le pasaba por la mente, pero él no le había seguido el juego.

—No me importa cargar con la culpa —había repuesto Fabian, encogiéndose de hombros—. Hicimos lo correcto. Estoy de acuerdo con Floro.

—No me extraña… —masculló Pío.

—¿Preferirías morir de frío? —lo increpó Floro de malos modos—. Devuelve la jodida manta, entonces.

—La va a usar Viktoria. —La voz de Pío era casi un susurro.

De cierta manera, Fabian creía en sus palabras.

A pesar de que casi todos entre los suyos habían juzgado lo que habían hecho, aunque su crítica silenciosa se dirigía más hacia el castigo injusto, que al robo en sí, nadie se había negado a devolver su cuota, cuando todo el vellón estuvo tejido.

Y la solidaridad con la morena no era tan sólida.

Cubiertos al abrigo del viento fresco, que empezaba a colarse por debajo de las puertas, nadie creía que no hubiera valido un poco la pena haber callado, para no congelarse dentro de pocos meses.

Así que, Fabian no se arrepentía, pero el sentimiento de desazón no se le borraba. Ni aunque se hubiera encargado personalmente de que la morena sanase como era debido.

El río parecía un manto enorme, opaco y furioso. No había estrellas, así que no se veía el punto en el que terminaba y comenzaba el cielo. Todo se veía difuso, sin límites.

Fabian avanzó hasta dar con la arena, mientras sus ojos terminaban de acostumbrarse a la penumbra. Habían montado ya las antorchas para la fiesta del día siguiente, pero estaban apagadas. Se ayudó de ellas para avanzar, parpadeando, para definir bien su alrededor.

Tuvo un instante súbito en el que el impulso de meterse en el Elisio tiró de su ombligo, como una orden. Tuvo que utilizar sus mejores argumentos —hacía frío; estaba demasiado oscuro y podía perderse; si moría allí, nadie lo iba a encontrar— para refrenar su estupidez, y siguió avanzando paralelamente a la línea de la orilla.

De alguna forma, le agradaba el nuevo contacto que tenía con esa masa de agua que fluía constante y le daba vida a todo el pueblo.

En su tierra, había vivido lejos del mar. Era el único cambio agradable que había tenido su vida desde que estaba de aquel lado de Ipati.

Estaba por regresar, más sereno, pensando en pedirle disculpas a Susi por haber sido tan brusco con ella, cuando escuchó ruidos poco más allá de la caseta de las redes.

En realidad, era más bien como un refugio. Allí se guardaban las cuerdas, los aros, las redes y las cañas, que pertenecían a todo el pueblo, emplazado a un buen trecho de la orilla, en la esquina opuesta al muelle.

Nadie se encargaba de mantenerla, por lo que llevaba corroída mucho más tiempo de lo que él vivía allí, a merced de la intemperie y del agua.

—¡Eh!

En vez de salir corriendo, se acercó trotando, mientras se preguntaba qué estaba haciendo.

Se frenó en seco, antes de saltar hacia el borde del suelo, que sobresalía hacia la arena oscura, cuando volvió a oír los sonidos.

El ambiente cambió en un instante.

El golpeteo rítmico que él había confundido con pasos, o tal vez alguien intentando escaquearse, se hizo más claro, al estar solo a un palmo de distancia, envuelto en una oscuridad absoluta.

Apenas distinguía los límites de la construcción, clavado en su sitio como un imbécil.

Su curiosidad fue más fuerte que su sentido del honor.

No pudo evitar sonreír, para asomarse y ver quiénes mierda eran los que estaban allí encerrados.

Lo que descubrió, le hizo olvidar el frío que se le enroscaba en los pies.

Después, se preguntaría cómo había reconocido tan rápido a la morena. No había luz suficiente para delinear los cuerpos enredados entre jadeos, que se mezclaban con el correr del río a la distancia.

Fabian fue muy consciente de cómo la sangre que bombeaba desde su pecho se hacía caliente, espesa, elevando de pronto la temperatura de su piel.

La morena no parecía asustada.

Podía distinguir el destello de sus dientes con la boca entreabierta, mientras le sujetaba al tipo la cadera para que la embistiera más profundo. El cabello le chorreaba sobre los pechos.

Fabian no llegaba a ver más, porque el hombre la apretaba contra él.

Se volvió antes de que alguno notara su presencia. No tenía sentido espiar a esos dos. Eran morenos. Desagradables.

Pero sí seguía escuchando.

Sentía el cuerpo pesado. Los gemidos bajos de los amantes se intensificaban y le rebotaban sobre la piel ardiente, a pesar de que nada había cambiado. Quería marcharse. De inmediato.

Se imaginó a la morena esa, tan rebelde, dejándole al tipo besarle las marcas profundas, que seguro le habrían quedado en la espalda por su culpa.

Él lo hubiera hecho. Le hubiera apretado el culo y deslizado la erección por la hendidura entre las nalgas, mientras le preguntaba al oído qué era lo que quería. Tenía el cabello largo, ondulado; tal vez se lo hubiera estirado un poco, si ella misma se lo hubiera pedido, antes de embestirla por detrás.

No tenía razón para seguir desvariando con lo que ocurría dentro de la caseta, pero ya era demasiado tarde.

Fabian encapsuló todo el patetismo que sentía por sí mismo y lo enterró bajo la arena, antes de seguir su hilo de pensamientos, plagados de preguntas sin respuesta y fantasías sin luz.

—Hazlo así.

Casi se perdió la petición de la morena, envuelto en sus propias llamas. ¡La muy maldita tenía que ser altanera hasta en esa situación!

Lo encendió más pensar que respondía a sus órdenes, frotándose con la respiración entrecortada, la erección tibia entre los pantalones.

Fabian estaba seguro de que él podría hacerlo mucho mejor que quien fuera el idiota que estuviera dentro con ella, por más de que no tuviera demasiada experiencia.

El tipo era ruidoso y jadeaba a destiempo, y a la joven apenas se le oía.

Lo acicateó la rabia al imaginar que, de hecho, podría tratarse del moreno Álvaro, el que se las tenía silenciosamente jurada desde el primer día.

El sentimiento de ira, junto con un absurdo ímpetu por separarlos, lo dejó mareado.

No sabía cómo eran las morenas durante el sexo. Ni siquiera lo había considerado hasta ese momento, que estaba masturbándose como un imbécil, junto a la reina de todas sus jodidas pesadillas.

Tal vez fueran educadas así, más escrupulosas que las blancas.

Sin embargo, Fabian ya llevaba observando a Cila lo suficiente como para saber que no era tonta, y ni mucho menos abnegada.

Se estremeció al imaginársela abierta hacia él, con toda esa piel morena expuesta, mojada por el río.

Fabian se marchó antes de acabar, cuando un rayo de razón consiguió desprenderlo de su sitio. Los amantes estarían suficientemente ocupados como para ignorar su jadeo al echar a correr en la oscuridad, sin guiarse por los postes listos para las antorchas, derecho hacia el muelle.

Agitado, alcanzó su destino, y, furioso, se quitó la camiseta sin importarle el viento que bufaba en su contra. Se mintió y trató de recordar esa vez que lo había hecho con una blanca tímida y preciosa, metiéndose la mano entre los pantalones.

No consiguió pescar el recuerdo, abrumado por el morbo de probar el sabor maldito de la piel morena que lo quemaba como el sol.

Se corrió, estremeciéndose solo una vez, dejando que el semen cayera sobre la arena, antes de deshacerse de los pantalones y meterse de lleno en el río turbio, que lo recibió con un abrazo helado.

Se tumbó en la orilla, agradecido del agua gélida que le devolvió la razón, y juntó las manos para recoger líquido con el que frotarse el rostro.

Gritó con el cuerpo entumecido de frío, antes de salir, recoger a tientas su ropa, y regresar al pueblo sin volver a emitir una palabra.

CAPÍTULO 22

El puerto seguía abarrotado. Las hogueras y las antorchas danzaban con ferocidad al compás del viento que silbaba entre faldas y tambores.

La celebración, como todos los años, había sido un éxito, y se extendía sobre los límites de la jornada. Era un día especial y el pueblo se permitía pasar un poco de fresco para agradecerle al Elisio, y empezar a despedirse del verano.

A Esmeralda le dolían los pies. Llevaba parada una eternidad, y no se había dado cuenta de lo mucho que le pinchaban los talones, hasta que se había sentado en la arena, recogiéndose las faldas, para apretarse las piernas contra el pecho.

Nadie había querido bailar con ella, como siempre.

Sin embargo, había formado su ronda, sin rencores, con todos sus hermanos, aunque no tuvieran hoguera sobre la que regocijarse. Se había divertido mucho. No llevaba encima el peso extra de los abalorios y se había permitido dejarse algunas pulseras, no para intercambiar, sino para que tintinearan sobre sus muñecas, al tiempo que saltaba con los más pequeños.

Le había entristecido un poco ver que Cati no se quedaba hasta la noche. Aunque conocía a la perfección el desprecio de su madre hacia ella, había dejado que la ilusión de danzar juntas esa noche la embargara.

Era la primera vez que le permitían a Cati bailar y lanzar las flores del Aire.

Esmeralda había estado tan contenta por ella como la propia chica.

Pero la fantasía se había pinchado con la mirada filosa de Edite que, nada más atisbar cómo se ponía el sol, había tomado a su hija de la mano y la había devuelto a la casa.

Esmeralda había perdido el interés en las rondas de los morenos.

—¿Por qué estás tan apartada? —murmuró una voz cerca de ella, arrancándola de sus pensamientos.

Esmeralda observó, pasmada, cómo Susi se sentaba a su lado, sin importarle la arena que le ensuciaba su vestido. No era bonito, pero la blanca no necesitaba adornos para lucir preciosa. Sonreía como disculpándose.

—Perdona —se apresuró a añadir, al ver que Esmeralda no abría la boca—. Te vi sola y creí que tal vez podrías querer compañía.

Susi la imitó y se recogió las piernas.

—Estaba descansando —explicó Esmeralda, y se encogió de hombros.

Susi siguió el curso de su mirada para dar con los niños exaltados que seguían riéndose y bailando al ras de la arena, a pocos pasos de ellas.

—Son tus hermanos, ¿verdad? —preguntó curiosa.

Esmeralda asintió.

Se miraron con complicidad, cuando la más pequeña de los críos, Muriel, intentó soltarse del agarre de una de las mayores, esbozando a tientas sus ganas de caminar, hasta que tropezó y cayó de cara a la arena. Otro hermano la recogió, riéndose a carcajadas, lo que contagió a la bebé, que tenía los mofletes manchados y parecía a punto de llorar.

Le limpiaron la arena entre los más grandes, y le hicieron un gesto a Esmeralda para que no se preocupara por nada.

—¡Qué lindos son! —soltó Susi a bocajarro, sincera. No le importaba el tono de piel de los niños; le daban el mismo impulso de estrujarlos.

Esmeralda volvió a asentir, distraída por el movimiento de los críos.

—¿Tienes hermanos?

—Solo uno —aclaró la blanca, elevando un dedo—. Marco. Creo que lo conoces. Pero me encantan los niños. Me hubiera gustado tener muchos más.

Esmeralda sonrió, pensando que Susi se veía demasiado dulce para mantener a raya a todos sus hermanos durante el tiempo suficiente.

—¿Y dónde están tus padres? —inquirió ella, ignorando su rumbo de pensamientos—. ¿Ya regresaron a casa?

Esa vez, Esmeralda no sostuvo la sonrisa.

Susi reparó en que había metido la pata y se revolvió, incómoda, sopesando la idea de marcharse, pero la chica le intrigaba, y, para ser sincera, estaba cansada de las payasadas de Fabian y los demás.

—¿No quieres bailar? —cambió de tema, al darse cuenta de que parecía atacarla con interrogantes.

Esperó una respuesta cortante o incluso que permaneciera refugiada en ese silencio violento, pero la boca de Esmeralda se quebró en una pequeña sonrisa.

—Me duelen un poco los pies.

—Ah, entiendo... —le aseguró Susi, ansiosa por dejar de hacer el ridículo—. No debe de ser sencillo tener el ojo sobre tantos niños, ¿verdad? Con toda esta gente... Podrían perderse —siguió diciendo, nerviosa, todo lo que se le cruzaba por la mente—. Por eso estáis apartados del resto, ¿no? Para cuidarlos mejor. Es muy sensato. Eres una buena hermana mayor.

Esmeralda dejó reposar la mejilla sobre la rodilla, sin dejar traslucir ninguna emoción sobre sus facciones.

—No es por eso —murmuró—. ¿No nos has visto?

Susi parpadeó sin comprender.

—No somos de aquí.

—¿Eso qué quiere decir?

A Esmeralda le hizo hasta gracia que una blanca como ella no supiera lo que significaba eso, en aquel lado de Ipati.

Torció el gesto, tomándose un momento para decidirse a explicarle.

—Mi abuela no nació en esta tierra. Llegó aquí huyendo de la guerra, como creo que lo hacen todos los extraños que viven en

Ipati, ¿no? Los de Gadisa, los de Alena… —Hizo una pausa sugerente, que Susi no supo interpretar—. Mis hermanos y yo nacimos aquí, pero nuestras raíces no están en esta arena. ¿No notaste que tenemos otros ojos? —Esmeralda se acercó un palmo, con las cejas elevadas para demostrarle su comentario.

Tenía razón.

Susi notó, con la luz de las llamas, que los ojos de la joven no eran tan oscuros como los del resto de los morenos. Se veían como el color de la arena que tenían bajo los pies.

—Nadie quiere a un pueblo sin tierra —murmuró, y se encogió de hombros para quitarle hierro al asunto. Susi se había quedado de piedra—. Nos las arreglamos bien aquí, y mi abuela está cansada de vagar. Ella misma escogió este pueblo para quedarse y crear raíces. —Echó un vistazo a los niños que saltaban alrededor de la fogata—. Y a ellos, claro.

—No entiendo qué tienen los morenos en contra de lo diferente —masculló Susi, empática.

Esmeralda decidió guardarse su opinión respecto a los blancos, a los que no creía demasiado distintos a los demás.

—Que algo sea diferente a ti no te da el derecho a odiarlo —repuso un poco perdida—. Me lo dijo una vez mi abuela.

Esa vez, el silencio no le pareció incómodo a Susi.

Siguió el movimiento de los críos felices, espiando por el rabillo del ojo las facciones redondeadas de Esmeralda, que parecía sumida en cavilaciones muy alejadas de su reducida realidad.

CAPÍTULO 23

Ya se habían cumplido con todas las tradiciones que se festejaban en el pueblo, desde el mismo principio de los tiempos: las chicas habían lanzado las flores al río, habían agradecido, se habían regocijado… Ya no quedaba nada más que sentarse a esperar al invierno.

Cili había cumplido su parte a regañadientes.

Respetaba demasiado al Elisio como para faltar a la cita —jamás se hubiera atrevido a ofender al dios Serpiente—, pero lo cierto era que detestaba las flores del Aire, y todo lo que tuviera que ver con las fiestas. Le desagradaba el exceso y, sobre todo, se sentía avergonzada y un poco humillada de tener que plantarse junto con las otras muchachas jóvenes como si fuera una de ellas.

Era el único momento en el que le abochornaban sus brazos fuertes y su espalda demasiado ancha. Deseaba reducirse un poco y convertirse en una dulce mujer morena, similar a las demás.

No soportaba las muecas de burla y desaire de los hombres, revoloteando a su alrededor.

A medida que las antorchas se encendían, las faldas empezaban a saltar con más ahínco.

Había una especie de rito mudo, en aquella noche especial de entrega y júbilo, que alentaba a los jóvenes a demostrar públicamente el interés por la que sería su compañera, si todo iba bien, después de la temporada de fríos.

Así había conocido a Toni, hacía ya tres temporadas.

Era la primera vez que él llegaba al pueblo. Lo había hecho con su padre, para relevarlo de los viajes pesados que bordeaban el Elisio.

Cili estaba igual de enfurruñada que esa noche, viendo cómo los demás bailaban, y él se había acercado, no con intención de ofrecerle sus galanterías, sino con sincera curiosidad.

161

Al principio, ella había estado a la defensiva.

No hablaron mucho esa noche, pero Toni regresó al día siguiente para saludarla en la feria y, además, consiguieron un buen negocio, intercambiando unas bellas piedras gemelas que había conseguido ella, por una jugosa pata de cordero.

Al año siguiente, Toni había vuelto solo, y la recordaba.

El Elisio corría, serpenteando a su alrededor.

Cili se sacudió las emociones del cuerpo.

Le daba igual.

Hacía un momento que su madre se había marchado con una llorosa Cati, así que no tenía sentido seguir fingiendo que le agradaba ser parte de los festejos.

Sí que le gustaba el aire en el rostro, pero, con tanta gente en el puerto, se terminaba desluciendo.

No eran muchos los momentos que podía tener para sí misma: aunque se sentía bien y perfectamente curada, sus padres seguían reprobando la libertad de sus movimientos, como si debiera guardar cama de por vida.

Cili no tenía tiempo para eso: las costras de su espalda ya se habían caído y por debajo había nacido una titubeante piel rosada, que le generaba una desagradable sensación de tirantez, cuando movía muy bruscamente los brazos hacia delante, y todavía tenía problemas, y algo de dolor, si se apoyaba sobre su espalda, pero, por lo demás, podía considerarse repuesta por completo.

Las miradas compasivas de Baldassare, junto con las colmadas de censura de Edite y Álvaro, solo conseguían fastidiarla más.

Ella estaba bien, y prefería olvidar cuanto antes el desagradable episodio.

En vez de eso, precisaba concentrarse en la feria próxima y en la mejor manera de salvaguardarse para el invierno.

Apartada y sentada a lo lejos, estaba reuniendo determinación para ponerse de pie y marcharse, cuando escuchó voces un poco más allá.

Pensaba ignorarlas, como había hecho con el jolgorio que le llegaba desde las fogatas, pero reconoció enseguida la voz de Álvaro, lo que la puso en guardia.

—No entiendo por qué regresaste. —Por su sombra, parecía estar cruzado de brazos.

Cili gruñó.

—Estabas tardando mucho en aparecer. —El otro no podía ser nadie más que Toni.

Su tono respetuoso se contradecía con la distancia que había entre los dos, como si ni siquiera quisieran verse.

—Y tú en no volver a mostrar la cara por aquí.

Hubo un silencio tenso.

Cili estuvo a punto de levantarse para interrumpir la conversación, pero Toni volvió a hablar y la obligó a quedarse allí, inmóvil.

—Mira... —Se apretó la nariz con dos dedos—. Comprendo que me odies, de verdad, pero no tiene nada que ver contigo.

—¿Vas a sacarla a bailar? —increpó Álvaro, ignorando su comentario.

No hacía falta demasiado para adivinar de quién estaban hablando.

La sangre de Cili se volvió espesa.

—No.

Álvaro resopló.

—Me voy a casar —murmuró Toni, bajando los párpados—. Después del invierno. No voy a volver aquí. —La garganta de Cili se secó, a pesar de que ya se había imaginado un desenlace similar—. Así que, supongo que tú ganas —añadió Toni y, aunque ella no podía distinguirle el rostro, podría haber jurado que estaba sonriendo lleno de pena.

—¿Se lo has dicho?

—No. Prefiero guardármelo para mí.

—Porque, si se lo dices, va a odiarte —supuso el otro.

Los términos de la conversación la ofendían profundamente. Sin embargo, Cili no pudo hacer más que apretar la mandíbula.

Toni respondió con sencillez:

—No, porque Cila no me ama. —Incluso en la distancia, la amargura que destilaba su voz era evidente—. Pero yo sí. Así que, seré un poco egoísta y me quedaré con esta última vez, si no te molesta. Es lo único que pido. Mañana pasaremos la feria juntos y después me iré. No va a extrañarme.

—Entonces, ¿para qué mierda te vas a casar? —espetó Álvaro, siempre iracundo.

Toni se encogió de hombros, resignado.

—No voy a dejar a mi familia para venir a vivir aquí, y Cili no quiere casarse. Me lo dejó bien claro. Podríamos ser felices juntos. Estoy seguro, pero... creo que no lo merece.

—Entonces, huyes.

—Creí que había quedado claro que era un cobarde.

—Cila tiene un gusto pésimo. —Álvaro escupió a sus pies y, aunque fuese por una vez, ella estuvo de acuerdo con sus palabras.

—Ya lo sabía, pero tampoco va a escogerte a ti.

—¿Cómo mierda sabes eso?

Cili se puso bruscamente de pie, pero, en la oscuridad zigzagueante de la fiesta, su gesto significó bien poco.

Los dos hombres continuaron con su discusión, ajenos a ella.

—¿Cuánto tiempo hace que la conoces? ¿Todavía no te das cuenta? —La voz de Toni se había teñido de lástima—. Hay cosas más importantes para Cili que un hombre. Si no aprendes a aceptarlo, nunca va a quererte.

Ella respiró profundo. Estaba lista para interrumpirlos, al fin, cuando Álvaro escupió de manera irreverente:

—Nadie te pidió tu maldita opinión.

Y se marchó con paso fuerte, regresando hacia las fogatas.

Toni se quedó allí, de frente al Elisio, y Cili podría haberlo alcanzado con facilidad. Solo tendría que haber reducido esa distancia que, de alguna manera, le parecía más infranqueable que nunca.

En vez de eso, se dio la vuelta y emprendió el camino a casa.

Estaba enfadada. Con ambos.

No se sentía decepcionada con Toni, porque había adivinado lo que se cocía detrás de sus acciones erráticas y culposas. Sin embargo, sí que le molestaba —y le dolía, muy en el fondo— que él tampoco hubiera conseguido ver la realidad: Cili no era un buen material para ser esposa.

Y tampoco deseaba serlo.

Álvaro jamás podría tener su afecto, si seguía empecinado en convertirla en algo que no era.

Toni, al menos, había tenido la decencia de entenderlo antes de dejarla ir.

Cili estaba furiosa.

Una vez más, se daba cuenta de que era una tontería intentar buscar cariño en alguien ajeno a su familia. Sola, con sus padres y con Cati, era suficiente.

Tenía que serlo.

CAPÍTULO 24

—No, gracias.

Pío ni siquiera levantó la cabeza para ver qué quería su amigo.

—¿Vas a dejar de hacer el estúpido y decirme qué mierda te pasa?

Floro decidió pasar por alto el tono cortante de Pío y le dejó en las manos el cuenco que le ofrecía, antes de sentarse a su lado, de cara al fuego.

—Nada —repuso Pío de mal talante. Echó un vistazo a la comida, sin probarla—. No tengo ganas de celebrar.

—¿Y para qué viniste? —Floro soltó una carcajada incrédula—. Porque es exactamente eso: una fiesta.

Su amigo gruñó.

Floro se zampó un enorme trozo de pan, con los codos sobre las rodillas.

—Si ibas a tener esa cara de culo, no sé para qué te quedaste. —No aguardó respuesta. Tragó y sonrió, animándose—. Aunque no sé cómo harías para perderte esta mierda. Admito que es lo único decente que tiene esta gente. ¿Has visto a las morenas? ¡Hasta me hacen dudar a mí, con mi moral intachable!

—Eres un maldito cerdo —terció Pío sin gracia.

Floro se encogió de hombros, con la boca llena.

—No es mi culpa que tengas un humor de mierda —alcanzó a decir mientras comía. No obtuvo contestación—. ¿Por qué no intentas sacar a Susi a bailar? Quizás tengas mejor suerte que yo, y te anima un poco, ¿eh? —Le palmeó la espalda.

Pío se lo sacudió de un espasmo brusco.

—No me interesa —ladró, más cortante de lo necesario—. Y deberías aprender a dejar en paz a la gente cuando no quiere hablar contigo, ¿sabes?

—¿Eso qué significa? —La sonrisa burlona de Floro se diluyó mientras asomaba el enfado.

—Susi no quiere bailar contigo, ni tiene ningún interés en ti. Deberías aceptarlo de una buena vez.

—Yo no lo veo así —respondió su amigo, altanero.

—¡Es porque estás ciego!

—Discúlpame si, a diferencia de ti, sí me interesa acostarme con una buena hembra.

—Me das asco. —Pío se puso de pie de un salto, tirando el cuenco intacto que se derramó al partirse en dos. El líquido fue absorbido despacio por la arena oscura—. ¡Susi es como una hermana para Fabian!

—¿Y eso me impide querer tirármela? —exclamó Floro, pisando los restos marchitos del cuenco.

—¡Si tuvieses algo de decencia, sí! —A Pío, por primera vez, no le importó elevar la voz y llamar la atención del resto.

Floro boqueó, aturdido. Pío no sabía si tenía el rostro teñido de rojo por la rabia o por las llamas que se mecían sobre su piel blanca.

—A Fabian no le molesta —masculló, abriendo y cerrando los puños como un idiota—. No sé por qué a ti sí.

—¿Se lo preguntaste? —lo pinchó Pío.

—¡Me lo diría! ¡Somos amigos!

—¿Eso crees?

Floro hinchó el pecho antes de dar un paso al frente para empujarlo.

Pío necesitó toda la fuerza que tenía en el cuerpo para clavar los pies en la arena y no retroceder ante el embiste.

—No sé qué mierda te pasa, pero será mejor que lo vayas arreglando. No creo que estemos hablando de Susi, ¿no crees? Si quieres decirme algo, lo haces de frente.

Pío le sostuvo la mirada por un segundo, tembloroso.

Floro creyó que iba a ceder al entender lo estúpida que era esa pelea, pero, en vez de eso, el joven repitió sus movimientos: hundió la palma en el pecho para tratar de empujarlo, sin éxito, antes

de marcharse, aireado, directo hacia el pueblo. Floro apenas sintió
su presión.

CAPÍTULO 25

Roque se dio cuenta del momento exacto en el que Marco decidió hacer una locura. Empezaba a costarle un poco entender y justificar a su amigo.

Al pensar cuándo habría sido el segundo en el que sus caminos se habían roto, recordaría ese día. Eran las fiestas del pueblo, sobre el río.

Marco había estado nervioso y sobreexcitado. Se había caído al llevar un par de antorchas, lo que le había valido la burla eterna de Eva, mientras él escupía la arena que le había quedado pegada a la boca.

Roque había tenido la intención de contarle a la chica qué era lo que estaba pasando con su amigo, pero había reparado en que sería una traición imperdonable. Y un poco peligrosa.

Además, no tenía pruebas.

Tal vez, Marco solo estuviera contento porque las cosas iban bien, porque el vellón manchado con la sangre de la morena, sumado al que esperaban conseguir en la feria del día siguiente, los iba a proteger por primera vez del frío que empezaba a soplar. Las asperezas se habían alivianado: parecía que blancos y morenos podían convivir en paz, si se respetaban los límites imaginarios de cada comunidad. Podían odiarse, sí, en el calor de sus hogares.

Sin embargo, algo no cuadraba.

Roque se había quedado apartado, fingiendo no medir los movimientos de su amigo mientras trataba de no adivinar el curso de su mirada.

Eva los había enloquecido, después de la ceremonia de las flores, para que bailaran con ella en las fogatas.

A regañadientes, Marco había terminado accediendo, moviéndose de manera desgarbada y ridícula mientras ella se partía de risa.

Al final, él también se había echado a reír de su propia ineptitud. Estaba tan flojo que se había tambaleado hasta casi caer de nuevo en la arena.

—¡Ay, muéstrale cómo se hace! —había pedido Eva, divertida, mientras le extendía una mano a Roque, todavía con la burla colgándole sobre los labios—. Mira y aprende, ¿eh?

Marco se había encogido de hombros y se había retirado para darle paso a su abochornado amigo, sin muchas ganas de colaborar.

Entre tirones de Eva —tan cerca que podía sentir el rostro en llamas—, Roque pudo casi dibujar el recorrido que hacían los ojos de Marco, hasta las fogatas de los otros, donde una mujer arrastraba a la morenita, Cati, por el brazo.

La chica parecía protestar sin mucho éxito, ya que no conseguía frenar la fuerza que la hacía abandonar la playa.

El rostro de Marco varió solo por un segundo.

Roque se preguntó, mareándose al compás de Eva, si realmente lo que había visto en su amigo era decepción. Por su bien, esperaba que no.

La fiesta no terminó ni cuando se derramó la noche por completo.

Marco mantuvo su máscara de normalidad durante un buen tiempo, riéndose a tono con las tonterías de Eva y los comentarios de los mayores.

Roque lo perdió de vista un segundo y no lo encontró hasta mucho más tarde. Estaba seguro de que, si preguntaba, iba a tener respuestas que no quería; así que, en vez de apoyar la sonrisa imbécil de su amigo, prefirió callarse la boca y marcharse a dormir.

Marco no lo había notado.

Nada más deshacerse de Eva, había empezado a buscar como loco a Fabian. El corazón le latía muy deprisa, le bombeaba sangre caliente inyectada sobre sus mejillas.

Tenía la ilusión de hallar a Cati clavada en las pupilas.

Si había alguien que podía ayudarlo, ese era Fabian, aunque le avergonzara tener que pedírselo. No sabía si iba a entenderlo, o incluso, si sería capaz de ayudarlo, pero había algo que tiraba de él para no aguardar a que el día siguiente cayera sobre él sin haberlo intentado.

Lo encontró tumbado cerca del camino que bajaba al muelle. Estaba oculto. Apenas se distinguía su silueta marcada por las llamas lejanas de la playa, que intentaban lamer el cielo sin estrellas.

—¡Ey! —lo llamó Marco, agitado. Se detuvo un segundo a un palmo de Fabian para recuperar el aliento, doblado en dos.

—¿Qué te pasa?

Fabian se incorporó sobre los codos, extrañado.

Marco tragó como pudo, y tardó un minuto largo en decidirse.

—Necesito que me hagas un favor —explicó, atropelladamente, contento de saberse a salvo en la oscuridad. Fabian no podría divisar sus facciones.

—¿Quieres que haga que Eva baile contigo? —se burló enseguida él, volviendo a recostarse sobre la duna. No alcanzó a ver cómo Marco sacudía la cabeza.

—Conoces a una morena llamada Cila, ¿verdad? —soltó a la carrera—. ¿Puedes ayudarme a encontrarla?

Fabian enarcó una ceja. Era ridículo, porque todos entre los blancos conocían aquel nombre.

—Te imaginarás que no somos cercanos. Ni siquiera la conozco.

—Me da igual. ¡Vamos, por favor! —Marco tiró de la mano de Fabian para obligarlo a ponerse de pie.

Ya estaba, se había arriesgado. No podía dar vuelta atrás, así que la única opción que le quedaba era avanzar.

—Pero ¿qué mierda...?

Fabian cedió, y siguió a trompicones la ansiedad de Marco, que corría deprisa, internándose en la plaza vacía. No giró hacia el barrio de los blancos.

—Sabes dónde vive, ¿verdad? —preguntó, sin aguardar respuesta—. Donde dejamos la...

—Ya sé dónde es —lo cortó Fabian nervioso. Dio un tirón brusco para zafarse de su agarre—. Espera un momento. Si no me dices qué mierda te pasa y qué es lo que quieres, no pienso dar un paso más.

Las casas vacías y sin luz lucían como monstruos amorfos disimulados en la oscuridad.

Marco se giró, jadeando.

—Quiero que preguntes en su casa por Cila y la convenzas para que vuelva a bajar con su hermana a la playa.

Fabian parpadeó para poder encontrar la expresión del joven. Su sonrisa no alcanzó a cuajar, al entender que estaba hablando en serio.

—¿Qué...? —barbotó, sin saber cuál de todas sus preguntas estallaría primero—. ¡¿Te has vuelto loco!?

—Sé que suena mal... —admitió Marco, abochornado—. Pero te juro...

—¿Me juras qué?

—¡Es por Cati! —explicó, atropellándose entre palabras y gestos—. Ella *quería* bailar en la fiesta. No entiendo por qué no lo hizo antes o por qué demonios se la llevó la madre, pero si pudieras...

Fabian negó con la cabeza, y lo detuvo con las palmas en alto.

—¿Quién mierda es Cati?

Marco se cortó de golpe.

—La... hermana de Cila.

—¿La muda?

—Ella.

Fabian seguía sin comprender.

—¿Y qué tienes que ver tú con ella? —Se detuvo un momento—. ¿Por qué tengo que hablar yo con Cila?

—¡Ella va a escucharte, eres adulto! —barbotó Marco, evitando responder la primera pregunta—. Y siempre convences a la gente.

—Eso es ridículo. Además, creo que ella me odia.

—¿Por qué?

—Si no lo hace, va a hacerlo muy pronto —murmuró Fabian, más para sí mismo, frotándose el cuello. Se veía cansado—. Lo siento, pero no puedo ayudarte si no entiendo qué mierda está pasando.

—Por favor, solo ve y… haz lo que siempre haces —casi suplicó Marco, haciendo una mueca.

—¿Hacer qué?

—Conseguir que todos te escuchen y te hagan caso.

Fabian nunca lo había pensado de esa manera. Lo enterneció, de alguna forma, que Marco lo creyera capaz de tanto, pero no creía encajar bien con la imagen distorsionada que tenía en su cabeza.

Suspiró y torció el cuello.

—¿Qué me ofreces a cambio? —Era solo una pulla, quería probar qué tan lejos podía tratar de escalar en su determinación. No había nada que Marco tuviera que él deseara.

El aludido hizo una mueca.

—Lo que quieras. Lo que sea. —Marco se preguntó hasta dónde llegaría por aquella estupidez. No había advertido lo grande que era su intención de regalarle eso a Cati. Se sentía eufórico y ridículo—. Puedo cubrirte el turno en el río. O lo que sea. Por favor.

—Está bien. —Fabian no permitió que el joven alcanzara a expresar su alivio—. No seas estúpido. No durarías ni tres respiraciones en el río. —Tampoco lo dejó protestar—. Mejor vas a explicarme de qué va todo esto luego, y qué mierda tienes tú que ver con dos morenas.

—Sí, de acuerdo. —Marco decidió preocuparse después por lo que debería exponer, ya que sería un problema del futuro—. Vamos.

Tuvieron suerte: Cila estaba fuera de la casa.

Era la única luz encendida en esa zona, un poco más alta que el resto; la última construcción, antes de que el terreno volviera a descender.

Se acercaron como sombras; Marco rezagándose sin quererlo, avergonzado de no dar la cara. Sabía que Fabian era mejor para eso. Él iba a ponerse nervioso; no era nadie. Iban a despreciarlo por blanco, y encima metiche; y no quería imaginar qué pasaría si Cati intentara comunicarse, y él, como un idiota, no comprendiera nada de lo que quería decir.

Sin embargo, Fabian tenía otro plan.

—Eh..., perdona.

Cila los miró con las cejas enarcadas. Estaba cerca de la entrada, de pie, junto al pequeño huerto delimitado por unas maderas viejas y mohosas a modo de valla.

Todavía tenía el vestido de la fiesta y el cabello suelto, cayéndole como loco en todas direcciones. Aunque hacía fresco, no llevaba nada sobre los hombros.

Fabian arrastró a Marco para obligarlo a plantarse a su lado.

—A él le gustaría saber si tu hermana quiere bajar a bailar —dijo con seguridad, mirando a la morena a la cara—. Es temprano todavía, ¿por qué no siguen en la playa?

—¿Disculpa? —murmuró Cila, echando un rápido vistazo a la casa antes de enfrentarlos—. Lo que haga mi familia o mi hermana no te importa.

—No, pero creemos saber que ella sí quería bailar —observó de reojo a Marco, que asintió con la cabeza—, ¿verdad?

Cila los midió con la mirada en silencio.

Fabian no se había olvidado de la última vez que la había visto envuelta en tinieblas.

—Cati, deja de esconderte y ven aquí.

Marco se avergonzó de dar un salto cuando sintió movimiento del otro lado de la madera, un segundo antes de que asomara la cabeza despeinada de la joven. Lucía apenada.

—Estos... blancos —Cili escupió la palabra, como si le costara pronunciarla— están hablando por ti.

—¡Lo que digo es cierto! —tartamudeó Marco, envalentonado al descubrir a su amiga. Se irguió lo suficiente para tratar de estar a la altura de Fabian, como si de esa manera consiguiera irradiar el mismo porte—. ¡Cati estuvo esperando las fogatas durante todo este tiempo! ¿Cuál es el problema con que baje?

Fabian estaba seguro de que Cila iba a gritarles y a echarlos a patadas de la casa. Estaba ya imaginando cómo disculparse con Marco y hacerle entender que no tenía caso relacionarse con esa gente, cuando la joven torció el gesto, y, de mala gana, ladeó la cabeza hacia su hermana.

—Ya lo hablamos, Cati... —terció en un murmullo—. No digo que mamá tenga razón, pero ya es tarde, y esa mierda no es tan especial como crees.

Los blancos no podían ver que Cati tiraba de la falda de Cili, como si fuese una niña, suplicando en silencio.

—¿Cómo sabe este... chico lo que quieres, de todas formas? —Cili trató de desviar el tema.

—Me llamo Marco.

—Bien, *Marco*, ¿de dónde conoces a mi hermana?

—Vivimos aquí, ¿no? —soltó el aludido nervioso. Cruzó una brevísima mirada con Cati—. ¿No parece raro que un extraño sea el que tenga que mostrar lo que ella quiere, en vez de que lo entiendan ustedes?

—Yo sé lo que quiere —Cila no estaba contenta—, pero también sé lo que le conviene. —Marco hizo un gran esfuerzo para no retroceder un paso, ante el tono autoritario de la joven. Fabian estaba atento a su lado, para detenerlo por si reculaba—. ¿Qué crees que pasará si ven a Cati bailando con un... con un... contigo? No seas idiota.

—Él nunca habló de que bailaran juntos. —Fabian tiró de los hilos para tratar de defender a Marco—. Solo quiere hacer una buena acción.

—No me jodas. ¿No te das cuenta de lo que este niño está buscando? Ya había notado que alguien miraba...

De manera abrupta, Cati, reuniendo todo su valor con el rostro en llamas y fruncido de rabia, soltó la falda de su hermana para tirar enérgicamente de su brazo. Cili no podía ignorarla.

—Pero ¿qué te pasa? ¡No puedes bailar con él! ¿Te volviste loca?

Furiosa, Cati le dio un empujón que ni siquiera desestabilizó a Cili. Se tomó el bajo del vestido y pateó la madera rancia, que la separaba de los blancos, para saltarla.

Su hermana la observó incrédula.

—No sé qué te hace pensar que te voy a dejar ir con ellos —el susurro de Cili era casi una amenaza.

—Bien, parece que la chica ya decidió —comentó Fabian, satisfecho de ver cómo las cosas se torcían en contra de Cili. Cati se plantó junto a Marco y desafió con la mirada a su hermana—. ¿Nos vamos?

—No vas a apoyar esta locura —lo atajó Cili perpleja—. ¿Cómo puedes...?

—A mí me da exactamente igual —desestimó Fabian con un ademán—. Vine solo porque Marco me pidió un favor.

—¡Catarina, no vas a exponerte de esa manera!

Marco parpadeó al escuchar el nombre completo de la joven.

Ella se quedó de piedra al oír el tono de su hermana, como un ratón asustado atrapado entre dos frentes.

¡Habían estado tan cerca de ganar! La cabeza de Marco corría a toda prisa.

—Podemos... —Le costó cortar la densidad del aire, asegurándose de no encontrar los ojos inflamados de Cili—. Podemos hacer una fogata en el recodo del río. Allí no habrá nadie, ¿no? Es una buena idea. Solo para... —Carraspeó, sintiéndose un idiota. Cati lo estaba mirando con los labios entreabiertos—. Para bailar. La traeré de regreso enseguida. Lo juro. Fabian puede dar su palabra.

El aludido iba a quejarse por seguir estando enredado en esa situación sin ningún sentido, pero Cila fue más rápida.

Cruzó por la madera quebrada y le sonrió de manera peligrosa a Marco, antes de tomar con autoridad la mano de su hermana.

—Claro que lo harás, porque iré con vosotros. —Fabian quiso protestar—. Y ya hablaremos de esto, Cati. ¡No puedo creer que traicionaras así mi confianza! ¿Cómo haces para salirte siempre con la tuya?

Echaron a andar hacia la zona opuesta, entre refunfuños de Cili, para dar el rodeo largo hacia los rápidos.

Marco, un poco desorientado, tardó un segundo de más en imitar sus pasos.

—Si mamá se entera de esto, va a matarnos a las dos. —Escuchó que Cili le susurraba a Cati, enojada—. Así que, cumples tu capricho y regresamos.

—Oye —lo llamó Fabian desde atrás, desconcertado—. ¿Y por qué tengo que ir yo?

Asustado de quedarse a solas con las dos morenas, Marco suplicó:

—Te lo pagaré como sea. Por favor, será solo un momento...

—Dudo mucho que esa morena valga lo que haces —le aseguró Fabian, dejando traslucir su amargura—. Está bien. Ya veo que hoy es la noche de aceptar caprichos estúpidos. Voy a cobrármelo, te lo prometo.

Marco no respondió. No hubiera sabido cómo. Primero, iba a tener que comprender por qué se interesaba tanto por Cati, y por qué se había arriesgado a ir hasta allí por algo que en verdad era una tontería. Pero todavía veía muy clara la expresión de sincero entusiasmo de la chica la mañana anterior, ansiosa porque llegara la noche. Nunca había dado a entender que quería bailar con él.

Sin embargo, él sí lo deseaba.

Desde el momento en el que había visto cómo Cati tiraba sin éxito para deshacerse del agarre firme de su madre, llevándosela casi a rastras de la playa, había caído en la cuenta de que no iba a ir a dormirse sin haber hecho el ridículo intentando bailotear con esa morena.

No tenía la menor idea de cómo mierda iba a explicárselo a Fabian luego.

CAPÍTULO 26

—Tengo que admitir que no pensé que fuera a ver esto jamás.

Como toda respuesta, Cili gruñó y arrancó violentamente un brote de maleza para estrujarla entre los dedos.

Estaban sentados sobre la duna que descendía hasta la playa, en los rápidos del río, a una distancia considerable. El agua rugía a lo lejos, dificultando la charla que de cualquier manera no tenían intención de entablar.

Cati y Marco estaban abajo, divirtiéndose como críos.

Les había llevado unos buenos intentos conseguir lo necesario para encender la fogata y lograr que la llama prendiese, a contrapelo del viento, para obtener una torpe imitación de las grandes que chispeaban río abajo.

Fabian había buscado algunas ramas, solo para mantenerse en movimiento e ignorar a Cili, que se había dejado caer de culo allí, sin intención de ocultar su mal humor.

Sin embargo, era evidente que él estaba de más entre los jovencitos.

Cuando la pira improvisada dio su primer fulgor, se retiró arrastrando los pies, para tumbarse cerca de la morena.

—¿Ver qué? —preguntó Cili de mala gana.

—Que alguien como tú —la señaló— y alguien como yo pudieran llevarse bien. —Hizo un gesto elocuente hacia la orilla.

La chica hizo un ruidito de disgusto y volvió la vista hacia abajo, donde su hermana y Marco se partían de risa tratando de proteger el fuego que habían creado. Habían bailoteado como idiotas después de fingir de nuevo la ceremonia de las flores. Cati no tenía ya nada en el cabello, así que habían tirado arena al río y un par de hojas mustias que nunca alcanzaron a tocar el agua, porque el viento se las había llevado primero, haciendo de cuenta de que se trataba de las preciadas flores del Aire, emulando los respetos al dios Serpiente.

Marco bailaba pésimo y Cati tiraba del bajo de su vestido para que no se lo pisara. Por tanto, el blanco había terminado convirtiendo la danza en un juego de escape, donde ella era la presa.

—Yo sí —le aseguró Cili, torciendo el gesto y retirando la mirada de donde estaba su hermana—. Cati es una tonta. Es una niña muy ingenua.

—¿Quieres decir que solo los ingenuos pueden relacionarse con un blanco? —se burló Fabian, enarcando una ceja—. Te recuerdo que estás hablando con uno.

La expresión de Cili fue glaciar.

—Ella no sabe diferenciar. Yo sí.

—¿Y no te molesta que tu hermana esté tocando a un asqueroso blanco? —la pinchó él, deseoso de saber hasta dónde podía inflamarse. La muchacha no respondió, parecía estar mordiéndose la lengua para mantener el silencio—. Me pregunto cómo se conocieron. Yo no sabía nada de esto.

Estaba siendo sincero. Marco siempre había sido un chiquillo racional, poco dado al conflicto. Fabian recordaba bien la cara de pánico que había puesto el día de su llegada al pueblo, cuando había salido con los puños desnudos y temblorosos a defender a Susi de toda esa turba de morenos.

Estaba seguro de que, antes de eso, no habría podido dañar ni a un insecto.

Tal vez era eso lo que lo había acercado a Cati.

No dudaba que Marco tuviera los mismos prejuicios que anidaban en el pecho de Fabian al respecto de la gente morena, pero, al juzgar de cómo se estaban desarrollando las cosas en la playa, había trabajado duro para romperlos.

Él no se creía capaz de algo semejante.

—Cati tendrá mucho que explicarme cuando regresemos —masculló Cili, casi como si hablara consigo misma.

Fabian mostró su sorpresa con todo el rostro.

—¿Por qué se lo permitiste?

Tampoco era un secreto que Cili había sido de los primeros en demostrar su odio genuino hacia su gente.

Cili soltó una risa irónica.

—¿No te das cuenta? Cati consigue cualquier mierda de mí. Si quiere tocar a un maldito blanco y me lo pide con esos ojos de cordero, lo hará. Después iré yo, como una imbécil, a lavarle las manos para que no pille una enfermedad.

La honestidad de la chica lo tomó desprevenido. En su cabeza, Fabian recordó las veces en las que había compartido algo con esa chica, dos momentos extremos completamente opuestos.

A pesar de que, si cerraba los ojos, todavía podía sentir la piel caliente al recrear cómo había terminado siendo testigo de algo que prefería no recordar.

Tomó el camino opuesto y dejó que su mente divagara hacia el otro punto.

—¿Puedo hacerte una pregunta?

—Ya me la estás haciendo —apuntó Cili de mala gana.

Fabian no se amilanó. Digirió los resquicios que todavía sentía de culpa y la miró a los ojos.

—¿Por qué te ofreciste en lugar de tu padre?

No necesitaba más detalles para que ella entendiera de qué estaba hablando.

Cili cruzó los tobillos y volvió a arrancar un brote mustio, desviando la mirada.

—¿No es obvio?

—No.

Guardaron silencio por un momento, cortado por el rugir del río y la risa de fondo.

—Tenía que protegerlo. Era mi deber —explicó en voz baja, después de chasquear la lengua—. Cualquiera en mi lugar lo hubiera hecho.

Fabian no estaba seguro de si alguien le había contado que había sido él el que la había cargado en brazos para alejarla de los azotes que le quedaban.

Si cerraba los ojos, también podía delinear su perfil desvanecido y el tacto de la sangre fresca, espesa, que emanaba de su espalda.

—No cualquiera —acotó a su pesar, dejando entrever parte de su genuina admiración—. Para ti tal vez fuera lo normal, pero te aseguro que casi nadie en esa plaza supo esa noche si podría haber hecho lo mismo que tú.

—Entonces son unos hipócritas —sentenció Cili con firmeza arrolladora—, y unos malditos cobardes. Mi familia es todo lo que tengo. El que no defienda lo que ama, con lo que haga falta, incluso con el cuerpo, no merece ni mi respeto.

Fabian meditó sus palabras, pasándose la lengua por la punta de los dientes.

—Tu padre no es de aquí, ¿verdad? —soltó, cambiando el derrotero de su cabeza.

—Claro que sí.

—Me refiero a que no nació en Ipati.

Cili lo miró enojada, sin comprender.

—Gerd me dijo que su gente viene de Alena, ¿lo has oído? —le explicó, encogiéndose de hombros, como si en verdad no importara tanto. Era cierto.

Ella frunció la nariz.

—Mi padre es de aquí y pertenece a los nuestros. Fin de la discusión.

Él se quedó meditando un instante antes de relajar los músculos.

—Siempre dices lo que piensas, ¿eh? —comentó después de un rato—. Incluso aunque estés equivocada.

El silencio de Cili le gritaba su reprobación, pero lo castigó sin volver a mediar palabra.

Fabian dejó que el viento le golpeara la cara antes de retomar la conversación.

—¿Qué crees que vaya a pasar? —inquirió, dejando vagar sus pensamientos hacia lo más inmediato.

—¿Con respecto a qué? —respondió a la defensiva.

—Cuando blancos y morenos empiecen a tener hijos. —Cila ahogó un grito de indignación—. No sé de qué te escandalizas. Mira allá. Es lo que tenía que pasar, ¿verdad?

—Primero que nada —espetó la chica, con el índice estirado en forma de amenaza—, si vuelves a referirte a mi hermana de manera sexual, voy a ahorcarte. Creo recordar que alguna vez te demostré que podía hacerlo. —Fabian no esperaba que Cili tuviera ese episodio presente en la memoria, ni que se expresara de esa forma. Tragó impresionado—. Y segundo, eso que dices no va a ocurrir, no te confundas. Mi gente no es tan estúpida.

—Estás sobreestimando a las personas —replicó él, condescendiente—. Veo que recuerdas a Floro... Te aseguro que nadie odia a los morenos más que él, pero incluso está considerando tirarse a alguna de vosotras ahora. Las cosas cambian cuando vives con el enemigo, ¿no te das cuenta?

—Mi hermana no va a casarse con ningún blanco de mierda —masculló Cila.

—Dudo que tu hermana esté a la altura de Marco. Pero ese era el acuerdo, ¿no? Comenzar por la frontera, permear los límites hasta que nos mezcláramos lo suficiente para olvidar que nos odiamos... ¿No es el final feliz del cuento del amor entre el sol y la luna?

—¿Cuál es tu problema? —exigió Cili violenta—. Te aseguro que ninguna madre va a permitir que sus chicas se casen con alguien... del otro lado.

Fabian se encogió de hombros.

—Mira, a mí me da igual. —Y estaba siendo sincero. A pesar del grado de dureza que manejaban, no le disgustaba hablar con esa morena. Parecía tener la cabeza en su sitio. Le satisfacía que fuera igual de sincera con él que con cualquier otro.

Cila chispeaba más que el fuego ahogado de la costa.

—Yo solo vine aquí porque no quería pasar más hambre. Ese era el trato —continuó Fabian, frunciendo el gesto, y dio una calada honda—. Si mi gente tiene para comer, el resto me da igual. Dónde vivamos o con quién lo hagamos, no me importa. Podéis seguir odiándonos todo lo que queráis.

Sintió a la joven removerse incómoda en su sitio.

No lo había pensado. No se le había ocurrido considerar que, tal vez, la línea perfecta que dividía a la gente de Fabian de la suya podría empezar a desdibujarse un día. Era evidente que empezaba a hacerlo, porque ella misma estaba allí, de noche, charlando con un jodido blanco mientras su hermana fingía bailar con otro a los pies del río.

Hubiera sido inconcebible hacía dos años.

—Supongo que nos acostumbramos —admitió a regañadientes—. Nosotros también queremos vivir en paz.

—Pero nos quieres fuera de tu casa.

—Sí.

—Y de tu familia.

—Evidentemente.

—Eso no es acostumbrarse. Eso es solo *tolerar*. —Fabian sonrió al verla acorralada—. Lo hacéis porque no hay otra opción. La tolerancia es solo la máscara respetable del odio.

—¿Y crees que los blancos son mejores? —boqueó Cili furiosa—. Tú mismo lo dijiste: llegasteis aquí porque no tenían otra. Solo soportáis esto porque es lo mejor que pudisteis recibir. ¿Quién está en mejor posición aquí? —El silencio del joven le otorgó la respuesta—. Vivimos en un punto muerto. Suficiente.

—Solo te digo que ese punto muerto no va a durar para siempre —le aseguró Fabian, después de una pausa—. La gente crece, y los más jóvenes, como Marco, van a empezar a romper las diferencias, porque no sintieron lo mismo que nosotros. ¿No lo ves? Tu hermana también. ¿Te atreverías a tocar a un blanco como lo está haciendo ella?

Le hizo muchísima gracia el intento de Cili por mantener la compostura, cincelando sus facciones en hielo para no dejar salir sus emociones.

Dirigió su mirada hacia abajo, y Fabian pudo delinear su perfil, mientras observaba, atenta, cómo Cati sujetaba a Marco por ambas manos, haciendo un círculo estúpido que se rompió enseguida.

—Los mayores no van a permitirlo —alcanzó a responder altanera—. Te lo aseguro.

—Pues no los veo aquí intentando impedir esta locura —se jactó Fabian—. Y tú lo estás viendo y estás siendo cómplice. ¡Quién lo diría!

Se echó a reír cuando Cili se puso abruptamente de pie, acomodándose con violencia la falda.

—Eres un imbécil.

Le pateó arena a la cara, sin remordimientos, antes de bajar con increíble agilidad hasta la orilla, respirando con dificultad.

—Cati, es suficiente. —Su hermana no consiguió disimular su decepción—. Tenemos que irnos.

CAPÍTULO 27

En la segunda feria solía asistir menos gente que durante la primera. Por eso, a Pío no le costó demasiado encontrar a Floro, que estaba ayudando a montar el puesto en el último minuto.

Esa vez, los blancos habían decidido hacer un frente único y presentar sus mejores piedras en un solo sitio.

Siempre se habían mantenido separados de los morenos y fraccionados por familias.

En cambio, en ese momento tenían puesta una tabla más larga en su lugar de siempre y se habían arremolinado atrás todos juntos y mezclados, con cierto optimismo ante la nueva estrategia y los errores de la fiesta de la noche anterior.

—¿Necesitáis ayuda? —preguntó, acercándose hasta donde él y Marco estaban terminando de apuntalar el toldo. No era necesario; el sol ya no pegaba con tanta fuerza en esa época del año. Era solo cuestión de comodidad.

—¿En qué podrías ayudar tú? —se burló Floro y se levantó para regalarle una mueca de mofa. Había reconocido su voz, incluso sin haberlo visto.

Pío no tenía intención de fingir demasiado.

—Entonces, ¿podemos hablar? —terció, tratando de sonar conciliador.

Floro se encogió de hombros. No lucía enfadado.

Se apartaron un poco. La plaza ya estaba llena de voces, a pesar de ser tan temprano.

—Quiero disculparme por lo de ayer —dijo, demasiado solemne.

Floro sonrió y repitió el gesto, restándole importancia.

—Está bien. Yo también fui un poco idiota —admitió—. Y voy a dejar a Susi en paz.

No era lo que Pío quería decir, pero tomó la salida fácil de cualquier modo, alegrándose de pisar sobre terreno seguro.

—Es lo mejor —le aseguró, asintiendo una vez—. ¿No le has prestado atención? Se ve incómoda y ansiosa cada vez que le insinúas algo.

Floro hizo una mueca de incomprensión.

—¿Por qué? —Desvió la mirada hasta la otra punta del puesto, donde se distinguía a la chica, con el cabello brillante bajo el sol. Estaba inclinada para poder hablar con una morena que vendía baratijas—. ¿A quién no le gusta que le hagan cumplidos?

Pío suspiró.

—¿Ella te los pidió? —El silencio de su amigo fue elocuente—. No todos son como tú.

Sonrió cuando Floro rodó los ojos, fastidiado, y le propinó un manotazo enérgico antes de regresar al trabajo.

—Bueno, bueno… No me hagas odiarte de nuevo tan rápido —lo conminó al pasar, contento de regresar a la normalidad—. Oye, ¿y has visto a Fabian?

—No, desde anoche.

—¿Dónde se metió ese maldito? —preguntó a nadie en particular—. Esto ya va a empezar. Si él no sale con su cara bonita a convencer a los morenos de mierda, va a volver a pasar lo de la última vez. —Pío puso mala cara y Floro tuvo que defenderse enseguida—: No lo digo por eso. —Hizo una mueca de fastidio—. Nadie saldrá hoy a robar carretas.

—Te agradecería que te callaras la jodida boca —le ordenó su amigo tenso—. No queremos más problemas.

—Lo que sea.

Marco, que había estado escuchando un poco distraído la conversación, observó cómo los dos se alejaban murmurando hacia el otro lado del puesto y haciendo muchos aspavientos.

El joven siguió a lo suyo, inusualmente callado.

Se había metido en ese hueco para evitar a Roque y a Eva durante un rato, mientras terminaba de lijar la silla para su padre.

Esa vez, había hecho un mejor trabajo.

Le había llevado varias jornadas y todavía tenía los dedos resentidos, pero había conseguido que el torpe taburete que Gerd había ocupado durante la primera feria se viera en ese momento muchísimo más confortable. Le había añadido un respaldo, que le había costado varios días de moldear y quitar imperfecciones. Lo que le parecía más importante, sin embargo, era que había conseguido proporcionarle suficiente altura para que su padre no tuviera que recoger las piernas de manera incómoda. Iba a poder estar sentado durante toda la feria con tranquilidad, y eso le llenaba de satisfacción.

El cupo de hombres blancos en el río estaba lleno y, por más que Fabian y los demás llevaran tiempo discutiendo con el mayor para que les permitieran incorporarse al trabajo, de momento Marco tenía mucho tiempo libre.

Se había hablado de la posibilidad de que los más jóvenes se sumaran a la temporada de pesca después de la segunda feria, tras haber conseguido sal de los pastores para empezar a guardar existencias para el frío, pero nada había quedado resuelto todavía.

Se miró las manos sucias, con la piel roja y pelada de las palmas.

Eran las mismas manos que habían tocado a Cati la noche anterior.

Incluso, aunque sabía que nadie estaba prestándole atención, quiso cavar un hueco con sus propios dedos en la tierra blanda y hundirse allí por el resto de la eternidad.

Todo había salido bien, hasta que había estado frente a esa morena, con el fuego chispeando a sus pies, sin tener la menor idea de qué hacer.

Le había temblado el pulso. Nunca había siquiera rozado a esa gente, con excepción de las veces que había terminado a puñetazos, nada más llegar a ese lado del río, y las disculpas de Cati. Nunca lo había hecho con gentileza o por voluntad propia. No sabía a qué atenerse.

Se preguntó si sería verdad que la piel de los morenos era así de oscura porque estaba sucia, llena de mierda, pero Cati no podía verse más alejada de eso, y sus palmas pequeñas habían estado extendidas hacia él como una invitación.

Era lo que la chica había estado esperando durante todo el maldito día, y, por eso, Marco se había abochornado frente a Fabian, y se había enfrentado a la belicosa hermana de Cati.

Al final, se había atrevido solo porque se había dado cuenta de que las manos de Cati temblaban igual que las de él.

Tratando de sacarse todos esos pensamientos de la cabeza, Marco tomó con fuerza el asiento para girarlo y comprobar que no quedara nada fuera de su sitio. Lo colocó contra el puesto, que ya estaba montado, apretando los dientes.

—¡Oye, chico!

Levantó la cabeza, sorprendido, mientras comprobaba que nada fuera a caerse. Era un moreno. Se acercaba con recelo y los ojos entrecerrados.

Marco no estaba muy seguro de si se refería a él, así que prefirió guardar silencio.

—¿Qué es eso que tienes ahí?

Un crío de unos doce o trece años lo seguía, curioso.

—¿Esto?

Con esfuerzo, Marco volvió a girar el asiento para devolverlo a su posición original.

—Es una silla —explicó con tono monocorde—, para mi padre.

—¿La hiciste tú? —ladró el tipo, como si no supiera moderar su tono agresivo.

—Eh..., sí.

El moreno se quedó observándolo con cara de perros mientras su hijo —o quien fuera—, seguía echando miraditas curiosas a todo el puesto.

Marco agradeció ver, por el rabillo del ojo, que Fabian se acercaba con Eva.

Le hizo señas disimuladas, para que lo alcanzara.

Estaban demasiado acostumbrados a las riñas con aquella gente, así que Fabian supo adivinar la situación, y llegó con fingida despreocupación.

—Buenas, buenas… ¿Todo bien por aquí?

—Sí —se forzó a decir Marco, incómodo, sin saber si debía ignorar al moreno o tratar de preguntarle qué mierda quería.

Fabian fue más rápido:

—¿Se te ofrece algo? Las piedras están más allá.

—Estoy hablando con el chico —replicó el tipo, hosco. Se dirigió directamente a Marco—. ¿Crees que puedas hacer unas cuantas más de esas para la próxima feria?

—¿Qué?

—Claro que sí —saltó Fabian, oliendo de inmediato la oportunidad de conseguir un buen trato—. ¿Iguales?

—Sí. Vendré con más carretas para llevármelas todas.

El niño parecía idolatrar las palabras de su padre.

—¿Cuántas? —farfulló Marco, tratando de mantener la calma. Apretó los puños y las ampollas tiraron de su piel maltratada.

—¿Diez? ¿Quince? —El tipo se encogió de hombros—. Las que puedas hacer. ¿Sabes cómo hacer para que el asiento se vea más confortable?

—Supongo... —alcanzó a tartamudear Marco, pensando que tal vez Susi pudiera ayudarlo en eso.

—La próxima feria será en poco tiempo —comentó Fabian receloso—. ¿Volverás por aquí tan pronto?

Lo normal era que los mismos comerciantes no se dejaran ver más de una vez por el pueblo. La mayoría solía tratar de alcanzar la primera feria, que era donde había más oportunidades de hacer buenos intercambios. Era la razón por la que accedían a hacer el viaje tan peligroso a través del desierto. Las otras disminuían bastante su valor, en especial la última. Nadie quería que los pillara el mal tiempo en esa zona cuando se acercaba el invierno.

Fabian imaginó que el hombre sería de Ciudad Real o de alguno de sus enclaves aledaños. Solo los que tomaban el camino junto al Elisio podían ir y volver en tan poco tiempo.

—Esas cosas serán muy bien vistas en Ciudad Real. Incluso para los marineros de Alena, que, aunque son unos salvajes, van detrás de las cosas brillantes y novedosas como un pez mordiendo un anzuelo —refunfuñó el tipo, señalando la silla de Marco y confirmando las conjeturas de Fabian—. Tengo ojo para estas cosas, se los aseguro. Tal vez no lo entiendan porque son... —Sonrió e intercambió una mirada cómplice con su hijo—. Bueno, *nuevos*.

—¿Qué nos dará a cambio por cada una de ellas? —Fabian era ágil en mantener abiertas las opciones.

Marco se había quedado sin habla.

—Para la próxima puedo reservarles dos carretas de vellón. —El moreno chasqueó la lengua cuando vio la insatisfacción en el rostro de Fabian—. Y tal vez algún animal. O sal. ¿Qué les parece?

—Queremos dos cerdos y dos bolsas de sal.

Marco estaba boquiabierto. El último invierno, todas las familias blancas habían compartido un único cabrito pequeño, que había pasado a duras penas la primera helada, y poco más de un puñado de sal cada uno. Habían tenido que sacrificar al animal demasiado pronto y habían pasado la mitad de los fríos sin nada de carne para llevarse a la boca.

—Entonces, quiero quince de esas —gruñó el tipo, torciendo el gesto.

—Hecho.

Ni siquiera le había preguntado.

Fabian extendió la mano para cerrar el trato, pero el moreno lo observó con desdén.

—¿Cómo sé que no nos está timando? —inquirió el rubio de mal humor, dejando caer el brazo.

—Nosotros somos gente de palabra.

—A mí las palabras me importan una mierda.

El moreno lo fulminó con la mirada, furioso.

—Denme esas sillas y obtendrán sus malditos cerdos. Todos aquí me conocen. No voy a arriesgarme a un mal arreglo.

El niño asintió frenéticamente con la cabeza, como si fuera igual de importante para él dejar en claro el tema.

Fabian lo vio marcharse a paso fuerte, con las cejas enarcadas.

Se cruzó de brazos frente a Marco.

—Tengo una buena noticia para ti y una mala.

Marco tragó saliva y se obligó a reaccionar.

—Las quiero en ese orden —respondió, aclarándose la garganta para tratar de no sentirse estúpido.

—Lo importante es que es probable que seas la causa de que todos pasemos un maravilloso invierno. —Esbozó una sonrisa irónica—. Lo malo para ti es que vas a tener que romperte el culo a partir de este mismísimo momento para que consigamos esos cerdos. Lo lamento. —No parecía hacerlo. Más bien, Fabian lucía contentísimo.

Marco hizo un ruidito con la garganta y se preguntó en dónde mierda acababa de meter la cabeza.

CAPÍTULO 28

Cili dudaba.

Por un lado, deseaba seguir de largo y perderse rumbo al muelle, dejando atrás el batiburrillo de la plaza. Hacía demasiado fresco para meterse en el río, pero todavía podía vaguear en soledad por la playa, porque nadie estaría allí, con la feria abierta en el centro. O incluso podía tomar el camino opuesto y seguir hasta el desierto, donde seguro nadie la molestaría.

Sin embargo, quería ver de nuevo a Toni.

Estaba enojada con el mundo y se sentía mal por haberse empeñado en dirigir su furia hacia Cati, cuando sabía que ella no era la mayor razón de su enfado.

La noche anterior había conseguido inventar una excusa decente para justificar su ausencia en la casa, antes de tumbarse a dormir.

Edite no había preguntado demasiado. Se reconocía culpable, por haber arrancado a su hija menor de la fiesta, cuando era consciente de que la chica deseaba quedarse hasta el final.

Baldassare, intentando no generar polémicas en la familia, se había limitado a apoyar lo que dijera su esposa, y la mujer, antes que cualquier otra cosa, quería proteger a Cati, lo que incluía no dejarla vagar en la oscuridad.

Era irónico, porque Cili también había adoptado esa máxima familiar como absoluta, pero ella lo hacía de una forma diferente.

Mientras se acomodaba para dormir, se había preguntado qué pensaría su madre si se hubiera enterado de adónde había terminado Cati esa misma noche, de la mano de un jodido blanco y bajo la atenta mirada de su hermana.

Cili reprobaba las maneras de Edite.

Tal y como le había dicho a Fabian, ella sabía que le daría a Cati todo lo que pidiera, mientras estuviera a su alcance y bajo su cuidado. Prefería llevarla ella misma hasta la playa a que encendiese su maldita fogata todos los días del mundo, antes de que se escapara sola.

La mañana siguiente fue lo que terminó de prender su humor irascible.

Era evidente que las cosas no habían quedado saldadas con Cati y, en cuanto tuvo oportunidad, la arrastró lejos de los oídos de sus padres para exigirle explicaciones.

No había nadie que entendiera mejor a la joven que Cili. Podía ofrecer su mano a quien quisiera, o incluso su espalda magullada, para jurar que ella y Bruno eran los únicos que podían adivinar los pensamientos de Cati, con un margen de error bastante bajo, si se esforzaban las dos partes.

Fue obvio para Cili que su hermana no estaba colaborando esta vez. Esquiva, se refugiaba en su mutismo obligado, para zafarse del interrogatorio.

—Quiero saber de dónde lo conoces. ¡Deja de hacer el tonto! —le había ordenado, por enésima vez, buscando no perder la paciencia—. No me obligues a preguntarle a Bruno, porque sabes que me dirá la verdad.

Cati se había cruzado de brazos, obcecada.

—¿No aprendiste nada de ellos en todo este tiempo? No son de confiar. A saber con qué mierdas te ha mentido ese niño. —Cati abrió la boca, impactada por las palabras de su hermana—. ¡No me mires así! ¿Qué se supone que tengo que creer? —No podía creer cómo era capaz de olvidar lo que los blancos le habían hecho. Se sentía ofendida y herida en partes iguales.

La furia de Cili creció más cuando Cati zapateó el suelo y empezó a hacer señas bruscas, sin la intención real de que su hermana entendiera.

—¡No sé qué quieres decir! —chilló Cili, ya con la serenidad quebrada—. ¡Y si fueras más sensata, ni siquiera tendríamos esta discusión!

Al final, Cati se había marchado, aireada, dejándola con la rabia incrustada en las venas.

Había tardado un buen rato en serenarse. Había tenido que respirar profundo y tomar aprisa una resolución, que nada tenía que ver con su hermana. No era estúpida.

Cili dejó que el tiempo pasara antes de bajar despacio hacia la plaza, donde se encontró en la necesidad de tomar una decisión.

No podía enfrentarse a Toni de esa manera.

Todavía tenía la oportunidad de correr hasta la playa, acercarse a la caseta de las redes y preguntarse qué mierda había hecho, y cómo iba a decirle a él que lo que habían compartido no cambiaba nada. Tampoco lo que había escuchado la noche anterior, por mucho que hubiera quedado enterrado debajo del torrente de preocupación por su hermana.

Inspirando largo y tendido por última vez, Cili le dio la espalda al camino que serpenteaba hacia el muelle e ingresó en la plaza, estirando el cuello para dar con Toni.

Ignoró de manera deliberada el puesto de los blancos. No quería pensar ni en Cati ni en el blanco idiota de la noche anterior. Tampoco tenía ganas de ver a su madre.

Vagó entre la gente un poco encogida, para pasar desapercibida.

La carreta de Toni estaba vacía, y él hablaba con el padre de Bruno.

Cili no se hizo notar, se limitó a esperar a que él reparara en su presencia.

—No estaba seguro de si iba a verte hoy —murmuró, avergonzado, después de despedirse de su interlocutor.

Cili enarcó las cejas.

—¿No pensabas despedirte? —inquirió. Al escucharse, deseó haber sonado menos bravucona.

Toni se quebró en una sonrisa dulce.

—Creí que ya nos habíamos dicho todo.

—Sí —Cili se encogió de hombros—, pero un saludo no se le niega a nadie, ¿no?

Con torpeza, lo abrazó solo un instante.

Toni anheló que el contacto durase más, pero ella se retiró de inmediato.

El hombre se aclaró la garganta, solemne.

Cili lo interrumpió. No quería oír nada más.

En el fondo, a pesar de que consideraba que estaba siendo un cobarde, ella estaba de acuerdo con él: la decisión que había tomado era la mejor para los dos.

—Está bien. No es el fin del mundo. —Las demostraciones tan sinceras de afecto la violentaban, y no sabía cómo comportarse. De pronto, era muy consciente de su cuerpo—. Ojalá... tengas una buena vida. De verdad.

—Gracias —farfulló Toni, sin tener idea de qué más decir.

Cili hizo un gesto con la cabeza y dio media vuelta para marcharse por donde había venido.

Había sido una estupidez. Tendría que haberse quedado con la despedida en la playa. Había sido mucho más significativa que esa tontería incómoda y acartonada.

Le hubiera gustado encontrar la voz para asegurarle que no se arrepentía de haberlo hecho con él.

—¡Cili!

Toni la alcanzó enseguida.

Ella no había dado más que un par de pasos.

Se acercó mucho más de lo reglamentario para poder susurrarle solo a ella, agitado:

—Estás... ¿Estás segura de que no quieres venir conmigo? —Se podía ver el terror en sus ojos—. Todavía podemos...

Cili sonrió con ironía y retrocedió un paso para separarse de su presencia.

—¿Estás seguro de que no quieres quedarte? —rebatió imitándolo, y adivinó la respuesta en la mueca desolada de Toni—. Eso creí. Lo siento, pero no voy a casarme si eso significa tener que alejarme de mi familia.

Esperó a que la expresión desolada de Toni desapareciera de su rostro, pero él continuó mirándola casi con súplica.

—Si algún día me… Si algún día necesitas un amigo, búscame. Si sigues al Elisio hacia abajo durante tres jornadas, llegarás a mi pueblo. Es muy cerca de Ciudad Real. —Desesperado, esperó alguna reacción por parte de la joven.

Cili asintió, se giró y no volvió la vista atrás.

Le hubiera gustado confesarle que, de cualquier forma, no se arrepentía. Que Toni le había demostrado que alguien podía quererla de esa manera, a pesar de todas las razones que Edite esgrimía constantemente para asustarla.

Le hubiera gustado quererlo lo suficiente para poder marcharse con él.

Realmente, lo hubiera querido.

Hubiera preferido tener menos presente todo lo que significaría dejar atrás: a su hermana, a su pueblo. Le hubiera gustado querer tanto que no necesitara renunciar a ninguna parte de ella para demostrar su cariño.

CAPÍTULO 29

Cati aprovechó el momento en el que su madre se ufanó, convenciendo a un viejo conocido con que la pequeña y brillante piedra que tenía en las manos valía al menos la mitad del vellón que tenía a la vista, para salirse con la suya.

Empezaba a caer la tarde y la feria languidecía después de la diversión de la noche anterior. Muchos de los comerciantes que habían llegado al pueblo antes, para disfrutar la celebración, ya empezaban a empacar para emprender la retirada. No quedaban muchos interesados en hacer transacciones, y Edite estaba desesperada por conseguir algo más antes de terminar la jornada.

Así que Cati le hizo unas señas rápidas para darle a entender que estaría con Bruno.

La mujer asintió, distraída, sin abandonar la sonrisa que construía para los extraños.

Con el corazón agitado, Cati se anudó la única capa que tenía —la había heredado de Cili, cuando le quedó demasiado corta y el tiempo la había dejado muy fina— y, cuando se echó la capucha, se sintió como una criminal.

No volvió la vista atrás para asegurarse de que su madre no estuviera observándola. Le daba demasiado miedo. Se escurrió entre la gente y dio un rodeo para que no le prestaran atención, mientras se acercaba al puesto de los blancos.

Repasó el lugar, rogando que Marco estuviera allí. Lo había visto más temprano ayudando a los demás, pero luego se había distraído y lo había perdido de vista.

Quería pedirle apoyo a Esmeralda, pero le pareció que era necesario que lo hiciera sola. Ella era la que se había metido en ese embrollo.

Al final, consiguió escabullirse gracias a su delgadez, entre postes y gritos, y encontró la cabeza rubia de Marco en la otra punta del puesto.

Tenía que actuar con rapidez. Estaba con Roque. Lo había reconocido.

Cati inspiró hondo, se hundió la capucha hasta por debajo de los ojos, y se acercó con paso resuelto, haciendo como que tenía todo el derecho del mundo a andar por allí.

No frenó hasta que estuvo muy cerca de Marco. Estiró el brazo, le tomó la mano —el contacto hizo que su corazón se saltara un latido, esperando que él la rechazara—, y tiró para darle a entender que la siguiera.

El joven, pasmado, tardó un momento en reaccionar.

—¿Qué...?

—Te están secuestrando —indicó Roque en voz baja, mofándose de la mueca ridícula de su amigo—. ¿Quieres que te salve?

Marco se puso de pie y enseguida comprendió todo.

Iba a tomarla por los hombros para sacarla de allí, pero se contuvo en el último minuto. No quería sentirse avergonzado frente a Roque y, lo más importante, no deseaba que Cati lo malinterpretara.

En vez de eso, casi se pegó a ella para bisbisear:

—¿Qué haces?

Cati se asomó debajo de la capucha para llevarse el índice a los labios y hacerle un gesto con la cabeza, indicando más allá, lejos de los límites del pueblo.

—¡Vuelvo en un rato! —gritó Marco, sacudiendo la mano en dirección a su amigo.

Roque le regaló una carcajada burlona.

—¿Es que solo sabes meterte en problemas?

Cati siguió tirando de su mano, a pesar de haber conseguido su primer objetivo. Necesitaba un sitio donde no pudieran mirarlos con mala cara por hablar, y no tenía tiempo de hacer el camino hasta el recodo del río y volver. Su madre iba a darse cuenta antes.

El barrio de los blancos también estaba descartado.

—¿Adónde vamos? —inquirió el joven, fingiendo que no le importaba. Por más que Cati se hubiera esforzado por pasar desapercibida, era evidente que era morena. Se le veían perfectamente los pies y la mano, que seguía apretada a la de él.

Y también era obvio que él era blanco.

La cabeza de Cati bullía. Soltó un sonido gutural cuando halló la respuesta y se metió entre las casas para alejarse de la plaza, en dirección contraria al río y a su hogar.

—Pero ¿qué...?

Los morenos llamaban a esa parte del pueblo la puerta al desierto, aunque en realidad solo era una extensión árida, que empezaba a crecer después de alejarse lo suficiente de la corriente de agua. Era un sitio sagrado, vacío, y perfecto para que nadie los encontrara.

Cati le tenía mucho respeto a las columnas que guardaban la historia del pueblo, así que se mantuvo alejada de ellas, tomando un sitio al azar lejos del límite del pueblo.

Se quitó la capa y la extendió sobre la arena.

Marco imitó sus pasos, desconfiado. No solía pasearse por allí, a menos que fuera necesario. No era un sitio prohibido para los blancos, pero prefería las dunas del Elisio, que eran un poco más agrestes y confortables que aquella zona.

Ajena a sus reflexiones, Cati se sentó y, con un gesto, le pidió a Marco que hiciera lo propio; se imaginaba al abrigo del mundo. Le hizo señas, apurada, otra vez con el corazón aleteándole descontrolado, y se preguntó cómo haría para contarle lo que había pasado.

Marco se sentó.

—¿Estás bien?

Cati asintió con la cabeza, antes de pensárselo dos veces y empezar a negar.

—¿Qué te ocurrió? —preguntó él de inmediato, nervioso.

Ella empezó a gesticular, señalándose y realizando grandes aspavientos que marearon más a Marco, quien comenzó a sentir la ansiedad de no poder entenderla.

—Yo no...

Cati suplicaba con la mirada y repetía los gestos, abriendo y cerrando la boca como si quisiera imitar el movimiento de los labios al hablar. Marco todavía sentía repelús al ver la cavidad vacía, lo que aumentaba su desasosiego.

—Espera —pidió, inquieto, obligándola a detener sus muecas—. No te entiendo. —Se atragantó con su propia saliva cuando vio la expresión desolada de Cati—. En serio, no sé qué...

Angustiada, la joven trató de serenarse y de imitar sus señas con más calma, sin ningún resultado.

Cuando Marco se ponía más nervioso, le costaba el doble comprender hacia dónde iban las cosas. Se sentía ridículo intentando adivinar, y más si parecía que era algo serio, como en ese caso.

—¡Maldición!

Cati se frenó de golpe al oírlo.

Él, en cambio, desesperado, se estiró para buscar una ramita seca. Se imaginó que tendría la expresión más estúpida de la tierra.

—Toma. —Antes de dársela, la enterró en la arena, que se abría frente a ambos y trazó una línea. La madera aguantó—. Intenta dibujarlo. Con calma.

Ella abrió mucho los ojos y asintió. Se señaló el pecho.

—Tú...

Frenética, Cati hizo su mejor esfuerzo por delinear en la arena un rostro enojado. Volvió a señalarse, y luego al dibujo.

—¿Alguien se enfadó contigo? —soltó Marco, entendiendo de golpe—. Espera..., tu hermana, ¿verdad?

Cati asintió antes de apuntarlo con la ramita.

—Por... mí. —Era evidente, por supuesto. El joven se desinfló de golpe.

Él había tenido mucha más suerte.

Fabian, de regreso a casa, no había querido saber nada.

—Solo no te metas en problemas —le había pedido en la oscuridad—. El resto no me interesa. Confío en tu criterio, ¿sabes?

Estaba aliviado, porque no tenía ni idea de cómo iba a explicarse. No sabía si le temía más a la burla de Fabian o a que lo juzgara y no lo considerara lo suficientemente adulto como para tomar sus propias decisiones.

Él lo había solucionado por su cuenta.

Fabian parecía tener la cabeza en otra cosa; en algo lejano e indescifrable. Había perdido el interés en Marco.

Pero claro que Cati no iba a tener la misma suerte.

La joven suspiró y empezó a señalarse con el índice, alternando entre su pecho y el dibujo.

—Tú... Tú, ¿qué? —Marco hizo un esfuerzo por devanarse los sesos y entender—. ¿No estás enojada?

Cati asintió, juntando las manos.

—No estás enojada conmigo —completó Marco, divisando por dónde iban los tiros—. Está bien. No quiero que tengas problemas con tu hermana por mi culpa. Lo de ayer fue una estupidez. Lo lamento —parloteó nervioso. A la luz del día, sus acciones se volvían cada vez más bochornosas. Se había dejado llevar.

Cati estaba boquiabierta. Gimió, con ese sonido gutural que ponía los pelos de punta.

—¿Qué? Espera. No quise... —No sabía por qué se disculpaba, pero la chica parecía abatida.

Con la palma abierta barrió la arena para volver a hacer un dibujo tembloroso, con el corazón martilleándole los oídos.

—Es... ¿Somos nosotros? —Ella lo corroboró—. Y el fuego. Es anoche, de acuerdo.

Con el ceño fruncido, Cati lo obligó a mirarla. Hundió sus dos índices a los lados de su boca, para presionar y formar una sonrisa.

Avergonzado, Marco retiró la mirada.

—No te arrepientes... Está bien. —Titubeó un momento—. Pero ¿vale el enfado de tu hermana?

Cati se encogió de hombros, fingiendo restarle importancia.

Volvió a clavar su mirada en él y lo señaló, antes de hacerlo con ella misma.

Pero Marco tenía otra cosa rondándole en la cabeza.

—¿Puedo hacerte una pregunta? —Cati sonrió—. ¿Por qué querrías ser amigo de… alguien como yo?

Ella estuvo un largo rato en silencio. No podía dibujar lo que pensaba.

No quiero tener miedo.

En vez de eso, hizo lo que deseaba intentar a la luz del día, sin mantos que los envolviera en una realidad ficticia, alejada del mundo.

Estiró los dedos sudados y se atrevió, esta vez a conciencia, a rozar el dorso de la mano de Marco, pálido y brillante. Su piel contrastaba a la perfección con la de él: blanco y moreno. Sol y luna.

Él se lo permitió, sin moverse un ápice. Tenía las yemas frías. No quiso cortar el momento que parecía significar casi tanto para ella como para él mismo.

—¿Sabes una cosa? —tartamudeó, y ella retiró la mano, asustada—. Antes de lo de ayer, nunca había tocado a una morena.

Ella abrió los ojos, asombrada, antes de quebrarse en una sonrisa dulce.

Yo tampoco lo había hecho.

—Parece que lo que decían era mentira —siguió diciendo, inquieto—. No somos tan diferentes.

Esa vez fue él el que estiró su brazo para tomar la mano pequeña de Cati y entrelazar sus dedos a la altura de sus ojos.

—Esto me pone nervioso —admitió en voz baja—. Entonces…, ¿podemos seguir viéndonos en el río? ¿Cila no va a matarnos?

Cati negó con la cabeza y no lo soltó.

No sabía cómo iba a hacer para convencer a su hermana, pero no iba a amilanarse.

—Oye… —soltó Marco, de pronto, con el rostro iluminado—, ¿por casualidad, sabes coser? —Ella asintió, perdida—. Creo que se me acaba de ocurrir una idea.

Apretó apenas su mano antes de dejarla ir.

TERCERA PARTE
LAS LEYENDAS DEL FUEGO

«Si algo brilla, es porque lo envió el sol, y el sol tiene envidia de los hijos de la luna por estar cerca de su amor.

Si algo brilla, aléjate. Va a quemar como quema el cariño del sol.

Si algo brilla, quema y destruye. Aléjate».

Advertencia popular de los hijos de la luna.

CAPÍTULO 30

A Fabian aquel lugar le infundía un profundo respeto. En realidad, las columnas no le causaban tanto impacto. Era la aridez.

Había sido su idea que Marco se montara un pequeño taller allí, porque estaba lo bastante lejos de los morenos como para que no se metieran a curiosear, y porque el terreno era tan irregular que no iban a necesitar demasiado para que el chico pudiera trabajar en paz.

Se podía acceder al pueblo desde tres puntos.

Por arriba, desde el recodo del río, el límite difuso que cada vez se expandía más y más; por el centro, donde ingresaban las carretas durante la feria —todos los años, después del invierno, el mayor se ocupaba de que el camino quedara de nuevo bien marcado y en óptimas condiciones para la entrada—; y, por último, por debajo, a través de lo que todos llamaban el desierto.

Estaba a un lado del barrio de los blancos, a varios minutos a pie. Los locales respetaban la línea invisible que los obligaba a no crecer hacia esa zona, edificando un poco hacia arriba, al otro lado. La tierra, a medida que se alejaban del río, se volvía árida, venosa. Nada más que matorrales secos prendían allí, antes de que se extendiera el vacío frente a sus ojos.

A Fabian le gustaba pensar en el pueblo como anclado entre dos mares. Uno, el de agua, que lo separaba de su tierra; y el otro, de suelo caliente e infértil, que los alejaba del resto de Ipati.

A los morenos no les gustaba hablar de lo que había más allá. Había una vaga conciencia de Ciudad Real, río abajo, y los pueblos que florecían una vez cruzado el desierto, pero la mayoría creía que no valía la pena perder el tiempo en realidades que no podían ver. Se limitaban a esperar a los pastores, a los marinos y a los curiosos que intercambiarían las piedras preciosas. Nada más.

Fabian estaba de acuerdo, para variar.

Se había acostumbrado a aquella pequeña franja de existencia. Las riñas con los locales se habían vuelto casi parte de la rutina, y, si todo salía bien, podía ver cómo empezaban al fin a vencer su peligro más inmediato: el frío.

Se sentía rabiosamente optimista.

—¿Así que también te has convertido en guardiana? —comentó con intención, sabiendo que iba a recibir una respuesta huraña de Cili.

La joven estaba en la misma posición en la que la había conocido aquella vez en el puerto, que le parecía ya tan lejana. Estaba arreglando una red de malos modos, con el cabello sujeto en una coleta, para poder concentrarse en el trabajo. Hilaba aprisa, con manos hábiles, despatarrada sobre la tierra caliente.

—No entiendo por qué me hablas —replicó sin levantar la vista.

—Porque me aburro —respondió sincero, antes de encogerse de hombros—. Pensé que éramos amigos.

Se echó a reír cuando Cili enderezó el cuello para regalarle una mirada afilada.

—Jamás sería amiga de un blanco.

—Cuánto rencor. —Fabian no se lo tomó a pecho. Llevaba varios días coincidiendo con ella, dando la vuelta de rigor para comprobar el avance de Marco y que nada le faltara.

Su mayor entretenimiento había sido examinar con ojo experto esa fortaleza de mal humor, que parecía construir la joven cada vez que se enfrentaba a él. O a cualquiera.

—No me molestes —zanjó la chica, deformando las palabras para sostener el hilo con los dientes y así poder retorcerlo.

La temporada en el río estaba por llegar a su fin. El sol apenas calentaba y solo un puñado de personas, los más jóvenes, seguían recolectando piedras durante el mediodía y las primeras horas de la tarde. El resto pescaban perezosos, haciendo complicados cálculos para saber cuánto pescado podrían conservar con la sal que disponían antes de la última feria.

Fabian no tenía mucho que hacer más que pasarse por ahí para ver cómo iba todo.

Marco lo había sorprendido.

Trabajaba con mucha diligencia y estaba tratando de hacerse cargo de todo.

En los ratos libres le enseñaba a Roque algunos principios básicos, para que fuera capaz de auxiliarlo, pero el joven había revelado ser poco diestro con las artes manuales. A su pesar, Marco seguía instruyéndolo con paciencia para tratar de agilizar el proceso.

—Yo solo no voy a poder con tanto —le había prevenido con brutal honestidad, cuando habían resuelto montar allí el taller—. Voy a necesitar ayuda.

Fabian había hecho todo lo posible para apoyarlo. Le había facilitado todas las herramientas que Marco le había pedido y, durante esos días, estaba intentando convencer a Pío de que se uniera a la causa.

No había comentado nada con los mayores, ni siquiera con Gerd. Quería demostrarles que la confianza que habían puesto en él podría rendir frutos, y que era capaz de hacerse cargo de los suyos, tal y como el padre de Marco venía haciéndolo hacía años.

—¡No toques eso!

Fabian se giró, recuperándose de su distracción para volver a la carga.

—Pensé que no hablabas con *blancos* —se burló, acercándose más a la columna, a propósito.

—No te estoy hablando —masculló Cili en la distancia. Desde esa perspectiva, solo se veía como una niña enfurruñada—. Te lo estoy ordenando.

—Disculpa, pero yo tampoco recibo órdenes de gente como tú. —Se regodeó en la llamarada de ira que se encendió en el rostro de Cili—. Pensé que estas cosas no te importaban.

Pasó un dedo por la superficie rugosa, haciendo que la joven se envarara aún más. Solo recibió un gruñido a modo de respuesta.

Antes de que la aridez se comiera el terreno, en la entrada al pueblo, la misma tierra había formado unos monolitos macizos, sólidos, a pesar de la erosión y el tiempo, a los que llamaban «columnas», a pesar de que nadie más que la naturaleza las hubiera montado allí.

Las historias decían, por lo que les había explicado Gerd cuando algunos blancos empezaron a curiosear allí, que esas extrañas erosiones del terreno se debían a que, alguna vez, cuando la luna y el sol todavía no habían podido encontrar la forma de unirse en una sola tierra —la que se llamaría Ipati—, habían demostrado su enfado por no poder amarse con devastadores truenos que, al impactar contra la arena, formaban frágiles columnas.

—¿Cómo saben a qué familia pertenecen? —Fabian dejó salir la duda que tenía hacía varios días, desde que había empezado a frecuentar esa zona.

Antes de eso, solo había pasado una vez. Era el lugar especial de los morenos. Allí se producían todos los acontecimientos sociales solemnes.

Las columnas rugosas tenían marcas que Fabian no comprendía. Gerd les había explicado una noche, poco después de su llegada a ese lado del río, que era la manera en la que los morenos guardaban el recuerdo de sus familias. Tenía que ser un trabajo experto, muy meticuloso, para no quebrarlas. Se trataba de un trabajo lleno de adoración.

—¿Qué te importa? —Cili seguía a la defensiva, por supuesto.

—¿Cuál es la tuya? —contraatacó Fabian, irguiéndose para mirar a varios lados. Los montículos más grandes no le llegaban siquiera a la rodilla y, aun así, los morenos tenían especial reverencia por algo que para él no era más que piedra y tierra.

Allí estaba la historia de sus vidas.

Él no habría sabido cómo empezar a construirla.

—Aquella —señaló Cili de mala gana, hacia una pequeña columna que estaba a tres pasos de Fabian—. Sobre la cara que no le da el sol.

Fabian no entendía del todo la representación de los morenos, pero suponía que entre esas muescas estaría Cili junto a su hermana. Cuando uno de ellos nacía, parte de los festejos se desarrollaban allí, donde era ingresado a la comunidad con la marca de su familia.

—¿Crees que alguna vez tendremos nosotros una de estas? —la pinchó Fabian, después de echarle un vistazo.

Regresó hasta donde estaba la joven y se atrevió a sentarse a su lado.

Le gustaba cómo pensaba. Era directa y afilada.

—Claro que no —espetó Cili, haciendo un ademán, sin tocarlo, para exigirle espacio—. No sois parte de esta comunidad.

—El odio ya no está a la orden del día, querida —repuso Fabian, encogiéndose de hombros—. Nos han invitado mañana, ¿sabes?

—Sí. Fue un escándalo.

—El mayor solo quiere concluir la integración —explicó, antes de dejarse caer sobre la superficie elevada en la que Cili también estaba apoyada—. Es para lo que vinimos, ¿no?

—Por más que estéis aquí, no sois parte de nuestro lado de Ipati. Esta es la tierra del sol —se obcecó ella, cruzándose de brazos.

—Voy a empezar a creer que tienes algo personal contra nosotros. —El silencio de Cili fue elocuente—. No seas ridícula. Siempre fuimos parte de lo mismo. Ambos lados. Ya lo hablamos antes, ¿recuerdas? Va a pasar. Ya ocurrió una vez, ¿no conoces la historia? Mejor acostúmbrate.

Cili sopesó la posibilidad de clavarle la red en la cabeza, pero iba a tener que volver a arreglarla, así que prefirió callar y morderse los labios para no darle la satisfacción a Fabian.

En vez de eso, paladeó un rato su resquemor, para dejar salir algo que venía pensando desde hacía tiempo, cada vez que se encontraba con ese maldito de piel tan blanca cerca de su hermana.

—¿Vosotros creéis que pertenecéis a esta tierra? —soltó violentamente, mirando hacia otro lado, para que la situación no se convirtiera en algo personal—. Digo, de este lado. A nosotros no nos interesa demasiado Ciudad Real, pero sabemos a quién pertenecemos. ¿Os veis como parte de Ipati?

Fabian, sorprendido por la pregunta, se tomó un momento para escoger bien sus palabras. Él mismo lo había afirmado hacía un momento, pero lo había hecho de la misma manera en la que se afirmaba que el cielo era azul: sin detenerse a reflexionarlo realmente.

Era evidente que Cila estaba preguntándolo *de verdad*.

—Yo pertenezco a donde haya de comer —respondió con cuidado. Torció la boca antes de añadir—: Ya te lo había dicho, ¿no? No me interesa demasiado qué tierra toquen mis pies; quiero que mi familia tenga el estómago lleno.

Cili procuró mantener el rostro inexpresivo. Dejó a un lado la red, tomando esa información para analizarla luego.

—¿Y los demás? —Fabian encontró su mirada y ella la apartó de inmediato—. Tu familia.

Él se encogió de hombros.

—No lo sé. No tenemos un sentimiento tan fuerte de pertenencia como vosotros, supongo. Los hijos de la luna son como su madre: volátil, cíclica. Pero sí, estamos aquí, ¿verdad? Nos divide un río… Del otro lado también estaba Ipati, aunque no quisieron creerlo. Lo gracioso es que ambos lados quisieron asegurar que eran lo que los otros no, pero todos éramos lo mismo… ¿Cuál fue el punto de la pelea?

Sonrió cuando notó cómo Cili arrugaba el ceño ante esa pregunta.

Obcecada, recogió las piernas para mantenerse en su sitio, mientras Fabian extendía las rodillas, acomodándose, como si quisiera echarse una siesta.

—Y ya que nos odias tanto… —la provocó, cruzando las manos por detrás de la cabeza—, ¿cómo accediste a esto? Creí que te llevarías a Cati a rastras, como la última vez.

Cili gruñó al oír el nombre de su hermana.

—No soy imbécil —repuso con voz afilada—. No sé si recuerdas, pero mi familia no está especialmente bien posicionada esta temporada. Necesitamos algo que nos salve para la última feria o vamos a pasar frío. Y hambre.

Una punzada de culpa recorrió el cuerpo de Fabian, que se guardó cualquier comentario. Había sido gracias a él y a sus amigos que se habían arruinado las posibilidades de Baldassare en la feria, sin contar las marcas que deberían seguir mordiendo la piel de Cili.

Delineó el perfil que la joven que le ofrecía, tratando de ahogar los remordimientos. Se preguntó si, con ese tono tan oscuro, podrían verse las cicatrices en su espalda.

Carraspeó cuando a su mente llegaron las imágenes de la caseta de las redes, en el puerto.

—Es una decisión inteligente —murmuró, buscando encauzar sus pensamientos—. No eres imbécil —repitió con intención.

—Y espero que cumplas la maldita parte del trato —añadió Cili, acusándolo con el índice y una fiera mueca de amenaza—. Porque, si estás jugando con nosotras, te juro...

Fabian sonrió, extendiendo las palmas hacia arriba en señal de inocencia.

—Tranquila. Vamos a cumplir con ese plazo, y vas a llevarte lo que te corresponde.

Cili se quedó un momento de más respirándole encima, enojada, hasta que se dio cuenta de que estaba demasiado cerca de su rostro, ridículamente blanco. Podía ver las partes donde lo había curtido el sol y esos ojos claros que le daban tanta impresión.

—Bien —concluyó, regresando a su sitio y tomando la red, a pesar de que ya había terminado su tarea—. Ahora deja de molestar.

Divertido, Fabian la dejó estar.

Las piedras y las columnas proyectaban ya una sombra alargada bajo la que podían estar tranquilos, despreocupados. Cruzó los tobillos y bajó los párpados, disfrutando de los últimos momentos del día.

Si estaban en silencio, podían escuchar los murmullos y las risas que llegaban desde el improvisado taller de Marco, así como los golpeteos rítmicos que descargaba el joven de vez en cuando.

Fabian fingió dormir mientras Cili permitía que se escurriera el tiempo de cara al cielo. Se sorprendió al advertir que la estaba espiando por entre las pestañas y que volvería a dibujar su perfil, libre de barreras más tarde, cuando intentara realmente conciliar el sueño, tumbado en su casa.

Se preguntaría si la piel de Cili sería tan oscura como la noche que acechaba fuera.

CAPÍTULO 31

Marco se estaba durmiendo de pie, para despertarse sobresaltado cada vez que la cabeza se le caía a un lado, y trataba de prestar atención a lo que ocurría delante, sin ningún tipo de éxito.

Eva, un poco más allá, ahogaba la risa a su costa con la palma de la mano.

Habían sido unos días intensos y, aunque Susi le había asegurado que no hacía falta que se esforzara tanto, la noche anterior también se había quedado lijando a la luz de la vela, mucho después de que el resto se hubiera marchado a descansar.

Lo cierto era que el trabajo en la madrugada, de cierta manera, lo relajaba.

De día, tenía demasiadas cosas en la mente que lo ponían nervioso.

Fabian estaba más adelante, con Floro. Se habían atado el cabello a la altura de la nuca y los dos tenían una pose un tanto bravucona, con las manos en la espalda.

Era la primera vez que los blancos asistían de manera formal a una boda de los morenos, a pesar de que se habían sucedido varias desde su llegada al pueblo.

Gerd, el padre de Marco, había interpretado esa tibia muestra de amistad como la victoria de la conciliación que había estado intentando llevar a cabo desde que se habían instalado allí. Pero Marco estaba de acuerdo con Fabian: era solo una cuestión superficial, ya que se trataba del matrimonio de la hija del mayor y, como parte vital de los asuntos del pueblo, no podía solamente ignorarlos.

No significaba nada.

Así que, allí estaban, de pie, bajo el sol triste, separados, a pesar de que nadie los había relegado. Un bloque compacto con todas las

213

familias blancas de un lado. El resto del pueblo permanecía del otro. Mientras la ceremonia se desarrollaba adelante, y Marco intentaba fijar la vista en algún punto para mantener los ojos abiertos.

Había visto a Cati casi de inmediato. Empezaba a generar una experiencia notable en la búsqueda de su figura menuda, que contribuía a su estado de constante inquietud.

La joven estaba entre su padre y Cili, muy recta. Se había dejado suelto el cabello y llevaba el mismo vestido que había usado para las fiestas en el río.

Marco se atragantó como un idiota cuando ella, en un momento en el que se distrajo, giró la cabeza para buscarlo entre los blancos. Solo cruzaron la mirada un instante, antes de apartarla, avergonzados.

Apretó los puños, sintiendo cómo los callos y las heridas abiertas en esos últimos días tiraban furiosas de su piel. La situación lo estaba excediendo y no tenía la menor idea de con quién podría hablarlo para intentar resolverlo.

Le abochornaba por igual dirigirse a Susi o a Fabian. Imaginarse la escena le daba suficiente ansiedad como para preferir morirse de nervios bajo el sol.

Cati le gustaba. Le gustaba *muchísimo*.

No se había percatado de lo importante que sería cuando se le había ocurrido que podía ser ella la que cosiera los asientos de sus rústicas sillas. Lo había dicho a la ligera, sin considerarlo en verdad.

A ella le había parecido una idea estupenda y, después de una discusión larga —Marco no sabía cómo había hecho Cati para persuadirla—, Cili también había estado de acuerdo.

Había abierto mucho los ojos cuando él le había confesado lo que pensaban recibir a cambio, si cumplían a tiempo el encargo.

El resto había sucedido muy rápido, y, antes de que pudiera asimilarlo, se encontraba casi todas las tardes compartiendo el improvisado taller con la chica, al menos durante unas horas.

Cili la acompañaba hasta el desierto, con mala cara, y no le dirigía la palabra a Marco, llevando lo que Cati necesitaría.

Él sabía que Cili, a pesar de su actitud, había colaborado, porque Cati y ella se quedaban un buen rato hilando para tener suficiente tela para los asientos.

Por las tardes, Cati se dedicaba a dibujar hermosos arabescos en los lienzos, antes de rellenarlos y adosarlos a las sillas. Se veían hermosas y eran la cosa más cómoda en la que Marco había estado nunca.

Tenían un buen período que compartir y, aunque Marco vivía nervioso —le asustaba no entender las estrambóticas señas de Cati—, también empezaba a anhelar con fuerza aquellos momentos robados al tiempo.

Había aprendido los nombres de los padres de Cati y sabía que Baldassare era un tipo tranquilo y reservado. Su hija lo adoraba.

También sabía que Cati pasaba mucho tiempo junto a su madre, que tenían un vínculo muy especial, y que la mujer se dedicaba por entero a su familia.

Aunque no podía hablar, Cati se esforzaba por hacerle un sitio en su vida.

Le fascinaban las cosas bellas. Lo que estaban haciendo la tenía encantada, y esperaba sinceramente poder ayudar a aliviar la carga de su padre y de Cili.

Marco también le contaba cosas. Hablaba mucho de Susi; se divertían comparando los temperamentos opuestos de sus hermanas mayores, y comenzaban a perfeccionar la técnica de los dibujos: Cati siempre tenía consigo una ramita o una piedra afilada, y, cuando las señas no alcanzaban, buscaba pincelar aquello que le rehuía los labios.

Él ya no tenía tiempo de tallarle cosas. Se había disculpado por eso, y se había sentido un poco ridículo al hacerlo porque, en verdad, nunca había prometido nada, pero Cati se había reído y había negado con la cabeza.

—Te haré esa gallina —le aseguró, tratando de no pensar en lo rojos que podrían verse sus pómulos— cuando terminemos esto.

Pero había algo más que lo ponía nervioso, que le hacía doler el estómago cada vez que lo recordaba, y no eran ni las promesas tontas ni los vínculos que estaba haciendo con una niña morena. Era que estaban perdiendo el miedo a acercarse.

Había sido demasiado paulatino, casi etéreo.

Al principio, como en la playa, Marco había respetado, y hasta se había refugiado, en la distancia que imponía Cati cuando llegaba. Se sentaba con todas sus cosas a un palmo, apoyando los lienzos en una larga elevación rocosa, que se achataba lo suficiente como para hacer las veces de una superficie apta para extender lo que necesitaran.

Él se quedaba en la otra punta, martilleando y lijando maderas y piedras.

Cati se había ido ubicando cada vez más cerca, porque así era más sencillo pasarle algo cuando lo necesitara.

Marco había respondido de manera inconsciente y, para cuando lo había notado, los dos estaban trabajando codo a codo, en un ambiente liviano.

Verla tan de cerca le despertaba mil curiosidades.

Sin embargo, había sido la misma Cati la que había pedido permiso primero. Había terminado de bordar un cuadrado muy bonito, con el que estaba más que conforme. Lo había extendido para apreciarlo desde todos los ángulos y, presa de un impulso, le había pedido a Marco que extendiese su brazo para probarlo en él.

Cati había tenido cuidado de no tocarlo. La tela tenía dos tonos más oscuros que la blancura del joven, y ella se lo quiso hacer notar señalando las diferencias.

—No creo que encuentres algo más blanco que yo. —Quiso hacerse el gracioso, pero terminó aún más abochornado.

Ella sonrió y, con el dedo extendido, pasó del lienzo hacia su piel, delineando con timidez una curva ascendente hasta la mitad del brazo. Consciente de lo que estaba haciendo, Cati levantó la mirada para llevarse la palma al pecho y hacer el gesto de sus latidos frenéticos.

—¿Te da miedo? —adivinó Marco, con la boca seca—. Puedes tocarme. No pasa nada.

Ella asintió.

—Y no quieres que te dé miedo —añadió, recordando todo lo que se habían estado diciendo—. Está bien. No voy a morderte.

Quiso reírse, pero el sonido se le quedó atorado en la garganta.

Cati inspiró y siguió su recorrido hasta el hombro de Marco antes de retirarse, disimulando el susto con una mueca de disculpa.

A Marco le pareció muy lejano el momento en el que se habían tomado de las manos, como si fueran iguales, aunque solo hubieran pasado unos cuantos días.

Lo cierto era que él tampoco hubiera podido volver a hacerlo.

—Iremos poco a poco —sentenció, sonando más firme de lo que se creía—. No tienes que asustarte. —Cati hizo un gesto para señalarlo—. ¿Yo? Tú no me asustas.

La joven hizo un ademán, para mostrar su brazo, como si quisiera que Marco imitase sus movimientos. No estaba asustado, era verdad.

Azorado, le siguió la corriente.

—¿Ves? No le harías daño ni a un insecto. —Cati no se lo tomó mal; agachó un poco la cabeza asumiendo su realidad—. Aunque..., tal vez Cila sí me daría más miedo.

Ella se echó a reír de esa manera tan especial, sin sonido y con mucho sentimiento.

Se puso de puntillas y trató de imitar torpemente a su hermana, con los brazos separados del cuerpo para tratar de emular su corpulencia.

—Ahora sí. —Se carcajeó Marco—. ¡Estoy aterrado!

Días después, había ocurrido algo similar.

El joven se había quedado pensando qué podía ser aquello que amedrentaba tanto a Cati de él. A Marco nunca le había dado miedo ella, sino cierto repelús, que se había ido desvaneciendo a medida que la conocía.

Algún moreno fornido sí le generaba malestar, y la mayoría seguían pareciéndoles repelentes, pero no le despertaban temor.

Cati sí expresaba aprensión en sus gestos, y a Marco le derretía darse cuenta de lo mucho que la chica se esforzaba por sobreponerse a eso.

Nunca había conocido, además de Fabian, a una persona tan valiente. Se mostraba decidida a superar sus temores.

—¿Qué parte es la que te asusta? —había soltado de sopetón, sin tiempo para avergonzarse.

Cati había ladeado la cabeza, tomándose en serio la pregunta.

Marco se había sentido terriblemente expuesto, mientras la mirada de la chica lo recorría entero.

Despacio, se había acercado con cuidado de no tirar nada, limpiando el montón de piedras, para poder sentarse a su lado, y se había tocado con dos dedos por encima de los pómulos, casi disculpándose.

—¿Mis ojos? —Marco se había sorprendido—. ¿En serio?

Había sido una mala elección de palabras.

Cati se había hundido en su sitio, apenada de haberse expresado así.

Marco quiso golpearse.

—Lo siento, no... ¡Está bien! No lo entiendo, pero...

Ella había tirado de sus comisuras para sonreírle, como si quisiera desestimar su comentario, fingiendo que no pasaba nada.

Dio un salto y se alejó, revelándole a Marco lo mucho que le disgustaba, cuando volvía a imponer su distancia.

Se le había ocurrido de pronto, el día anterior, al ver los retazos de telas que Cati iba dejando tirados, mientras hacía su trabajo. Los recogía siempre antes de irse, melindrosa, sin desperdiciar ni un pedacito.

Tomó, ilusionado, un trozo triangular, irregular, que le llamó la atención.

—¿Confías en mí? —había preguntado a bocajarro. Enrojeció hasta la raíz del cabello al darse cuenta de las implicaciones de la pregunta.

Sin embargo, Cati le había respondido con una sonrisa enorme antes de asentir.

—De acuerdo, ven.

Cuando la tuvo a un palmo, se puso nervioso.

—Voy a cubrirte los ojos —había explicado, tratando de no asustarla—. ¿Sí?

Cati, por toda respuesta, había bajado los párpados, vulnerable.

Marco había estirado los brazos, para anudarle el lienzo detrás de la cabeza, intentando no pensar en que estaba tocándole el sedoso cabello oscuro.

—Bien —había concluido, cuando estuvo listo, contento de que Cati no hubiera podido percibir su ansiedad—. Ahora que no puedes verme, usa tus manos. Así. Vas a darte cuenta de que soy igualito a ti, ¿eh? —La aludida no había hecho ningún gesto, y solo había aumentado el nerviosismo de Marco, que había empezado a preguntarse si no estaba haciendo el ridículo—. Mira.

Le había tomado con delicadeza la muñeca y le había puesto la palma en su mejilla. La piel le latía, caliente, incluso aunque no tuviera encima los ojos escrutadores de Cati.

La chica lo entendió.

Empezó a recorrer su rostro con curiosidad, usando ambas manos.

Le delineó la larga nariz, la curva de la mandíbula y las orejas. Repasó la frente y lo obligó a bajar los párpados.

Cuando Marco abrió los ojos, la sonrisa enorme de Cati estaba tan cerca, que casi podía soplarla.

Ella, ajena a su turbación, se quitó de pronto el trapo, entusiasmada, y volvió a hacer el gesto sobre su pecho, al compás del corazón.

Marco no llegó a descifrar si quería decirle que estaba nerviosa o emocionada, porque enseguida estaba haciendo más señas.

—¿Quieres que pruebe yo? —Las largas tardes habían empezado a hacer mella en su manera de pensar, y se estaba ejercitando en eso de comprender qué mierda quería expresar la chica.

Cati había asentido y le había pasado otro trozo de tela olvidado.

—No hace falta —había farfullado él, demasiado abochornado—. Tú no me...

No había terminado la frase, porque la joven ya estaba estirando el cuerpo para anudarse de nuevo la tela sobre los ojos.

Por un segundo, Marco se había preguntado qué pasaría, si él no la imitaba, si alguna vez Cati se enteraría, pero su absoluta confianza en él había quebrado sus reflexiones maliciosas y, suspirando, había hecho lo propio, sumiéndose en la oscuridad.

Cati lo había obligado a poner las manos sobre su rostro.

Marco se había sentido algo mareado. La había tanteado con torpeza, avergonzado, esperando que fuera suficiente para poder alejarse.

Necesitaba aire.

Cati había estirado el cuello, como si quisiera asegurarse de que Marco no creyera que fuera un peligro. ¿Cómo iba a sentirse amenazado por una morena menuda y sin habla que se exponía de manera tan ciega a él?

Marco se había quitado con violencia el trapo que le cubría los ojos, y encontró a Cati tan cerca, que casi pudo rozarla con la nariz. Se separó de golpe.

Cati seguía con la sonrisa intacta, esperando demostrar que ella tampoco tenía nada que ocultar.

Le había sorprendido notar lo delgado que era su cuello extendido hacia delante, y volvió a acercarse despacio, carraspeando para hacérselo notar.

Tenía los labios como pintados contra la piel oscura, muy diferentes a los finos que él se estaba mordiendo.

Era una morena preciosa, y él necesitaba arañarse las palmas para contener las ganas de volver a rozarla.

Pero lo había hecho, empezando la caricia desde la garganta, para subir sobre el mentón, hasta reposar sobre su boca, respirándole encima, para poder analizar ese color tan ajeno. No entendía cómo todos en su tierra decían que era porque los morenos eran sucios, ya que nunca había encontrado una piel tan suave y tersa como la de Cati.

Cuando la besó, lo hizo a conciencia.

Apenas había apretado sus labios, concentrado en la sensación.

Durante un instante, suspendido en el tiempo, había creído que estaría bien, y que Cati seguiría sonriendo. Pero, cuando ella había entendido el roce, había dado un respingo y se había quitado el trozo de tela de los párpados, para observarlo con los ojos muy abiertos. *Aterrada.*

Marco no había podido disimular la mueca de imbécil, mientras ella recogía a toda velocidad sus cosas y se marchaba corriendo, dejándolo atornillado en su sitio, con la temperatura mucho más baja de lo normal.

Se había quedado arreglando cualquier mierda toda la noche, pensando en cómo demonios iba a solucionar aquello y si podría haber sido tan idiota como para quebrar la frágil confianza que había cimentado con Cati. Que ella no pudiera sostenerle la mirada, le había brindado una pista bastante certera.

Tenía que hacer algo.

La multitud prorrumpió en aplausos, cuando al fin la pareja vio consolidada su unión, y Marco sintió cómo su estómago daba un salto al vacío cuando los morenos se abrazaron con un beso dulce frente a los presentes.

Había intentado todo ese tiempo no pensar en la calidez de los labios de Cati.

En vez de eso, prefería castigarse por haber sido un idiota impulsivo.

Los blancos aplaudían también, con cortesía.

Viktoria, la hermana de Pío —la primera que se había casado en esa tierra, con un tonto que Fabian ignoraba—, se secaba una lágrima con disimulo, mientras se sobaba la enorme barriga, que parecía a punto de quebrarla. Eva presumía con el peinado que le había hecho Susi en la mañana, muy erguida y atenta, para ver si conseguía las miradas que estaba buscando, entre Roque y él.

La fiesta no tardó en hilvanarse y Marco, un poco aturdido, esperó que el resto diera el paso para marcharse. Pero su padre, feliz en el pequeño banquito que le había hecho su hijo, no parecía tener intención de levantarse.

—¿Vamos a quedarnos? —bisbiseó Roque, estupefacto.

—No tengo ni idea —repuso él, comenzando a sentirse realmente descompuesto.

No estaba seguro de si iba a poder tolerar al gentío, y mucho menos la mirada huidiza de Cati. Quería tumbarse y dormir hasta el día siguiente.

Claro que Fabian no tenía tanta paciencia como los demás.

En un tris, estaba plantado frente a Gerd, que observaba con gesto bonachón cómo los morenos formaban una ronda alrededor de los flamantes esposos.

—¿Qué haces clavado aquí? —lo increpó, con Floro a la zaga—. ¿Por qué no nos vamos?

Gerd lo evaluó con expresión impasible.

—Fuimos invitados a una boda.

—Eso ya lo sé.

—Pues la disfruto —terció el viejo con una sonrisa amplia, dando un golpe seco con el bastón que tenía entre las piernas—. Podríais imitarme.

Floro estaba boquiabierto.

—Pero ¿qué...?

La expresión de Gerd no admitía réplicas.

—Como comunidad, le hemos regalado una enorme pata de cerdo a los novios, y no pienso irme hasta probarla —sentenció, echándose hacia atrás—. Mejor poneos cómodos.

Pío, que acababa de llegar con Susi, se encogió de hombros. Le agradaban las fiestas y, sobre todo, le gustaba no tener que presenciar una confrontación abierta.

Floro parecía indignado, pero Fabian resopló y se resignó.

—Como quieras.

Tomó de la mano a Susi, sin preguntar, y tiró de ella, hasta llegar al centro, haciéndola girar sobre sí misma, antes de fingir una flagrante reverencia y ponerse a bailar con los demás.

—Él sí se sabe adaptar a la situación —rezongó Floro, e hizo reír a Pío—. Tú, al menos, tienes a Viktoria.

—Eres un animal —sentenció el aludido de buen humor—. Está embarazada. ¿Qué quieres? ¿Que tenga el crío ahí mismo? —Señaló el sitio en el que los recientes esposos bailaban, rodeados de parejas de morenos y una sola de blancos.

—Es un maldito —masculló Floro, ignorando el comentario de su amigo—. ¿Por qué siempre tiene que estar con ella? ¿Por qué mierda no se casan y ya? Al menos así me deja de dar esperanzas.

Pío enarcó las cejas, demasiado asombrado para picarse.

—Es que tú no tienes ni una maldita esperanza ahí —le aseguró, riendo entre dientes—. Y no creo que Fabian vea de esa manera a Susi. Son amigos. Son como hermanos.

Floro siguió rezongando por lo bajo, y se volvió el foco de risas disimuladas de la zona de los blancos, compacta hacia un lado.

Roque se sentó junto a Marco, que parecía un tanto aturdido.

—Las noches se hicieron para dormir —le sugirió con burla, antes de empujarlo con el hombro—. Parece que nos quedaremos. Eso dice tu padre.

No obtuvo respuesta de su amigo, así que, escéptico, agitó la palma bien cerca de su rostro, para llamarle la atención.

—¿Te encuentras aquí?

—Sí. —Marco frunció la nariz—. ¿Qué pasa?

—¿Escuchaste algo de lo que te dije? —Roque estaba de buen humor, así que no se molestó, a pesar de que la respuesta era evidente.

—Claro —mintió su amigo, con la mirada perdida más allá—. ¿Qué hace Fabian?

—Eh, pues... ¿Baila?

Marco no contestó.

Roque se aplastó el pelo, dejándolo estar, mientras paladeaba lo que en verdad quería preguntar.

—Oye... —soltó, fingiendo no importarle demasiado—, ¿crees que Eva aceptará si la invito a...? Ya sabes.

Hizo un vago ademán hacia el centro de la fiesta. Algunos blancos más se habían animado a acercarse y divertirse, siguiendo la estela de Fabian. Tenían las mismas formas de danza, así que ni siquiera se veían descoordinados. Se limitaban a moverse de manera periférica, cerca de donde Gerd y otros mayores observaban complacidos.

Pío se veía incómodo, balanceándose sin coordinación, ante una exigente Eva que no tenía a nadie mejor para pescar.

Floro había conseguido persuadir a Rute, la única hija soltera que le quedaba a la mano derecha de Gerd.

—¿Bailar?

Marco pareció salir de su ensoñación, parpadeando y prestando atención a su amigo de golpe.

Roque hizo una mueca y se encogió de hombros.

—Olvídalo, fue estúpido.

Un hilito de luz empezaba a colarse entre los pensamientos de Marco, que se mordió los labios para reprimir una sonrisa nerviosa.

—A todas las mujeres les gusta bailar —murmuró, como si decirlo con firmeza lo asustara un poco—. Hay que probar.

—¿Qué? —se extrañó Roque—. Pero...

Marco ya se había puesto de pie.

—¿Vas a invitarla tú también? —exigió, sin tiempo de ocultar su decepción.

Marco no se dio cuenta de a quién se estaba refiriendo.

—Voy a intentarlo.

CAPÍTULO 32

Un manto de silencio deferente se había instalado mientras los novios se inscribían en los pilares, después de una procesión simbólica, desde la playa hacia lo que los morenos llamaban desierto. Lo hacían recitando la vieja historia del pueblo, junto con los nombres de los ancestros que se enlazarían a partir de aquel día.

Era el último de los ritos, antes de que los padres de ambos los acompañaran a su nuevo hogar, que habían construido durante la temporada.

No era necesario hacerlo público, pero los más curiosos, sobre todo las mujeres, habían seguido la estela de los gestos ceremoniosos, tan viejos como el mismo mundo.

Marco, fingiendo interesarse en ello, había arrastrado a Roque, mientras seguía observando los gestos de Cati, muy cerca de Cila y de su madre.

Había respirado con alivio cuando vio que, aunque se habían hecho señas en la distancia, la joven no se había acercado a su amigo moreno, Bruno.

Para Marco, la presencia de aquel muchacho era como una piedra imperceptible atravesada en su garganta. No le molestaba si no tragaba, pero de algún modo conseguía fastidiarlo.

Bruno se había dejado ver junto a Cati hacía algunos días, antes de que él metiera la pata hasta el fondo. No le había agradado la invasión en su territorio, cuando la morena llegó de la mano del tipo, con una muchacha enclenque a la zaga.

A pesar de que Cati quería ser el nexo para reunir a todos sus amigos, era evidente que no podía cumplir ese papel.

Escéptico, Marco había enarcado una ceja, cuando ella había codeado a su amigo para obligarlo a presentarse.

—Cati, ya nos conocemos —había refunfuñado, a las claras incómodo—. Soy Bruno —masculló, después de una mirada severa de Cati. Parecía como si lo hubiesen ensayado—. Cati cree que puedo ayudarte a… terminar a tiempo eso.

Marco lo había dudado seriamente.

El estómago le había dado un tirón al caer en la cuenta de que la morena se interesaba por su labor, aunque seguía dividido por el mal humor generado, por haber metido a toda esa gente sin preguntar.

Su buena predisposición parecía aplicar solo a Cati.

La presencia de Bruno lo había hecho sentir amenazado, a pesar de que el joven tenía aspecto indefenso.

—Me llamo Esmeralda. —La otra chica había quebrado sus reflexiones—. Disculpa si llegamos sin avisar.

—Está bien —le había asegurado él, aunque había querido decir todo lo contrario.

—Cati quería mostrarme sus diseños —había explicado ella con simpleza, manteniendo una distancia respetuosa.

Así como Bruno le había caído como una patada en la espinilla, la tal Esmeralda le había inspirado tranquilidad.

Chasqueó la lengua cuando recordó.

—Eres amiga de Susi —casi la había acusado, sin llegar a formular la pregunta—. ¡La chica que vende esos collares que le gustan!

Esmeralda había sonreído, y Marco se había percatado de que tenía algo diferente al resto de los morenos: los ojos más centelleantes.

—¿Ella te lo dijo? —había preguntado con cordialidad, lo que había contrastado con la posición envarada de Bruno.

—Es mi hermana —había explicado Marco, sin comprometerse demasiado.

Cati había aplaudido una vez, contenta, antes de hacer florituras con la mano, para imitar un largo pelo ondulado.

—Sí, tiene un cabello muy bonito —había interpretado Esmeralda, muy de acuerdo con su amiga—. ¿Dónde tienes eso que querías mostrarme? No puedo quedarme mucho rato.

Cati la había llevado de la mano hasta su parte en el taller, de la que Marco había dejado que se apropiara con calidez y silencio.

Bruno había carraspeado, algo violento.

—Solo vine porque me lo rogó —había aclarado en voz baja, sin mirarlo—. Tengo mis propias cosas en casa.

Marco no se había tragado su bravuconería arrugada. Había crecido viendo cómo se veía uno verdadero, como Floro, y la posición de Bruno solo se le había antojado igual de simulada que la de él mismo, cuando intentaba ganarse el respeto de Fabian.

No había permitido que ese sentimiento creciera, porque no quería tener nada que ver con ese tipo.

—A mí no me interesa —lo había desestimado, fingiendo prestar atención a las patas sin adecentar del asiento que tenía a medias.

—Sí. De acuerdo.

—De acuerdo —había repetido, antes de guardar un tenso silencio.

Cati no se había dado cuenta de nada, por supuesto.

Ambos habían aceptado de manera tácita mantener ciertas formas en deferencia a la joven, pero se limitaban a intercambiar la cantidad justa de palabras.

Marco detestaba los días en los que Bruno aparecía con Cati. Podía contarlos con la mano —no sabía si era cierto que el muchacho tenía trabajo en la casa o si, simplemente, conseguía escaquearse de la insistencia de su amiga—, pero convertían la jornada en una tortura. Cuando estaba él, sentía cómo la distancia que se esforzaba en acortar con la morena se volvía infranqueable. Carcomido por la envidia, notaba cómo ellos tenían una complicidad con la que él apenas podía soñar.

Cati no se sobresaltaba si Bruno la rozaba sin notarlo. Le tomaba la mano con firmeza, y lo miraba a los ojos límpidos. No titubeaba.

Pero lo que más le molestaba era que Bruno parecía no tener ninguna dificultad en interpretar lo que Cati deseaba decir. Casi nunca preguntaba.

Marco sentía la amargura explotándole en la garganta al ser testigo no deseado de su cimentada amistad.

Se preguntaba si Cati lo llevaba allí porque creía que podrían ser amigos —le asombraba, en parte, la ingenuidad tan pura que podía mostrar en ocasiones—, o si lo hacía porque no quería estar a solas con él.

Ninguna justificación le daba buen cuerpo.

Al menos, había esperado que la otra chica, Esmeralda, apareciera para mitigar la atmósfera cargada del taller, pero solo se había dejado ver esa primera vez.

Marco se había mordido la lengua para no preguntarle a Susi —se sentía un idiota— o abordarla en la plaza, como si necesitara que regresara. En vez de eso, le había preguntado como quien no quiere la cosa a Cati, una vez que estaba también Bruno, para que pudiera responder con claridad.

—Está ocupada —se había limitado a responder él por ambos, encogiéndose de hombros.

Para equilibrar, Marco había pensado dejarse ver con Roque, pero lo había descartado de inmediato. No estaba seguro de qué tan buena idea podía ser, a pesar de que el eco de la vieja pelea a puños limpios que había estallado aquella remota vez en la playa pareciera ya agua pasada.

Además, sospechaba que a Roque no le agradaba Cati, y no deseaba forzar mucho las cosas.

Se alegró, a pesar de saberse mezquino, cuando poco a poco se empezaron a encender los candiles para sostener los últimos estertores de la fiesta.

Los novios habían regresado del desierto al centro de la celebración, y volvían a tomarse de las manos para danzar hasta no poder más.

En su tierra, los casamientos duraban dos días.

Allí, era solo uno, alargado hasta la medianoche, con las mismas risas e idéntica sensación de esperanza flotando en el aire.

Susi había conseguido zafarse de Fabian y regresaba junto a su padre, con una gran sonrisa jadeante, acomodándose el peinado con los dedos ágiles.

Los blancos habían logrado romper la valla invisible que los dividía y, si bien seguían manteniéndose concentrados en una esquina del sitio, las dos o tres parejas que bailaban al compás de la música lo hacían mezclados con el resto, aplaudiendo en los momentos justos.

Las canciones eran las mismas, por supuesto. Lo único que los dividía era un río.

—Entonces…, ¿vas tú primero? —intentó provocarlo Roque, con una sonrisa que parecía demasiado masticada.

Marco tardó un segundo de más en entender a qué se refería.

—Mejor ve tú —lo alentó, sin tener ni idea de cómo podría reaccionar Eva. Lo más probable era que estuviera molestando a Fabian para conseguir un ápice de atención.

Roque hizo una mueca.

—Yo no me quiero meter en…

—Solo vete. —Lo empujó Marco, obligándolo a salir hacia delante, sin paciencia para tenerlo alrededor. El corazón le había empezado a bombear con furia, tiñendo todo de zozobra.

Roque refunfuñó algo, que su amigo no alcanzó a oír. Se hizo un apunte mental para disculparse por su falta de empatía luego, mientras repasaba por última vez la distancia que lo separaba de Cati, así como las posiciones de sus principales obstáculos: su madre y Bruno.

Pero Cati estaba de pie con Cila, y otra chica que Marco recordaba con vaguedad.

Era su oportunidad.

Se acomodó la camisa con nerviosismo, como si eso cambiara en algo y, con una resolución que no sentía, se movió entre los presentes con la cabeza bien en alto y el paso firme, como veía que hacía Fabian.

No sabía si iba a poder sostener la sonrisa de papel hasta alcanzarlas. Rogó que nadie estuviera prestándole atención.

Cila ya estaba poniendo cara de perros al notar su presencia, pero Cati no la imitó.

Marco se aclaró la garganta, antes de hacer una rígida reverencia, esperando que ella se lo tomara con gracia.

—¿Quieres...? —La voz no le dio para más. Hizo un gesto con la cabeza hacia donde las faldas se movían, imitando las llamas que se iban encendiendo a su alrededor, con el corazón retumbándole en los oídos.

—Cati... —le previno Cila, torciendo el gesto.

Marco tragó grueso. Era el único blanco allí, y no iba a tardar en llamar la atención.

—¿Es él? —soltó la otra chica, con más curiosidad que recelo—. ¿Es él, Cati?

—Mamá va a poner el grito en el cielo —sentenció la mayor, ignorando el entusiasmo de Delia—. Y no voy a defenderte si... No me pongas esa maldita cara.

Cati hizo un puchero que a Marco le podría haber parecido adorable, de no haber sido tan consciente de que la joven le rehuía la mirada.

—Vas a arruinar la fiesta. —Cila jugó su última carta, resignada de antemano, al poner los ojos en blanco—. Y la culpa la tendré yo, por malcriarte así.

Delia ahogó una risita contra la palma. Era la única persona divertida en aquella conversación.

Aunque gruñó por lo bajo, Cila se inclinó apenas, para recibir la muestra de afecto sincero de su hermana.

Cati le besó la mejilla y se giró hacia él, apenada.

Marco estiró el brazo.

Hubo un segundo en el que pensó que Cati iba a rechazarlo. Pudo verlo con una claridad corpórea: ella levantó la mirada y le aseguró, con la firmeza que no le daban las palabras, que no podía perdonarlo, que lo quería lejos.

Pero el encanto se rompió enseguida, cuando ella aceptó su mano, todavía con los ojos clavados en el suelo.

—Cati, lo siento mucho. —Su nombre le llenó la garganta, disipando despacio su aprensión—. Perdóname. No quise asustarte o hacerte sentir incómoda, te lo juro.

Era igual a esa vez en la playa y, al mismo tiempo, completamente diferente.

Empezaron a dar vueltas, un poco descoordinados respecto a los demás, porque Marco, además de bailar pésimo, estaba más preocupado de que Cati lo comprendiera.

—Tomé ventaja de la situación y me sentí horrible. Por favor, ¿me perdonas? ¿Me puedes mirar a los ojos?

Estaba haciendo un esfuerzo enorme por escoger las palabras correctas, aquellas que expresaran lo que sentía. Si se ponía más nervioso, iba a terminar pisándola, y arruinaría todo el efecto.

—¿Qué...? ¿Qué están haciendo?

—¿Esa no es Cati?

—¡La mudita está bailando con un blanco!

—¡¿Pero qué demonios está haciendo tu hermano?!

Marco expulsó todo el aire cuando al fin Cati encontró su mirada. Asintió con la cabeza antes de quebrarse en una sonrisa, que duró demasiado poco.

—¡Catarina!

La música se detuvo.

Marco también frenó, sintiendo como si todo el universo se hubiera parado solo para observar esa escena.

Cati dejó resbalar la sonrisa, pero no le soltó la mano.

—¿Qué crees que estás haciendo?

Era su madre. Los curiosos se habían apiñado de inmediato detrás de la señora, que temblaba de indignación.

—¡Aléjate de mi hija! —chilló Edite, dando un zarpazo para rescatar a la joven. No alcanzó a tocarla.

Cati se puso nerviosa.

Marco podía percibirlo. Había aprendido que no le gustaban las confrontaciones, y mucho menos si ella era la que estaba en el ojo de la tormenta.

—No estamos haciendo nada malo —atinó a responder, con los ojos de medio pueblo clavados en su rostro—. Es una boda. ¿No podemos bailar?

Edite boqueó, muda de ira.

Marco apretó un poquito más la mano de Cati cuando vio que Fabian se metía en la escena, resignado.

—Vamos, vamos… No irá a hacer un espectáculo, ¿verdad? —dijo con fingida amabilidad, tratando de dispersar a los mirones—. Estamos en una fiesta.

—Catarina, ven aquí. —La mujer echaba chispas por los ojos—. ¡Ahora!

—La chica solo quería bailar.

—No voy a permitirle a ningún maldito blanco que vuelva a lastimarla, ¿me oyes? ¡No lo permitiré! Y… ¡Tú! —rugió, desviando su atención hacia Fabian—. ¡Mantente alejado de mis hijas! No me conoces, y no sabes cómo se hacen las cosas aquí.

—Señora, llevamos viviendo en esta jodida tierra demasiado tiempo, ¿no le parece? —El muchacho trató de obtener apoyo entre los pocos blancos que miraban a distancia prudencial—. Ya deberíamos dejar de vernos como extraños.

Fue Cili la que interrumpió, haciéndose sitio sin remordimiento, seguida de su padre.

—Mamá, vámonos. No vale la pena. —La sujetó, obligándola a tragarse los gritos que estaba por lanzarle a Fabian—. Cati, ya es suficiente.

La aludida agachó la cabeza y se reunió con el resto de su familia, dándole la espalda a Marco, que se quedó muy quieto, rodeado de murmullos.

La observó marcharse, preguntándose cuántas veces más iba a anhelar tener la capacidad de predecir los pensamientos de Cati.

Le había sonreído, y lo había mirado a los ojos. ¿Lo habría perdonado?

Fabian le puso una mano en el hombro, ofreciéndole un apoyo que no había pedido, mientras los curiosos se dispersaban y la música resurgía en una esquina.

—Sabía que esto iba a pasar —comentó sin ninguna emoción—. Estás metido en una buena, ¿eh? Creo que la tipa esa va a despelle- jarte, y, si no lo hace ella, probablemente lo haga Cila.

Entonces, Marco tuvo que asumirlo: había dejado de ver el co- lor en la piel.

La quería.

Quería poder pintarle esa sonrisa todos los días y no volver a defraudarla nunca. Quería sujetarle las manos sin sentirse abo- chornado, que fuera natural, sin recelos. Quería pedirle permiso para besarla.

La fiesta había terminado.

CAPÍTULO 33

Pío se estaba aferrando con más fuerza de la necesaria al enorme cubo que llevaba mientras atravesaban la plaza desierta, en un silencio sepulcral.

—No entiendo por qué no lo puede hacer su jodido esposo —iba rezongando Floro a su lado, arrastrando los pies.

—Si solo vas a quejarte, podrías haberte quedado en casa.

Él resopló y no comentó nada. Tomaron el camino más corto hacia la playa, codo con codo, mientras el pueblo descansaba después de la jornada agotadora.

Floro no tardó en volver a la carga.

—Solo digo que tu hermana podría haberse buscado un tipo menos inútil —comentó, haciéndose el desentendido—. Tú entiendes.

—A mí no me molesta hacer cosas por ella —rebatió Pío sincero.

Era cierto. Viktoria se había excedido durante la fiesta y, en su estado, había tenido que recostarse nada más llegar a la casa. Tenía los pies hinchados; la madre de Fabian les había recomendado que los hundiera en agua tibia, tumbada. Su esposo se había quedado con ella, un poco asustado por su semblante pálido.

Pío se había ofrecido de inmediato a llevarle el agua, y Floro solo lo había seguido, sin nada mejor que hacer.

Él vivía con el hermano de su padre y con su abuelo. No soportaba a ninguno. Se la pasaba en casa de Pío, o molestando a Fabian para que le permitiera estar cerca de Susi. Hacía cualquier cosa con tal de llegar a casa solo para tumbarse e ignorar los ronquidos a su alrededor.

—Pero ya no es tu responsabilidad —le señaló mientras llegaban al muelle.

—Es mi hermana. —La voz de Pío ya no ocultaba su exasperación—. Siempre va a ser mi responsabilidad. Que tú tengas menos sensibilidad que una piedra no significa que todos seamos iguales.

Lo dejó plantado en la orilla mientras se subía los pantalones para no mojarse. El agua estaba helada y lucía como un enorme manto negrísimo, peligroso. Pío respetaba mucho la corriente del río. El dios Serpiente no era un juego.

—Yo tengo mucha sensibilidad. —Escuchó que le decía Floro, demasiado cerca. Saltó cuando él entró al Elisio, salpicando con fuerza, dando por perdida la ropa que había intentado cuidar con tanto mimo.

—Se nota —masculló Pío irónico. Se levantó un poco más los pantalones, a pesar de que ya estaban empapados, y trató de reprimir el escalofrío.

—Me parece muy bien que lo notes. —Floro sonreía con arrogancia—. Por si no te llegaste a dar cuenta, no molesté a Susi ni una vez en la fiesta. ¿A que soy el más considerado de este maldito pueblo?

A pesar de que sabía que sería una crueldad, Pío sopesó por un instante fugaz clavarle el cubo lleno en la cabeza. Tal vez lo que necesitaba para aprender a pensar era congelarse allí, engullido por la oscuridad. Pero, en vez de eso, Pío se sacudió para quitarse la idea y las ganas de tiritar.

—Te felicito. —Se rio al ver que Floro lo interpretaba sinceramente, y no con la ironía que había buscado imprimir—. Ya casi te comportas como un ser humano normal.

—Imbécil.

Se inclinó para llenar el cubo antes de enderezarse con mala cara.

—Todo esto es por tu culpa —lo increpó de mala manera. Con tan poca luz, la diferencia de complexiones entre él y Pío se volvía desproporcional—, por meterme esas mierdas en la cabeza.

—¿A qué te refieres?

—¿A quién no le gustan los cumplidos? ¡Es ridículo! —Floro se veía contrariado. Sujetaba el cubo con un solo brazo, plantado frente a su amigo, como si no le molestara en absoluto haber perdido la sensibilidad en los pies gracias a la mordida feroz del agua helada. Pío se sintió extrañamente conmovido al entender que él había estado reflexionando sobre el tema—. Pero como lo dices tú, y tú entiendes a la gente, pues bien, cierro la boca.

—No pensé qué fueras capaz de callarte un buen rato —trató Pío de burlarse. No le estaba agradando el cariz de la conversación.

Floro no le prestó atención.

—Pero por más que pensara que se veía jodidamente bien, y que me hubiera encantado hacerle un par de cosas, si se lo digo, soy un animal. ¿Cómo se supone que funciona eso?

—Funciona así porque ella no te pidió tu opinión. Si te la pidiera, podrías contárselo con lujo de detalles. Aunque dudo que alguien los quiera.

Floro ya estaba esgrimiendo su mueca más sucia, que hizo que Pío volviera a estremecerse.

—Míralo de esta manera —le recomendó entonces, buscando cortar de raíz su lógica—: ¿A ti te gustaría que alguien te dijera algo sobre tu aspecto?

Floro hizo una mueca.

—Sí. ¿Por qué no?

—¿No te parecería desagradable? —presionó Pío, a propósito. No sentía ninguna de sus extremidades, pero le quedaba un espacio reducido en la cabeza para encargarse de eso.

—No creo —repuso Floro, antes de encogerse de hombros. Estaba por volverse y salir del río para emprender la retirada, pero su amigo insistió.

—¿Aunque te gritara una persona que no conoces y te dijera cosas subidas de tono? —El cerebro de Pío estaba yendo más rápido, incluso que el bombeo frenético de su sangre hacia el centro de su cuerpo, para mantenerlo tibio—. ¿Aunque fuera cualquiera?

—¿Qué tiene que ver eso con...?

—Ese es el punto de todo. ¿Te sentirías cómodo con alguien chillando ridiculeces todo el día detrás de ti?

Floro arrugó el rostro, tratando de hallar la respuesta que Pío deseaba.

—Bueno, si es alguien que conozco...

—¿Y si fuera yo?

Pío se detuvo un momento a inspirar, volviendo a sostener con fuerza el cubo contra su pecho. La superficie del agua ondeaba al compás de sus latidos.

—¿Si fuera yo el que te acosara pidiéndote...? —No podía decirlo en voz alta. Floro estaba descolocado—. Tú entiendes.

—¿Sexo? —lo ayudó él, sin recuperar su zona de confort.

—Em... sí. Si te rogase para que te pusieras de rodillas y...

Hubo un segundo efímero, demasiado breve para que Pío pudiera asirlo, en el que creyó que las facciones de Floro iban a endurecerse y lo iba a obligar a salir del maldito río para darle una paliza, solo por haber insinuado una cosa así.

Sin embargo, el instante se cortó como una cuerda tensa, golpeándolo en la cara, y Floro se echó a reír.

—Claro que no me molestaría —le aseguró entre carcajadas—, porque sabría que estás burlándote. No sería en serio.

El cuerpo de Pío terminó de enfriarse. Levantó el cubo para asegurarse de no volcar nada sobre la arena y regresó a la orilla sin mirarlo, con los pantalones pesados de helada humedad. Pudo sentir cómo su amigo imitaba sus pasos.

—Susi no lo sabe —murmuró, sin detenerse a esperarlo—. Ella no sabe que lo dices jodiendo, porque todos creemos que es bastante en serio. Y es asqueroso y denigrante. Eso es lo que tienes que entender.

—¡Eh! Pero ¿qué...?

Pío llegó al camino con tiempo suficiente para dejar salir todo el aire de los pulmones, y se odió por haber sido tan imbécil.

Para cuando Floro lo alcanzó, ya había recuperado el control de su cuerpo y, ante todo, de sus pensamientos. La imagen maciza de su amigo agachando la cabeza para ponerse de rodillas lo había desestabilizado por completo.

—No tenías que ser tan maldito —lo increpó Floro, ajeno a sus tribulaciones—. Ya lo entendí. La voy a dejar en paz.

—Vamos —ordenó Pío, ignorándolo—. Viktoria necesita el agua.

Él lo siguió refunfuñando mientras regresaba sobre sus pasos, para llegar a la plaza y girar hacia el barrio de los blancos.

Pío estaba demasiado ensimismado, así que fue el mismo Floro el que lo detuvo con su manaza en el hombro.

—¡Oye! ¿Ese no es Marco?

—Suéltame.

Él no se lo tomó en serio. Estaba más ocupado entrecerrando los ojos para distinguir en la oscuridad las figuras recortadas en la entrada principal de la plaza.

La expresión de Floro dejaba ya poco espacio para las bromas.

—Quédate con esto aquí —ordenó con brusquedad, depositando el cubo en el suelo, a los pies de Pío—. Voy a ver.

Su amigo dudó. No podía llevar ambos cuencos, pero tampoco tenía intención de dejar solo a Floro allí, por mucho que su presencia fuera más un estorbo que una ayuda.

Al final, resignado, dejó el otro cubo junto al de su amigo y echó a correr hacia el mismo lugar.

Las voces ya se habían elevado.

—¿Qué crees que haces? —Floro estaba increpando a un moreno anguloso que parecía echar chispas por los ojos negros.

El tipo enseguida levantó las manos en señal de inocencia, pero no amainó la amenaza de su expresión.

—Solo estaba hablando con él.

Floro tenía razón: sí era Marco. Lucía ofuscado, como si no pudiera permitirse asustarse.

—Vuelve a casa —le indicó Pío en voz baja, llegando hasta ellos. Adivinó el cariz que iba a tomar esa situación y tuvo que rogar internamente que Floro no tuviera encima el cuchillo que llevaba a todos lados, porque la cosa podía degenerarse demasiado rápido.

—Estoy hablando con él —repitió el moreno de malos modos.

—Pues ahora estás hablando conmigo. —Floro se plantó en el medio.

El tipo no retrocedió, a pesar de que se encontraba en clara desventaja.

—¿Qué quieres con un niño? —preguntó Pío, intentando mantener la calma.

Marco parecía querer negarse a que le ayudaran, pero no se atrevió a intervenir.

—Una advertencia. —Álvaro lo miró a la cara, ignorando la presencia de Floro—. Si vuelves a acercarte a Cati o a Cila, voy a matarte, ¿me oyes? Lo haré con mis propias manos.

—Pero ¿qué te pasa? —espetó Pío, sujetando a Floro antes de que se le abalanzara con los puños.

—¡Estoy harto de vosotros! —escupió Álvaro sin amedrentarse—. Blancos de mierda que creen que pueden comprar nuestro perdón con un montón de excusas.

—¡Déjame! —rugió Floro, tratando de quitarse de encima a su amigo—. ¡Voy a mostrarle lo que pueden hacer estos blancos de mierda!

—¿Perdonar qué? —Marco habló por primera vez, con seriedad fantasmal pintada en el rostro. Estaba concentrado en Álvaro, que sonrió con ironía.

—¿No lo sabes? —Echó un vistazo a los otros dos—. ¿No lo sabéis?

—¿Qué mierda tenemos que saber? —espetó Floro, hinchando el pecho.

Pío tiritaba a su lado.

—¿No te contaron cómo perdió la lengua Cati?

La posición de Álvaro, a pesar de la desventaja física, era de poder. Al menos así lo sentía Marco desde el instante mismo en el que había sido abordado por el moreno furioso, y pudo notar cómo su estómago daba un salto, y lo ponía enfermo, porque con el tono que había usado ese tipo, era obvio que no quería conocer la respuesta.

—Quieres saberlo, ¿verdad? —lo provocó, a pesar de que Floro resollaba a un palmo de su rostro—. ¿Quieres que te lo cuente?

—Marco, mejor vámonos a...

Pero él se deshizo de Pío, y se puso a la misma altura que el moreno para recibir el golpe.

—¡Fue uno de vosotros! —escupió Álvaro, regodeándose desde su posición de dominio—. Un grupo de esos que cruzaban el río para robarnos todo, como solo sabéis hacer los blancos. Ellas eran unas niñas, y Cati lloraba de miedo. —Marco tragó como pudo. Pío quiso volver a hablar, pero el moreno no se lo permitió—. Lo hizo de una tajada limpia, eso me contó Cili. Cati estaba consciente, y lo vio todo. La aplastaron contra una superficie y la obligaron a abrir la boca, como si fuese un...

No sabría de dónde había salido esa necesidad irremediable de callar a Álvaro. Marco solo se dio cuenta de que el tipo había dejado de hablar, cuando vio su propio puño estampado contra su piel oscura. Apenas lo había movido.

—Jodido imbécil.

Álvaro sí usó su fuerza y conocimiento para devolverle el golpe, y Marco salió despedido hacia atrás por el impacto.

Todo quedó blanco por un momento, mientras recuperaba el control de sus extremidades, repentinamente blandas.

—¡Floro, espera!

Cuando Marco regresó en sí, ya era demasiado tarde.

Pío no se decidía a intervenir, aterrado, mientras los otros dos gruñían y se atestaban con una furia de generaciones anidada en sus puños.

Era evidente que Floro lo estaba destrozando, pero Álvaro no se amilanaba, a pesar de tener el rostro hinchado y la nariz sangrando.

La cabeza de Marco latía y daba vueltas. Pensó que iba a vomitar antes de arrastrarse hacia la pelea.

—¡¿Estás bien?! —Pío no esperó respuesta—. ¡¿Qué mierda hacemos?! ¡Hay que llamar a alguien! ¡Va a matarlo!

Estaba demasiado mareado para atisbar cómo Floro aplastaba la cabeza del moreno contra el suelo, pero sabía que Pío llevaba razón: no tenía ni idea de cómo debía actuar.

No podía dejar de pensar en las palabras que acababa de oír.

Unos pasos ágiles cruzaron a toda prisa la plaza para alcanzarlos con un débil candil en la mano.

—¿Qué está...? ¡Deteneos!

Era Esmeralda.

Bajo la llama, parecía estar llorando, pero Marco no confiaba en sus sentidos. Se preguntó, en cambio, de dónde había salido, hasta que cayó en la cuenta de que no sabía cuál era su casa. Tal vez la habían alertado los gritos.

—¡¿Por qué no hacéis nada?! —chilló la recién llegada, pasándole el candil a un atribulado Pío, antes de girarse hacia los jóvenes enzarzados en la pelea—. ¡Deteneos!

Marco no creyó que fuera capaz de meterse, pero Esmeralda se sujetó la falda y se interpuso sin titubear entre los dos, cubriendo a Álvaro, que resollaba mientras escupía sangre en el suelo.

Floro tardó un segundo en verla, y frenó a tiempo el puño alzado que iba a ir directo al estómago del moreno.

—¡¿Estás loco?! —le gritó la joven al blanco, escandalizada—. Álvaro, ¿me escuchas?

—¡Él empezó! —se justificó Floro, saliendo del trance violento. Se puso de pie, escupiendo flema a un lado.

—¡Idos! —les exigió Esmeralda, con un gesto de la mano—. No puede ser...

Pío, sobrepasado por la escena, enterró el candil en la tierra para poder hacerles señas a los otros, en un silencio demasiado culpable.

Floro tenía el ojo hinchado y la ropa desgarrada, pero se veía entero.

—Tiene razón, salgamos de aquí.

Hizo un gesto para volver al centro de la plaza y recoger los cuencos, como si nada hubiera pasado.

Marco tardó un momento, viendo cómo Esmeralda intentaba, con las manos temblorosas, que Álvaro reaccionara.

—Cati tiene un concepto muy elevado de ti —le dijo con crudeza, fulminándolo con la mirada—. Por lo que parece, creo que está equivocada.

A Marco no se le ocurrió ninguna manera de defenderse. Arrastrando los pies, se marchó hacia su casa, con un enjambre de preguntas a su espalda.

Era hora de encontrar respuestas.

CAPÍTULO 34

La fiesta languideció con rapidez después del escándalo.

Fabian terminó de retirar a los suyos porque, de pronto, parecían el foco de todas las miradas y los comentarios malintencionados. Se preguntó hasta cuándo iba a seguir reviviendo el día de su llegada.

Gerd parecía muy ocupado tratando de dar explicaciones, que no tenía, para el comportamiento de su hijo, mientras algunos curiosos revoloteaban a su alrededor.

Fabian se mantuvo apartado. No tenía ganas de caer en habladurías, ya que solo le interesaba que el viejo diera la señal para poder irse a la mierda.

—¿Sabías algo de eso? —Era Susi.

Él torció el gesto y se alejó un poco para hablar con tranquilidad. Esperaba encontrar primero a Floro o a Pío, pero no podía ignorar la mueca ansiosa de la joven.

—¿A qué te refieres? —ironizó él, rascándose el cuello.

—Todo el revuelo… Con Marco. ¿Cómo…?

Fabian se encogió de hombros.

—Son chicos, ¿qué esperas? —Susi abrió la boca para replicar, pero no llegó a hacerlo a tiempo—. Estuvieron viéndose, según parece. ¿Se te hace tan raro?

—No. —La rubia sacudió la cabeza—. Solo que no me hubiera contado nada y…

—Susi, Marco ya no es un niño —le explicó Fabian, y chasqueó la lengua.

—Ya lo sé —se ofuscó ella, frunciendo el ceño—. Pero todo esto es demasiado extraño. Es la chica muda, ¿verdad? Cati. La de la familia que…

Fabian iba a asentir, cuando una turba morena se plantó frente a él, con todo el cabello revuelto y los brazos ligeramente flexionados, como si estuviera buscando pelea.

—Tengo que hablar contigo —escupió Cili, pasando de la presencia de Susi.

Fabian enarcó una ceja. Ya no podía esperar nada peor de ese día.

—¿Disculpa?

—¡No te hagas el imbécil! —Cili no tenía ganas de hacer gala de una paciencia que no poseía.

—Oye, no es de buena educa...

—Dije hablar con *él*, no *contigo* —la cortó la morena, y Susi cerró la boca con indignación.

—Quiero que te queden claras dos cosas. —Fabian perdió las buenas maneras—. Primero, si le vuelves a hablar a Susi así, no va a importarme tanto que seas mujer.

—Nadie te pidió esa deferencia —replicó Cili enseguida, desdeñosa.

—Y segundo... —la voz de Fabian se elevó por encima de la de la joven—, no puedes solo increpar así a la gente. ¿No te enseñaron a ser más considerada?

—No tengo tiempo para estupideces —declaró ella, haciendo aspavientos para frenarlo—. Debes ayudarme a detener toda esta mierda.

—¿Perdona? —repitió Fabian anonadado.

—Fabi, ¿qué...?

Cili hizo un ruidito de disgusto con la garganta, y le dedicó una ojeada llena de desprecio a Susi.

—¿Podrías hacer que tu novia nos deje en paz un momento? —masticó la frase, como si le costara lo suyo no colar ningún insulto mientras le sostenía la mirada ofendida y azorada a la joven—. Esto es importante.

—No soy su novia —afirmó Susi en un murmullo—, y si tienes que hablar algo con Fabi, puedes hacerlo también conmigo, ¿verdad?

A pesar de que ella no era una persona agresiva, juntó todos los pedacitos de valentía que tenía en el cuerpo para tratar de erguir el cuello hacia esa morena de presencia imponente, que parecía no tener problema en tratar a Fabian como a un igual.

—Creo que hasta ella te serviría más que yo —replicó el joven de mala gana—. Es la hermana de Marco, y sospecho que lo que quieres, tiene que ver con él.

Cili parpadeó, deteniendo de un golpe su energía para asimilar la nueva información.

Susi quiso esconderse detrás del cabello para que dejara de mirarla así, pero procuró mantenerse impávida a su escrutinio.

—No quiero que se vuelva a acercar a mi hermana —sentenció, después de un momento de silencio.

—¿No deberías hablar con Marco primero? —Fabian puso los ojos en blanco—. No somos tus mensajeros.

—¿Y ella está de acuerdo? —se atrevió a preguntar Susi en voz baja.

—¿Quién?

—Tu hermana.

Los ojos de Cili llamearon de odio.

—Es una niña —repuso firme—. ¡Todavía no sabe lo que es mejor para ella!

—¿Cuál es tu maldito problema? —espetó Fabian antes de que Susi respondiera, con las mejillas arreboladas.

—¿¡Cuál es el tuyo!? —respondió Cili alterada—. No quiero tener nada que ver con vosotros. Ni mi familia. ¡No entiendo cómo…!

—¿Cómo tu hermana pequeña parece tener más inteligencia que tú? —completó el blanco mordaz—. ¿No te das cuenta?

—¿Qué?

—Esto es lo que estaban buscando desde el principio, ¿no? Para esto es para lo que vinimos aquí. Tú y yo ya somos demasiado viejos, como todos los imbéciles que no podían dejar de ver cómo dos malditos niños bailaban, como debería haber ocurrido siempre, pero ellos…

—No sé a qué…

—Ellos no ven las cosas como nosotros. Se supone que, de alguna manera, son los que van a dejar de prestarle atención al color y a los prejuicios. Ya te lo había dicho.

—Fabi tiene razón —terció Susi, en voz baja—. Marco no hizo nada malo, y tu hermana se ve muy dulce. No parecía estar haciendo nada en contra de su voluntad.

El rubio sintió cierto placer al ver cómo Cili tenía que cerrar la boca ante los suaves argumentos que la dejaban sin palabras.

—Y no te olvides del trato —añadió, y chasqueó la lengua—. Así que, sé buena chica y deja el berrinche. No puedes hacer nada al respecto, porque tenemos que sostener el negocio, aunque sea hasta la feria.

Cili entrecerró los ojos.

—No voy a bajar la guardia contigo —lo amenazó con el dedo.

Fabian enarcó las cejas, divertido.

—Lo que tú digas.

—¡Y quiero a ese mocoso lejos de mi hermana!

No aguardó respuesta. Cili se dio la vuelta con violencia y se alejó con paso firme, dejando tras de sí una mezcla de estupefacción y desconcierto.

—¡Qué energía! —musitó Susi, sin atinar a comentar nada más.

Fabian, en silencio, estuvo de acuerdo.

Esa intensidad empezaba a encantarle.

CAPÍTULO 35

Marco entró en su casa sin intención de no hacer ruido.

El susurro de la respiración de Susi le llegó desde el lado en el que solía tumbarse, y, a oscuras, tanteó para alcanzar el candil y encenderlo.

Era muy tarde.

Su padre dormitaba medio sentado, como siempre. Era la mejor manera que tenía para descansar; le dolían demasiado las articulaciones cuando estaba acostado por completo.

Abrió un ojo cuando sintió el resplandor, y enseguida el rostro de Marco se dibujó en su campo de visión.

—Papá... —lo llamó, a pesar de que ya estaba despierto.

Gerd carraspeó y se acomodó, frotándose el rostro para quitarse la modorra.

Marco tomó el aguamanil que Susi se encargaba de tener siempre lleno para su padre y se lo pasó.

El hombre se humedeció los ojos y bebió un sorbo.

—Perdona —musitó Marco, y cayó en la cuenta de que no lo había visto desde la boda, y que ni siquiera había tenido la decencia de darle algún tipo de explicación—. ¿Podemos hablar?

—Siempre, hijo —respondió Gerd, tranquilo, haciendo un gesto con la mano para que se sentara—. Supongo que es sobre lo que pasó más temprano. —Aguzó la vista—. O sobre lo que debe haber ocurrido hace poco.

—No quise meteros en problemas —se apresuró a justificarse, todavía con la imagen bien fresca de Floro moliendo a puñetazos al moreno. Él y Pío lo habían acompañado hasta su casa, en un silencio casi sepulcral.

Se tocó la mejilla magullada. Le latía la parte posterior de la cabeza, donde se había golpeado, pero no tenía tiempo para prestarle atención.

—No lo has hecho —le aseguró su padre, al margen de sus cavilaciones.

—Ella me gusta.

Esperó que la mirada de Gerd se espesase, o al menos que evidenciase algún tipo de sentimiento. Sin embargo, él permaneció inmóvil durante un segundo, antes de cerrar los ojos y asentir.

—Entiendo...

—Quiero saber por qué nos desprecian tanto —explicó Marco confundido—. Siempre pensé que era algo mutuo, que no cambiaba.

—Todo cambia, hijo. ¿Tú los odias? —preguntó Gerd con simpleza, como si estuviera comentando el clima.

Marco se mordió el labio.

—Prefiero tenerlos lejos —respondió con cuidado.

Las muecas furiosas de Álvaro y Cila aparecieron tan claras en su mente que casi podía palparlas. Quiso reducir el reflujo de aversión que sentía por ellos, pero, cuando recordó a la madre de Cati, consiguió que el sentimiento llameara con más fuerza.

—Muy lejos —aclaró a regañadientes.

Gerd lo observó con cariño.

—Pero dices que la niña morena te agrada —le recordó, señalando lo obvio.

Marco se puso rojo.

—Se llama Cati —señaló, aunque en verdad no hacía falta.

—¿Qué es lo que hace que ella sea diferente a los otros? —inquirió su padre, torciendo el gesto.

—Yo... No sé. —El joven era sincero. Jugueteó con las manos mientras reflexionaba la pregunta—. Me parece que la conozco... un poco.

Había muchas cosas que quería saber sobre Cati. Su imposibilidad de hablar solo era una más entre todas las barreras que se interponían en su comunicación, y, una vez más, se sintió ridículo e impotente de no poder tener esa facilidad intrínseca del moreno Bruno para relacionarse con ella.

—Ya veo… —Gerd sonrió—. ¿Y no crees que si conocieras a los demás dejarías de tenerles tanta antipatía?

—No creo. —La respuesta salió de sus labios antes siquiera de pensarla con detenimiento, pero Marco estuvo seguro de que era cierto.

Su padre asintió y sacudió de nuevo la cabeza, triste.

—Me preguntaste por qué nos odian tanto… —señaló, como si toda la conversación previa no hubiera servido de nada—. Pero también deberías cuestionarte por qué *tú* los odias a ellos, ¿no crees? —El silencio de Marco fue elocuente—. Voy a contarte lo que pasó —siguió su padre, después de una pausa—, pero luego vas a decirme cómo es que llegamos a todo esto, ¿de acuerdo?

—Está bien.

Gerd se rascó la barba y bebió más agua antes de aclararse la garganta.

Marco creía que, si hacía más silencio, su padre iba a poder escuchar con claridad los latidos atronadores de su corazón.

—En la época de mis abuelos, Ipati era una tierra de paz. Nosotros y ellos, los que descendíamos del sol y de la luna, vivíamos tranquilos, cada uno de su lado del río. Era lo que nos habían dicho nuestros ancestros que debíamos hacer, y era lo que complacía a todos. Conoces la historia: el Elisio se interponía en el amor entre los astros y no era posible vencer al dios Serpiente. Tampoco deseábamos hacerlo. ¿Para qué? El río siempre fue sagrado para los habitantes de esta tierra. Las dos mitades de Ipati eran armónicas. No existía conflicto. No los odiábamos, porque no los conocíamos.

»Ipati era para todos; al menos, así decían las historias. Ninguno de los nuestros tenía necesidad de cruzar el Elisio porque nuestras tierras eran verdes y nuestros animales nos daban lo que necesitábamos.

»Pero no siempre pudo ser así. La generación de mi padre fue la que vivió los grandes incendios; el Gran Fuego, como tú lo conoces, que arruinaron nuestro sustento. Sí, sabes las burlas que nos hacen los de este lado respecto al miedo que le tienen los blancos al fuego, ¿verdad? Temer a las cosas brillantes, que pueden destruir, es nuestro rasgo como hijos de la luna. El sol, celoso y resentido por no poder acercarse a nuestra madre, envió a la tierra parte de sus rayos, y nosotros los respetamos. En épocas antiguas, así como el dios Serpiente era especial para los morenos, el dios Luciérnaga fue único para nosotros.

»Sin embargo, con el tiempo, el respeto se diluyó. No sostuvimos las festividades como los hijos del sol, y tal vez fuese eso lo que nos valiese su venganza... Quién sabe. Lo cierto es que, por culpa de los incendios, la armonía de Ipati fue arrasada a ambos lados.

»Algunos de los nuestros dijeron que habían sido los morenos. ¿Quiénes más que los hijos del sol, del fuego, podrían habernos lanzado semejante maldición?

»La verdad, es que ahora puedo darme cuenta de que no tenía sentido. ¿Qué ganarían con eso? Nadie cruzaba al otro lado porque no existía la necesidad. No había odio. Hasta que, de pronto, la hubo.

»Fue un enorme movimiento que hermanó a todos los blancos: si los morenos eran la causa de nuestra ruina, entonces ya no podíamos ser parte de su simetría. No podía existir armonía, si nosotros no teníamos paz. Siempre habíamos estado separados porque Ciudad Real quedaba del lado de los morenos, pero a nosotros no nos había importado. Ya nos conoces. Nuestros pueblos eran volátiles y móviles, como nuestra madre luna. Mientras hubo armonía, poco importaba que los morenos tuvieran las riendas. Cuando tuvimos problemas, nos dimos cuenta de que, realmente, estábamos por fuera de Ipati. La tierra prometida donde el sol y la luna se enamoraron no tenía paz, y nosotros, desesperados, seguíamos perteneciendo, por mucho que odiáramos, a los morenos. Si nuestro espacio ya no existía, ¿adónde podíamos ir? —Marco se había quedado sin habla—. ¿Quiénes éramos? —preguntó Gerd, haciendo una mueca—. No estábamos seguros, pero no queríamos ser Ipati, si eso significaba morirse de hambre.

»Los morenos empezaron a simbolizar el daño. La tierra arrasada nos rodeaba, y la falta de alimento se hizo sentir. El hambre es lo peor que puede sentir un hombre, hijo. Te lo aseguro.

»Empezamos a movernos sobre los límites de lo que siempre habíamos considerado nuestro, a ambos lados.

»Recuerdo que, cuando tu madre estaba embarazada de Susi, intentamos cruzar hacia el otro lado. No, hacia aquí, sino hacia el mar. Más allá de Ciudad Real, donde se encuentra la tierra de guerreros, Alena. Los marineros salvajes, los hijos del tifón y la bruma. No sabíamos cómo nos recibirían, tampoco si podríamos encontrar refugio, pero fue el camino que tomaron muchos de nuestros hermanos.

»Estuvimos a punto de conseguir que uno de los nuestros nos cruzara hacia algún lado donde existiese la posibilidad de alimentar a nuestra niña. Al final, no lo logramos, pero esa desesperación carcomió los cimientos de esta tierra.

»Así como nosotros intentamos huir, muchos otros trataron de buscar una alternativa. El borde del Elisio se convirtió en un polvorín.

»Los que vivían en la frontera y muchos otros blancos que habían sido desplazados por el hambre hacia esta zona empezaron a cruzar. Los límites habían dejado de importar cuando empezamos a ser cada vez menos, rodeados de muerte.

»Fabian y los demás deben haberte contado que el río no es seguro para cruzar a nado, y supongo que recuerdas el trayecto hasta aquí, pero algunos de los nuestros lo hacían de todos modos, porque era la única salida. Robaban aquí e intentaban volver a cruzar. El hambre y el odio fue lo que nos movió, y fue lo que quebró a Ipati.

»Obviamente que los morenos trataron de defenderse. La línea del Elisio se volvió un sitio de guerra constante y el dios Serpiente fue voraz. No sé por qué los morenos no se fueron. Supongo que es parte de ellos. Esta es su tierra, así como lo era la nuestra. Ahora que conozco este lado, presumo que tampoco sería tan sencillo porque, alejarse del río, significaría hundir la cabeza en el desierto.

»Eras un niño cuando empezaron las negociaciones de paz, porque la escalada de violencia había alcanzado el paroxismo. Era una situación insostenible: nosotros no teníamos comida y ellos no tenían paz. Ciudad Real nunca se interesó demasiado por lo que ocurría fuera de sus murallas, siempre que llegara la recolección a tiempo.

»Se levantó para pedir coherencia cuando ya era muy tarde. Ya había demasiado resentimiento en los dos lados.

»Ya sabes el resto. Tu madre ya no estaba aquí cuando nos ofrecieron ser parte del cambio. Los nuestros no tenían tierra y, en cambio, tenían mucha hambre. Y Ciudad Real había hecho una promesa.

»Sé que tal vez fui egoísta, pero dije que sí, porque, en verdad, no guardo tanto odio por ellos, como ellos lo tienen por nosotros. Puedo entender que cada uno hiciera lo que tenía que hacer: matarnos entre nosotros solo iba a hacer que esta tierra quedase yerma por completo. Y es la que me vio nacer. Ipati es mi hogar, y es el lugar en el que me enamoré de tu mamá. No pienso renunciar a ella tan fácilmente.

Gerd se quedó en silencio después de eso. No parecía haber experimentado emociones fuertes, a pesar de que era la primera vez que Marco lo oía hablar de su madre de manera tan directa. Se rascó la barba y aguardó a que toda la información cayera despacio sobre su hijo, que estaba aturdido.

—Ellos... —Marco no supo por qué tenía la voz quebrada—. Ellos dijeron que fue uno de los nuestros, un blanco, el que le cortó la lengua a Cati.

Su padre parpadeó y asintió.

—Es posible. Es más fácil juzgar solo con una parte de la información, ¿verdad?

—¿Qué quieres decir? —inquirió Marco confundido.

—Los morenos quemaron a cientos de blancos, a los que conseguían atrapar. Muchos solo querían cruzar para tener una oportunidad, no para robar o saquear. Pero los morenos tenían miedo, así como nosotros teníamos hambre. Ser blanco era sinónimo de horca. O peor, del mismo fuego que había consumido primero nuestros prados.

Marco quedó boquiabierto.

—No quiero justificar a ninguno de los lados —explicó con parsimonia Gerd, y se encogió de hombros—, ni espero que las cicatrices sanen tan rápido. Nuestra generación ya es demasiado vieja y ha visto demasiado para eso. Lo mejor que tiene Ipati es gente como tú, hijo. Perdonar no es olvidar, ¿sabes? Vosotros podéis mantener viva la memoria de los nuestros, volviendo a construir la armonía que hemos quebrado entre los dos lados. La reconciliación no significa olvido. Aunque estoy seguro de que Ciudad Real solo estaba intentando quitarse un problema de encima al proponer la unión de los pueblos del Elisio, con unas cuantas familias blancas, yo creo que fue una buena decisión. Los hijos de la luna no olvidan quiénes son, por mucho que se hayan encontrado con el sol.

Marco tardó en responder. Había obtenido demasiada información en solo una noche.

De pronto, muchas cosas adquirían nueva luz, y un nuevo sentido. De a poco, empezaban a cerrar todos los comportamientos injustificados que había visto a su alrededor, hasta la mismísima razón para llegar allí.

—Te toca a ti —murmuró Gerd con dulzura, permitiéndole tomarse un par de segundos para asimilarlo todo—. Cuéntame.

Marco sintió cómo volvía a ponerse rojo, avergonzado.

—Fue casualidad —explicó tartamudeando—. Yo no quería... Al principio me daba un poco de... —Escondió la mirada, pero se atrevió a decirlo en voz alta—: *Asco*. No solo porque era morena, sino porque... su boca.

—Comprendo.

—Pero no parecía odiarme. A decir verdad, no creo que Cati sea capaz de detestar a nadie. —Torció el gesto—. Más bien, parecía tenerme miedo, y no me gustó, porque yo ya tenía miedo. ¿Recuerdas cuando llegamos aquí? —Gerd asintió—. Estaba aterrado, y Susi… —No necesitaba seguir para darle a entender a su padre lo que quería expresar—. Me parecía injusto que ella se sintiera así todo el tiempo, así que…

—Os hicisteis amigos —completó su padre, intuyendo el resto.

—Eso creo. Pero no es igual que con Roque o con Eva, porque… No lo sé. No puedo verla siempre que quiero, y su familia no es amable con los blancos.

—Puedo intentar hablar con ellos, si quieres —le ofreció Gerd, con un gesto.

Marco sacudió la cabeza.

—No. Yo…

—Hijo, voy a apoyarte en lo que quieras. Personalmente, no me parece mal que quieras tener amistades con los morenos, por mucho que el pueblo hable. No nos estás traicionando, ni mucho menos. Hemos venido aquí a eso: a borrar todos nuestros odios. —Marco iba a interrumpirlo, pero su padre no se lo permitió—. Pero no quiero que salgas herido, ¿me entiendes? Solo quiero que tengamos para pasar el invierno, para alimentarte y tener una buena vida. Tú decides con quién.

»Mañana, muchos de los nuestros van a verte como si hubieras hecho algo terrible, pero lo terrible es morir de hambre. No hay nada que prohíba lo que haces, y eso incluye hablar con los morenos que quieras. Insisto, es tu decisión.

Marco tragó y asintió. Estaba mareado, a raíz de todo lo sucedido y la falta de sueño que empezaba a pesarle en todo el cuerpo.

—Gracias —musitó con sentimiento.

Gerd le palmeó la espalda.

—Mañana lo resolveremos —le aseguró el hombre, acomodándose de nuevo en su sitio—. Ve a descansar. Creo que vas a caerte ahí mismo. Y ponte algo en ese golpe.

Marco estuvo de acuerdo.

Aturdido, sintió cómo se movía solo y se levantaba para inclinarse sobre Gerd, para hacer algo que nunca había hecho: le besó la frente, como recordaba haber visto que lo hacía su madre con él para desearle buenas noches.

El hombre se lo permitió antes de cerrar los ojos y conciliar el sueño, dejando a Marco hundido en un turbio mar de pensamientos y reflexiones.

CAPÍTULO 36

Cati tuvo que esperar pacientemente hasta pasado el mediodía para poder escabullirse de su casa.

Edite estaba furiosa, y, a pesar de que no había habido gritos esa vez —Cili solo le había asegurado que ya hablarían a solas luego, haciéndola temblar—, estaba haciendo gala de una frialdad inusitada con su hija menor.

Sin embargo, por primera vez en su vida, a Cati no le importó. Ella también estaba enojada, y se encargó de que su madre lo entendiera.

Cuando Baldassare y Cili salieron a pescar, la casa se llenó de una tensión poco disimulada entre las dos, desdibujando la alianza especial que siempre habían tenido.

Así que, en cuanto la joven tuvo la posibilidad de escaparse, lo hizo, con demasiadas cosas en la mente. La cabeza le había dado vueltas hasta muy entrada la madrugada. Las emociones —y, sobre todo, la rabia—, la mantenían en pie. No había rastro de cansancio en su cuerpo.

Salió corriendo descalza, sin prestar atención a las indicaciones de su madre, que fue pillada por sorpresa ante su exabrupto.

Siguió de largo sin detenerse en casa de Bruno, porque todavía no estaba lista para enfrentarlo.

Llevaba en la mano una de las conchillas talladas de Marco, su favorita. La apretaba tanto que le estaba haciendo daño en la palma, pero el dolor le hacía disipar los rastros del miedo.

Bajó al pueblo y se dirigió hacia el barrio de los blancos.

Quería ver a Marco, y no iba a detenerse hasta conseguirlo.

Lo que no esperaba era encontrar un gran cordón de personas apostadas en la entrada, cuyo clamor empezó a oír incluso antes de poder verlos realmente.

Frenó en seco antes de llevarse a alguien por delante.

—¡Den la cara, malditos! —gritaba un hombre un poco más allá, levantando el brazo como si deseara asesinar con su índice.

—¡Bastardos!

—¡No respetan nada! ¡¿Cómo se atreven…?!

Cati palideció cuando entendió que el ambiente se había vuelto hostil y violento.

Trató de abrirse paso a codazos para llegar al meollo de la cuestión. No se dio cuenta de que los ojos de Baldassare la habían encontrado y seguido en todos sus movimientos, porque era uno más entre la multitud.

—¡No hemos hecho nada!

Era Fabian. Estaba de pie, con un brazo anclado junto a Gerd para sostenerlo erguido, dando la cara por todos los suyos. Varios blancos apiñados detrás de ellos, sobre todo hombres, impedían que la horda morena se atreviera a entrar en su zona.

—¡Mentirosos!

—¡Ladrones! ¡Nunca debimos haberlos recibido aquí!

Además de los gritos en ambas direcciones, no había nada que mostrase físicamente la división entre unos y otros.

Cati consiguió abrirse camino, por un lado, para poder atisbar de manera directa cómo el padre de Marco enfrentaba la presión del mayor, que sudaba nerviosismo.

—No tienen pruebas para inculparnos —sentenció Fabian, tratando de mostrar un poco de lógica en el asunto—. No hicimos nada, y esto no los está dejando bien parados.

—Venimos a pedir explicaciones —respondió el mayor, junto a varios miembros del consejo.

—No tenemos nada que decir. —La voz de Gerd era baja y grave—. Ustedes mismos vieron cómo nos fuimos anoche de la fiesta y regresamos aquí. Es todo.

—¡Embusteros!

—¡Mentirosos! ¿Creen que somos imbéciles?

La escalada de tensión ascendía en espiral hacia el cielo nublado.

—Son los únicos a los que no les importan las columnas del desierto —argumentó un moreno, franqueando la posición de los miembros del consejo—. Son los únicos a los que esta pérdida no les supone ningún malestar. ¡Quisieron darnos donde más nos dolía!

—¡Pero...!

Gerd interrumpió a Fabian, que empezaba a enrojecer de ira.

—Se equivocan —afirmó solemne—. Respetamos sus costumbres y festejamos las que son similares a las nuestras. No queremos más discordias, y, por eso, hemos venido aquí. Somos parte de esta tierra.

—¡Vosotros nunca vais a ser parte de nuestro pueblo!

—¡Llegasteis aquí porque no teníais dónde mierda caer muertos! —escupió una voz furibunda, sin rostro.

—¡Ladrones! ¡Criminales!

La voz del padre de Marco tuvo que elevarse por encima de la multitud.

—Lamento mucho vuestra pérdida, pero nosotros no tenemos nada que ver con eso. —Se sostuvo de Fabian para hacer un gesto con el brazo—. Agradecería que se retiraran de las puertas de nuestros hogares.

Cati se encogió un poco cuando los murmullos a su alrededor se tiñeron cada vez más de violencia. No sabía qué hacer.

Podía averiguar qué demonios era lo que estaba pasando, pero sabía que no tenía muchas posibilidades. No solo por su incapacidad física, sino porque además parecía que los adultos no iban a irse de allí hasta que consiguieran de alguna forma lo que consideraban que era la justicia. Le asustaba pensar que podía desatarse una batalla campal, a pesar de que conocía a casi todos los morenos allí reunidos, y a un puñado de los blancos también, y nunca había atisbado en ellos arrebatos de ese tipo.

No tenía idea de qué podría hacer en caso de que se quebrara el límite que dividía a los dos bandos; y, como le ocurría cuando era más pequeña, deseó poder parecerse un poco más a su hermana. Por su cuerpo, pero también por su actitud.

Quiso poder enterrar para siempre todos sus temores.

Pero había llegado hasta allí para encontrar a Marco, y el puño estaba recordándoselo.

Gimió guturalmente cuando reconoció a Álvaro, plantándose frente a los blancos, con un ojo morado y el rostro arrugado de ira.

—¡Empezasteis conmigo y quisisteis seguir con todo lo que apreciamos! ¡No vamos a permitiros más atropellos!

Fueron sus pies los que decidieron por ella al final.

Volvió a entrometerse entre los morenos inquietos para dar un rodeo largo y buscar otra entrada hacia su objetivo.

En el resto del pueblo no parecía haber un alma. El viento le llevaba los chillidos cada vez más exaltados.

Dio un respingo cuando logró colarse en el barrio de los blancos, y muchas mujeres arremolinadas con sus hijos la observaron con pánico.

Estaban tan asustadas como ella.

Cati sacudió la cabeza, intentando dar a entender que no era una amenaza —¿cómo podría serlo?—, y volvió a correr, sin saber por dónde mierda empezar a buscar a Marco.

Dejó salir un sonido gutural de frustración al reparar en que nunca iba a poder llamarlo a gritos. La discusión en la otra entrada volvía pesado el ambiente, incluso allí, donde no podía verse.

Sintió cómo tiraban de su brazo y se giró aterrada.

—Tu eres Cati, ¿verdad? —apremió la blanca hermosa, la hermana de Marco. Tenía la mueca desencajada—. ¡¿Qué haces aquí?!

Ella apretó más la piedra que guardaba en el puño antes de hacer aspavientos, desesperada.

—Vuelve a tu casa —le pidió Susi, sacudiendo la cabeza—. Las cosas no están para…

Enmudeció cuando Cati negó enérgicamente con la cabeza, quitándosela de encima.

La rubia suspiró.

—Entonces, ven conmigo —solicitó tímida—. No pueden verte aquí.

Le tendió la mano y Cati la aceptó, con la que tenía libre.

Zigzaguearon entre las casas cerradas a cal y canto. Las mujeres que estaban fuera parecían iguales a Susi, y apremiaban a sus niños a entrar para refugiarse bajo techo.

La joven le dio un golpecito en la espalda cuando abrió la puerta de su hogar, antes de meterse con ella en el interior.

—¡Marco!

Estaba muy oscuro. Habían tapiado la única ventana con unas tablas que Cati reconoció como parte del taller.

—¿Qué demonios hace ella aquí? —escuchó que decía una voz femenina, fría.

—¡Cati!

Ella volvió a apretar el puño, roja de vergüenza. De no haberlo hecho, estaba segura de que hubiera saltado sobre Marco, como lo hacía con la gente que más quería, abrazándolos sin remilgos.

Deseó más que nunca poder comunicarse, poder tatuarse en la piel todos los sentimientos que nunca iba a poder decir.

—¿Qué haces aquí? —la cuestionó él, angustiado, emulando la misma pregunta que venía oyendo desde que había entrado en el barrio de los blancos.

Cati se palpó la garganta, frustrada. No podía explicarlo con señas, y se sentía abrumada ante la mirada preocupada y aturdida de Susi, y de la otra chica, una muchachita rubia y avispada, que no parecía tener reparos en escrutarla con desdén.

—No debiste haber venido —se lamentó Marco nervioso. Tenía un feo golpe en la mejilla, que empezaba a ponerse violáceo—. ¿Cómo...? ¿No sabes lo que pasó esta mañana?

Ella parpadeó y bajó la cabeza para demostrar su ignorancia.

Eva chasqueó la lengua.

—Marco, si la encuentran aquí, vamos a tener más problemas de los que ya se nos vienen encima —murmuró a la carrera, como si Cati no pudiera oírla—. ¿Quieres que tu padre tenga más...?

—¡Ya lo sé! —la cortó él, ansioso. Se giró hacia la morena—. Voy a acompañarte a tu casa.

—¡¿Estás loco?! —chilló Eva asustada—. ¡No puedes salir! ¿No escuchaste lo que dijo Fabi?

Susi se retorcía, nerviosa, las manos.

—No iba a dejarla ahí —se excusó, a pesar de que nadie le había cuestionado sus acciones—. Se oyen los gritos desde aquí. Yo no...

—No pasa nada —intentó tranquilizarlas Marco, buscando adoptar la mueca de confianza que tenía Fabian, sin éxito.

Susi tragó y se sacudió, para espabilarse.

—Eva, dejémoslos un momento, ¿sí? —propuso, tratando de tener tacto—. Deben de tener mucho que hablar. Salgamos al...

—¿Qué? —se ofendió la aludida, con la boca abierta—. ¡No voy a salir! ¿Qué van a hablar, si ella no sabe cómo hacerlo?

—Nos vamos nosotros —sentenció Marco, antes de que el estallido de Eva incomodara aún más a Cati.

Volvió a abrir la puerta y cerró antes de que Susi pudiera protestar.

—Vamos al taller —improvisó sobre la marcha, preguntándose si estaría bien pedirle la mano para avanzar juntos.

Fue ella la que se la sujetó, entrelazando los dedos, y asintiendo con una confianza que a Marco se le antojó demasiado ciega.

Él no tenía ni idea de lo que estaba haciendo.

Corrieron, a pesar de que no había nada persiguiéndolos, más que el crecimiento desbocado de los gritos detrás de ellos, mientras las nubes se arremolinaban amenazantes encima de sus cabezas.

Marco se sujetó de una de las sillas terminadas, cuando alcanzaron su destino, jadeando.

—No debiste... No debiste venir hasta aquí —farfulló, en busca de aliento.

Cati se desplomó sobre el asiento.

—De verdad, ¿no sabes lo que pasó? —inquirió él, acongojado. Las cejas de la joven se fruncieron. Estaba frustrada—. Pero tu hermana estuvo ayudando a apagar el fuego...

Aquello bastó para que Cati abriera mucho los ojos, impresionada, y se inclinase sobre él, para tirarle de la manga de la camisa.

Marco sentía su corazón latiendo muy deprisa. Tanto, que no pudo emocionarse por entender a la primera lo que estaba pidiéndole la chica.

—Las columnas —explicó, sin encontrar las palabras correctas—. Mira.

Se asomaron hacia el desierto, que se abría bastante más allá. Fue en ese momento que Cati se dio cuenta de que aquello tan raro, que percibía en el aire, era hedor acre. A quemado.

La tierra arrasada comenzaba después del taller, donde el terreno se volvía más irregular y ríspido. Los restos de las columnas, que llevaban la historia del pueblo, yacían derramados contra el terreno chamuscado. Las grietas abiertas en el suelo parecían carbón.

Cati se llevó la palma a la boca, a pesar de que no podía emitir sonido de sorpresa.

—Sucedió en algún momento de la madrugada —le contó Marco, que había recuperado al fin el aliento—. Se incendiaron, y los more... —se trabó, un poco azorado de llamar de esa manera a la gente de Cati—. Los tuyos aseguran que tuvo que haber sido provocado por alguien. Nunca se habrían prendido fuego de manera natural. Ni siquiera en los momentos de más calor.

Marco torció el gesto, con todo lo que le había contado su padre la noche anterior, acechando sus pensamientos.

—Nosotros no fuimos —le aseguró. Necesitaba que Cati le creyera—. Te lo juro. Nunca haríamos algo así... Sé lo importante que era para vosotros.

No estaba seguro de en qué momento había empezado a sonar suplicante, pero no le avergonzó.

Ella, todavía conmocionada por el paisaje desolado, tardó en volver a encontrar su mirada. Tenía los ojos llenos de lágrimas. Los dedos le temblaban cuando le encontró ambas manos, para unirlas con las suyas, antes de asentir asustada. Claro que lo creía.

Marco notó que tenía algo encerrado en el puño.

Cati cortó el contacto para extender la palma y revelar una pequeña piedrita amorfa, arcillosa. Era una de las primeras que le había regalado, cuando la usaban como código para poder encontrarse en la playa.

Marco había intentado darle forma de flor, como una flor del Aire, pero los pétalos apenas se distinguían; y Cati la había horadado en un extremo para pasarle un hilo trenzado, más fino de los que usaban en el muelle.

Ella tenía los párpados bajos, un poco azorada.

Marco se aclaró la garganta, apabullado. Iba a hablar, pero la joven lo calló con un gesto, antes de volver a cerrar el puño y ponérselo a la altura del corazón.

Se aseguró de que Marco hubiera captado el gesto y lo repitió, pegándole el collarcito improvisado sobre sus latidos desbocados.

Fuera, los gritos se elevaban.

Cati le ofreció el improvisado abalorio, ansiosa.

—Pero… era para ti —tartamudeó sin entender—. Es tuyo.

Ella negó, depositándolo en su palma. Volvió a tocarse el pecho, con los ojos muy abiertos.

Marco entendió que ella no parecía tener miedo. No en ese instante, al menos.

—De acuerdo —accedió, sujetando los hilos para poder ver su trabajo deficiente en la piedrita—. Gracias.

Cati sonrió con ganas, como si aquello hubiera sido de vital importancia para ella.

Porque lo era.

Marco se guardó el collar en el bolsillo, demasiado abochornado con la posibilidad de colgárselo frente a la joven. Se distrajo un momento y, por eso, no pudo anticipar cuando Cati se inclinó sobre él, en un arranque de visceral valentía, para alcanzarle la mejilla con los labios.

El tiempo se detuvo por un momento para apreciar el segundo infinito en el que Marco comprendía el roce; el mismo en el que Cati sentía cómo toda su sangre se acumulaba sobre sus pómulos.

No quiso perder el instante.

Marco tiró de los hilos del tiempo, para dejarlo quieto un poquito más, depositando con delicadeza su mano libre en el cuello de Cati, para sostenerla a su lado.

Giró la cabeza, haciendo que sus narices se rozaran, con sus ojos tan cerca, que casi podía adivinarse reflejado en ellos.

Marco esperó. Si percibía cualquier mínimo gesto de vacilación por parte de la joven, iba a soltarla. No quería volver a asustarla. No era tan estúpido. Prefería salir a enfrentar la turba de morenos enfurecidos, antes de ver una vez más esa mueca de terror y decepción dibujada en su rostro.

Pero Cati se quedó estática, acezante. No se atrevió a retirarse —el aliento de Marco tan cerca le había quitado la capacidad de respirar—, pero tampoco a eliminar esa distancia ínfima que parecía una tontería, al lado de la que los había separado cuando se habían conocido. La línea invisible.

Marco la quebró a fuerza de voluntad, acercándose con cuidado eterno. Le dio espacio, para arrepentirse en el último segundo, si así lo deseaba.

El segundo beso fue diferente al primero, porque se sentía bien. Se sentía correcto.

El estómago de Marco dio un salto al vacío antes de atreverse a abrazarla, cuando los dedos trémulos de Cati serpentearon hasta su nuca. Seguía temblando, pero, esa vez, Marco estuvo seguro de que no era de terror.

Cuando se separaron, se juró ir hasta el fin del mundo si era necesario, con tal de no volver a ver el rostro tibio de Cati pintado de miedo. En vez de eso, deseaba apreciarlo así, bien cerca, sonriendo con vergüenza y alegría.

CAPÍTULO 37

La primera lluvia siempre había sido motivo de revuelo, pues se esperaba con los cuencos dispuestos al aire libre para juntar el agua fresca y ahorrarse la bajada hasta el río. También era el cierre definitivo de la temporada, y marcaba la cuenta atrás hacia la última feria, antes de que el pueblo se replegara sobre sí mismo, acorazado con lo conseguido para sobrevivir al frío y volver a empezar.

Sin embargo, esa vez, cuando cayó la primera gota, nadie lo notó.

La línea se había roto.

Todo había pasado muy rápido.

Fabian sintió cómo se rasgaba la garganta al gritar, pidiéndole al tío de Floro que sujetara a Gerd, para llevárselo de allí. El hombre no podía andar tan deprisa sin sostén. Alguien le había quebrado el bastón.

—¡No…!

El primer impacto lo había recibido de lleno en el rostro, y lo había dejado tirando en el suelo. Desorientado, percibió cómo algo caliente le estallaba en la nariz, ocasionándole tal dolor, que lo dejó ciego por un instante.

—¡Bastardos!

—¡Maldición! ¡¿Cómo quieren que…?!

Los chillidos lo pusieron alerta. El suelo temblaba bajo sus manos.

—¡No se defiendan!

—¡¿Estás loco?! ¡Van a matarnos!

—¡Devuélvannos nuestra tierra! ¡Vuelvan a donde pertenecen!

—Fabi… ¡Fabi!

Las manos de Eva le sacudieron el atontamiento.

—¡Estás sangrando! —chilló la joven, arrodillándose a su lado.

Él se limpió la nariz y la miró, comprendiendo de golpe lo que estaba pasando.

—¿Qué mierda haces aquí? —espetó, con más brusquedad de la necesaria—. Vuelve a casa. ¡Ahora!

A su alrededor, todo era un caos. La confusión y la paranoia se habían adueñado de los que chillaban más allá, envueltos en el frenesí que generaban las situaciones extremas.

Era el primer exabrupto realmente violento que vivían desde que habían llegado.

—Es Marco —explicó Eva, atropelladamente, perdiendo un poco la compostura al verlo tan enojado, y notar cómo dos tipos caían enzarzados en una pelea furiosa, bastante más allá—. Se fue con esa… morena. ¡Esto es un desastre! ¡Y si los ven juntos…!

—Vuelve a casa.

Fabian se puso de pie con cuidado, tratando de enfocar la vista para averiguar dónde estaba Gerd o qué había pasado con los demás.

—¡Voy contigo! —se encaprichó Eva, dándole la mano para demostrar su confianza. Aunque quería parecer firme, le temblaba el pulso.

Vieron cómo un moreno pasaba corriendo, con la mueca desencajada.

—¡Maldición! —escupió Fabian, volviendo a notar cómo la adrenalina le despejaba los sentidos, pensando a toda velocidad—. Te dejaré en casa y me iré a buscar a ese imbécil. ¡No me discutas! —la atajó, cuando su hermana abrió la boca para protestar. Sin embargo, no le soltó la mano, y echaron a correr hacia el barrio de los blancos, que se había encendido de gritos histéricos y golpes ensordecedores.

Los morenos se habían compactado en forma de turba y parecían convencidos en destrozar todo a su paso, para llevarse aquello que consideraran útil, como si de esa manera pudieran paliar, al menos, un ápice de la afrenta que creían sentir.

Fabian trató de ignorar las rencillas que dejaban a su paso, concentrándose en los suyos.

Le descomponía ver cómo esos malditos entraban a la fuerza para llevarse mantas, alimentos y unos cuantos animales. Las mujeres no dejaban de llorar.

—¡Corre a casa! —ordenó cuando estuvieron a pocos pasos—. Si ves a Susi, dile que se quede dentro y no abráis a nadie, ¿me oíste? ¡A nadie!

Eva asintió, asustada. Ya no le quedaba más valentía para seguir discutiendo.

Fabian resopló. El corazón le tronaba en los oídos, distorsionando los aullidos a su alrededor.

—Voy a buscar a Marco y vamos a asegurarnos de que Gerd y los demás estén bien —dijo a la carrera, planificando sobre la marcha.

Su hermana asintió una última vez y, ante un gesto enérgico de él, se puso en movimiento sin volver la vista atrás.

Fabian esperó a que la cabellera rubia se perdiera en la construcción, antes de evaluar el panorama. No había muchas posibilidades: Marco podía estar en su casa, pero era poco probable porque él venía de allí —había ido a buscar a Gerd cuando todo había empezado a ponerse negro—, o en el taller.

—¡Eh!

Eso era: ¡el taller!

Un moreno lo había visto plantado como un idiota y había empezado a hacerle señas a otros, para rodearlo. Sin embargo, Fabian regresó a la realidad enseguida y echó a correr, haciendo uso de sus piernas largas, para perderse antes de que pudieran atraparlo.

Dio un giro exagerado para asegurarse de que nadie lo estuviera siguiendo, zigzagueando entre las casas de los blancos, mientras se preguntaba cómo mierda iban a vivir a partir de entonces. La frágil convivencia que habían intentado hilar estaba rota.

—¡Para! ¡Álvaro, para! ¡Vas a matarlo!

No fue el nombre, sino la voz que lo gritaba, lo que le llamó la atención.

Resollando, a pesar de que solo había cubierto unos cuantos pasos, se asomó con cautela, por si sus sentidos le jugaban una mala pasada.

Pero sí, era Cili.

Fabian solo pudo detenerse un segundo en ella, porque reconoció demasiado aprisa el tercer componente de la estampa, cubierto de sangre por debajo de Álvaro.

—¡Jodido moreno! —escupió, quebrando por completo la compostura para abandonarla a sus pies.

Salió, sin pensar en nada más, con las manos calientes y los ojos cegados de rabia voluptuosa, enfebrecida.

—¡Para!

—¡Voy a matarte, maldito imbécil!

Fabian derrapó de rodillas hasta donde estaban, para tomar directamente a Álvaro por la pechera de la camisa y estamparle el puño en el pómulo, que ya tenía morado.

—¿Qué...? —exclamó Cili, cayendo hacia atrás, con el culo en el suelo.

—¡Con... de... na... do...! —aulló, horadándole el rostro con cada puñetazo. Sintió cómo la sangre caliente de Álvaro le salpicaba los labios—. ¡Maldito moreno!

Lo había pillado por sorpresa, y, aunque no lo hubiera hecho, Fabian tenía más fuerza que el moreno, que le rasguñaba el brazo con torpes manotazos, para intentar quitárselo de encima.

—¡Detente! —rugió Cili desde atrás, tomándolo con fuerza por ambos hombros para tirar de él.

Del impulso, Fabian soltó a Álvaro, que se desplomó hacia atrás.

—¡No seas ridículo! —le espetó la joven, girando al blanco para que la mirara a la cara—. ¡Tenemos que hacer algo!

Fabian no entendió. Respiraba con dificultad, sin darse cuenta de que Cili lo seguía sacudiendo.

—¡Se va a morir!

Las palabras se derramaron sobre su cerebro aturdido, una a una, hasta enlazarse y cobrar sentido.

Fabian se quitó de un manotazo el tacto de Cili y alcanzó a ver cómo Álvaro se arrastraba por el suelo, levantándose para salir corriendo de allí.

Tampoco volvió la vista atrás.

Fue entonces cuando cayó la primera gota. El cielo lo había anunciado primero, pero el frenesí de la pelea no le había dado espacio a notarlo. Luego, poco a poco, las nubes se deshicieron encima del cuerpo tendido de Pío, que estaba en carne viva. Se hundía en un enorme charco oscuro.

Fabian clavó las palmas magulladas en la tierra roja, mojada, para poder inclinarse sobre él. No entendía cómo podía haberlo reconocido, tenía el rostro completamente desfigurado.

Le agarró con delicadeza la nuca para levantarlo un poco y recostarlo sobre su regazo.

—Pío... ¿me oyes? —tartamudeó, de pronto mudo de impresión. La lluvia confundió su lágrima solitaria.

—Quedó inconsciente hace unos instantes —explicó Cili, arrastrándose hasta él. Tenía la voz muy gruesa y estaba salpicada de sangre. Fabian no quiso saber de quién.

—¿Qué pasó? —le preguntó con torpeza, sin levantar la vista. Se encargó de lavar el rostro de Pío con su manga húmeda, pero nada sobre esa piel se parecía a su amigo.

—Álvaro y los otros lo estaban moliendo a palos. —Ella sacudió la cabeza—. Llegué a tiempo, y espanté a la mayoría, pero Álvaro parecía desencajado. No podía detenerlo. No entiendo qué...

—Tenemos que llevarlo a algún sitio. —Fabian no parecía haberla oído—. Tenemos que... No puede morir, ¿me entiendes? ¡Es mi mejor amigo!

Cili le sostuvo la mirada sin miedo.

—No se va a morir —le aseguró, a pesar de que no tenía ninguna certeza—. Solo son golpes...

Fabian empezaba a recuperarse de la impresión.

Diluviaba.

—Ayúdame a llevarlo a casa —ordenó, más firme, buscando a toda prisa un plan de acción—. Por favor. Te lo compensaré como sea.

No podía hacerlo solo. Pío era el más menudo de los tres, pero era muy larguirucho, y todo su peso estaba muerto. Fabian no sabía qué pasaría si arrastraba por la tierra las llagas en carne viva.

Ella no respondió. Se limitó a recogerse la falda mojada, para anudársela al costado, antes de tomar con ambas manos los tobillos blancos de Pío, esperando la señal.

Fabian lo asió de las axilas y lo aupó, a la vez que Cili, y echó a andar hacia atrás.

Parecía que el aguacero había descendido el frenesí, porque ya no se oían gritos. Se cruzaron con dos morenos, que parecían demasiado enajenados para prestarles atención. El barrio de los blancos lucía triste, reducido a su mínima expresión.

Despojado.

No había nadie fuera.

—No sé qué pudo pasarle a Álvaro... —intentó justificarse Cili de golpe, observando a ambos lados con recelo—. Él no es así. No es violento... Parecía que de verdad quería hacerle daño.

Fabian guardó silencio, ufanándose en que el cuerpo de Pío no quedase colgando. No tenía espacio en la cabeza para pensar en eso. Estaba más preocupado en preguntarse qué demonios haría cuando llegara a casa, y en la cara que pondría Floro al ver a su amigo.

Sin embargo, Cili no tenía el mismo parecer. Fruncía el ceño, y no solo a causa del esfuerzo.

—Cati tiene una amiga... —le dijo, sintiéndose violenta—. Su abuela arregla cosas. Ella puede...

—No voy a dejar que una morena de mierda toque a Pío —interrumpió Fabian, sin consideración. El pecho empapado estaba por estallarle de ira.

Estaban cerca.

—Ya lo está haciendo —replicó Cili de mala gana, enarcando las cejas. Él tardó en entender a qué se refería—, y la vieja no es morena.

Fabian se tragó las palabras amargas que pensaba responder, descolocado por la aclaración. Le hizo una seña con la cabeza para dirigirse a su casa, a pocos pasos.

—No es de Ipati, así que no creo que tenga inconveniente en visitar a un blanco. Nunca hizo diferencias aquí, aunque muy pocos le pidieron ayuda.

El aludido no respondió. En vez de eso, tiró del cuerpo de Pío para poder sostenerlo por el pecho, casi recostado sobre él, para que Cili pudiera soltarlo y abrir la puerta.

—¡Fabi, menos mal que...! —Susi se detuvo a medio camino, para abrir mucho la boca y taparsela con las manos—. ¿Qué...?

—Echa un jergón limpio. ¡Ya! —indicó él, metiéndose aprisa. Notó cómo su camisa empapada se adhería a los rasguños en la piel de Pío.

Susi no necesitó más para ponerse en movimiento.

—¡Marco, cómo pudiste...! —Eva también se quedó con las palabras en la boca al ver el espectáculo y, ante todo, al observar cómo una morena robusta estaba de pie en el medio de su casa, sin saber qué hacer—. Fabi, ¿qué pasó?

—Es Pío —explicó él deprisa, y sacudió la mano para que no se acercara. Susi ya había tendido todo lo que tenían para depositar con cuidado el cuerpo inconsciente—. ¿Vosotras estáis bien?

—No salimos —explicó la rubia, atontada—. Como dijiste.

—¿Qué saben de Gerd?

—Nos quedamos aquí —recalcó Susi, que temblaba sin dejar de hacer su trabajo. Tomó la jofaina de agua y empapó un trapo para poder limpiarle el rostro a Pío, asustada—. Oímos gritos, pero no nos atrevimos a echar un vistazo.

Cili carraspeó, incómoda. No sabía por qué mierda seguía allí.

—¿Quieren que llame a la abuela de Esmeralda? —preguntó, y cambió el peso hacia la otra pierna. Se dio cuenta de que todavía tenía las faldas enrolladas y estaba empapada de agua y sangre.

Si Edite se enteraba de que llevaba esas pintas y estaba en casa de un blanco...

Eva le dirigió una mirada de desprecio, antes de volverse hacia Fabian.

—¿Y dónde está Marco? —exigió, sin atreverse a acercarse hacia donde estaba su hermano limpiando a Pío—. ¿Lo separaste de la morena?

Cili lo captó de inmediato.

—¿Qué morena? ¿Cati?

Nadie respondió.

—¿Cati está con Marco? —preguntó de nuevo, más peligrosa. La culpa que la había llevado hasta allí empezaba a apagarse, dejándole espacio al temor y a la desesperación por no saber dónde se encontraba su hermana.

—Necesitamos más agua —murmuró Susi, mirándose las manos manchadas de sangre—. Y a alguien que nos ayude. Yo no sé cómo curar algo así.

—¡Fabian! —exclamó Cili, perdiendo la paciencia.

—¡No tengo tiempo para tus chiquilladas! —espetó él, poniéndose de pie.

Se veía pésimo. Tenía la camisa mojada, teñida de rojo, y un feo corte que nadie había notado en la mejilla izquierda. La nariz se le había hinchado a una velocidad alarmante, y se le dibujaba un camino de sangre seca hasta la barbilla.

—Si no vas a ayudar, vete de aquí —le ordenó, haciendo un gesto violento con la mano—. Ya tuvimos suficiente de tu gente, ¿no lo ves?

—¡Yo no tuve la culpa! —se apresuró a afirmar ella, tratando de ocultar su resquemor con altanería—. Y ya te dije quién puede ayudaros. ¡Ahora dime dónde mierda está mi hermana!

—En el taller. —Fabian casi agradeció que Cili se decidiera a marcharse—. Dile a Marco que regrese con cuidado, y que no provoque a otro moreno enloquecido. —La aludida iba a hablar, pero él se giró para dirigirse a Eva—. Busca los cuencos que hay afuera, por favor, y ten cuidado.

Antes de que la joven se pusiera en marcha, Cili ya se había vuelto para salir sin mediar una sola palabra.

—No hagas contacto visual con nadie y vuelve enseguida —añadió Fabian, sin darle pie a su hermana para protestar.

Cuando se quedó solo con Susi, pudo rendirse al fin a la mano pesada que estaba presionándole con fuerza inaudita desde la nuca para ahogarlo. Se derrumbó junto a ella, agachando la mirada.

—¿Qué haremos…? —balbuceó, como si estuviera naufragando.

Susi sacudió la cabeza.

—¿Quién le hizo esto? —inquirió horrorizada.

—Los morenos.

—¿Por qué…? —La rubia no desperdició su aliento en preguntas que nadie podía responder. En vez de eso, respiró hondo para tragarse las lágrimas. Deseó muchísimo que su madre estuviera ahí.

—Tenemos que buscar a alguien, Fabi. No sé si tu madre pueda...

Él negó, repasando mentalmente a todos los blancos que habían llegado a ese lado de Ipati. Todo se veía oscuro.

—Tú conoces a esa chica, ¿verdad? —Se aferró al único atisbo de esperanza que podía procesar su cabeza—. ¿A Esmeralda?

—Sí —tartamudeó Susi—. Pero…

—Pídele ayuda. —Sonó casi a una súplica, y el corazón de Susi se agitó de angustia.

—Haremos esto. —Fabian trazó el plan sobre la marcha—: Me quedaré aquí, trataré de que despierte. No puede ser nada bueno si sigue… —Se aclaró la garganta, sin poder expresarlo—. Busca a la vieja, o a quien sea. Si en el camino ves a Floro o a tu padre, cuéntales lo que pasó. Los morenos se fueron, pero… ten cuidado, ¿sí?

—Mi padre va a querer justicia por esto —alcanzó a prever Susi, triste—. Es un escándalo.

—Primero me quiero asegurar de que sobreviva —le dijo con el rostro contraído—. Después, me voy a encargar de la maldita escoria que lo hizo. No te preocupes por eso.

Asustada, la rubia se puso de pie, después de echarle un último vistazo a la cara desfigurada de Pío. Respiró con profundidad y buscó cualquier cosa para echarse encima, con el pulso disparado y un nudo en la garganta.

—Cuídate —le suplicó Fabian—, y regresa rápido.

Seguía lloviendo cuando Susi salió. No había un alma que acompañara la tormenta.

Se permitió llorar un poquito, dejando que las lágrimas se mezclaran con la naturaleza, mientras echaba a correr con el corazón en un puño, tan asustada por lo que dejaba atrás como por lo que se estaba enfrentando.

El barrio de los blancos había sido aplastado por los morenos, y salir de allí parecía casi una invitación al suicidio. Al menos, así le pareció a Susi, que avanzó muerta de miedo, a pesar de que no hubiera ningún movimiento a su alrededor.

La plaza estaba desierta.

Susi no sabía si era mejor primero buscar a su padre, aunque era consciente de que Gerd poco podría hacer por Pío. Necesitaba cuidados que no podía brindarle cualquiera.

No estaba segura de dónde vivía Esmeralda, pero recordaba que no debía de estar lejos de allí. Era su única oportunidad, ya que ningún moreno se atrevería a tenderles una mano.

Pero la familia de Esmeralda no era de Ipati, sino de Gadisa, la tierra de los nómades. Estaban al margen de esa guerra sorda.

Tal vez eran los únicos que podrían tener una pizca de humanidad en todo el pueblo.

Dio un rodeo, empezando a desesperarse al no encontrar a nadie. Chorreaba agua por todas las extremidades, y la lluvia no tenía intención de dar tregua. Podía ver los ojos llenos de desdén de los morenos encerrados en sus hogares, preguntándose qué mierda hacía esa blanca después del caos, congelándose sola.

Hasta que, al fin, encontró una pequeña edificación, a exiguos pasos de la plaza, casi destruida por la erosión. Supo que era lo que buscaba, porque dos niñitos, que no tendrían más de cuatro años, jugaban a sacar las manitas a la lluvia, en forma de cuenco, para dejar caer el agua, fascinados.

Bajo el alero, Susi pudo verles los ojos brillantes. Claros. Diferentes.

Se plantó en el frente, lleno de desperdicios, y llamó la atención de los críos.

—¿Esmeralda? —titubeó demasiado bajito. El aguacero se comió su voz—. ¡Esmeralda!

Los niños captaron enseguida el nombre, estaban acostumbrados a oírlo.

El que parecía más grande sonrió lleno de babas, ajeno al frío y a la ansiedad.

—Esmeralda está dentro —explicó con voz cantarina, señalando con su dedo regordete hacia la casa. El otro niño asintió, volviendo a su juego.

Susi dudó, pero al final, con la mueca desolada de Fabian y la rota de Pío en la retina, tomó la decisión de sortear los cachivaches, para alcanzar la puerta entreabierta, pasando junto a los críos.

Estaba tan nerviosa y asustada que no atinó a pedirles que también entraran para no pillar frío. Se veían contentos, a pesar de la suciedad en sus carrillos, jugando con el agua que no dejaba de correr. No sintonizaban con el resto del pueblo. No parecían ser preocupación de nadie.

Asomó la cabeza antes de entrar. No había movimiento alguno.

—¿Esmeralda? —Susi entró temblando. Estaba helada. El cabello le pesaba, y llevaba las faldas adheridas a las piernas por la humedad—. ¿Esmeralda?

Recorrió la pequeña estancia, pero no obtuvo resultados. Había un desastre enorme, como si hubieran pasado por allí muchas personas descuidadas sin intención de dejar algo en pie.

Había un jardincito mustio al fondo. Susi le echó un vistazo antes de salir, para encontrarse una figura encogida, con los pies en el barro.

—¿Esmeralda?

Era ella, pero no respondió. Seguía encogida, con el rostro hundido contra las rodillas. Susi tardó en entender que estaba llorando.

Acongojada, se sentó a su lado y le tocó con suavidad el hombro, para llamarle la atención.

—Perdona —le dijo sincera, cuando la chica levantó la cabeza sorprendida. La lluvia podía reflejarse en las manchas claras de sus ojos—. Lo siento muchísimo, no quise... Necesitamos tu ayuda —farfulló, sintiéndose horriblemente egoísta por pedir algo así, cuando era evidente que la joven estaba sufriendo.

Esmeralda no preguntó nada, como si verla en su propia casa fuera cosa de todos los días.

No llevaba ninguna de sus trencitas usuales, y el cabello suelto la rodeaba por completo.

Susi nunca había visto una estampa tan triste.

—¿Puedes llevar a tu abuela al barrio de los blancos? —preguntó con timidez, muy cerca de su rostro—. Es una emergencia —se excusó, casi como un ruego.

Esmeralda negó con la cabeza, pero no se ocultó para volver a romper en llanto. Dejó que las lágrimas descendieran silenciosas, mostrándoselas a Susi como si fueran de cristal.

—No puedo —explicó con voz ahogada—. Yo...

—¿Por qué? —Susi podía sentir cómo la desesperación se enroscaba en su cuello, dejándola sin respiración—. ¿Qué está pasando? ¿Qué tienes?

Ella volvió a negar.

—Ella... —Se le quebró la voz—. Yo... Fue culpa mía. —Susi la miró sin comprender—. El incendio. Fue culpa mía. ¡Yo lo hice!

La rubia abrió los ojos, sobrecogida. No sabía si era correcto abrazar a Esmeralda, pero le picaban las manos por la necesidad de llenarlas.

La chica se veía rota.

—Mi abuela está... Está muerta —explicó en un murmullo—. Lo lamento. Todo esto es culpa mía.

CAPÍTULO 38

La lluvia había dejado paso al viento y la pequeña casa era un hervidero. Todos parecían determinados en hacer algo, aunque nadie estaba seguro de si sería útil para Pío.

Entre Susi, Esmeralda y Janina, la madre de Fabian, habían conseguido que recuperara la conciencia. Sin embargo, lo único que salía de sus labios quebrados eran gemidos bajos de dolor. Tenía el rostro demasiado hinchado para hablar.

Las dos más jóvenes le susurraban palabras de aliento, mientras le limpiaban a conciencia el cuerpo, tratando de sujetarlo para que no se moviera.

El pobre se lamentaba ansioso. A medio camino entre el sueño y la realidad, manoteándose las heridas, como si así pudiera arrancárselas para que dejaran de doler.

Janina se había puesto de pie para acercarse a su hijo, que no apartaba la mirada.

—Es una suerte que haya llovido —expresó en voz baja, refiriéndose a los cuencos que Eva seguía cargando llenos de agua fresca desde afuera.

La joven no había vuelto a protestar por nada, y respondía con rapidez a cualquier indicación que las mujeres mayores le ordenaban.

—No creo que nada de esto haya sido *suerte* —replicó Fabian, mordiéndose la lengua para no empezar a despotricar.

Su madre le dirigió una larga mirada sin emociones.

—¿Quién es la cría? —preguntó, en cambio, volviendo la vista hacia Pío.

—Una del pueblo —explicó su hijo, lacónico—. Es amiga de Susi.

—No es de Ipati —le señaló, a pesar de que Fabian ya lo sabía—. Hacía tiempo que no veía a alguien de su tierra.

—Deberías salir más —ironizó él, sin gracia—. Hacer amigos con los morenos es fantástico, ¿no sabes? Pregúntale a Marco.

El aludido, que estaba de pie, sin saber qué hacer, bajó enseguida los párpados, avergonzado.

Había llegado poco después que las mujeres, boquiabierto ante la imagen hinchada y palpitante de Pío en un costado. Nadie le había preguntado de dónde venía ni por qué no mediaba palabra, aunque Eva lo había fulminado con la mirada, furiosa.

Sin embargo, Janina no siguió la pulla. Le regaló una corta caricia en la mandíbula a su hijo y regresó a su sitio, junto a la cabeza rubia de Pío, ya limpia de sangre.

Fabian siguió dando vueltas alrededor del exiguo espacio libre, aturdido por pensamientos negros. No tenía idea de qué iba a pasar de ahora en adelante. Todavía no había podido hablar con Gerd, y no tenía claro qué podría ser de él, si Pío no volvía a...

Trataba de no sacar conclusiones apresuradas. Ninguna de las mujeres había dado un pronóstico de ningún tipo, así que eso no podía significar nada. Le hervían las manos al recordar a Álvaro, y tampoco tenía claro qué mierda era lo que lo hacía permanecer allí y no salir corriendo a buscarlo.

Quería volver a sentir la sangre tibia del moreno, manchándole la piel, mientras agonizaba, al igual que lo estaba haciendo Pío, tendido a un palmo de su andar.

Después de un rato, que se antojó eterno, Susi fue la que se levantó para ir hasta él, con ojos tristes.

—Ven, que te limpiaré eso —murmuró apenas.

Eva y Marco observaban todo, un poco asustados, procurando permanecer invisibles.

Fabian iba a negarse, pero entendió que Susi necesitaba un momento, casi tanto como él.

A regañadientes, se dirigió a la otra esquina y se sentó para que la rubia pudiera pasarle un trapo húmedo por la cara llena de roña y sangre.

—Tienes las manos destrozadas —señaló ella, sin necesidad—. Y no entiendo cómo no te quejas con esa nariz.

Parecían casi una tontería al lado de Pío.

Fabian no dijo nada. Solo permitió que Susi le aflojara los dedos, para repasarlos hasta quitarle toda la sangre reseca, con mucho cuidado.

—Va a ponerse bien.

Susi soportó la mirada caliente de Fabian sin apartar los ojos. No pudo saber qué era lo que su amigo iba a decirle, porque en ese momento la puerta se abrió, sobresaltando a todos.

Era Gerd, que se sostenía gracias a Floro, despeinado y con el labio partido.

De tres zancadas, Susi estuvo enseguida con su padre, relevando al joven, que se dirigió, sin saludar siquiera, hasta Fabian.

—¿Quién lo hizo? —escupió, sin siquiera ponerle inflexión a la pregunta—. ¡Dímelo! Iré personalmente a matarlo, Fabian —insistió Floro, sujetándolo con las dos manazas por los hombros, sin decidirse a sacudirlo—. ¡¿Quién mierda lo hizo?!

—Floro, cálmate —pidió Janina, sin levantar la voz.

—No me calmo una mierda—espetó él, sin volverse—. ¡No puedo creer que todos estéis aquí sin hacer nada!

—Floro.

Gerd se había sentado sobre un banquito, que le había acercado su hijo. Tampoco había gritado. Solo se había limitado a pronunciar su nombre como una advertencia.

—Voy a arreglar esto —sentenció el viejo, sin asomo a réplica—. Necesito que estén tranquilos y que hagáis lo que diga.

—¡Sí, ya vi cómo lo solucionaste! —ironizó Floro, sin amedrentarse—. No me importan tus...

—Ninguno de los nuestros va a contestar esta violencia —lo atajó Gerd, depositando ambas manos sobre el viejo palo, que guardaba en la casa y hacía las veces de rudimentario bastón, como si deseara agujerear la tierra—. Así que, vas a calmarte y atender a lo que se te ordena. Mañana será un largo día.

Floro boqueó, impactado, y buscó apoyo en Fabian, que solo se rindió y sacudió la cabeza.

—Luego hablaremos —murmuró en un hilo de voz, para que solo su amigo lo escuchara.

Conmocionado, Floro se atrevió por primera vez, desde que había entrado allí, a echarle un vistazo al sitio donde yacía Pío.

—¿Qué mierda hace ella? —rugió de pronto, al notar la presencia de Esmeralda.

Susi se dio volvió demasiado tarde para evitar que el joven la tomara por el brazo, para arrastrarla con fuerza desmesurada lejos de Pío.

—¡No lo toques! —chilló, sacudiéndola. Esmeralda no se defendió—. ¡Ningún maldito moreno puede volver a…!

—Floro… —volvió a advertirle Gerd desde su posición.

—¡Suéltala! —se escandalizó Susi—. ¡Ella nos está ayudando!

Janina fue la que lo obligó a aflojar la presión, para dejar a Esmeralda en el suelo.

Ella no dijo ni una palabra. Se limitó a bajar la cabeza y volver a su trabajo.

Susi pasó de él, airada, y se arrodilló junto a Esmeralda para susurrarle algo que nadie más alcanzó a escuchar.

—Si no vas a hacer nada por él —le sugirió Janina con frialdad—, puedes irte de aquí. Pío no necesita esto.

Como si quisiera corroborarlo, el muchacho gimió bajito.

Enseguida, Esmeralda le embebió los labios con agua fresca, y Floro la odió.

Gerd suspiró, cuando él soltó un improperio y se marchó, haciendo mucho ruido.

Fabian observó a su amigo partir lleno de rabia, preguntándose por qué no lo seguía. Estar allí lo estaba asfixiando. La respiración lastimosa de Pío le quemaba las entrañas.

Pero no podía irse. No podía, porque sabía que fuera de esa casa perdería el control y terminaría despedazando la escasa paz que habían conseguido, desde que habían llegado al pueblo.

Mordiéndose la furia, volvió a sentarse.

Nadie volvió a hablar en voz alta en toda la noche.

El amanecer disipó las nubes. Pío dormía.

CAPÍTULO 39

Susi estaba más preocupada por el semblante inexpresivo de Esmeralda que por el sermón que estaban impartiendo su padre y el mayor del pueblo frente a todos los presentes.

Se los había convocado con presteza, después de que Gerd y los demás hicieran un recuento de daños. El concejo se había tenido que reunir a toda velocidad, a causa de la rabia monumental por parte de los blancos, que pedían justicia.

El mayor sudaba, a pesar de que no había sol que le calentara la piel.

Susi nunca había sentido tan palpable la distancia que dividía a los morenos de los suyos, hasta que, en ese momento, los vio perfectamente ordenados para que nadie se mezclara.

La única que no parecía alineada con ninguno de los bandos era Esmeralda, pero nadie parecía estar prestándole atención. Como siempre.

—Ipati es una tierra de paz, en donde el sol y la luna pueden convivir alternados, sin tener que…

Las palabras no parecían estar surtiendo efecto en nadie.

Aunque Susi seguía atenta a Esmeralda por el rabillo del ojo, también estaba prestando atención a los ánimos frustrados y caldeados del resto del pueblo.

Los morenos seguían rabiosamente ofendidos. No se había vuelto a mencionar el incendio del desierto, pero Susi, que apenas tenía memoria de su pertenencia, podía entender su dolor, al perder lo que significaba su existencia entera.

Pero no había sido culpa de nadie.

Y los suyos, por su parte, tenían el orgullo herido. Había sido una ruin apuñalada por la espalda el desbande de los morenos furiosos que habían reclamado venganza.

Les habían quitado todo.

A Susi le parecía una triste ironía que los acusados de ladrones fueran ellos, cuando los morenos se habían encargado de quitarles hasta la posibilidad de réplica.

Gerd había negociado una especie de tregua, que el mayor se había apresurado a aceptar, incluso antes de consultarlo con el resto del concejo. Se veía aterrado de que las cosas siguieran escalando y terminase con el pueblo completamente arrasado.

—Es por eso, por lo que tenemos que entender las circunstancias y...

El discurso parecía flotar en el ambiente sin absorberse, sólido y tajante, como la línea que separaba unos de otros.

Susi notó que tampoco Fabian, un poco más adelante, estaba prestando atención. Murmuraba junto a Floro, que tenía profundas ojeras marcadas en la piel. No habían alcanzado a descansar en absoluto, pero, de alguna manera, la rubia no sentía fatiga.

—Oye...

Esmeralda no respondió. Se desvaneció con lentitud, cerrando primero los ojos y aflojando luego las rodillas, para caerse hacia un lado.

Asustada, Susi la agarró. Trastabilló, pero consiguió sujetarla y enterrar bien los talones para no terminar ambas en la tierra. La cabeza de la morena colgaba, pesada.

—¿Qué...? ¡Esmeralda!

Quiso llamar a Eva, o a alguien para que la ayudara, pero no podía romper otra vez la atmósfera de tensa calma instalada en la plaza.

En vez de eso, se excusó con cuidado de no llamar la atención y arrastró como pudo a una desvanecida Esmeralda, que apenas pesaba más que una cría.

Angustiada, Susi la sostuvo con los brazos a punto de vencerse, haciendo el mismo recorrido que había hecho la tarde anterior, con una punzada irremediable de culpa.

Esmeralda había ido a ayudarla sin chistar, aunque no hubiera descansado. No tenía idea de si había comido algo o si sus hermanitos estarían bien sin ella; la abrumadora necesidad de salvar a Pío había cubierto todo lo demás. Ni siquiera le había dejado procesar su duelo en calma.

No se había detenido a pensar si Esmeralda podía considerarse su amiga, pero, desde luego, ella estaba haciendo un pésimo papel para la joven.

Delante de la choza, esa vez, no había nadie.

Susi sintió que su estómago se encogía de remordimientos. Se había llevado a Esmeralda en un momento terrible para su familia, y no había tenido la decencia siquiera de asegurarse de que todos estuvieran bien.

Esperó que Wulf, el niño que había quedado a cargo, cuando ellas se habían marchado, hubiera podido manejar a los más pequeños.

Arrastró a la joven hasta dentro, y encontró todo tan sucio y desordenado como la vez anterior. No tenía idea de dónde guardaría Esmeralda los jergones, si es que tenían, así que hizo lo que pudo para mover con la cadera los cachivaches, para hacer espacio para tumbarla.

Respiró agitada, deseando que solo estuviera agotada por las emociones y la noche en vela. No lo podría soportar si caía enferma.

Tardó unos instantes de más en notar que era observada por tres pares de ojos, escondidos y acezantes.

Susi sonrió, a pesar de que apenas podía encontrarse las comisuras, para no inspirarles miedo.

—Wulf —lo llamó. No sabía el nombre de los otros pequeños—, todo está bien, ¿sí? No os asustéis.

El niño, como un animalito que analizaba a un predador extraño, para decidir si era parte de la amenaza o si podía confiar en él, hizo una seña a los otros y tardó un poco más en acercarse reticente.

—Solo está cansada —se atrevió a aclararle, y la volvió a aguijonear la culpa.

Wulf torció el gesto. Estaba sucio, y, al igual que Esmeralda, lucía mucho más mayor de lo que suponía que era.

—A Muriel no le gusta dormir sin Esmeralda —explicó nervioso—. Está llorando desde ayer.

Susi sintió un vuelco en el estómago.

—Y Roi extraña a la abuela... —añadió, a pesar de que nadie le había preguntado—. Yo no, pero...

—Lo siento mucho.

De verdad lo hacía. Susi tenía el corazón muy blando; era algo que solía decirle Fabian cuando eran niños. Sentía una debilidad especial por los críos, y Wulf tenía los ojos idénticos a los de Esmeralda.

—Esmi... —lloriqueó uno de los hermanitos, de los que había visto jugando el día anterior—. Tengo hambre...

Susi lo resolvió de inmediato. Saltó con cuidado todo lo que la separaba de los niños, hasta acuclillarse junto a Wulf, que tenía el rostro contraído, como si reflexionara qué demonios era lo que tenía que hacer a continuación.

—Tengo un juego para ti, cariño —le propuso con una sonrisa que se contradecía con la angustia que estaba hormigueándole en el pecho—. Vamos a poner cómoda a Esmi y haremos algo calentito para comer, ¿qué te parece?

Era una propuesta demasiado tentadora para un niño que no sabía cómo debía comportarse.

—No sé qué hacer cuando Muriel llora —le confesó reticente, como si eso la fuera a hacer retirar su sugerencia.

—No pasa nada —le aseguró Susi enternecida—. Lo resolveremos, ¿de acuerdo? Así, cuando Esmeralda despierte, se pondrá muy contenta.

Wulf volvió a torcer el gesto, sopesando sus opciones.

—Eso me parece bien —cedió al final.

Susi le sonrió, y se anotó una pequeña victoria al ver que el niño la imitaba con timidez.

Mientras la rubia cumplía su palabra, no cayó en la cuenta de que se olvidaba de todo a su alrededor. Las peleas, la tensión, la amenaza que se balanceaba, pendiente de cortar el hilo de paz del que se sujetaba el pueblo...

Los niños compartían solo una manta. Estaba sucia, como todo por allí, pero fue lo mejor que encontraron para envolver con mimo a Esmeralda, rendida al cansancio.

Susi intentó ordenar un poco, mientras atendía a sus hermanitos, que le tomaron confianza enseguida.

La más pequeña, Muriel, adoró enseguida volver a estar en brazos de alguien y dejó de lloriquear, chupando un trozo de fruta pegado al cabello de Susi, que la llevaba de un lado al otro, colocada en la cadera.

Los otros tres la seguían con diligencia. Sobre todo, al ver que estaba haciendo lo posible por juntar lo que había por allí para hacer algo comestible.

Susi tuvo que morderse con fuerza los labios al entender que los niños no habían vuelto a comer desde que Esmeralda había salido con ella para ayudarla a reanimar a Pío. Transformó toda su culpa en utilidad, buscando devolverle a la joven, aunque fuera un poco de todo lo que ella le había ofrecido sin chistar.

Los niños parecían mucho más animados y, ante todo, más felices, después del pobre potaje que Susi había tratado de prepararlos.

Muriel volvió a fastidiarse después de comer, usando sus puños para tirar del cabello de la rubia, y lloriquear sin lágrimas.

—Tiene sueño —le explicó Wulf, que estaba ocupado haciendo que sus hermanos dejaran de pelear—, pero no quiere dormir si...

—No es con Esmeralda, entiendo —completó Susi, que buscaba aprender todo lo que podía de ellos en el poco tiempo que disponía. Se encargó de retirar el pelo de las manos de Muriel para llamarle la atención—. Tu hermana está muy cansada, bonita. ¿No quieres dormir conmigo?

Ella la miró a los ojos, como si entendiese cada palabra.

De alguna manera, un buen rato después, ya con el exterior oscurecido y el único candil, que había encontrado, encendido a su lado, Susi había conseguido que Muriel se abandonase al sueño, abrazada a su cintura, y que los niños se amontonaran a su alrededor, entre ella y Esmeralda.

Se había hecho tardísimo, pero no se arrepentía de haberse quedado allí. Le inquietaba pensar que en su casa podrían estar preocupados por ella, pero ya explicaría todo a su regreso.

Pío estaba bien cuidado por Janina. Lo peor ya había pasado.

Y le apenaba retirar la mejilla de Muriel, que estaba durmiendo sobre su estómago, junto al resto.

Cuando Esmeralda despertó, abriendo de golpe los ojos, no entendió por qué la cabeza rubia de Susi estaba muy cerca de su rostro.

—Hola —murmuró ella, sonriendo. Encorvada sobre la bebé, le hizo gracia darse cuenta de que estaba acostada de tal manera que quedaba justo enfrente de la nariz de Esmeralda.

—¿Qué pasó?

La chica intentó levantarse, pero Susi la tranquilizó con un gesto.

—Ya es de noche —explicó en murmullos—. Los niños duermen. No te preocupes por nada.

Esmeralda deslizó su mirada desde el rostro de la joven hacia abajo, y se percató de que Muriel descansaba abrazada a la rubia.

—¿Qué...?

—Lamento haberte hecho pasar por tanto —le aseguró Susi, apenada—. Quise compensarte. Te desvaneciste en la plaza, así que te traje hasta aquí. Tus hermanos son adorables. —Sonrió sincera—. Comimos y tratamos de ordenar un poquito todo.

Esmeralda enarcó ambas cejas, pero no se movió de allí.

Susi podía contar las luces que iluminaban sus ojos para volverlos del color de la arena bajo el sol.

—Perdona si te dieron problemas —se disculpó, manteniendo la voz baja—. No era necesario que...

—Claro que sí —la desestimó Susi, sacudiendo apenas la cabeza—. No te disculpes. Lo hice con gusto. Es lo menos que podía hacer, de todas formas. Estaba en deuda contigo.

—No es así como funciona —refunfuñó Esmeralda, desluciendo su enfado con un bostezo—. Os ayudé, porque así lo quise. Tu amigo no merecía esa paliza.

—Y tú no mereces llevar todo sola —la rebatió enseguida la rubia. Acarició la cabeza morena de Muriel, que tenía el pulgar metido en la boca—. Son muy pequeñitos todavía...

Esmeralda guardó silencio, incómoda.

—Mi abuela se encargaba de ellos, la mayor parte del tiempo —se justificó al fin, bajando los párpados—. Supongo que tendremos que adaptarnos a partir de ahora.

—Wulf es un niño muy centrado —halagó Susi, y se sintió estúpida. Paladeó lo que realmente quería decir, sin atreverse a soltarlo hasta que Esmeralda suspiró—. Y yo puedo ayudarte.

—No hace falta. —Esmeralda parecía abochornada—. Ya encontraré la forma de...

—Pero quiero hacerlo —le aseguró la rubia, seria—. ¿No somos amigas?

Esmeralda le encontró la mirada, sorprendida primero, y con dulzura después. Sonrió, por primera vez desde que todo se había torcido.

—Sí. —Asintió, acomodándose de lado, para acercarse un poquito más a Susi, y apretando entre las dos a Muriel—. Gracias.

Tal y como lo había hecho con la bebé, Susi imitó la caricia sobre Esmeralda, llegándole hasta la mejilla.

—Fui muy insensible anoche —confesó, avergonzada, retirando el tacto—. Tenía mucho miedo.

—Tu amigo se va a poner bien —le aseguró Esmeralda—. Hice todo lo que me enseñó mi abuela.

Mencionarla volvió a nublarle el gesto, y bajó una vez más la mirada para esconderla entre los carrillos de Muriel.

—Si te hace sentir mejor... —tanteó Susi con precaución—. Puedes contármelo. Te prometo que quedará entre nosotras. —Se atrevió a sonreír un poco—. Entre amigas.

Esmeralda dejó que el tiempo se escurriera en calma. Sintió cómo sus sentimientos volvían a desbordarla, poco acostumbrada a expresarlos en forma de lágrimas, y dejó que cayeran un par, antes de asegurarse de que su voz no saliera quebrada.

—No hay mucho que contar —susurró, haciendo una mueca—. Estaba enferma desde hacía un tiempo. Hice todo lo que me dijo, pero no conseguía bajarle la temperatura…

Susi lo hizo como acto reflejo. Le tomó la mano para darle ánimo, antes de preguntarse si no estaría yendo demasiado lejos.

Pero lo sentía correcto, y ella no la retiró.

—Quise pedirle ayuda a la partera del pueblo, pero no me recibió. No estaba enojada, en realidad… Ella sabía que era su hora. Le apenaba tener que dejarme sola con los niños, pero lo cierto es que lo he hecho bastante bien todo este tiempo.

Susi apretó más su agarre, sin atreverse a decir nada.

Esmeralda se rompió en una sonrisa melancólica.

—Murió la noche de la boda —siguió, aclarándose la garganta—. Habíamos pasado una noche terrible. Creo que Muriel percibía lo que iba a pasar. Wulf no la podía calmar, y los demás empezaron a contagiarse de la angustia. Escuché los festejos cuando pasaron por la plaza, y creo que ella también.

—¿Lo soportaste todo sola? —preguntó Susi espantada.

Esmeralda se encogió de hombros.

—Siempre hemos estado solos. El pueblo solo nos tolera, ¿sabes? Ya te lo comenté la otra vez, que aquí siempre seremos extraños.

—Pero…

La mueca de Esmeralda no le dejó terminar de esbozar sus reparos.

—Pero mi abuela llegó a Ipati embarazada, y siempre la consideró su tierra. Aunque la rechazaran, aquí había obtenido paz. Me lo contó muchas veces, y nos tuvo a nosotros. —Frunció el ceño contrariada—. Esta *siempre* fue su tierra. Su hogar. —Susi no se atrevió a volver a interrumpirla—. No me lo dijo, pero yo lo sabía. En realidad, nos instalamos en este pueblo hace unos años. Justo cuando nació Muriel. A ella le gustaba porque el río le daba serenidad, y porque no podíamos seguir sosteniendo una vida errante con tantos niños. Mi madre no lo entendió —añadió con una sonrisa amarga—, pero ella quería mucho este lugar. Y yo también.

—Creo que mi padre siente lo mismo —le confesó la rubia, reflexionando sus palabras—. Creo que quiere más al pueblo por lo que representa, que por la gente que vive aquí.

—Los desarraigados siempre buscan pertenecer —declaró Esmeralda solemne—. Era algo que solía decir mi padre. La estabilidad cíclica del Elisio nos da confianza. Nos hace poder creer en algo.

Susi aplastó la mejilla contra el brazo libre, asintiendo. De alguna forma, ella también se sentía así. Desde que había cruzado el río, podía dormir de un tirón sin que el estómago le llorara de impotencia. Vacío.

—Me pareció que ella lo merecía —confió Esmeralda, interrumpiendo sus reflexiones—. Que sería una tontería que podría dejarla tranquila, lista para su próxima vida. Quise salir más temprano, pero los gritos de tus amigos me alertaron. ¿Ellos te lo dijeron? Estaban peleando con Álvaro, un moreno. Tuve que meterme para impedirlo. Cuando regresé, ya no había nada que hacer. —A su pesar, sonrió—. Quería demostrarle que aquí nos íbamos a quedar, que ya pertenecíamos... —La rubia pudo sentir cómo el peso de todas las generaciones caía sobre los hombros menudos de Esmeralda, cubierta a medias con una manta que no alcanzaba y con más responsabilidades de las que podía soportar—. Por eso fui al desierto —continuó en voz muy baja—. Nunca nos dieron el derecho a arraigarnos, pero... Yo no quería hacer nada malo —se justificó enseguida, mordiéndose el labio inferior—. No quise...

—Claro que no —le garantizó Susi triste—. No fue culpa tuya.

—Fui con el candil, porque estaba más oscuro, y no había dejado de llorar. Tenía un poco de miedo de encontrarme con otra pelea... Ellos no me iban a permitir dejar las señas de mi abuela en las columnas, pero si intentaba hablar con el mayor, con las marcas ya hechas... —Susi pudo hilar entonces todos los fragmentos para comprender el relato—. No fue a propósito, lo juro por su memoria. El candil se me cayó, porque estaba temblando y...

Susi cerró los ojos y pudo imaginárselo a la perfección. La madrugada hostil, la desazón de Esmeralda y el fuego de repente, prendiendo a su alrededor.

Por supuesto que no había sido su culpa.

—Mañana tendré que explicárselo al consejo... —musitó ella, ya sin fuerzas—. Por mi desastre se desató toda esta pelea, cuando la única culpable era yo.

—¿Qué? —saltó Susi, con la voz elevada dos octavas más de lo necesario—. Espera, ¿¿qué...?!

—Es lo mejor —le aseguró Esmeralda resignada—. Tendrán su manera de expiar culpas y volveremos a tener paz, como siempre. No creo que el sermón del mayor haya servido de mucho. Tu gente está furiosa, y con derecho.

—Pero... —boqueó Susi aterrada—. ¡No fue tu culpa!

—Eso no será importante.

La rubia recordó aquella lejana tarde; las náuseas que le habían provocado los alaridos inconexos de Cili al ser azotada.

—No —sentenció, y esta vez aferrándose a la mano de Esmeralda—. No puedes. Piensa en tus hermanos. ¡Los morenos no van a entenderlo! ¡Ellos nunca entienden!

—Yo solo...

—Mi padre y el mayor ya han declarado la tregua —explicó, recordando que Esmeralda se había desmayado antes de que terminara el discurso esa mañana—. Nadie puede romperlo. Ya es agua pasada.

—¿No estás enfadada con lo que le hicieron a tu amigo?

—Sí —la declaración fue contundente—, pero entiendo que no se puede arreglar.

—No creo que los tuyos piensen igual.

—Lo único que vas a conseguir si te expones, es que Wulf tenga que ocupar tu sitio —balbuceó Susi desesperada. La idea de ver a Esmeralda en el lugar que le habían dado a Cili, le quitó la respiración—. No vas a arreglar nada. Ellos van a seguir odiándonos.

La aludida guardó silencio, sopesando el discurso acalorado.

—¿Y tú no los odias? —preguntó al fin, bajando la mirada.

—¿Qué?

—A los morenos. ¿Los odias?

—Yo… No lo sé. Creo que han sido muy injustos.

—¿Y a mí? —cuestionó Esmeralda atribulada.

—¡Por supuesto que no! —le aseguró Susi con sentimiento—. Por eso, quiero lo mejor para ti y para tu familia, y me parece que este embrollo ya ha ido demasiado lejos como para que nos involucremos en él. —Le llamó la atención para que la mirara a los ojos, tocándole apenas la mejilla—. Nosotros no vamos a irnos. Así que, vamos a tener que aprender a convivir, tarde o temprano. Ya verás cómo se olvidarán de esto pronto, y nada habrá pasado. Te lo prometo. Nadie va a culparte.

Esmeralda deseó con todas sus fuerzas tener el derecho a creerla.

CUARTA PARTE
LA CONJUNCIÓN DEL SOL Y LA LUNA

«Se dice

Que cuando el sol

Se enamoró de la luna

Creó una tierra prometida para poder yacer con ella

La luna no le había dicho que sí

Pero el sol ya sabía

Que el destino los había unido».

Historia popular de los orígenes de Ipati.

CAPÍTULO 40

Marco esperó hasta la noche para escabullirse.

El barrio de los blancos guardaba un tenso silencio, expectante. Por más de que hubieran oído el sermón y acordado la tregua, el joven podía ver cómo la mayoría de los hombres se disponían a hacer guardia frente a sus hogares, rígidos y armados con palos.

Si volvía a ocurrir, no los iban a pillar desprevenidos.

A su pesar, a Marco le dio miedo cruzar el límite cuidado por los suyos.

Tampoco había morenos del otro lado. Parecían haberse encerrado dentro, apenas las luces habían menguado.

Se respiraba una calma artificial, dudosa y herida. No se habían reparado los orgullos ni las ansias de venganza.

Todo volvía a empezar.

Se había aprendido el camino más rápido hasta la casa de Cati. Tenía que subir la cuesta por el lado contrario, para no llegar de frente. Esconderse entre los árboles le daba mala espina, porque le hacía recordar el fracasado robo de la carreta, con todo lo que había acarreado.

La pequeña edificación estaba cerrada por completo.

Apenas podía distinguirse una luz dentro.

Marco se lamentó en silencio y se preguntó si tendría alguna oportunidad de verla.

Su paciencia no rindió frutos. Nadie salió, así que decidió arriesgarse, emergiendo de su refugio improvisado, con unas cuantas piedras en la mano.

Las lanzó de manera rítmica, rogando internamente que fuera al menos Cila la que saliera a otear el horizonte.

Se sonrió cuando, en efecto, la silueta maciza de la joven se recortó en la oscuridad, refunfuñando algo que no alcanzó a oír.

Marco se apresuró a dejarse ver, haciéndole una seña a escasa distancia, con el corazón latiéndole muy fuerte.

—Maldición. —Escuchó que decía Cili, deteniéndose en él más de la cuenta. Se giró hacia dentro—. ¡Cati!

—¿Qué ocurre? —le respondió otra voz, probablemente la de la madre.

—Nada —masculló Cili. Marco casi podía imaginársela chasqueando la lengua con acritud—. Hay luciérnagas fuera. Ven a verlas.

—Solo un momento —pidió la voz de Edite contrariada—. Ya hace demasiado frío para andar jugando, y no es...

—No pasa nada —aseguró una tercera voz, masculina—. Ve, hija.

Marco esperó a que la puerta se cerrara, antes de dejarse ver por completo.

No alcanzó a atisbar la sonrisa sincera de Cati, porque enseguida la tuvo encima, apretándole el cuello con cariño.

—Catarina, ten un poco de decencia —la amonestó su hermana con mala cara. No se despegó de ella—. ¡Vosotros dos vais a matarme con un maldito disgusto!

Marco buscó por todos los medios no enrojecer. La presencia de Cili seguía imponiéndole.

—Lo siento.

Cati arrugó el rostro, en evidente contradicción, pero su hermana solo puso los ojos en blanco.

—En vez de sentirlo, podrías dejar de meterla en problemas.

—Solo quería saber cómo estaba —murmuró él, volviéndose hacia Cati, que le regaló una amplia sonrisa, de la que apenas se veían los dientes.

La joven le puso una mano en el pecho, y esa vez Marco no se avergonzó de quedar en evidencia. El corazón le latía desbocado.

—Igual que en la mañana —respondió Cili de mala gana—. ¿Tanto os costaba esperar un poco? ¡No me mires así! —atajó, al ver cómo su hermana la reprobaba con un gesto enfadado—. No os acostumbréis, porque no voy a cubriros para siempre —advirtió, elevando el índice. Ninguno de los dos pareció afligido por la amenaza—. Agh. ¿Cómo está el blanco ese? —ladró, en cambio, dirigiéndose hacia Marco.

—Mejor —farfulló él, sincero—. Le duele, pero ya recuperó la conciencia.

—Bien —respondió ella seca. Hizo una pausa, esperando que Cati regresara, pero la chica no se movió—. Tenéis solo un momento, Catarina, si no, mamá va a salir a buscarte, y quiero verte intentando explicar esta estupidez. —Gruñendo, se acercó a la casa.

Marco se preguntó si estaba siendo deferente para darles algo de espacio o simplemente prefería no ver la realidad.

En vez de perder el tiempo, dándole más vueltas a eso, escogió tomarle las manos a Cati que, divertida, le seguía sonriendo con ganas.

—¿Puedo decirte así yo también? —preguntó a bocajarro, sorprendiéndola.

Se volvía cada vez más sencillo leerla.

¿Así cómo?

—Catarina —explicó, llenándose la boca con su nombre completo—. Es muy bonito.

Ella se encogió de hombros, como restándole importancia, un poco avergonzada.

Marco sonrió, enternecido, y sacudió la cabeza para volver a lo que le interesaba.

No se habían vuelto a ver desde que se separaron en el taller.

La misma Cili había sido la que les había contado lo que estaba pasando fuera. Se había llevado a su hermana, asustada, sin darle tiempo siquiera a rechistar.

Marco había regresado al barrio de los blancos, alarmado y deprimido, para encontrarse el desastre a su alrededor.

—No sé qué va a pasar a partir de mañana —le confesó, bajando la voz y hablando muy rápido—. Así que no creo que sea lo mejor que nos vean juntos, ¿sabes? Lo siento, pero lo vamos a solucionar enseguida. —Cati asintió con seriedad—. Tu hermana nos puede cubrir, ¿verdad? Y mi padre.

—¡Cati! —la llamó Cili impaciente.

—Mañana estaré todo el día en el taller —le aseguró Marco, a la carrera—. Así que, ven cuando quieras. Trae a quien haga falta. No importa. Solo quiero verte un rato.

Cati corroboró sus palabras mirándolo a los ojos.

Yo también.

—Vuelve. No te metas en problemas —le aconsejó, a pesar de que él era el que la había puesto en esa situación—. Descansa, y cuídate.

No se lo vio venir.

Cati le tomó una mano y tiró para acercarlo a ella, rozándole apenas los labios.

Marco se quedó estupefacto por la iniciativa, y, para cuando quiso reaccionar, con la piel hirviendo, ella ya había salido corriendo para encontrarse con su hermana, y regresar dentro.

Le llevó algunos minutos reemprender el camino a casa, sin sentirse flotando a un palmo del suelo.

CAPÍTULO 41

Bruno estaba tan preocupado, que creía que podría estar a punto de enloquecer.

Nunca le había ocurrido algo semejante. Su padre le había pedido que tuviera cuidado mientras las cosas se calmaban en el pueblo, y él mismo había decidido permanecer en casa, a causa de la tensión y el frío que se acercaba a pasos agigantados.

Sin embargo, Bruno no podía dejar de pensar en Cati. Fue ese sentimiento el que lo hizo estirar el cuello para ver cómo una jovencita morena bajaba corriendo hacia la plaza. Se dio cuenta demasiado tarde de que era ella.

Bruno ni siquiera tuvo tiempo de agarrar un abrigo o darse cuenta de que faltaría a su palabra. Saltó el corral de las pocas gallinas que quedaban, para ir tras Cati, con el corazón atragantado en la garganta y un mal presentimiento impidiéndole respirar.

Llegó a la plaza justo cuando ella estaba tomando una de las salidas, demasiado cerca de la que conducía al barrio de los blancos. El lugar estaba casi vacío, encogido sobre sí mismo para evitar la tirantez del aire. Bruno sorteó a dos morenos que hablaban en voz baja y siguió a Cati, que se había escabullido hacia la zona del desierto.

Se sintió estúpido por no entender qué demonios estaba haciendo allí, hasta que recordó la que habían montado en aquel sitio, y la amargura le estalló en la boca.

Por supuesto.

Frenó en seco justo delante del taller improvisado de Marco.

Cati ya estaba dentro.

No solo se sentía estúpido, sino que, además, notaba cómo la aguja de la traición iba horadándole desde abajo para alcanzarle el pecho. Había creído, como un iluso, que la tontería de Cati había terminado después del sermón del mayor el otro día, con la crecida de indignación, a causa del incendio. Bruno estaba contrariado por la dirección que habían tomado los sucesos, sobre todo ante la crueldad que se había desatado en el barrio de los blancos, pero no le había despertado compasión por ellos, sino repulsión por la violencia en sí.

Cati siempre había sido muy mimada, muy infantil.

Bruno había interpretado su aventura como una manera de demostrar que ya había crecido, que era tiempo de que la tomaran en cuenta, como parte del mundo adulto.

En ningún momento se le había ocurrido pensar que podía estar sintiendo algo más que el placer de romper las reglas.

Pero la realidad le había estallado en la cara cuando se asomó con disimulo a la puerta, con los latidos atronándole los oídos.

Estaban de espaldas a él. Marco le susurraba algo en el oído a Cati, muy cerca. Rabiosamente cerca.

Ella sonreía y le tocaba el brazo, antes de hacerle señas, que no podía ver.

Marco se carcajeaba y le respondía con una pregunta, a lo que Cati contestaba moviendo mucho las manos.

Él volvía a reírse, casi con desparpajo.

Esa risa se le quedó atorada en el estómago a Bruno, que le pareció fuera de lugar, en un momento en el que ni blancos ni morenos podían mirarse a la cara, sin tener ganas de romperse la nariz.

Era una falta de respeto. Una aberración.

No pudo hacer otra cosa que volverse, cuando Cati le pasó los brazos por el cuello al rubio, para abrazarlo.

No se dio cuenta de que tenía los ojos llenos de lágrimas, hasta que vio sus pies borrosos, al ponerse en marcha para salir de allí.

De pronto, el aire no era suficiente para sus pulmones.

—¡Eh! —Escuchó que lo llamaban, cuando pudo poner varios pasos de distancia con el taller—. ¡Bruno! —Era Cili. Cruzada de brazos, parecía una centinela recostada sobre la primera de las casas, que mostraban el límite con el pueblo—. ¿Qué haces aquí? —preguntó sorprendida.

A pesar de que no lo decía con beligerancia, Bruno se puso a la defensiva. No tenía ánimos para charlar.

—Nada. Ya me iba.

—¿Cati te echó? —se preocupó ella, torciendo el gesto.

—No.

—Ah... —Cili se tomó un momento para reflejar la amargura que sentía—. Sigo esperando el momento en el que la influencia de ese idiota se aleje.

Bruno no respondió. No hubiera sabido cómo hacerlo.

En vez de eso, interpretó correctamente que Cili estaba ahí solo porque su hermana también lo estaba, y no pudo evitar la pregunta que barbotó sobre su lengua demasiado aprisa:

—¿Por qué lo haces?

Ella parpadeó, descolocada.

—¿Hacer qué?

—Apañarla. —Bruno señaló el taller—. Consentirla de esta manera. Él es... —No sabía lo que era, porque no lo conocía. No le interesaba tampoco hacerlo—. Es un blanco.

—¿Crees que no lo sé? —masculló Cili de mal humor, dejándose arrastrar hacia abajo, hasta sentarse con el culo en el suelo—. Se lo repito todas las noches.

—Cati nunca escucha —se lamentó Bruno, y se dejó caer a su lado, a pesar de que nadie lo había invitado.

—Ya la conoces. Así que, para qué te digo que no —ironizó Cili, volviendo a cruzarse de brazos—. Pero tenemos que aprender a respetar sus decisiones, ¿sabes? Es lo que dice siempre mi padre. Ella ya no es una niña.

—Tampoco ha demostrado lo contrario —se obcecó Bruno, a pesar de que se sentía irremediablemente cruel al estar traicionando así a su amiga.

—Ya sé. Pero... ¿qué puedo hacer? —Hizo un gesto de impotencia con los brazos, que solo desmoralizó más a Bruno—. No voy a prohibírselo —terció Cili, sin seguir sus pensamientos—. Así que, solo me limito a quedarme aquí y esperar que no salga lastimada.

—Esto no parece que vaya a terminar bien —murmuró Bruno, más para sí que para ella.

Cili suspiró.

—Un tipo me dijo hace poco que deberíamos aprender a ser más flexibles, y tal vez tenga razón. Si hubiéramos aprendido algo de esta convivencia de mierda, cosas como las del otro día no hubieran ocurrido. ¿No te parece?

—No sé —se sinceró Bruno—. No creo que pueda dejar de odiarlos.

—Yo tampoco —admitió Cili en voz baja—, pero Cati merece que al menos lo intentemos.

CAPÍTULO 42

—¿Has visto a Floro?

Era evidente que Pío llevaba un buen rato masticando la pregunta, pero Fabian no había querido decir nada.

Lo habían trasladado de la de Gerd a su casa, después de que comenzara a mejorar, para que Janina pudiera ocuparse de él.

La hermana de Pío, Viktoria, había querido que se quedara con ellos, pero, al final, su esposo había sido el más racional al hacerles notar que, con lo avanzado del embarazo, no sería la mejor de las ideas. En la de Fabian, en cambio, estaban su madre y Eva para ayudarlo, si era necesario.

A Pío le dolía cualquier desplazamiento, y, sobre todo, los movimientos que involucraban el rostro, como hablar o comer. Por eso, tendía a estar callado y a responder con monosílabos, pero su amigo sabía que había alguien a quien buscaba con los ojos, y todavía no se había dejado caer para saber cómo estaba.

—No —terció Fabian, sin mirarlo—. Debe estar ocupado.

Pío se tocó la cara todavía hinchada y no dijo nada más. Era de noche, y Janina y Eva cocinaban en un fuego que amenazaba con apagarse.

—Voy a salir —avisó Fabian, y se echó encima la capa que le remendaba Susi todos los inviernos.

—Pero… —protestó Eva en voz baja.

—Vuelvo enseguida, ¿sí? —la calmó, palmeándole la cabeza—. Empezad sin mí.

Su madre le dirigió una mirada escéptica, pero no comentó nada.

Fabian no tenía interés en revelar sus verdaderas intenciones, así que se limitó a salir en la más absoluta oscuridad.

Anduvo cabizbajo hasta la plaza, con el frío, mordiéndole los pies.

—Llegas tarde —sentenció Floro, que lo aguardaba con la cabeza desdibujada a causa de la oscuridad neblinosa—. Si seguía esperando, se me iba a congelar el maldito culo.

—No iba a ser una gran pérdida —le respondió Fabian sin humor—. ¿Las tienes?

Su amigo sacudió la palma y señaló a un lado. Dos palos gruesos descansaban cruzados.

—¿Estás listo?

—Sí.

No volvieron a hablar. Ya se habían dicho todo lo necesario.

Fabian tomó uno y lo sopesó antes de asentir, y apuntar el camino.

No había sido muy difícil saber dónde vivía esa escoria. El pueblo no era tan grande.

Floro se había encargado de contarle el episodio de la noche de la boda con lujo de detalles. No había sido difícil hilar todo para entender que Álvaro había tomado venganza de su derrota con Pío, aprovechando la situación fuera de control.

Era imposible que supieran que estaban condenados a repetir la historia, una y otra vez. Igual que ellos, los fantasmas de los blancos que habían recorrido, una generación atrás, los mismos caminos, seguían sus pasos con las mismas armas y la misma ansia de venganza.

No había luces en lo que suponían que era su destino.

Se miraron en silencio, preguntándose si era más sencillo tocar o simplemente irrumpir.

No hicieron falta palabras para decidirse.

Patearon la puerta y se metieron en la casa sin remilgos.

Una mujer chilló, alertada por el ruido, pero ambos siguieron buscando otro bulto tumbado, con la ventaja de tener los ojos habituados a la oscuridad.

—¡Maldito! —escupió Floro al quitarle la manta.

Álvaro todavía no se había despertado.

Lo hizo con el agarre abrupto de Fabian, que lo levantó a un palmo del suelo antes de que Floro le diera un puñetazo directo en la nariz.

El moreno aulló de dolor.

—¡¿Qué hacéis...?! —berreó la mujer, aterrada, al entender lo que ocurría. Los pateó, sin fuerza, para siquiera moverlos un poco, y trató de disuadirlos a marcharse colgándose de la espalda de uno de los intrusos—. ¡¿Cómo os atrevéis?!

—Señora, no es algo contra usted —le aseguró Fabian con gentileza, asiéndola con firmeza para quitársela de encima a Floro, que había empezado a usar el palo—. Le recomiendo que se vaya.

No esperó para ver si le hacía caso. Se giró y disfrutó con placer casi sádico el dolor en los nudillos al enterrar su puño en el estómago de Álvaro.

—Te has metido con la gente equivocada. —Floro lo cogió por la pechera de la camisa para acercarlo milimétricamente a su rostro.

Álvaro ya ni siquiera se sacudía para intentar alejarlos. Gemía agónico, cubierto en sangre.

—Si vuelves a meterte con Pío —siguió Fabian antes de tomar el palo con la mano viscosa—, o con cualquiera de los nuestros...

No necesitó culminar la frase. Lo cierto era que no habían expresado en voz alta sus intenciones expresas de matarlo.

No querían saber qué tan lejos podrían llegar.

Fue Floro el que continuó golpeando a Álvaro con toda la rabia que había acumulado en los últimos días, la misma que le impedía ver a Pío a la cara.

Al atestar un nuevo golpe se sintió liberado de la presión, de esa impotencia convertida en cadenas que lo había asfixiado hasta ese exacto segundo.

Una luz de candil los bañó de pronto, cuando Álvaro dejó ya hasta de gemir.

—¡Alto! —rugió una voz de hombre, entrando agitado en la casa—. ¡¿Qué mierda hacen?!

—¡Monstruos!

Fabian soltó el palo y buscó, desesperado, la mirada oscurecida de Floro, que tiró el cuerpo semidesvanecido de Álvaro hacia un lado.

No se habían detenido a pensar lo que pasaría luego.

En la casa no había ventanas. No había forma de huir.

Reaccionaron a la vez, poniendo el hombro filoso para cargarse a los dos morenos que les bloqueaban el paso, y trataron de echar a correr hacia el barrio de los blancos.

—¡Sujetadlos!

Aunque podía respirar el peligro, Fabian no tenía miedo. No estaba seguro de si quería que Álvaro agonizara hasta la muerte, pero se sentía en paz consigo mismo. Y con Pío.

Le lanzó un puñetazo a la cara al tipo que intentaba apresarlo por detrás, con la respiración agitada, un poco desorientado ante la presencia de los candiles que habían borrado su ventaja en la oscuridad.

Podía escuchar los improperios de Floro sobre los oídos y el revuelo que estaba provocando, pero no alcanzaba a distinguir su cabeza rubia.

Los vecinos se habían acercado, algunos asustados, y otros más que dispuestos a apresarlos.

Más luces. Más gritos.

—¡Corre! —rugió, a pesar de que empezaba a perder entre tres morenos, que lo intentaban sujetar por todas las extremidades.

Floro no respondió. Estaba demasiado ocupado en su propia escaramuza.

Fabian no supo de dónde había salido, pero sintió cómo un objeto pesado y macizo impactaba contra su nuca, cortando de golpe toda la adrenalina que le daba una fuerza casi hercúlea. Algo caliente le explotó en el punto de contacto; viajó en delgados hilos hasta su cabeza y lo dejó aturdido. No sintió las rodillas cuando cayó a la tierra, ni los gritos a su alrededor.

Tampoco las cuerdas apresándole las muñecas.

Se quedó demudado, viendo cómo el horizonte empezaba a torcerse y le revelaba a lo lejos —¿era realmente tan lejos o solo era parte de la alucinación?— los contornos de una joven morena que lo observaba con el terror pintado en los ojos y los labios entreabiertos.

Hizo todo lo posible por bucear en contra de la inconsciencia, pero Fabian ya estaba cruzando su límite. Se había preguntado si sería Cili, pero quiso echarse a reír sin boca cuando se percató de que ella jamás lo miraría así, demostrando su miedo en voz alta.

CAPÍTULO 43

Con la presencia casi etérea de Susi, Esmeralda había conseguido sobreponerse más rápido de lo que hubiera creído posible.

La rubia había cumplido su promesa: iba todos los días hasta el hogar de los hermanos y se encargaba de todo lo que estuviera a su alcance para que Esmeralda pudiera salir a vender lo que tenía en la plaza, sabiendo que el frío empezaba a encerrar a todos en sus hogares. Era imposible ignorar la espantosa tensión que se percibía en los escasos espacios públicos en los que blancos y morenos se mezclaban.

Esmeralda sabía que lo mejor era apostar a la última feria y avituallarse para el invierno; pero Susi, que conocía poco de aquello, la alentaba a seguir saliendo.

—La gente necesita cosas bonitas como las tuyas para superar esto —le había dicho una tarde, sonriendo, a pesar de que alguno de los niños berreaba en el fondo.

Dividía su tiempo entre ella y Pío, que mejoraba a ojos vistas.

Esmeralda no había querido volver a intervenir entre los blancos sin que ellos se lo solicitaran, así que una vez que consiguieron sobrellevar el primer tiempo crítico, no había vuelto por esos lares.

Además, había sido la misma Susi la que había encontrado a Cati y le había explicado la situación. Cati había sido la única amiga que había conseguido en ese tiempo en el pueblo. Esmeralda era consciente de que ni su madre ni el resto de sus amigos confiaban en ella, así que ni siquiera había intentado llegar a la joven, a pesar de que deseaba el consuelo de una mano amiga.

Susi la había leído como si fuera transparente, y la había sorprendido con la presencia de la morena, menos de dos días después de haberse sincerado con ella.

Cati la había abrazado, haciéndola sentir por primera vez en mucho tiempo como una niña pequeña, necesitada de afecto.

Esmeralda había apretado el cuerpo menudo de Cati como si fuera el último clavo al cual aferrarse, ofreciéndole una paz increíble.

Habían pasado un rato arañando al tiempo, riéndose en la cara de aquellos que seguían buscando explotar rencillas y venganzas.

Esmeralda sabía que no tenía que acostumbrarse tan rápido a la presencia extraña de Susi, pero la joven se lo hacía tan sencillo que le costaba no doblar las rodillas.

La había quebrado por completo la rápida conexión que había tenido la rubia con sus hermanos. Wulf, el más desconfiado, era el que había tardado más en caer, y solo había demorado algo más de una jornada.

Susi era una luz que hacía tiempo que no veían, y Esmeralda sentía alivio, porque se había sentido más sola que nunca cuando su abuela había cerrado por fin los ojos —más que cuando su madre los había abandonado; más que cada vez que un moreno le hacía el vacío en la plaza—, pero la presencia de Susi la hacía sostenerse en una pieza.

—¿Quieres que te trence el cabello?

Estaban solas, y los niños ya dormían. Era de noche, fría como todas las últimas, y no solo por el pésimo humor del pueblo.

Esmeralda, que estaba remendando la ropa de Muriel a la luz del único candil, levantó la cabeza, sorprendida.

Susi había abandonado su propia labor para mirarla con dulzura.

—Ya no te las haces —explicó, señalándole la cabeza.

Esmeralda soltó lo que tenía en las manos, para repasarse el cabello deslucido, suelto sobre los hombros.

Para variar, la rubia tenía razón. Solía ocupar buena parte de su poco tiempo libre en lavarlo y llevarlo en pequeñas trencitas, como lo hacía su madre. Era lo único que conservaba de ella.

—Supongo que no tuve tiempo —admitió, pasmada porque lo recordara.

—Yo puedo hacértelas mientras sigues con eso —propuso Susi con una sonrisa que no amainaba ni siquiera en el cansancio de la noche.

Esmeralda no se atrevió a aceptar, pero no se quejó cuando la joven abandonó su sitio para colocarse a su espalda.

Dejaron pasar el tiempo en comodidad.

El tacto de la rubia en su cuero cabelludo le agradaba, y le erizaba a ratos la piel.

Observó sus remiendos, casi deshechos sobre sus dedos, y supo que no tenía caso.

—Mi madre siempre las hacía delgadas —comentó de pronto, porque necesitaba hablar de cualquier otra cosa que no fuera la evidencia de otro invierno cargado de penurias.

—¿Sí? —se interesó Susi desde atrás, dándole suaves tirones a su cabello oscuro.

—Como de un dedo.

La rubia se echó a reír.

—Pues depende de qué dedo, ¿no? Si son los de mi padre, te haría dos en toda la cabeza… —Se asomó para que Esmeralda pudiera verla a la cara—. Pero si son míos, entonces… —Abrió la mano para demostrar lo que decía, como una araña pálida y alargada.

—Tienes la piel hermosa —confesó ella, admirando la blancura que brillaba a la luz de la vela.

—¿Tú crees? —La sonrisa de Susi había decaído notablemente—. A veces me gustaría…

—¿Qué?

—Bueno, todo lo que empezó esta locura fue esto —admitió bajando la voz, moviendo de un lado al otro la palma para que reluciera a la perfección—. La piel. A veces pienso que si… Si fuéramos morenos, nada de esto hubiera ocurrido. Pío estaría perfectamente bien en este momento.

Esmeralda sopesó sus palabras, acercando su propia mano hasta unirla por las yemas con la de Susi.

—No lo creo —musitó, observando con cuidado la diferencia de tonos—. Aunque se la arrancaran y quedaran en carne viva, seguirían siendo blancos. ¿Tú dejarías de odiarlos a pesar de no tener piel?

—Yo no los odio —se atrevió a contrarrestar Susi, con el ceño fruncido—. Solo que no puedo entenderlos.

—En la tierra de mis ancestros, Gadisa, decían que el odio es la otra cara del miedo. —Sonrió Esmeralda, triste—. No existe el uno sin el otro.

Dejó que su mano resbalara hasta regresar a su regazo.

—Pero a ti te conozco —quiso arreglarlo Susi, buscando levantarle el ánimo de inmediato—, y no me das miedo. Sé que eres una buena persona, y que tus hermanos merecen cariño. No me importa ni tu piel ni tus ojos.

Esmeralda tiró de sus comisuras para sostener la sonrisa que amenazaba con tambalear.

—Si todos fueran tan buenos como tú, no existiría la guerra, ¿sabes?

Susi bajó los párpados, avergonzada.

—¿Quieres que te termine las trenzas? —murmuró, en cambio, peinándole parte del cabello con los dedos.

—De acuerdo.

Susi tenía ganas de seguir preguntando sobre su madre, sobre su tierra, sobre su conflictiva relación con el resto de los morenos, pero decidió callarse. Algo le decía que Esmeralda era como un capullo tímido, que iría abriéndose poco a poco, si el sol calentaba suficiente. Y ella no tenía prisa.

El silencio fue interrumpido por unos toques bajos y nerviosos en la puerta, que enseguida sobresaltaron a las jóvenes.

Esmeralda, alarmada, cruzó una rápida mirada con Susi antes de acercarse a abrir, en lo que su amiga, con el terror enroscándosele en la garganta, se preguntaba con qué podría defender a los niños si resultaba ser alguien buscando pelea.

—Lo siento, pero... Está Susi aquí, ¿verdad?

La voz hizo que sus temores se disiparan de un plumazo, y alcanzó deprisa la puerta.

Era Marco.

—¿Qué...?

—Es Fabian —explicó el chico, a las prisas, casi suplicando—. Los apresaron a él y a Floro. Molieron a palos a un moreno... Van a castigarlos. ¡Tenemos que hacer algo!

Esmeralda fue la única en notar que del cuello de Marco se anudaba un fino hilo, trabajado a mano, con una piedra horadada colgándole en el pecho.

CAPÍTULO 44

Cili siguió la estela del hijo del mayor, un moreno apocado del que no recordaba el nombre. El tipo no parecía contento después de toda la polémica, pero no hizo comentarios, lo que ella agradeció. No tenía ganas de charlar.

Llevaba medio abrazada la jofaina con agua fresca —había vuelto a llover—, y algunos frutos secos en un cuenco.

Torció el gesto, preguntándose qué opinaría su madre de verla de esa guisa.

—Aquí —indicó el moreno, sin meterse en el corto pasillo cavernoso—. Llámame cuando termines.

Cili no creía que fuera ese el protocolo a seguir, pero no recordaba la última vez que los limitados calabozos del pueblo habían estado llenos.

Abrió la cancela para hacerla entrar con presteza, antes de volver a cerrar con un prominente sonido metálico.

El hombre estaba en lo cierto al confiar en ella: por más que quisiera, no podría liberar a los presos si todavía conservaban sendas llagas en la espalda.

Fabian estaba echado en un revoltijo de mantas deshilachadas, con la cabeza hundida como si quisiera asfixiarse.

Cili no lo juzgó. Ella todavía dormía así, a pesar de que no le quedaban nada más que cicatrices serpenteándole en la piel.

—¿Estás despierto? —preguntó, tratando de no sonar exigente.

Atravesó la oscuridad intermitente y divisó en la otra pared un bulto uniforme que, supuso, sería Floro.

Fabian gruñó antes de enterrar las palmas en la tierra para incorporarse.

—Quédate —ordenó Cili, seca, al verlo hacer un esfuerzo por sentarse sin hacer movimientos bruscos que tiraran de la piel sensible de su espalda—. Ya me voy.

—Tengo pocas visitas —ironizó Fabian con la voz cascada, sentándose con el culo en el suelo y los codos sobre las rodillas—. Ya que me honras con tu presencia..., ponte cómoda. Como en tu casa.

Esa vez fue el turno de ella de demostrar irritación chasqueando la lengua.

El día anterior apenas habían intercambiado palabra. Cili se había limitado a llevarle lo que le habían pedido y se había marchado sin mirar atrás.

Se sentó a su lado, a pesar de la mueca contrariada. Le latía fuerte el corazón.

—¿Qué quieres? —espetó, imitando su postura por inercia. Fabian estaba sin camisa y, a pesar de la oscuridad, podía ver cómo su cuerpo centelleaba, de un blanco irredento. No se atrevió a espiarle las heridas.

—Tú has venido —le recordó, enarcando una ceja.

—Ya. Ten. —Le tendió el puñado de frutos secos—. Te los envía Susi.

Fabian se metió tres a la boca antes de sonreír con mofa.

—¿Así que ahora la llamas por su nombre?

No había suficiente luz, y, de cualquier manera, dudaba que a Cili se le viera el sonrojo, pero se rio de cualquier forma, porque con su actitud envarada le demostró que estaba avergonzada.

Como estaba muy ocupada ofreciéndole su expresión altanera, Cili no alcanzó a ver cómo Fabian bajaba un poco la guardia y la observaba sin reservas.

—Y tienes un poco de agua —indicó, ignorando el comentario para mostrarle la jofaina que había dejado en el suelo—. Compártela.

—Te gusta dar órdenes, ¿eh? —la midió, acercándose para estirar el brazo y dar unos sorbos—. Todavía no tengo claro por qué mierda estás aquí.

—Yo tampoco.

Cili se abrazó las piernas, enfurruñada. En verdad, sí sabía por qué había aceptado ese papel tan incómodo, pero prefería no darse por enterada.

Todo había ocurrido muy rápido.

Los habían encontrado con las manos en la masa y el conflicto había estallado.

Fabian y Floro habían quedado en el centro de una turba que solo había sido posible de apaciguar con la intervención activa de los miembros del concejo, que habían asegurado un castigo ejemplar para los blancos.

Los habían llevado hasta la misma casa del mayor, a que pasaran la noche, y no habían permitido que nadie, ni siquiera Gerd, los visitara.

A la mañana siguiente, se había comunicado el veredicto.

Cili se había enterado de todo muy temprano, cuando Delia había llegado a su casa a contar lo ocurrido de primera mano —había visto cómo salían los blancos de la casa de su tía y cómo los habían molido a palos entre los vecinos—, y había llorado por la suerte de Álvaro.

Apenas seguía vivo. Hilde lo estaba tratando con todos los conocimientos que tenía.

Cili le había prohibido a Cati ir a visitarlo, cuando notó lo descompuesta que se había puesto su hermana ante la historia de Delia, y se había enrollado las faldas ella misma para ir hasta donde Álvaro para ofrecer su parca ayuda.

Él no había querido recibirla.

Entendía lo que había ocurrido, por supuesto.

Por primera vez, no había sentido la abrumadora necesidad que quemaba como el sol de justificar el comportamiento de los suyos. No estaba de ningún lado.

Le había parecido deleznable, en primer lugar, el comportamiento de Álvaro para con Pío, al aprovecharse de su mustia complexión para tratar de demostrarse a sí mismo que valía. Y tampoco podía justificar la agresión contraria, por más de que Fabian estuviera buscando clara venganza.

No quería admitirlo en voz alta, pero empezaba a entender —y a despreciar— el círculo perfecto de violencia que se engendraba entre blancos y morenos una vez que la chispa prendía.

Gracias a eso, Floro y Fabian habían sido azotados, deprisa, y metidos en los viejos calabozos del pueblo.

Cili lo había vivido esa vez como espectadora, y, al contrario que cuando había estado del otro lado, había parecido como si el mayor y los demás no quisieran armar una gran parafernalia al respecto, sino darse prisa por terminar el asunto y enterrarlo.

Habían sido solo cuatro para cada uno, límpidos, al alba. Todo fue tan rápido que ni siquiera habían terminado de asimilarlo.

Ni siquiera había habido demasiada gente.

Era parte del propósito de elegir las primeras luces del día.

La madre de Álvaro había estado allí, erguida y mirándolos a los ojos, y algunos blancos semiescondidos en la plaza, que espiaban con dolor.

Cuando Cili estudió la escena, entendió lo que estaba pasando por la cabeza de los adultos: ya no querían seguir avivando el fuego. La escalada de presiones estaba tan tensa que parecía a punto de romperse y quebrar todo a su alrededor.

Deseaban echar agua sobre las cenizas, como había ocurrido con el desierto.

Necesitaban paz.

Se había decidido que los blancos estarían encerrados durante cinco jornadas.

El mayor, en una maniobra para distraer los resentimientos, había anunciado que se crearía una Asamblea Provisoria por la Memoria, con el objetivo de volver a levantar las viejas columnas que guardaban la historia entera del pueblo. Y, en una muestra de buena fe, lo había hecho junto con Gerd, y el consentimiento implícito de los blancos.

No sería tarea sencilla, pues las columnas eran erecciones naturales que ya no podrían repetirse. Sin embargo, la mano del hombre tenía una capacidad de creación insospechada y, aunque no fueran las mismas, guardarían el mismo significado.

Esperaban, al menos, que eso fuera a alivianar los ánimos.

Cili había creído que todo había terminado por el momento. Por eso, no vio venir cuando Cati la acorraló, junto con Esmeralda y la blanca Susi, para rogarle por un favor que no iba a poderse negar.

—No permiten ingresar a ninguno de los nuestros —había explicado Susi, atropelladamente. Se veía mal dormida; en su piel se evidenciaban con mayor facilidad sus emociones—. Por favor.

A Cili le había importado una mierda que suplicara. Lo que no había podido ignorar fue la vehemencia de los ojos de Cati, apostada junto a las otras chicas, y decidida a obtener su ayuda.

Nunca había pensado en su hermana como la debilidad que la iba a hacer caer hasta un calabozo. Tampoco podía creer que la chica tuviera la entereza para armarse su propio círculo de amistad, en donde Esmeralda y la blanca Susi empezaban a destellar.

—Entonces, ¿vas a quedarte ahí sentada o piensas decir algo? —Fabian la arrancó de sus pensamientos—. Eres peor compañía que Floro.

Cili giró la cabeza con indignación.

—No estoy aquí por gusto.

—Podrías haberte marchado —le señaló con sagacidad. La había imitado: recostaba con cuidado la mejilla en las rodillas para mirarla de lado.

—¿Cómo tienes la espalda? —Cili se salió por la tangente.

Fabian solo arrugó la nariz.

—Ya no escuece, pero es un fastidio para dormir.

Era la única que podía saber que mentía, pero decidió pasarlo por alto.

—Túmbate ligeramente de lado —le indicó, haciendo un gesto con la cabeza hacia la manta que hacía las veces de jergón—. Así estarás un poco más cómodo.

—Insisto, *amas* dar órdenes.

Cili lo observó con suspicacia.

—Si me hicieras caso, no estarías aquí.

Fabian lo dejó correr, sin fuerza para aguantar el dolor de encogerse de hombros.

—¿Cómo está tu novio? —preguntó, a pesar de que deseaba no recordarlo.

Encerrado, había tenido tiempo de sobra para pensar en los límites de la vida y cómo había forzado hasta el extremo la capacidad de quitarla.

Era una culpa distinta a la que había sentido con el robo de la carreta, pero, a la vez, muy similar. Llameaba, intensa, avivada por la seguridad de saber que, de poder repetir el tiempo, tomaría las mismas decisiones.

—Ya te dije que no es mi novio —masculló Cili de mala gana—, y creí que querías matarlo. Es la causa de todo esto, ¿no?

—Por eso pregunto. —Fabian sonrió con ironía—. Para saber si valió la pena.

Exhaló una risita por la nariz cuando ella resopló.

—Mejora —se limitó a informar. Hizo una pausa y añadió—: ¿No vas a preguntarme por tu amigo?

—No hace falta —le aseguró con una sonrisa más sincera—. Si algo malo le hubiera pasado, me lo habrías dicho al principio.

Su lógica la desarmó, así que prefirió guardar silencio. Deslizó sus ojos hacia la otra punta de la celda, donde la respiración silbante de Floro rompía la sólida quietud.

—¿Y él?

—Normal —repuso Fabian, un poco evasivo—. Sigue furioso.

—¿Siempre es así o a veces es más idiota? —Cili esperó una respuesta que no llegó—. Deberías tener mejor criterio para escoger a tus amigos.

—Ah, porque tú tienes muy buen gusto —la pinchó, torciendo la cabeza—. Pregúntale a Pío lo sereno y centrado que es tu querido amigo.

—Ya te dije que Álvaro no es mi amigo —murmuró Cili molesta.

—Me dijiste que no era *tu novio* —corrigió Fabian—. Y si tampoco es tu amigo, ¿qué mierda es?

Ella pareció meditar la respuesta por un instante:

—Lo conozco desde que éramos niños.

—Esa no es una respuesta.

Fabian permitió que se escurriera el silencio hasta que entendió que Cili no pensaba aclararlo.

—Él quiere… Ya lo sabes. —Sonrió, un poco guarro, al ver que no se escandalizaba por la insinuación.

Cómo le gustaba esa actitud.

—Yo no soy una de las piedras del río, ¿sabes? —replicó Cili ácida—. Para que me *hagan* cosas.

—Bien, pero estoy seguro de que él quiere hacértelas todas.

Se rio entre dientes cuando la joven frunció la nariz, demostrando el rechazo que le provocaba la idea.

—No seas grosero.

Fabian se había metido en un camino que le interesaba, y no tenía intención de dejarlo. La intimidad del calabozo, de manera paradójica, le soltaba la lengua, y le hacía preguntar todo lo que hacía tiempo quería saber sobre Cili.

—Entonces, ya tienes un interés —aseguró con falsa confianza—. El tipo de la feria, asumo.

Supo que había dado en el clavo cuando el cuerpo de la joven volvió a envararse y lo miró con los ojos abiertos, como si hubiera sido pillada en falta.

Algo le tiraba de los bordes del estómago, ansioso.

—¿A qué mierda te refieres? —preguntó, elevando la voz dos octavas.

—A ese… —Hizo un gesto corto con la mano, para no sentir dolor en las llagas—. Tú sabes.

—¿Cómo lo conoces?

—Tengo mis modos.

Cili entrecerró los ojos, recelosa.

En aquella oscuridad, era demasiado sencillo recordar esa noche sofocante en la playa, los susurros del mismo cuerpo que estaba en ese momento sentado a su lado, gozando en la caseta de las redes.

Fabian no creía que podría excitarse con la espalda destrozada, conversando con una jodida morena.

Había tan poca luz que ni siquiera se notaba la diferencia en sus pieles. Podía, en cambio, distinguir los contornos de su rostro severo, los labios llenos y los ojos chispeantes.

—Toni no va a volver —informó Cili, ajena a sus pensamientos—. Así que tu mierda no funcionará conmigo. Guárdatela.

—Esas órdenes... —se burló él, ignorando la sensación de vértigo a la altura de su vientre—. ¿Te gustaba?

—¿Qué te importa? —Cili se apresuró a reconstruir sus barreras atacando—. ¿Acaso yo te pregunto si te gusta Susi?

—Lo estás haciendo, de manera indirecta —apuntó Fabian complacido—. Y ya te lo dije antes: es como mi hermana. La quiero, como quiero a Eva. ¿Te importa?

—No.

La respuesta fue demasiado rápida, como un acto reflejo.

—Me agrada tu compañía —admitió. No mentía, pero quería percibir la reacción de Cili ante eso. Quería acorralarla, presionarla para que volviera a bajar la guardia.

—No seas imbécil —espetó ella envarada—. Solo cumplo porque me lo pidió mi hermana.

—¿Tu hermana también te pidió que te quedaras aquí hasta la noche? —Se echó a reír, cuando Cili se puso de pie de un salto, demasiado hostigada—. No voy a negártelo, pero no sé si a Floro le siente muy bien que...

—Me voy.

Fabian seguía riendo cuando Cili llamó al moreno que vigilaba la entrada, apretando los puños para no volver la vista atrás.

CAPÍTULO 45

A Esmeralda la pilló con la guardia baja ver la cabeza rubia de Susi encogida en el patio mustio de su casa, abrazándose las rodillas sin mostrar el rostro.

Se había rendido temprano en la plaza, porque nadie tenía ánimos para dar muchas vueltas por allí. La sangre de los blancos todavía manchaba el suelo, y ningún moreno la había querido limpiar, a pesar de que algunos se habían acercado a observar el castigo. Las gotas seguían allí regadas, floreciendo al sol tibio de la tarde.

Volvía con poco ánimo a buscar refugio, abatida y culpable.

De cierta manera, creía ser responsable de la tirantez en el ambiente, del resquemor y la renovada desconfianza entre ambos bandos, que en vano habían fingido demasiado tiempo tolerarse.

No quería demostrar miedo frente a ellos, ni mucho menos delante de sus hermanos, pero todavía le costaba conciliar el sueño si cerraba los ojos y sentía el chispazo del fuego envolviendo sus lágrimas. Aunque le había hecho caso a la sugerencia de Susi, ella no se mostraba tan convencida; el silencio nunca había sido una buena forma de enfrentar los problemas. Sin embargo, entendía muy bien que, a pesar de sus remordimientos, pasar desapercibida era la manera más simple de proteger a su familia.

Absorta en cavilaciones que no tenían fin, le había sorprendido ver a Susi allí, ajena, como si no se hubiera adueñado de su hogar y de su cariño.

Esmeralda se acercó con ese andar garboso que la hacía casi flotar, antes de tocarle con delicadeza la coronilla.

Susi se sobresaltó y se sorbió la nariz, sin resultado; era evidente que estaba llorando.

—Lo siento —murmuró desanimada—. No quería preocupar a los niños. No se duermen si me ven nerviosa.

Sonrió, pero Esmeralda hubiera preferido que no lo hiciese. Parecía como si le estuviesen sosteniendo los hilos que tiraban de sus comisuras para que se mantuviera siempre contenta, siempre firme.

Para que ocupase el sitio que su abuela había dejado.

—Entremos —le pidió, en cambio, y le ofreció la mano para ayudarla a incorporarse.

Susi se secó los ojos con el dorso antes de aceptarla.

En efecto, los niños descansaban en una esquina, amontonados y cubiertos con la manta que la misma Susi había ayudado a extender y remendar.

Susi volvió a sorberse la nariz y siguió de largo hasta la pequeña abertura que conducía al terreno trasero que solían tapiar con lo que tenían. No tenía puerta.

Se sentó, avergonzada, con los pies descalzos en la tierra, lamentando haberse recogido el cabello rubio, porque le impedía ocultar un poco su rostro rojo e hinchado.

—Lo siento —repitió Susi apenada.

—Deja de disculparte —respondió Esmeralda, sin atreverse a ubicarse a su lado—. No has hecho nada malo.

De pie, detrás de ella, podía verle los hombros huesudos, tratando de encontrar calma, tragándose los hipidos.

—Es que… —tartamudeó Susi, abrumada—. Vas a pensar que soy una tonta.

—¿Por llorar? Claro que no.

—Hay cosas peores, ya lo sé, y debería agradecer que… que el castigo no fue tan terrible, pero… —La voz de Susi llegaba ahogada por la pena y la necesidad de encogerse, como si sosteniéndose a los bordes pudiera mantenerse entera—. Mi padre, Marco y Fabi son lo más importante que tengo en el mundo. No soporto pensar que Fabi está ahí metido, sufriendo… —Exhaló y descansó la frente sobre sus rodillas, vencida.

Esmeralda actuó por instinto, dejándose llevar por lo que le estaba quemando en el centro del estómago.

Se acuclilló y la abrazó por detrás, fundiéndose apenas en su congoja.

Susi la aceptó de buen grado. Irguió un poco el cuello para mirarla de lado; le caían sobre los brazos desnudos las trencitas que ella misma le había hecho.

—Vas a pensar que soy una tonta —repitió avergonzada—. Llorando por todo. Tú eres tan pequeña y enfrentas cosas mucho peores con tanta madurez… Tendría que aprender de ti.

Esmeralda podía observar desde ese ángulo la claridad de los ojos de Susi. Casi podía atisbar el reflejo de sí misma en ellos.

Apretó un poco más el abrazo, enternecida.

—Tienes el mismo derecho que cualquiera a sentir dolor, por mucho que no parezca que su motivo sea lo suficientemente grande —le aseguró, cerrando los ojos para descansar la frente contra la de ella—. Y también a dejar que alguien te consuele, como lo hiciste conmigo la otra vez. Como sigues haciendo todos los días. —Susi se sorbió la nariz otra vez—. Y piensa que Cili se está encargando de que no les falte de nada —recordó Esmeralda, sin apartarse—. Y en que pronto estará fuera.

Susi asintió como una niña obediente, con la respiración un poco más serena.

—Gracias.

Esmeralda ladeó la cabeza.

—No te preocupes si quieres llorar —murmuró en voz baja, sincera—. No te avergüences. Puedes hacerlo conmigo, ¿sí? Voy a cuidarte.

Como si quisiera corroborar su punto, Esmeralda se inclinó para reducir la escasa distancia y le rozó la mejilla húmeda con la boca para quitarle los restos de lágrimas.

Susi no se movió ni un ápice. En vez de eso, cerró los ojos y la dejó hacer, enfrentándose erguida a su propia vergüenza.

Envalentonada y siguiendo un deseo que le crecía en el centro del estómago, Esmeralda se dio la vuelta para quedar frente a la rubia y repetir la acción, casi lamiendo con los labios los resabios salados que se amontonaban sobre la piel de Susi.

Sonrió, al verla indefensa delante de ella, un poco azorada.

—¿No te parece raro? —preguntó con un hilo de voz.

Susi no abrió los ojos.

—¿Qué cosa?

—Siento como si te conociera desde hace años —explicó Esmeralda, tan asustada como emocionada—. Me pone nerviosa ver a la gente llorar, pero tú… No me molesta.

—Es porque soy una llorona. —Sonrió ella, aleteando los párpados—. Te terminas acostumbrando.

—No. Me gustaría… confiar.

—¿En mí? —completó Susi, más calmada—. Hazlo. No sé si te das cuenta de lo increíble que eres… —La miró de frente—. Nunca tuve a alguien para confiar así. Una chica, digo. Es… Da un poco de vértigo, ¿verdad?

Esmeralda sopesó sus palabras, y cayó en la cuenta de que pensaba igual. Susi era diferente a Cati: con la morena no se le aceleraba el corazón de esa manera ni le hacía sentir los labios hirviendo por un nuevo contacto.

—Sí —consintió, sonriendo apenas—, pero del bueno.

Esmeralda suponía que era un momento muy sensible para Susi. Podía entender lo importante que era para ella Fabian, ya que se sentía de la misma manera respecto a sus hermanos. Eran todo lo que tenía en la vida, pero ella también llevaba una eternidad buscando un cariño que le era esquivo y, al ver a Susi, creyó firmemente que había encontrado un alma igual de necesitada de calidez que la suya.

—Cierra los ojos otra vez.

La rubia obedeció, demostrándole que estaba en lo cierto. Confiaba en ella.

Esmeralda no pudo discernir si era ella misma la que tenía el regusto salado o si eran los labios de Susi, cuando los presionó con delicadeza, como si temiera quebrarla.

Se apartó enseguida, respirando fuego.

—No lo había hecho nunca —admitió en voz muy bajita, apretando los puños contra los muslos para no revelar su nerviosismo.

Susi asintió y se acomodó el cabello.

—Se sintió bien —confesó, imitando su tono—. Ciérralos tú.

La rubia continuó el latigazo impulsor que había espoleado a Esmeralda, y aguardó a que la morena le hiciera caso para poder admirar muy de cerca, respirándole encima, las pecas diminutas que tenía sobre el puente de la nariz.

Le besó la punta, tierna y envalentonada, sin saber cómo reaccionar al palpitar frenético de todo su cuerpo.

Esmeralda abrió los ojos en el momento en el que Susi volvía a besarla, en los labios.

Con más ganas. Con más cariño.

—Es tan extraño… —bisbiseó la rubia, sonriendo y apartándose un poquito para pegar su frente a la de Esmeralda, como lo había hecho ella antes—. ¿Puedo hacerlo de nuevo?

Se echó a reír con ganas cuando Esmeralda la miró mordiéndose el labio, divertida y apenada.

—Sí.

CAPÍTULO 46

Los dejaron ir sin mucha pompa; el mayor no quería que el pueblo volviera a ser un revuelo ni que pudiera considerarse una nueva oportunidad para más afrentas. Aunque se había esforzado por que no se esparciese el rumor, para cuando Floro y Fabian salieron, todos ya sabían que iban a recuperar su libertad esa misma tarde.

Los esperaba una comitiva de lo más particular.

Susi, que se había estado mordiendo las uñas, angustiada, fue la primera en verlos al salir, seguidos de un moreno hosco.

No le importó su presencia, y redujo enseguida la distancia para echarle los brazos al cuello a Fabian y apretarlo con prisa, como si necesitara sentir su tacto bien cerca.

—Tontos —farfulló contra la curva del cuello del joven, avergonzada de las lágrimas que no quería derramar.

—Ya, ya… Estamos bien.

—¿No hay también para mí? —intentó bromear Floro, abriendo un poco el brazo para recibirla.

Susi se apartó y negó con la cabeza, secándose la cara con el dorso a toda velocidad.

—Eres incorregible.

La sonrisa tambaleante de Floro terminó de resbalar cuando, al estrechar la cintura de Susi, distinguió los labios apretados, todavía un poco hinchados, de Pío entre dos morenas.

—¿Tanto me extrañabas? —soltó enseguida Fabian, con una mueca pedante para ocultar el momento emocional.

Cili, que estaba de brazos cruzados en un lado, chasqueó la lengua.

—Nunca.

—Entonces, ¿qué haces aquí?

Ella señaló con la barbilla a las demás.

—Cati quería venir.

La aludida, que le ofrecía azorada su hombro a Pío, para sostenerse erguido, lo saludó con la mano.

—¡Así que aquí está la domadora de fieras! —comentó en tono jocoso, haciéndole una reverencia ridícula—. Creo que no nos presentamos, aunque ya sé mucho sobre ti. —Cati hundió las clavículas, sonrojada, pero no apartó la mirada—. Marco es como mi hermano menor. Cuídalo bien, ¿de acuerdo?

Le pareció una buena señal que la muchacha lo tomara casi como una orden, asintiendo frenéticamente.

Fabian siguió paseando la mirada entre el resto, y le sonrió a Pío, que lucía lívido.

—Te ves bien —lo elogió, de pronto sin gracia para reír.

—He tenido mejores épocas —replicó su amigo haciendo una mueca breve. Todavía le tiraba la piel recién crecida del rostro.

—¿Puedes andar?

—Con un poco de ayuda, pero sí.

Fabian quería preguntar si le dolía algo, pero al ver que la morenita que había ayudado a Susi a curarlo seguía allí, consideró que no era necesario.

Pío inclinó un poco la cabeza y se dirigió a Floro, que había soltado a Susi.

—Hola.

Se cuidó mucho de no imponer inflexión alguna en la voz, pero su amigo solo le hizo un ademán y se encogió de hombros, hosco.

—Me piro —sentenció a nadie en particular. Fabian enarcó las cejas cuando notó que no miraba a Pío a la cara—. Mi tío me debe estar esperando.

—Pero...

Era una mentira pésima, así que Floro ni siquiera se molestó en intentar disfrazarla. Solo se dio media vuelta con violencia, cortando a su amigo en seco, y se marchó directo hacia el barrio de los blancos. Todavía tenía la camisa sucia de sangre por detrás.

Cili volvió a chasquear la lengua para romper la estela de incomodidad que se estaba llevando Floro.

—Bien, ya que todo está resuelto, ¿por qué no...?

—Tengo que hablar con tu hermano —le pidió Fabian a Susi, ignorándola, y prometiéndose mentalmente ocuparse de sus amigos luego—. Y con Gerd, pero eso puede esperar. ¿Dónde está?

—¿Marco? Lo dejamos trabajando en el taller, ¿verdad? —Susi buscó la corroboración de Cati, que asintió.

—Bien, vamos.

—Pero...

—Tú también, Cila —la atajó, antes de que la morena pudiera protestar—. Te sigue interesando el intercambio, ¿o no? A menos que tu familia haya sacado piedras preciosas del tamaño de...

—Ya entendí —se ofuscó la aludida, de mala gana—. Camina.

—Susi, mejor regresaré a casa —atinó a decir Esmeralda, torciendo el gesto hacia Pío—. ¿Quieres que te acompañe?

El joven se había soltado, esforzándose por mantenerse erguido y sereno.

—No, gracias. —Le dedicó una sonrisa amable que Fabian no había visto nunca—. Viktoria seguramente me esté esperando. ¿Quieres que le avise a Gerd que te espere? —ofreció, dirigiéndose hacia su amigo.

—Sí, de acuerdo. Luego te buscaré. —Fabian no intentó que sonara como una advertencia, sino como una constatación de hechos. Al saberlo recuperado, la ansiedad por ir a buscarlo había descendido y se le había aclarado la cabeza para remediar sus problemas más acuciantes.

Parecía que Pío quería decirle algo, pero en algún punto se arrepintió. En vez de eso, escondió los ojos y se marchó despacio, imitando los pasos que había tomado Floro.

—Me alegro de que todos estéis bien —declaró Esmeralda con solemnidad, haciéndole un cariño rápido a Cati—. Tengo que volver con mis hermanos, ¿sí?

328

Susi le agradeció con una mirada infinita y alentó a los demás a que caminaran en dirección contraria, hacia el desierto.

Cili y Cati se arrejuntaron delante.

—Parece muy buena —comentó Fabian, todavía hilando sus pensamientos para dejarlos en orden—. La chica, digo.

—Esmeralda. —Asintió Susi. Hizo el gesto de abrazarlo por la cintura, pero se atajó al último segundo—. ¿Cómo tienes la espalda? Déjame verte.

—Ella... No voy a olvidarme de lo que hizo por Pío. —Fabian parecía empecinado en ignorar la pregunta.

—Yo tampoco —admitió la rubia, ablandándose—. Es... Pasaron muchas cosas durante estos días.

—Vas a contármelo todo, pero después de que resuelva esto.

—¿Puedes mostrarme? —volvió a la carga Susi, estirando el cuello para alcanzarle a verle la parte posterior de la camisa—. ¡Ni siquiera sé cómo podéis andar tan campantes!

—No fue nada —la desestimó Fabian, para tranquilizarla—. Nos dieron para limpiarnos, y ni siquiera dolió tanto.

Susi quiso pellizcarle el brazo, pero el joven la esquivó con agilidad.

—No me mientas.

—No deberías tratarme así si crees que estoy inválido.

—¡Acabas de decirme que no lo estás!

Fabian sonrió y le pasó con cuidado el brazo por los hombros para atraerla, asegurándose de que nada tocara su piel sensible.

—No puedes enfadarte conmigo —casi la retó, recostando un momento su mejilla sobre su frente—. Anda. Te extrañé.

—¡Me hiciste pasar un momento horrible! —bisbiseó ella, sin perder la oportunidad de dejarle patente su enfado—. Y ni te cuento a tu madre.

—Bah, ella es más dura que una roca.

—Y a Eva —puntualizó Susi, frunciendo el ceño. No se apartó del abrazo—. ¿Es que no pensasteis en los riesgos que...?

—¿Vais a dejar de cuchichear y decirnos por qué mierda estamos aquí? —ladró Cili, plantándose en el límite del pueblo, donde la tierra empezaba a ponerse más dura, más árida.

—¡Qué jodido carácter! —masculló Fabian, más para sí que para ella. Levantó la cabeza y apretó más a Susi contra sí—. Mira, ahora podemos aclarar esto, ya que estamos.

Cati ni siquiera había esperado a que entraran con ella; ya se había escurrido dentro del taller en busca de Marco.

—¿Aclarar qué? —exigió Cili, enarcando las cejas.

Fabian pasó de ella para girarse hacia Susi, sonriéndole con mofa.

—Aquí nuestra querida morena está muy interesada en saber cuál es la naturaleza de nuestra relación —explicó, disfrutando de cómo cada palabra caía como fuego líquido en el rostro de Cili—. Al parecer, le interesa mucho saber si somos novios, ¿no? No me creyó ni una de las veces que le aseguré que no.

—Pero ¿qué...? —boqueó la aludida, indignada.

—¡Pero claro que no! —lo desestimó Susi sin caer en su juego, desembarazándose de su abrazo para dejarlo en evidencia—. Y Cili lo sabe bien, no es tonta.

La joven no sabía por dónde empezar a escupir su irritación, así que prefirió pasar por alto el hecho de no saber cuándo mierda se habían atribuido suficiente confianza para llamarla de ese modo —culpó internamente a Cati por eso—, y señaló el taller.

—Si no tienes algo que decirnos, me voy.

—Esto también era importante —tiró Fabian, midiendo hasta dónde podía enfadarse.

—Eres un imbécil.

—En general, estoy de acuerdo —concedió Susi, buscando una complicidad con Cili que no consiguió—. Entremos ya.

Fabian sacudió la cabeza e hizo un gesto para que las chicas pasaran delante, antes de ingresar al reducido espacio que se había vuelto una parte casi constitutiva de Marco en ese escaso tiempo.

Silbó por lo bajo, al ver cómo había avanzado el trabajo, desde la última vez que se había pasado por allí, antes del desastre de la boda, la tensión y las peleas.

Le llenó de orgullo saber que, a pesar del desastre a su alrededor, Marco había mantenido su palabra.

—Oye, ¡esto está muy bien! —Fabian hizo caso omiso de las mujeres que estaban pululando con distintos grados de interés.

Cati sonrió como si ella misma fuera la receptora del cumplido.

—En realidad, no tanto —terció Marco, que estaba lijando una pata—. ¿Cómo te encuentras?

—Perfectamente —le aseguró Fabian, estirando los brazos hacia delante para demostrarlo. Era una manera sencilla de dejar a todos tranquilos, aunque lo cierto era que lo que más le dolía era extenderlos hacia arriba—. Pero no vine a hablar de mí. ¿Cuántas...?

Cati saltó y le mostró la palma abierta y dos dedos más de su otra mano.

—Siete. —Sonrió Marco complacido—. Y tengo dos más que podría terminar para mañana.

—No nos queda mucho tiempo.

—¿Cuántas prometiste? —preguntó Cili, enarcando una ceja.

—Me gustaría darle al menos trece.

—O quince —añadió Marco desde su sitio—. Eso fue lo que el moreno pidió en primer lugar.

—¿En tan poco tiempo?

—Por eso quería venir —explicó Fabian—. Para ayudarte en lo que necesites. Todos los que estamos aquí dependemos de esta mierda para pasar bien el invierno, así que... nos tienes a tu disposición.

Marco pasó la mirada por los presentes para terminar, inevitablemente, en la sonrisa brillante y cariñosa que Cati había aprendido a zurcir para él.

CAPÍTULO 47

Pío esperó durante dos jornadas. A la tercera, no pidió ayuda de nadie ni avisó a dónde iba. Solo se vistió lo mejor que pudo —todavía sentía un dolor sordo, pintado de hematomas que ya comenzaban a languidecer— y salió directo a la casa de Floro.

Ni siquiera había pensado en qué le diría, o si estaría ocupado o acompañado. Todo le importaba una mierda. Necesitaba verlo.

Fabian le había dado largas, excusándose y justificando a su amigo con ridiculeces que no tenían ningún sentido.

—Estará cansado —le había dicho, encogiéndose de hombros, sin darle la misma importancia que él—. Ya vendrá.

Pero Floro nunca dio la cara.

Fabian, al menos, había aceptado su reprimenda con la cabeza gacha y una sonrisita de suficiencia que Pío no había podido borrar, por más que hubiera querido escupirle su enojo.

—Pudisteis haber terminado de una manera espantosa —le había recriminado, temblando de indignación—. O peor. ¡Podríais haber muerto, maldita sea! Yo no valgo tanta mierda.

Fabian había tenido la decencia de guardarse sus comentarios.

A esa altura, la preocupación de Pío se había trocado en una furia ciega. No tenía claro qué quería decirle a Floro, pero sí sabía que no sería bonito.

Le hubiera gustado golpearlo; abrirlo entero para hacerle entrar con sangre su necesidad de él.

Lo encontró en el fondo, cortando la leña despareja que se apilaba en un montón junto a la casa. Para el invierno, asumió Pío, mientras sorteaba la maleza y se acercaba.

La madera en el pueblo era más bien escasa y muy seca, como todo. Había que hacer un buen uso de ella, cosa que no parecía estar haciendo Floro, que sudaba, a pesar de que el sol ni siquiera entibiaba la piel.

Se giró deprisa al sentir movimiento a su espalda y descompuso su gesto en una mueca hosca.

—Ah, eres tú.

Pío enarcó las cejas y se mordió la lengua para no responder. Podía ver perfectamente las marcas todavía frescas sobre la piel de Floro; se había atado la camisa a la cintura.

Se preguntó cómo demonios podía soportar tanta carga física, cuando había sido azotado de esa manera, pero él siempre había sido una montaña de energía. Una vez más, la comparación hacía que Pío quedara como un pusilánime.

Floro soltó la herramienta filosa con la que estaba destripando la madera y resopló, pasándose el brazo por la frente, antes de dar varias zancadas hacia dentro.

—¿No deberías estar quieto? —exigió desde la casa, sin siquiera mirarlo.

Pío entró por detrás, tardando algún tiempo en acostumbrarse a la oscuridad del interior, con la resolana todavía titilando frente a sus ojos.

—Tenía que venir a buscar a un idiota —terció, parpadeando—. Ya que él no parecía tener energía para venir a verme por su cuenta, pero sí para cortar la jodida madera.

Floro parecía un toro a punto de embestir.

—¿Te estás refiriendo a mí? —graznó enojado.

—Sí —le aseguró Pío sin miedo—. ¿Qué mierda te pasa?

—¿Qué mierda te pasa a ti?

—No soy yo el que tiene que responder —repuso el joven con frialdad—. ¿Así te comportas ahora? ¿Vas a seguir actuando a mis espaldas e ignorándome?

—¿Crees que te estoy ignorando? —rebatió Floro, con las aletas de la nariz dilatadas.

—No lo *creo*, lo haces.

—Yo creo que eres imbécil —le aseguró él, sin asomo de diversión—. Y no entiendes una mierda.

Quiso evitarlo y volver a salir, para hacerle saber que no tenía intención de seguir discutiendo, pero Pío fue más rápido, incluso a pesar del atrofiamiento de sus músculos. Lo cazó por el brazo y lo obligó a volverse, acercándolo a él.

—Entonces, explícame.

—¿Qué quieres que te explique? —ironizó Floro de mal talante, clavándole los ojos claros en las ligeras deformaciones de su rostro.

Pío se dio cuenta.

—No me mires así.

—¿Así cómo?

—Con asco. —Floro parpadeó, perdiendo la compostura—. ¡Con lástima!

Se sacudió el agarre y quiso echarse a reír, fuera de sí.

—Eres tan ridículo que das risa, de verdad —le aseguró, haciendo que Pío se envarara, indignado—. No puedo... En serio, no puedo.

—¿Qué mierda no puedes? —lo presionó Pío, tan enfadado que no alcanzaba a sentir el dolor que le producía mantener la cara arrugada de ira.

—¿Cómo consigues pensar que te miro con lástima? —Floro lo tomó por el hombro para obligarlo a alzar sus ojos hacia él—. Te miro con rabia, porque no tendrías que haber pasado por esto... —Quiso señalarle el rostro, pero el gesto murió a medio camino—. Y porque tendría que haber matado a ese jodido desgraciado. Pero aquí estoy, cortando la maldita madera.

—Pero...

—No te estoy ignorando —lo cortó de mal humor, soltándolo al fin—. Quiero poder volver a verte sin sentirme una basura.

—No lo eres.

—¡Ese moreno sigue vivo!

—Sí. —Pío apretó la mandíbula para contenerse, respirando antes de volver a hablar—: Y tú también. Si lo hubieras matado, no estarías aquí.

—No me vengas con esas mierdas —masculló Floro, frustrado, tirándose del cabello rubio—. ¡Por eso no quería hablar contigo! Por qué no puedes solo ser como Fabian y...

—Porque yo no soy Fabian —interrumpió su amigo furioso—. Y no voy a irme.

—No tengo ganas de discutir.

—Pero no voy a irme —repitió Pío, frenándolo de nuevo—. Así que, mejor empieza a...

—¡No me toques los huevos!

—¡No me los toques tú a mí!

—¿Qué...? —Floro se rindió, dejando caer las manos a ambos lados del cuerpo—. ¡Olvídalo! Vete a la mierda.

Pío dejó escapar un gemido de frustración.

—¿Qué es lo que necesitas? —casi suplicó, obligándolo a detenerse antes de salir—. Te perdono por haber sido tan idiota de arriesgarte de esa manera. También lo hice con Fabian. Aunque pudo haber sido un desastre, todo parece haberse tranquilizado un poco, así que no...

—Cállate.

—Y realmente ya no me duele una mierda, así que no tengo nada en contra del moreno.

—Solo cállate...

—Gerd trató de arreglar las relaciones con ellos, así que no tenemos nada para preocuparnos más que por la feria. Y Fabian dijo que lo tenía bajo control. ¿Qué más necesitas?

—¡Yo no...!

—¿Quieres que me disculpe? —barbotó Pío desesperado—. Puedo hacerlo.

—No es eso lo que...

—Me disculpo —siguió él, sin oírlo—. Por ser imbécil y un blandengue. Supongo que por eso el moreno fue a por mí, porque era el más torpe... —Pío suplicó con la mirada—. Lo siento. Me arrodillaré, si es necesario.

—¡Qué mierda...!

Floro observó, pasmado, cómo Pío se tambaleaba despacio hasta llegar al suelo, observándolo desde abajo.

—Lo siento, ¿de acuerdo? Ambos fuimos idiotas. Ahora, deja de mirarme así.

—No entiendo una maldita palabra de lo que dices —escupió Floro impresionado—. Levántate, no seas...

Pío le apartó la mano con violencia.

—No hasta que todo vuelva a la normalidad.

—Estás sacando todo de quicio —se lamentó Floro, ya sin rastro de ira—. No tengo nada que perdonarte.

—Entonces, deja de comportarte como si estuvieras furioso conmigo.

—¡Pero no lo estoy! —se desesperó Floro—. ¡Estoy furioso conmigo mismo! Por favor, levántate.

Hubo un segundo fugaz en el que Floro creyó que Pío volvería a rechazarle la mano que le tendía. Su amigo lo miraba con una intensidad que quemaba, como si quisiera decirle algo que su boca no estaba dispuesta a pronunciar.

—Olvídalo, ¿de acuerdo? —farfulló, en cambio, Floro, auxiliándolo para que volviera a estar de pie—. Los dos nos comportamos como imbéciles. Ya está.

Pío sacudió la cabeza.

—No vuelvas a hacer algo así, ¿me oyes?

—No puedo prometértelo.

—Al menos, Fabian fingió hacerlo.

Floro sonrió gamberro.

—Pero yo no soy Fabian.

Dejaron que el silencio atenuase el ambiente con lentitud, aligerando la espesura de la sangre en sus venas.

Pío suspiró y decidió marcharse, antes de generar otra pelea.

—Me vuelvo a casa.

—Sí, mejor.

Floro estaba por salir de vuelta con la leña, cuando Pío chasqueó la lengua, enrojecido y envalentonado.

—¿Sabes? Por ti me pondría de rodillas mil veces más.

No se quedó a admirar la mueca turbada que se había pintado en el rostro de su amigo.

CAPÍTULO 48

Resultó ser que Cili se llevaba muy bien con el trabajo físico.

Fabian se lo había visto venir; la morena ya le había mostrado el empeño que podía desplegar durante las lejanas madrugadas en la orilla del río. Apenas habían decidido el trabajo continuo, y Cili ya estaba dispuesta a hacer lo necesario para llegar al día previsto, con la cantidad necesaria de asientos.

Era la noche antes de la feria, y Marco se había quedado dormido sobre la última silla lijada. A Fabian le había dado ternura; el chico había hecho todo lo que estaba a su alcance por cumplir con su palabra. Tenía las manos en carne viva.

El sonido rítmico de Cili, repasando las sillas que ya estaban hechas, lo distrajo.

Hacía rato que había mandado de regreso a su casa a Cati, negándose en redondo a que trasnochara. Fabian suponía que Baldassare estaría al tanto de la intriga de sus hijas, pero no estaba tan seguro respecto a su madre; por lo que, a pesar de que Cati había puesto pegas, al final se había marchado cabizbaja.

A Fabian no le había pasado por alto la mirada especial que le había dedicado a Marco como despedida.

Le generaba mucha curiosidad saber si él habría entendido lo que Cati quería decirle.

Complacido, le había pasado la capa por los hombros al ver a Marco rendido, para que no cogiera frío, mientras alumbraba con un candil para que Cili pudiera terminar el trabajo.

Estaba satisfecho. Lo habían hecho muy bien.

—Oye —ladró ella de pronto, quebrando la quietud—, ¿y cómo sabes que esto no fue todo un engaño o algo así?

—¿Siempre eres tan optimista? —se burló Fabian, yendo con la luz hasta donde ella se encontraba.

Se colocó frente a ella, con la sonrisa demasiado grande, y Cili enarcó una ceja, pero no se apartó.

Era una buena señal.

—No, intento mantener los pies en el suelo —respondió ella con acritud—. Y, sobre todo, intento confirmar que puedo cumplir la promesa que le hice a mi padre.

—¿Qué le prometiste?

—Que no íbamos a tener problemas este invierno.

Fabian le sostuvo la mirada, antes de juntar ambos dedos índices para besárselos.

—Te juro que vas a estar tan abrigada que no vas a sentirlo.

Ella escurrió el silencio para disfrazar sus reservas.

—¿Y en tu palabra sí puedo confiar? —contraatacó, provocándole una nueva sonrisa.

—Claro, ¿alguna vez te di razones para no hacerlo?

—Eres un pedante —le recriminó, evadiendo la pregunta.

Soltó a un lado el asiento que tenía sujeto con las piernas y quiso darle un manotazo, que Fabian evadió con facilidad.

—Pero te agrado —completó él, con la seguridad que daba la certeza—. Ni siquiera puedes negarlo.

—No entiendo cómo crees saber tanto sobre mí.

Fabian se encogió de hombros.

—Te he prestado atención.

Supo que había dado en el clavo. No había suficiente luminosidad para poder ver si realmente se sentía avergonzada, pero sintió un cosquilleo de complicidad al notar cómo Cili ahuecaba las clavículas antes de coser aprisa su máscara de indignación.

—¿Me estás siguiendo?

Él se echó a reír, bajito, y se perdió cómo la mueca de la joven se aflojaba un poco con el sonido de su voz.

—No, dije que te he prestado atención. Y me parece que, si alguien estuviera persiguiendo a alguien, esa serías tú, ¿no crees?

Cili boqueó, ofendida, y Fabian, sin contener el impulso, le dio un toquecito en la barbilla, para instarla a cerrar la mandíbula.

—Nunca había conocido a alguien tan testarudo como tú —le confió, mirándole la boca—. Y eso que crecí cerca de Floro.

—Pero ¿qué...?

—Así que, supongo que si corto de una vez esta mierda y te beso ahora mismo, vas a montar un escándalo que va a despertar a todo el maldito pueblo.

Cili le sostuvo la mirada, respirándole sobre los labios. No se apartó, como si se tratara de una guerra que no pretendía perder en ninguna circunstancia.

—Crees muy bien.

—Lo imaginaba. —Fabian sonrió, acercándose tanto que casi podría haberla rozado, antes de retirarse al fin, dejándole la batalla ganada. Ella seguía inmóvil—. ¿Sabes qué vamos a hacer?

—¿Fingir que nunca insinuaste algo así?

—No. Voy a esperar a que vengas a por este beso, ¿qué te parece?

—Creo que perdiste la maldita cabeza.

Fabian se encogió de hombros.

—Yo creo que estás siendo orgullosa inútilmente. Está claro que tenemos diferentes puntos de vista. Si te gusto, ¿cuál es el problema? —Cili lo fulminó con la mirada—. ¿Es porque soy blanco? —se burló complacido.

—No, es porque eres imbécil.

—Eso no habla muy bien de tus gustos.

—No entiendo qué mierda te hace pensar que... —Cili sacudió la cabeza, indignada, sin terminar la frase—. Olvídalo. Me voy. Ya está todo listo para mañana, así que no tengo nada más que hacer aquí.

—¿Quieres que te acompañe hasta tu casa? —se mofó Fabian, sin esperanza de que lo aceptara. Había perdido el sueño y quería estirar un poco más del tiempo que le estaba robando a la morena.

—Sé caminar. Gracias —respondió ella, ácida.

—No era por eso...

—No me importa lo que pienses —lo cortó de inmediato, dejando de pie la última silla—. No lo arruines.

Se volvió y se dirigió a la salida, sin regalarle ni un gesto cálido al rubio.

—Cili...

—¿Qué?

Fabian sonrió cuando consiguió que se girara apenas, para echarle una mirada por encima del hombro.

—Vas a venir a buscar ese beso. También puedo jurártelo.

No hizo falta que cruzara los dedos. Cili ya se había marchado.

CAPÍTULO 49

Marco estaba eufórico.

A pesar de que su padre había recomendado prudencia, los blancos no lo habían podido evitar. Habían encendido los candiles en su barrio al caer la noche, sin importar el frío que ya se colaba sin tregua entre las casas, y habían salido a festejar. No solían tener muchas oportunidades para demostrar su alegría, así que no dejarían escapar esa tan fácilmente.

Esa noche, estaban combatiendo las primeras chispas del invierno con baile y felicidad; estaban a salvo. Regodearse en algo tan básico les brindaba el refugio necesario para ignorar todo lo demás.

Gerd los miraba, benevolente, desde el banquito frente a su hogar.

Marco había estado cuando Susi, con las mejillas encendidas de emoción, había arrastrado a Esmeralda de la muñeca para plantarla frente a su padre.

—Ella es la chica de la que te hablé —le dijo contenta—. Espero que no sea una molestia que la haya invitado.

Esmeralda había sido muy formal. Se había inclinado apenas, sin contagiarse de la ebria felicidad de la rubia.

—Cualquiera que haya ayudado a uno de los nuestros es bienvenido aquí —había sentenciado Gerd, sin hacer ninguna inflexión particular en la voz—. Gracias por lo que has hecho por Pío.

—No fue nada, señor —repuso Esmeralda, mirándolo a los ojos.

El hombre cabeceó.

—Eres de Gadisa. —No era una pregunta, y Esmeralda lo entendió de inmediato.

—Sí.

—Ya veo… —La atención de Gerd se pasó hacia su hija, que seguía sosteniéndola de la mano—. Cuida a nuestra invitada.

—Claro.

Marco las había visto alejarse, preguntándose si también debía presentarle a Cati. En verdad, no lo había pensado; su padre ya sabía perfectamente quién era. Eso le daba cierto bochorno, anidado en la boca del estómago en forma de chispas, pero no era algo nuevo. Había empezado a asociar esa sensación con la presencia de la chica.

Habían bailado, festejando hasta quedarse sin aliento, un poco apartados del resto.

Cati había conseguido escaquearse de su casa un poco más temprano, antes de que cayera el sol, y, aunque había una parte de Marco que se preguntaba si debería ofrecerle regresar a su casa —era mucho, muchísimo más tarde de lo que le permitían salir habitualmente—, estaba tan contento, que no quería rendirse tan rápido a la realidad de separarse.

La feria había marchado tal y como Fabian había previsto, o incluso mejor.

El moreno había cumplido: había aparecido con la bruma, tirando de una enorme carreta, con su hijo a la zaga, con un cargamento idéntico.

Marco estaba tan nervioso, que había creído que iría a vomitarle a los pies, pero Fabian se había encargado de la situación con maestría, señalando y ofreciendo los trabajos tallados a mano, como si no notara que tiraba de los hilos del futuro inmediato de casi todos los suyos.

El moreno, a pesar de su hosquedad, había entregado todo lo que habían acordado y se había llevado una grata impresión con las sillas.

Fabian le había asegurado que podrían repetir el intercambio la siguiente temporada, y, a pesar de que el tipo quiso enmascarar su interés, había sido muy sencillo adivinar su satisfacción.

Marco se había convertido en el héroe de los blancos.

Floro lo había tomado en volandas, aunque este protestó, avergonzado, y lo había cargado sobre los hombros, delante de la pequeña procesión, que habían hecho las carretas hacia su barrio.

Gerd lo había palmeado en la espalda, antes de ordenar que metieran todo en la casa para poder hacer la división.

Fabian se había encargado del resto.

Aunque eso había contribuido en buena medida a su euforia, el instante favorito para Marco había sido cuando Cati, rebosante de felicidad, lo había abrazado con vehemencia antes de estamparle un sonoro beso en la mejilla.

En el único momento que habían conseguido estar a solas, la morena no había atendido a razones. Con todo su arsenal de vendas raídas, había procurado aliviar un poco los callos y las profundas heridas que surcaban las manos castigadas de Marco.

—Te juro que no es nada —le había mentido él, en vano—. Ni siquiera lo siento ahora. Vamos a celebrar.

Ella no había intentado expresarle sus reservas cuando cayó la noche.

Había llamado la atención, naturalmente. La única morena, además de Esmeralda, danzando con torpeza con él, buscando no tocarle las manos para no hacerle daño. Era un sol rabioso en un océano de lunas, que no se avergonzaba en absoluto de su incandescencia.

Marco había decidido pasar por alto cualquier comentario, incluyendo los de Eva.

—Mamá, ¿de verdad tiene que estar ella aquí? —había protestado la joven, lo suficientemente alto como para que lo oyeran—. ¡No es de los nuestros!

—Fabi dijo que fue la que más colaboró con Marco. Deberías estar un poco más agradecida —le había respondido Janina con calma.

—Pero… ¡Yo podría haberlo hecho, si me lo hubiesen pedido!

Marco había tirado de Cati para alejarse un poco de ella y acercarse más a su hermana, y a Esmeralda.

Al final, se había cansado de tanta gente y de tanta fiesta.

Susi no había parado de atosigarlo a abrazos, y Floro seguía en algún lado gritando estupideces que lo empezaban a poner nervioso.

Cómplice, y ansioso de celebrar con un ratito arañado al tiempo, le había hecho señas a Cati para apartarse.

—¿Quieres salir de aquí?

Ella lo había mirado con ojos muy grandes, temerosa.

—Solo un momento —le aseguró Marco, apretándole la mano—. Estarás conmigo.

Cati solo había dudado un segundo, antes de quebrarse en una sonrisa y asentir.

Se escabulleron por la parte de atrás hasta entrar en su casa, apenas alumbrada por un débil candil, que amenazaba con apagarse en cualquier momento.

Marco no tenía muy claro qué quería decirle, así que se limitó a asegurarse de que el frío no pasara con demasiada furia, antes de pedir permiso con la mirada.

Cati se lo dio y extendió los brazos trémulos para aceptar su beso extasiado, anhelando beber de su propia dicha, para mezclarla con la suya.

Suspiró cuando sintió cómo ella empezaba a aflojarse, sedienta, entreabriendo los labios, con una confianza cimentada sobre horas interminables, conociéndose en el taller.

A Marco le causó gracia la aprensión de la primera vez que se había atrevido a rozarle la hendidura que delimitaba los labios de Cati, preguntándole si podía entrar. La sangre le había rehuido del rostro, cuando ella había aceptado y él había caído en la cuenta, atontado, de que la boca de Cati se encontraba vacía. Yerma.

Asustado, había fingido una serenidad que no sentía y había cortado de manera un tanto abrupta el contacto, sonriéndole para espantar fantasmas que no sabía que tenía.

Cati se había marchado un poco decaída esa vez, dejando a Marco con una indefectible sensación de culpa.

Los relatos de su padre se habían tejido con su propia imaginación, creándole un remolino de representaciones espantosas, oscuras, en las que veía cómo un hombre blanco se acercaba a Cati —que a veces era como él la había conocido y, en otras ocasiones, era una cría sin rostro que lloraba desconsolada—, acechándola para mutilarla antes de darse cuenta de que ese hombre era él mismo.

Había sido la morena quien, con su gentileza habitual, le había desanudado el pesar.

Marco no había vuelto a intentar besarla de esa manera, un poco avergonzado, así que había sido Cati la que, con las pestañas bajas, le había mordido apenas el labio, como llamándole la atención. Todavía le generaba incomodidad, un cosquilleo desagradable en el vientre, pensar en ese trocito inútil y rosado que apenas podía aletear dentro de la boca de la joven.

Nunca había dado un beso así, por lo que no tenía idea de cómo era que tenía que funcionar con dos lenguas. Pero el vacío le generaba pánico, una sensación de caída constante.

Le aterraba pensar en rozar el sitio exacto donde el corte había sido limpio, recto.

Cati no se sintió rechazada. De alguna manera, entendió lo que estaba anidado en la cabeza de Marco, y, con la paciencia que iba a caracterizar toda su relación, le mojó apenas los labios, como si eso pudiese crear un camino directo hacia ella.

Cati nunca había sentido tanta necesidad física de una persona. Era una joven cariñosa, y el afecto en ella solía expresarse en forma de abrazos y besos.

Con Marco era distinto.

No conseguía obtener suficiente.

La pinchaba una urgencia constante, ávida de beber en un mar de sal, y deseaba, sobre todas las cosas, lavarle el miedo, como Marco había hecho con ella, con dulzura infinita.

Por eso, Marco podía disfrutar, anhelante, ese beso a espaldas de la fiesta que se desarrollaba fuera, porque había conseguido vencer todos sus reparos iniciales al consumirse, poco a poco, en el fuego que encendía el sol de Cati.

Tocarle la piel morena lo quemaba, ávido de más besos, de más caricias, de más seguridad.

Cati parecía ser su refugio dorado.

CAPÍTULO 50

Nunca en su vida había visto una cantidad tan grande de sal.

—Tu parte es esa —le explicó Fabian, que sonreía complacido por la expresión de perplejidad de Cili—. Supongo que será suficiente.

La había enredado para que fuera a buscar lo que le correspondía a su casa, donde se había repartido la mitad del botín, obtenido durante la feria, pero no le permitió tomarla.

Se acercó él mismo a la reducida bolsa de arpillera, que estaba junto a la pequeña montaña blanca, y la abrió para añadirle un puñadito más.

—Nuestro secreto. —Fabian le guiñó el ojo, antes de tomarle la muñeca para obligarla a extender la mano y depositarle su recompensa.

Cili no se apartó, cosa que llamó la atención del rubio.

Enarcó las cejas, cuando tampoco oyó una respuesta ácida. Se había acostumbrado ya a sus comentarios sagaces e insidiosos, en esa pelea verbal que lo volvía loco.

Fabian abrió la boca, sin saber bien qué decirle, cuando Cili finalmente pareció salir de su trance y se soltó, nerviosa, para poder observar con sus propios ojos el montón de sal que le correspondía a ella, a su familia.

Esa bolsa diminuta significaba su victoria personal. Significaba borrar la vergüenza que cargaba en la espalda, en forma de mordidas espectrales, anónimas.

Cili empezó a llorar, sin arrugar el rostro, con la expresión inmóvil del asombro en las facciones. Las lágrimas simplemente comenzaron a correr por sus mejillas, ajenas a la ausencia de ambiente propicio para su presencia.

Fabian respiró una risita, incómodo.

—No es posible—soltó un poco violento—. ¿En serio vas a llorar?

Cili lo miró con una dignidad casi corpórea.

—Las lágrimas no son debilidad —sentenció en voz baja, sorprendiéndolo otra vez al no limpiarse la cara.

Fabian quiso besarla con tanta intensidad que se sintió mareado; con el estómago apretado en el centro de la garganta.

—No es posible... —repitió, sin fuerzas—. ¡Maldita sea!

La atrajo con un solo brazo, sujetándole la cabeza con la mano. Cili tenía casi su misma altura, y le quedaba perfecta la posición para reclinar apenas la frente contra su hombro.

—No te pedí consuelo... —murmuró la morena, laxa, sin apartarse de él.

—No importa.

—Le juré a mi padre que iba a resolverlo, pero... Si no hubiera sido por ti... —siguió farfullando Cili.

—¿Por qué mierda siempre intentas hacer todo sola? —le recriminó Fabian, separándola de sí, para sujetarla por los hombros y mirarla al rostro de manera directa—. ¿Por qué eres tan...?

—¿Tan qué?

Cili tenía el rostro húmedo, perfecto.

—*Así*. Baldassare también puede...

—No. Tú no lo entiendes —espetó la chica, reponiéndose de golpe y apretándole la palma para poner distancia—. Solo... Me voy.

—Ah, eso haces. —Sonrió Fabian con ironía, viendo cómo ella se aferraba a la bolsa de sal—. Siempre lo haces.

—¿Hacer qué? —repuso Cili, construyendo a toda prisa su tozudez, después del momento de debilidad.

—Huir.

—¡Tú no me conoces!

—Creo que te conozco perfectamente —le aseguró Fabian, peligroso—. Y es como reaccionas, cuando algo te asusta o te acorrala, ¿verdad?

—Yo no...

—Niégame que no hubieras querido que te abrazara. —Ante el silencio de Cili, que apretaba la mandíbula, Fabian decidió seguir presionándola—: O que hubieras preferido no conocerme, a mí, que soy un blanco de mierda, que molió a palos a tu novio y te ofreció un buen trato para salir del paso.

—¡Nunca quise decir eso! —respondió la morena con la barbilla levantada—. Y no soy una ingrata. Te agradezco lo que hiciste por mi familia. Creo que es evidente.

Fabian entrecerró los ojos.

—Pero ¿vas a negar lo que ocurre aquí? —Cuando se señaló, se evidenció la exigua distancia que se abría entre ellos—. Mantengo mi palabra, Cila: no voy a seguir avanzando hasta que rompas esa cabezonería de mierda que tienes, y admitas lo que pasa.

Ella boqueó, acorralada y furiosa.

—¿Y qué es lo que me pasa, ya que me conoces tanto? —exigió saber, a la defensiva.

Fabian se rindió. Relajó el semblante y la atravesó con una mirada fría, impasible. La contundencia de estar en lo cierto se podía leer en cada una de sus facciones.

—Juzgas a tu hermana por ser ingenua y haberse rendido con un blanco, pero tú has hecho lo mismo. Mírate.

—Yo no me rindo nunca —contraatacó Cili, edificando una vez más sus rasgos altaneros—. Menos ante ti.

—¿No vas a pedirme nunca ese beso? —preguntó Fabian, sintiendo cómo parte de su confianza se resquebrajaba ante su rotundidad.

—No entiendo por qué esperabas otra cosa —replicó ella entre dientes.

Las tornas habían cambiado. Aunque conservaba los rastros de lágrimas en sus mejillas, Cili había enarcado las cejas y lo miraba con renovado orgullo.

Fabian jugó su última carta: la sinceridad.

—Porque yo *sí* lo quiero.

Ella permaneció en silencio. Su corazón no conseguía ajustarse a su sitio, como si prefiriera alojarse en el centro de su vientre o salirse por la garganta. Fabian se veía más pálido que nunca, con los rasgos apenas iluminados, irradiando esa luz etérea que era tan similar a la luna.

Cili apretó los labios para no hablar, a pesar de que le sudaban las manos y percibía cómo ese maldito resplandor empezaba a consumirla entera.

—De verdad quiero. —La expresión de Fabian se había desembarazado de cualquier resabio de burla o ironía. Se plantó frente ella como lo que era: un tonto prendado de quien no debía—. Así que, ahora es un buen momento para que también seas sincera —se atrevió a continuar, dando un paso al frente— y me digas, si puedo seguir haciendo el imbécil contigo. Soy sincero, ya sabes. No soy un cobarde.

La morena sopesó la posibilidad de que Fabian estuviera haciendo alusión a Toni o a Álvaro; pero, en vez de perder el tiempo en eso, prefirió detenerse en los ojos claros del rubio, durante un segundo suspendido en el tiempo.

Lo rompió, al sujetar con fuerza la bolsita y salir, sin atreverse a mediar palabra con Fabian, dándole la razón, al menos en una cosa: solo sabía huir.

Ignoró el jolgorio que bullía desde el barrio de los blancos al caer la noche y anduvo deprisa, hasta la plaza, para doblar y tomar el camino hacia su casa.

No estaba segura de si quería llegar allí —sus padres estarían impacientes de preguntas y exclamaciones con el botín que llevaba—, o solo dejar la sal y marcharse pitando hacia el río.

Hacía demasiado frío para nadar.

—¡Cili! ¡Cili!

Se giró, al distinguir la voz agudizada de Bruno, que estaba haciéndole gestos en la oscuridad.

—¿¡Cati está contigo!? —exclamó, a pesar de que todavía estaba a mitad de camino.

—Eh... —Cila estaba desorientada—. No. Está en casa.

—No... —Al fin, Bruno llegó hasta ella—. ¡No! Tu madre está histérica. La llevamos buscando desde la tarde. ¡Se esfumó sin avisar a nadie!

—Oh, mierda. —El alma a la morena se le escurrió hasta los pies—. ¡Tiene que estar con Marco!

—Sabía que ese blanco no podía traer nada bueno. ¡Maldición!

CAPÍTULO 51

Cati tenía el rostro hacia el cielo vacío, mientras daba descuidados pasos, para atisbar alguna estrella. Eran las últimas que iban a verse, porque el viento anunciaba ya la temporada fría, con sus remolinos de nubes negras, que se deshacían en forma de tormenta helada.

—¡Cati, mira al frente! —la reprendió Marco en voz baja, tirando apenas de su mano—. Vas a caerte.

Ella sonrió, complacida, y continuó doblando el cuello hacia arriba. La felicidad no le entraba en el cuerpo. No podrían agriarla ni siquiera unos raspones.

Marco, aunque también estaba muy contento —y un poco excitado; todavía sentía los labios hinchados, calientes—, había conseguido contener sus emociones para asegurarse de que la morena no tropezara y, lo más importante: que no hubiera nadie en el camino.

Habían dejado el barrio de los blancos hacía un momento, cuando, con modorra, se habían quitado la fantasía de la cabeza para darse cuenta de lo tarde que era.

Marco esperaba cruzarse con Cili y que ella se encargara. A decir verdad, le producía una densa pesadez en el pecho imaginarse enfrentándose a la madre de las chicas.

Pero Cati no parecía tener miedo. Le sonreía en la oscuridad, con esos ojazos brillantes, que se confundían con el cielo azabache.

A Marco nunca le había parecido tan bonita.

—¡Eh, espera!

La atrajo hacia sí, respondiendo al impulso de volver a tenerla cerca, para tomarle la mejilla y besarla con ganas, como si no hubiera estado haciendo eso mismo durante las últimas horas.

Era adictivo. Cati era fascinante.

Ella respondió de inmediato, sonriendo sobre los labios de Marco y olvidándose de las estrellas, para recuperar su brazo y pasárselo por la nuca.

—¡Suéltala! —chilló alguien a sus espaldas, con la voz ahogada.

Marco quiso girarse, extrañado, pero sintió cómo un golpe abrumador le daba en la coronilla, dejándolo momentáneamente sin capacidad de razonar.

—¡Cati, aléjate de él! ¡Es un…! ¡Es un…!

Marco gimió, al notar cómo el dolor empezaba a esparcirse desde el punto de contacto serpenteando por todo el cráneo, dejándolo ciego por un segundo, en el que percibió cómo el cuerpo de Cati se le escurría de entre las manos.

—¿Qué está…?

—¡No! —seguía vociferando la voz aguda—. Te estuvimos buscando. Bruno y tu madre estaban muy asustados. ¡Cómo pudiste…!

Marco sacudió la cabeza y parpadeó, para quitarse la mala sensación, y se percató de que estaba en cuclillas. Se incorporó despacio y vio cómo Cati parecía discutir, gesticulando violentamente, con una morena de su misma edad.

—Oye…

La conocía, pero no podía recordar el nombre.

Cati estaba enojada; Marco podía olerlo, incluso sin verle la cara.

Entendió a media máquina que la morenita lo había golpeado con un grueso cascote de piedra, que se había quebrado a un lado, como si tuviera que salvar a su amiga de sus garras. Esa conclusión le cayó peor que el golpe.

La recién llegada no atendía a razones.

—¡Tenemos que irnos, Bruno tiene que estar cerca! —ignoró el tirón brusco que le daba Cati para llamarle la atención, girándose para gritar—. ¡Bruno! ¡Bruno, aquí!

Marco llegó hasta Cati en el momento en el que la otra chica agitaba el brazo en la penumbra, buscando refuerzos.

Cati lo observaba con ojos suplicantes.

—No le he hecho nada —aseguró él con la boca pastosa, profundamente impotente—. Estaba acompañándola a casa...

—¡Suéltala! —pidió la morena, aterrada, al notar cómo Marco reconfortaba a Cati con una mano en el hombro.

—Pero...

En eso, bajó Bruno corriendo, con un candil en la mano. Se veía furioso.

—¡Muévete, Delia! —ordenó sin una pizca de paciencia, haciendo que la morenita se retirara, dolida—. ¿Cómo podéis...? —espetó, al plantarse frente a la pareja—. No esperaba menos de un blanco, pero tú, Cati... ¿Te das cuenta del lío en el que te acabas de meter? ¿Sabes lo que le has hecho a tu madre?

El enojo de Cati se trocó de manera inmediata en desconsuelo.

—No me mires así. —El tono de Bruno era demasiado duro, y a Marco le flameó el pecho al volver a percibir esa punzada de celos y rencor contra el moreno que se atrevía a echarle las cosas en la cara de esa manera—. Estás en serios problemas, Cati, y esta vez no voy a mentir por ti.

Marco quería discutir, negar lo que Bruno estaba diciendo implícitamente, pero seguía atontado por el golpe, y las palabras no conseguían formarse en sus labios.

Delia se acercó, tímida, a la discusión, y captó la atención de una llorosa Cati.

—Ellos son horribles —murmuró, señalando a Marco—. Yo los vi, Cati. Vi cómo golpeaban a Álvaro hasta casi matarlo, te lo puedo jurar. No entiendo por qué eliges estar con él en vez de con nosotros.

La aludida boqueó, impotente.

—¡Tú no me conoces! —le aseguró Marco, buscando desesperadamente defenderse del odio injusto hacia ellos—. No sabes cómo soy.

—Y tú tampoco sabes cómo somos —contraatacó Bruno, antes de que Delia pudiera farfullar una respuesta—. No estaba de acuerdo con esto, y ya no me importa que Cili te cubra, Cati. Se lo diré a tu madre.

Ella hizo un ruidito con la garganta, espantada.

Marco quiso detenerla, pero Cati saltó enseguida sobre Bruno para rogarle.

Por favor, no lo hagas. Te quiero. Lo quiero a él también. ¡Por favor!

—¿Pero qué mierda está pasando aquí? —exclamó de pronto Cili, corriendo hacia ellos—. ¡Catarina! ¿¡Dónde se supone que estabas, maldición!?

A Marco no le caía mal la morena, pero en ese momento la odió.

Cati se separó de Bruno y se echó a llorar, desconsolada.

—Pero ¿qué…?

Esa vez sí fue más rápido. Alcanzó a Cati antes que su hermana y la abrazó, ofreciéndole el maldito consuelo, que ninguno de los suyos parecía dispuesto a darle.

—Guárdate las lágrimas para explicarle a mamá —masculló Cili con torpeza al llegar y advertir que estaba llorando—. No te pongas así. ¡Nos has dado un susto de muerte!

—Si le hubiera dicho a alguien… —intervino Delia, apocada, todavía mirando de reojo la rabia de Bruno.

—¡Ella no es una niña! —espetó Marco mirándolos a todos con fiereza—. Sabe lo que hace, ¿no os parece? ¡No sois dueños de su vida!

—Pues tú tampoco —saltó Bruno, respondiendo a la pulla con una valentía que no sabía que tenía. Estaba harto de ese blanco.

—¡Calmaos! —pidió con autoridad Cili, ignorando la disputa velada de los chicos—. Ahora lo que importa es que estás bien y que tienes que…

—Ah, maldición, ¡Cila!

La mueca de la aludida varió en un segundo. Se descompuso para volver a construirse a toda velocidad, impostando una expresión de hastío que hubiera sido creíble de no haber visto su primera reacción.

—Quedaos aquí un momento —los conminó con firmeza, antes de caminar hacia Fabian, que se acercaba a grandes zancadas.

—¡Déjame...!

—Estoy ocupada. Por favor, vete —le exigió Cili, tensa, sin tiempo para procesar nada más—. Llévate al chico.

—No —sentenció Fabian obcecado—. Te busqué por todos lados. No puedes esconderte para siempre de mí.

—¡Ahora no es el momento para...!

—¿Para qué? ¿Vas a seguir huyendo?

—Fabian, deja de...

—¡Catarina!

Cili cerró los ojos al oír esa voz.

Fabian, que discutía con ella muy cerca, se percató de nuevo de esa vulnerabilidad que había demostrado en su casa; vulnerabilidad que hacía cosquillearle las manos por las ganas que tenía de abrazarla.

—Idos de aquí, *ahora*.

Fabian no llegó a responder, porque Cili se giró para volver hacia donde estaban los chicos, petrificados, que miraban cómo Edite se abría paso, dejando a Baldassare detrás.

La mujer no frenó ni siquiera cuando estuvo encima del grupo. Abrió la palma con fuerza, mientras con la otra mano cazaba a su hija menor de la ropa y la separaba de Marco, antes de propinarle una sonora bofetada, que restalló con la violencia de un látigo.

Delia gritó, asombrada.

—¡Vuelve a acercarte a mi hija y sabrás lo que...!

—¡Mamá! —rugió Cili, viendo cómo la situación se salía de control.

Edite temblaba, y Marco se sujetaba la mejilla ardiendo, vuelto hacia un lado.

—¡No sé cuántas veces voy a tener que decírtelo, maldita sea! ¡Ningún blanco se volverá a acercar a ella, ¿me oyes? —Se giró hacia Cati con la misma violencia y la sacudió por la pechera de la camisa—. ¡Y tú...! ¿Cómo puedes andar con ese... con ese...? ¡Creí que te había educado mejor!

Cati seguía llorando.

—Mamá, cálmate —pidió Cili tensa.

—¡Esto es tu culpa, Cila! —Edite parecía tener dardos crueles para todos—. Tu ejemplo la llevó a esto, ¿no lo ves? ¡Liada con un maldito blanco! ¡Si mi padre viera lo que...!

—Edite, por favor —murmuró Baldassare, llegando hasta ellos—. Le estás haciendo daño a Cati.

La mujer, respirando con dificultad, soltó a su hija menor, que se quedó laxa en su sitio, sin saber dónde buscar consuelo.

—Señora, le pido que se tranquilice —intervino Fabian, cubriendo con cuidado a Marco, que parecía aturdido, como si le hubiera caído un rayo en el pecho—. Hablemos de esto como personas de bien.

—No pienso hablar nada contigo, ni con ninguno de los de tu calaña —espetó Edite, sin importarle que sus gritos estuvieran alertando a los vecinos. Se habían encendido algunos candiles en las casas próximas.

—Podría mejor entender que Cati sea alguien más abierto que usted y no le importe una mierda el color de sus amistades —ironizó el joven, dándose cuenta de que estaba solo. Le hervía la sangre.

Cili no quería mirarlo.

—Fabian, mantente al margen —musitó la morena, casi sin mover los labios.

Edite estaba fuera de sí.

—No creeré una maldita palabra de lo que digas. ¡Embusteros! ¡Ladrones! —Volvió a tomar a Cati por el hombro—. No puedes seguir desperdiciando tu tiempo con estos seres, Catarina. ¿¡No te das cuenta?!

—¿Por qué mejor no nos...? —La sugerencia de Baldassare murió sin terminar de formularse.

—¡Ellos, son unos ladrones, se llevaron todo, y pagamos nosotros! —chilló Edite, ignorando por completo a su esposo—. ¡¿Cómo puedes traicionar así a tu familia, Cati?! ¡¿Cómo puedes mirarlos a la cara después de lo que te hicieron?!

—¿Cómo dijo? —soltó Fabian, abriendo mucho los ojos.

—¡Lo que oíste! —escupió la mujer, escondiendo a su hija menor para que no pudiera tener contacto alguno con los blancos. Cili se rindió—. Os conozco muy bien, y en vuestra sangre está robar todo lo que no os pertenece. Son codiciosos, egoístas y ¡estoy segura de que sois los que nos arruinaron y escaparon sin culpa alguna! Es lo único que saben hacer los blancos: hurtar y huir.

Fabian se quedó lívido. No pudo atinar a decir nada, cuando Edite hizo un gesto a los demás, y se aseguró de que Cati estuviera con ella.

—Vámonos de aquí. ¡No volveréis a ver a mi hija!

Fabian oyó que Marco gemía; no tenía claro cuál era su dolor.

Baldassare intercambió una breve mirada con Fabian, antes de rodear los hombros trémulos de su mujer, e indicar en silencio a Bruno y a Delia que los siguieran.

Cili parecía clavada en su sitio. Esperó a que su familia hubiera dado un par de pasos, antes de correr en la dirección contraria, y acercarse mucho, *demasiado*, al rostro de Fabian.

—Vete al recodo del Elisio y espérame ahí.

Luego siguió la estela del resto de los morenos, subiendo la cuesta hacia su hogar.

CAPÍTULO 52

No tenía claro si sus nervios fuesen a aguantar lo suficiente. De cualquier manera, esperó que las aguas se aquietaran en su casa y volvió a salir en el más absoluto silencio.

Estaba segura de que Baldassare no se había dormido, pero tampoco atinó a detenerla.

Todo había sido un desastre.

Edite no había terminado de llegar para llorar a gritos, histérica, haciendo que Cati se encogiera en una esquina y se tomara la cabeza con las dos manos, mientras empezaba a gemir con ese sonido espeluznante, que se cortaba en su garganta, cuando era presa de las lágrimas.

Cili se las había arreglado para poner paz, con el corazón lastimándole las costillas.

Su madre seguía berreando acerca de culpas, y la joven había tenido que sujetarla con firmeza porque, en un ataque de locura, había querido abofetearla.

Mucho más robusta que Edite, ella le había tomado la muñeca con firmeza y se la había bajado sin amilanarse.

Baldassare no había necesitado intervenir; su mujer se había dado cuenta enseguida de que había vuelto a cruzar el límite.

Cili había terminado abrazándola con torpes palmadas en la espalda, murmurándole promesas que no sabía si podría cumplir.

—Nadie va a hacernos daño, mamá. Te lo aseguro. Vamos a estar bien. No dejes que tengan ese poder sobre ti.

Baldassare se había encargado de Cati, que lucía desconsolada. Había querido explicarle algo ininteligible a su padre, pero el hombre la calmó y le aseguró, mirando de reojo a Edite, que hablarían al día siguiente, cuando estuvieran descansados y calmados.

Por eso, Cili había aprovechado la quietud artificial para salir, sin sentir el frío que le mordía los pies descalzos. Solo alcanzaba a oír el susurro del viento y sus palpitaciones frenéticas, dudosas.

No sabía qué iba a decirle a Fabian, y, por un segundo, tampoco pudo asegurar si estaría allí.

Pero su cabeza rubia la hizo volver a respirar. Su corazón se olvidó un latido antes de retomar la marcha a toda prisa. Apenas podía distinguirse la silueta del joven, sentado entre la maleza de la duna, que se deslizaba perezosa hasta los rápidos del río. No la había escuchado.

A Cili le pareció gracioso, y un poco irónico, que se le hubiera ocurrido que se encontraran allí, donde habían compartido a la fuerza tantas mañanas nadando en silencio.

Fabian se dio la vuelta, nervioso, al sentir los pasos muy cerca de él. No había luna, así que, Cili no pudo compararlo con su luz pálida, como lo venía haciendo desde que había visto por primera vez a un hombre blanco.

Se preguntó si su versión de niña le creería, si retrocediera en el tiempo para contarle cómo se le apretaba el estómago, al ver otra vez unos ojos tan claros. No de miedo, de algo más.

—No digas nada —se limitó a decir en voz baja, disfrazando el ruego de orden.

Fabian entendió a la perfección.

La recibió sin abrazarla, besándola con la misma fiereza con la que corría el Elisio varios pasos más allá, con todas las ganas que había juntado durante demasiado tiempo.

La besó con ímpetu, con fiereza, encendido por la misma reacción de Cili, que parecía despejar sus emociones, para transmitirlas con los labios. Era un beso furioso. Desesperado.

—Sabía que ibas a venir a buscarlo —alcanzó a farfullar él, agitado.

Cili le había cruzado los brazos detrás de la nuca, tirándole apenas del cabello largo.

La joven negó con la cabeza, atribulada.

—No... Cállate.

—Está bien.

No pidió permiso para volver a besarla, porque no lo necesitaba.

Fabian comprendió que Cili no quería hablar porque, si lo hacían, iban a volver a ser polos opuestos. Dos personas que nunca tendrían que haberse reunido.

El sol y la luna.

Cili parecía pelear contra toda la mierda que había vivido sobre su piel, mordiéndolo, enredando su mano oscura en el pelo largo de él.

Fabian gruñía, excitado. No tenía la capacidad de pensar en nada más que en la cercanía de la joven, que lo absorbía entero.

Creyó ahogarse cuando Cili se apartó de repente, impulsándose sobre sus hombros, para erguirse recortada contra el horizonte, con los ojos negros brillando contra el cielo. Era una jodida belleza.

Fabian quiso romper el hechizo, volver al reino de las palabras, para despertar del instante que le habían robado al tiempo. Pero Cili fue más rápida: lo miró por un segundo, seria, con los labios hinchados y la respiración entrecortada.

—Espera —pidió él, al verla. Estaba tirando de su camisa para quitársela, sin cortar el contacto visual.

—¿Por qué? —casi exigió, buscando disimular su desesperación.

—Déjame...

—No. —Era un ruego, un clamor de auxilio—. Por favor, solo... hazlo. ¿De acuerdo? Bórrame toda esta mierda.

Las facciones de Fabian se endurecieron, aceptando su súplica como una necesidad.

Se levantó sobre sus rodillas y se deshizo a toda prisa de su propia camisa, antes de tomarle las muñecas, para obligarla a levantar los brazos y quitarle la de ella, que desechó a un lado.

Cili lo miraba de la misma manera: recta en su desnudez. Tenía los pechos erguidos, y no sabía si por el frío o por la excitación. No temblaba.

Fabian deseó poder bebérsela entera.

—Ven aquí.

Su piel ardía, cuando volvieron a entrar en contacto, pero esta vez abrazándola fuerte por la cintura, antes de tumbarse a un lado. Cili gimió bajito y encendió todas sus terminaciones nerviosas. Llegó a tirar de la ropa perdida y extenderla como pudo, para no llenarse de arena antes de fundirse en otro beso feroz, una batalla a mordiscos por el olvido.

Cili se sentía en llamas.

Fabian no la trataba como el cristal, como lo había hecho Toni. Respondía a sus embestidas con más vigor y no parecía amilanarlo su fuerza. Al contrario, podía sentir cómo le enterraba la erección caliente contra el estómago, humedeciendo la tela de sus pantalones.

Iba a hacerlo con un maldito blanco.

Cili casi quiso echarse a reír como una histérica al sentir cómo Fabian la obligaba a exponer el cuello, para recorrérselo a lametones, erizándole toda la piel.

Estaba *temblando de gozo* por un blanco.

Se descubrió deshaciéndose y volviéndose a armar, cuando Fabian descendió para dar un lengüetazo lánguido a su pecho. Se desesperaba por más.

Tiró a ciegas, mientras mordisqueaba la piel blanca del joven cerca del hombro, fascinada con lo rápido que se marcaba su piel.

Fabian respondió enseguida, levantando la cintura, para ayudarla a desnudarlo, antes de terminar de hacer lo propio con su ropa, sin dejar de calentarle los pezones de saliva.

Fabian apretaba un puño contra el cabello desordenado de Cili, para mantener cierta cordura y no pellizcar de más. La seguridad de la morena estaba partiéndolo en dos.

Podía sentir el remolino de semen empapándolo y dejando un reguero viscoso bajo el ombligo de Cili.

Se había acostado con una muchachita blanca la noche antes de llegar a ese lado del río, y la experiencia no había tenido nada que ver con lo que estaba viviendo en ese momento. Aquella vez se había sentido nervioso, cagado de miedo por lo que llegaría con el alba, y había estado seguro de que la chica lo había hecho por piedad. Ni siquiera había disfrutado.

Sobre la duna, en cambio, seguía el instinto y las reacciones de Cili, ávido por hacer lo correcto.

La morena le había apretado la muñeca cuando le había apretado muy fuerte el pecho, y Fabian había aprendido el límite con rapidez, volviéndose loco ante cada escalofrío de la morena.

Y estaba allí tendida, completamente desnuda.

Cili amagó a tomarle la erección, pero Fabian fue más rápido: se sentó antes de tirar de su mano, para colocarla frente a él en la misma posición.

—Suéltate el cabello —pidió con la voz ronca, señalando con la mirada la cabeza de la joven.

Ella se acomodó, sentándose sobre los talones, con los senos bien erguidos esperando, dolorosos, más atención.

—Bueno.

Fabian solo había respondido a un impulso, para verla en su rebeldía más extrema, con la esencia que lo había invadido por completo, pero no se había imaginado que un gesto tan sencillo podría volverse algo así de erótico.

Cili le clavó la mirada y se mordió el labio antes de arrodillarse, mostrándole su desnudez. Levantó ambos brazos para desanudarse el pañuelo que le sostenía el cabello oscuro, deshaciéndolo con una parsimonia ridícula.

Fabian aguantó la respiración, y no pudo evitar desinflarse y tomarse la erección, para empezar a masturbarse ante esa visión morena, oscura y perfecta.

El sol lo estaba quemando por completo.

El cabello cayó y Cili sonrió, sabiéndose dueña de la situación.

Tomó el trozo de tela, tensándolo con ambas manos, y se lo frotó con lentitud por los pechos, haciéndolos desaparecer y volver a emerger, sensibilizados por el tacto y los mordiscos de Fabian.

Él aumentó su fricción.

—Párate —pidió, ahogado. Le indicó dónde, con una mano sobre su pantorrilla.

Cili se puso de pie, para que su sexo quedara a la altura perfecta del rostro de Fabian.

El blanco le apretó el culo, mientras seguía masturbándose, antes de lamer la cara interna de su muslo. Subiendo. Despacio.

Cili inspiró con rabia cuando la lengua de Fabian se abrió camino entre sus vellos ensortijados para besar su intimidad; beberse la humedad, mientras agonizaba de excitación, masturbándose deprisa.

Las rodillas de Cili se sintieron fallar, cubierta por los espasmos que le provocaba ese contacto tan profundo.

Fabian ahogó un gemido sonoro antes de correrse, quebrando el cuello hacia la morena. Ni siquiera buscó limpiarse; se limitó a recuperar la respiración, guardando cuidadosamente el recuerdo de ese placer en algún punto de su mente, y a volver a enterrar el rostro contra el sexo de Cili, ahora sí, apretándole las dos piernas para obligarla a mantenerse en su sitio.

Ella gritó, vencida, abriendo las rodillas adrede para ofrecerse entera. No tenía espacio en su cabeza para otra cosa que no fuera las lamidas groseras sobre su intimidad, que estaban haciéndola jadear de excitación.

—Tócame..., por favor.

Fabian no se hizo rogar.

Su erección había amainado, ya satisfecha, pero su mente no había tenido suficiente de Cili. Le apretó más el culo y su mano serpenteó para alcanzarle un pecho y pellizcárselo con deliberada lentitud. La morena estaba deshaciéndose en sus brazos, y no había mejor sensación que aquella.

Con la capacidad de pensar menos desdibujada, la ayudó a tumbarse mientras su atención alcanzaba el trozo de tela perdido a un lado. Le pintó una idea que volvió a tirar de la entrepierna.

Cili boqueaba, intentando recuperar la respiración.

—¿Confías en mí? —barbotó Fabian. Después de haberlo dicho, se percató de que podía tener un significado mucho más profundo.

Los ojos oscuros de la morena lo siguieron, mientras se estiraba para alcanzar su paño.

Fabian pensó que evadiría la pregunta con una respuesta sarcástica, por lo que se sorprendió, calentándose a toda prisa, de que ella pudiera afirmar con tanta sencillez.

—Sí.

Tragó grueso.

—Sígueme el juego.

Le besó un pecho antes de sentarse en un lado, indicándole con un gesto que extendiera los brazos en alto, por encima de la cabeza.

Cili extendió toda su desnudez de cara al cielo negro, obedeciendo en silencio.

Fabian percibió su respiración entrecortada, cuando pasó el pañuelo por sus muñecas para juntarlas y atarlas, cuidándose de no apretarla demasiado.

Ella no se quejó. Cerró los ojos y se quedó allí, sintiendo las palpitaciones de su sexo, y dejándose llevar por el oleaje de excitación.

Él se separó y se paró frente a la figura tumbada de la morena, deleitándose por un momento, antes de seguir su impulso.

Se le había llenado de agua la boca.

—Quédate quieta.

No necesitó respuesta. La acarició entera, contento de poder disfrutar, después de haberse corrido una vez, para grabar a fuego cada esquina de aquel cuerpo moreno. Lo hizo con los dedos y con la boca, besándole no solo los pechos, sino también el estómago, las piernas largas, el cuello, el rostro, las orejas… Dibujó caminos infinitos por los brazos bien formados, por la curva de su cintura, mientras Cili procuraba quedarse quieta, jadeando y apretando el sexo, necesitado de contacto.

—Por favor… —alcanzó a rogar con la voz quebrada—. Por favor…

Fabian accedió con rapidez a terminar la tortura.

Deslizó dos dedos por el sexo de Cili, mientras seguía lamiendo el resto de su cuerpo, fascinado y sorprendido de que estuviera tan mojado. Friccionó un poco, calentándose al oír los gemidos cortos de la joven, que arqueaba la espalda para ofrecerle mejor la pelvis.

Le dolía la erección, otra vez pulsando por atención.

—Voy a girarte —le indicó con la boca seca, imaginándose lo que deseaba.

Ella accedió y se volvió. Las marcas apenas eran visibles; y él lo agradeció, porque no tenía capacidad de pensar en aquello en un momento así. En vez de eso, respiró por la boca y le tomó la cadera para elevarla un poco, separándole apenas los glúteos, antes de enterrar su miembro en la hendidura.

Gimió, como si el contacto ya lo hubiera aliviado.

Cili entendió enseguida e hincó un poco las rodillas, para que Fabian pudiera apretarle bien el culo, masturbándose contra su piel.

Retorciéndose por no poder verlo —se imaginaba las embestidas y el contraste de color y perdía la cabeza—, Cili se lamentó de tener las manos atadas y no poder seguir tocándose ella, sofocada de ansias.

—¿Puedo...?

Fabian se había detenido y había deslizado su punta mojada desde el culo hacia abajo, sobre la entrada libre y dispuesta.

Cili tragó, preguntándose si sería una humillación que la tomaran así, imposibilitada y por detrás, y si habría algo mal en ella por estar deseándolo con tantas ganas.

—Desátame —alcanzó a articular, todavía de espaldas.

Fabian accedió de buen grado, sin mover la erección del sexo cosquilleante de Cili.

Se estiró y tiró para deshacer el lazo, y lanzó el pañuelo a cualquier lado, antes de posicionarse y entrar despacio, enterrándose en la joven que mordía su erección.

—Ah...

Fabian terminó de perder su capacidad de razonar.

Empezó a embestir, al borde del éxtasis, clavándole los dedos sobre la cadera, como si así pudiera atraerla más, y hundirse más profundo.

Cili gemía sin remilgos. No se sentía para nada como lo que había hecho con Toni: no podía dejar de temblar, al borde de la explosión. No estaba segura de sí se debía a que tenía más experiencia en ese momento, o si era porque se sentía diferente respecto a Fabian, pero no se avergonzó de estimularse con la mano libre, mareada por las embestidas profundas.

Se retorció apenas un momento después, hipersensibilizada y chillando de una manera que no creía posible. Se quebró en espasmos, cerrándose en torno a la erección de Fabian, y eso fue lo que le dio al joven el pie para correrse una vez más, ahogando un último gemido antes de caer, laxo, sobre ella.

Rodó a un lado, para dejarla recuperar el aire, igual de agitada que él, pero sin energía para separarse demasiado de su piel.

Cili boqueó, intentando serenarse.

—Eso fue... —llegó a decir Fabian, sin encontrar la palabra exacta que pudiera definirlo. Se sentía pleno; el soberano supremo del mundo.

Pero ella tardó un poco en contestar.

—No digas nada.

El frío se volcó de pronto sobre el joven, que sintió, resignado, cómo su cuerpo descendía diez grados. Recordó que era lo mismo que le había dicho Cili, apenas había llegado, y se preguntó cuánto tiempo más podría permanecer en ese limbo, antes de que se astillara en mil pedazos.

En silencio, Cili se puso la camisa.

—Creo que esto responde a tu pregunta —murmuró con la voz ahogada, bajando las pestañas.

Fabian, todavía desnudo, se sentó frente a ella, desconcertado por el contraste entre su franqueza natural y esa repentina muestra de debilidad, de cobardía.

No quería mirarlo a los ojos.

—¿Qué pregunta? —inquirió, sintiéndose estúpido.

Cili se apretó los labios antes de suspirar y levantar al fin la cabeza.

—No puedo estar de tu lado —aseguró, con la voz ronca—. Ni siquiera por ti. Lo siento.

—Yo solo...

—Necesito que me respondas algo.

Fabian supo que se había terminado su tregua.

—Mi madre cree que todos los blancos son unos ladrones. Y no soy estúpida: no voy a dejarme llevar por sentimientos, ¿sabes? No puedo permitírmelo. Mi familia no puede permitírselo. —Él quiso protestar, pero la morena no se lo permitió—. Así que, necesito que seas sincero, al menos por respeto a que yo también lo fui aquí contigo.

—Dímelo.

—¿Lo eres?

Fabian volvió a dibujar en su mente las marcas en la espalda de Cili, retorciéndose para entrelazarse sobre su garganta y apretar hasta asfixiarlo.

Ella lo miraba de manera directa a los ojos.

—¿Eres un ladrón?

No fue capaz de mentir. No hubiera podido ni aunque lo hubiera querido. No, cuando acababa de abrirse por entero para demostrar lo que sentía por ella.

Era tiempo de asumir la culpa que había evitado.

—Sí.

El invierno, sin duda, había empezado.

EPÍLOGO
DESPUÉS DEL INVIERNO

Fabian terminaba de acomodar sus magras pertenencias, haciendo caso omiso del espectáculo que montaba Eva dentro. No había parado de llorar durante días, y ni las palabras conciliadoras de Janina habían frenado sus nervios.

—¿Estás listo? —preguntó Floro, echando un rápido vistazo a la carreta que había construido Marco, en poco más de dos jornadas, cubierta en su mayoría por una gruesa tela, para protegerla del calor—. ¿No falta nada?

—No creo que podamos prever mucho más —se resignó Fabian, encogiéndose de hombros ante la incertidumbre.

El sol daba con fuerza sobre su piel blanca, furioso, enceguecedor. Parecía ofendido de que se hubieran olvidado de él.

—Espera un momento —pidió entonces, entrando por última vez a su hogar. Floro consintió con un gesto de la cabeza.

Eva se le echó con los brazos al cuello, gimiendo otra vez de pena.

—No seas tonta —le recriminó su hermano, acariciándole la cabeza—. Volveré enseguida, ¿de acuerdo? Voy a solucionar esto.

—¿Por qué no puede hacerlo otro? —sollozó la chica, repitiendo la retahíla que no había cesado desde la feria—. ¿Por qué tú?

—Eva —intervino su madre, suspirando—. Ya hablamos de esto.

—¡Pero…!

Fabian le palmeó la coronilla, después de que su hermana pateara el suelo, caprichosa y deshecha en lágrimas.

—Volveré enseguida —repitió Fabian, pero esta vez mirando a Janina.

La mujer asintió y cerró los ojos.

—Cuídate.

—Eva, ocúpate de Marco, ¿de acuerdo? —la lisonjeó, cerca de la salida—. ¡Te lo encargo!

No aguardó respuesta. Volvió a enfrentarse con el día abrasador, alcanzando enseguida la carreta cargada. Floro estaba recostado sobre ella, aguardando.

—Pío tiene que estar esperándonos —sentenció con ligereza, tomando con sus manazas los extremos para poder tirar con fuerza—. Anda.

En efecto, el joven estaba ya en la puerta de su hogar, contrito, junto a Viktoria y su niño en brazos.

Floro resopló al verlos y desvió la mirada, rezagándose a propósito.

Fabian enarcó una ceja, pero no comentó nada. Le dio ánimos a la mujer, y cargó los pocos trastos de su amigo.

Floro y Pío habían llevado una relación tensa durante todo el invierno, Fabian lo había notado casi enseguida. Se miraban de reojo y se evitaban a partes iguales, durante los pocos ratos que habían podido estar juntos.

Pío había aprovechado la coyuntura helada para dejarse ver poco, por lo que él había pasado largos ratos con Floro, tumbados en silencio, sumidos en sus propias cavilaciones.

Fabian había esperado que el regreso de los días cálidos y la posibilidad de salir, junto a la necesidad del trabajo en el muelle, hubieran borrado lo que fuera que hubiera pasado entre ellos. Sin embargo, aunque habían dejado transcurrir los días como siempre, había algo que no terminaba de cuajar.

Pero él tenía la cabeza demasiado ocupada en otras cosas como para entrometerse en sus asuntos. Ninguno había querido comentarle el supuesto motivo de la pelea, así que él había decidido limitarse a observar, sin escoger un lado, y a aguardar a que solucionaran sus cosas o lo llamaran como mediador, como solía suceder.

Listos los tres, y dándole la espalda a las disimuladas lágrimas de Viktoria, tiraron de la carreta hasta la entrada del barrio de los blancos, donde muchos hombres ya estaban reunidos, para ofrecerles lo poco que les había quedado después del invierno. Los palmearon en la espalda, como si fueran héroes, a pesar de que todavía no habían hecho nada.

Unas pocas mujeres valientes les plantaron sonoros besos en las mejillas.

A Fabian le extrañó, y le decepcionó un poco, a la altura del estómago, que Susi no estuviera entre ellas, pero lo cierto era que no sabía cómo podría despedirse de ella. Así que, por más que le hubiera encantado poder abrazarla una última vez, en cierta manera lo alivió no verla.

El que sí estaba era Marco, que se acercó corriendo, dejando plantado a Roque con otros blancos. Se frenó justo frente a él, con los brazos cruzados.

Durante el invierno, el chico había crecido unos cuantos centímetros. Había adquirido también un semblante melancólico, que se desdibujaba con los primeros rastros de barba rubia, que se había empezado a dejar, perezosa, sobre el filo de la mandíbula.

—Iré con vosotros.

—¿Qué? —se carcajeó Floro, que lo había llegado a oír, a pesar de que solo le hablaba a Fabian—. ¡Olvídalo, mocoso! ¿Nos viste cara de matronas?

Fabian sacudió la cabeza.

—Lo siento, te necesito aquí. Tienes que cuidar de Susi y de tu padre.

—Me importa una mierda —espetó el chico. También había adquirido más carácter durante las largas noches heladas, juntando en su boca todas las injusticias del mundo—. Iré.

—Vamos, no seas caprichoso —intentó apaciguarlo Pío, que tampoco había estado muy convencido de la empresa al comienzo—. Es lo mejor. No podemos salir todos, ¿con quién dejaremos a las mujeres?

Fabian agradeció la sutil elección de palabras de su amigo, que hicieron que el rostro de Marco se descompusiera durante una fracción de segundo. Todos los blancos se habían terminado enterando de su aventura con Cati, y Pío quería conminarlo a pensar también en ella.

—Por eso —contradijo Marco en cambio, recobrando a toda prisa su brío—. Seré útil, y no molestaré. Si no fuera por mí, ni siquiera tendrían carreta.

Floro soltó una carcajada irónica, pero Pío se quedó desarmado de argumentos. Buscó a Fabian con la mirada, inseguro.

—Marco, esto es una estupidez —le aseguró él con cuidado—. No podemos irnos todos. Es peligroso.

—Todos, no. Yo.

Fabian estuvo por objetar, pero Floro siguió riéndose, más sincero, y empujó a Marco haciéndolo trastabillar.

—¡Bah! Dejadlo —pidió, sorprendiendo al resto de sus amigos al cambiar de opinión—. Parece que el chico creció, ¿eh? Y tiene razón, nos puede ser útil.

Ni Pío ni Fabian lucían convencidos, pero no tuvieron elección cuando Floro cazó al joven por debajo de las axilas y lo plantó sobre la carreta, a pesar de las protestas y pataleos de Marco.

—¿Estás seguro de esto? —murmuró Pío en un aparte, mientras empezaban a avanzar para salir del pueblo, con especial cuidado de evitar la plaza principal. Dejaban atrás a su gente.

Fabian se encogió de hombros.

—Yo no estoy seguro de nada. Si llevamos a Floro… Un chiquillo más no nos va a matar.

—No sé cómo Susi o Gerd estarían de acuerdo —farfulló, mirándolos de reojo.

Su amigo torció la boca.

—No creo que lo sepan.

El drama se había desatado después del invierno crudo, que los había obligado a permanecer casi durante todo el día dentro de la casa.

Las sillas de Marco y la destreza de Fabian habían logrado que los blancos pasaran el frío de la manera más apacible que habían experimentado, desde que vivían de aquel lado del río.

Con los tímidos rayos de sol, el pueblo se había sacudido la modorra bostezando, para regresar de inmediato al trabajo. El muelle había vuelto a llenarse, las casas a airearse y los huertos a florecer, mientras se preparaban, ufanos, para la primera feria de la temporada.

Nadie había llegado.

El mayor, trastornado, había pedido calma y había supuesto que podría haberse debido a un problema de cálculos. El día exacto de la feria se contaba a partir del primer día de sol radiante, por lo que los pastores podrían haberse retrasado una jornada. Los marineros podrían llegar al día siguiente; a pesar de que nunca hubieran faltado al intercambio, los de Alena eran conocidos por ser impredecibles, así que bien podría pasar alguna vez.

Pero nadie se había dejado ver al día siguiente. Ni al otro.

Jamás había ocurrido algo así.

El verano había seguido escurriéndose, indiferente a los temores de blancos y morenos.

La segunda feria se acercaba y nadie había obtenido ningún animal nuevo, ni vellón, ni una mierda para acopiarse para dar comienzo al nuevo ciclo.

Sus estómagos habían vuelto a rugir, implacables.

Había sido Fabian el que había puesto fin a la incertidumbre, yendo con Gerd para explicarle su idea. No había muchas más opciones, a pesar de que el viejo no había parecido muy de acuerdo. Aunque no habían tenido intención de consultarlo con los morenos, ellos se habían enterado de todas formas de que un pequeño desfile de blancos pensaba salir a buscar comida y averiguar qué mierda estaba ocurriendo.

Ni un solo emisario de Ciudad Real se había personado, por lo que no quedaban demasiadas opciones.

Los cuatro viraron para tomar el camino largo hacia el recodo del río y seguir viajando, adentrándose por primera vez en terreno desconocido.

El murmullo del pueblo empezaba a apagarse en esa zona, alejándose del centro.

—¡Ah, no! ¡No puede ser posible!

—¿Qué...? —se extrañó Pío ante la incredulidad de Fabian, que se había quedado pasmado.

Siguió el camino de sus ojos para dar con una morena con el cabello en alto; con un largo pañuelo anudado a la espalda a modo de carga y un cuchillo en la mano, esperándolos con una mueca de fastidio.

—No sé qué mierda piensas que vas a hacer, pero no va a pasar —la atajó enseguida Fabian, acercándose a ella, antes que el resto—. Vuelve a tu casa, Cila.

—No iré con vosotros —sentenció la muchacha, altanera, con la barbilla en alto. El invierno también le había pasado factura: se veía un poco más delgada.

—¿Ah, no?

—No. —Cili sonrió, y Fabian se odió por sentir ese cosquilleo ridículo en todo el cuerpo—. Iré a un lado.

—¿ que esto es una excursión por diversión o qué? —espetó Floro, al adivinar lo que estaba pasando—. ¿No podéis solo obedecer por una maldita vez en vuestra vida?

La recriminación no iba solo para la morena, que lo fulminó con la mirada, sino también para Marco, que se encogió de hombros.

—¡Mira quién habla!

Pío se rio en silencio.

Cili chasqueó la lengua y se volvió hacia Fabian.

—Mi familia y los míos también tienen que alimentarse y conseguir abrigo.

—Ajá —concedió él, perdiendo la paciencia—. Y van a poder esperar a que nosotros regresemos con todo eso.

—¿Y cómo sé que no vas a traer beneficios solo para los blancos?

—¿Tan buen concepto tienes de mí? —ironizó Fabian, arrepintiéndose de inmediato al ver cómo la mueca de Cili se convertía en hielo.

—Sí.

—Vamos, los morenos pueden hacerlo mejor que esto —intervino Floro, de mala gana—. ¿No podían mandar a un par de tipos? ¿O es que no tienen ninguno?

Ella iba a replicar, aireada, pero Fabian la cortó primero.

—No la conoces. Cila *ama* hacer todo por su cuenta, ¿verdad? —Hizo un gesto de hastío—. ¿Siquiera le has dicho a tu padre que pensabas irte del pueblo? ¿O a tu hermana?

—Ellos van a cuidarla bien —aseguró, desinflándose un poco de fuerzas ante esa perspectiva. Inspiró con profundidad y dirigió su atención hacia Marco, que la observaba en silencio—. Y el peligro más inmediato sois vosotros, así que no me preocupa.

—Yo no soy un peligro para Cati —replicó Marco.

—Eso crees tú.

—Bueno, bueno... —pidió Pío, buscando no iniciar más conflictos—. Lo siento, pero no creo que sea buena idea que vengas con nosotros —intentó convencerla con timidez, procurando no encontrar su mirada de fuego.

—No lo haré —insistió Cili arrogante—. Lo haré por mi cuenta.

—Ah, ¿sí? —se jactó Floro, con una mueca burlona—. ¿Y hacia dónde irás?

—Lo más sensato es seguir el camino del Elisio —argumentó ella, confiada de su lógica—. No sé qué haréis vosotros, pero tampoco pretendo llegar muy lejos. Los pueblos cercanos a Ciudad Real podrán decirnos qué fue lo que pasó. Solo conseguiré lo necesario y regresaré a casa antes de la tercera feria.

Fabian expresó su molestia resoplando. Él había tenido la misma idea: era una insensatez, por no decir un suicidio, intentar alcanzar los pueblos de pastores cruzando el desierto. Sin la protección adecuada y sin conocer el camino, lo único que encontrarían sería la muerte. Bordeando el Elisio, en cambio, se aseguraban agua fresca y prontas noticias enseguida.

—Haz lo que te dé la gana —espetó, harto, haciéndole una mueca para que Floro avanzara—. Nos da igual.

—¿En serio vas a dejarla salir? —se alteró Pío en voz baja, asustado—. ¡Es una chica, Fabian! ¿Sabes lo que puede...?

—Es su problema —respondió el aludido, masticando las palabras—. Ella cree que puede hacer todo sola. Pues bien, que aprenda.

Floro sopló una risita.

—¡Qué carácter!

Marco siguió contrito, sobre la carreta, en un tenso silencio. Se sujetaba algo a la altura del pecho, que no podía verse, porque iba escondido dentro de su puño.

Anduvieron por la playa salvaje, que se abría junto al río un buen trecho, ignorando la figura de Cili, que avanzaba a la par, a una distancia prudencial de ellos. El sol ardiente pegaba con fuerza sobre sus hombros, haciéndolos sudar sin esfuerzo.

—¡Eh, Marco! —llamó Fabian, después de un rato—. Busca las jofainas que están por ahí. Vamos a llenarlas, me muero de sed.

El chico obedeció de inmediato. También sentía la boca asquerosamente seca.

Floro soltó la carreta para detenerla, clavando las toscas ruedas sobre la arena blanda. Rodeó el trasto para recibir de Marco lo que necesitaban, que había saltado hacia atrás para rebuscar entre el cargamento cubierto.

Con un ademán rápido, tomó la tela para destapar las pertenencias, y, entonces, dio un grito ahogado y se echó para atrás, trastabillando. Cayó entre bártulos.

—Pero ¿qué...?

—Pues... Hola.

Floro estaba demasiado impresionado para reaccionar.

Fabian y Pío, al oír el desastre, se acercaron a grandes zancadas para descubrir que Susi, Cati y Esmeralda viajaban a escondidas entre los bultos de la carreta.

FIN DEL PRIMER TOMO

NOTA FINAL DE LA AUTORA

Aunque el mundo de las tierras de Ipati no exista, sí que se pueden tomar fácilmente muchas de sus inspiraciones ancladas en la historia real de la humanidad.

Quería contar una fantasía que no estuviera anclada en occidente y, también, una que demostrara que la carga que tenemos, como herederos de una cultura blanca, heterosexual y occidental es resultado de un largo camino histórico que fue cebando de significados y conceptos que, para nosotros, son evidentes y casi incuestionables.

Ipati quiere romper un poco con esa carga. No sé si lo haya conseguido, pero, al menos, sí que espero haberlos entretenido un rato. No voy a negar que esta novela es una historia de personajes. Ojalá que alguno de ellos les haya llegado. También huelga decir que no soy una asidua escritora de fantasía, sino una simple historiadora. Es por eso, por lo que esta novela va a caballo entre la distopía y la realidad, valiéndose de sus sustentos.

Volviendo a la inspiración, quería contarles algunos detalles.

Me parece sencillo señalar que la idea general de una tierra partida en dos proviene de Egipto y su río sagrado. el Nilo, o el Elisio, y su franja de tierra fértil en el centro de un desierto. Usé, obviamente, algunos tintes fantásticos para adornar la historia, y también corrí un poco el eje: en vez de una división norte sur, como la que existía entre egipcios y nubios, lo que hice fue una división este oeste, más parecida a la que existía antes de la colonización entre la tierra de los vivos y la de los muertos.

El concepto de un río tan ancho que podría parecer un mar viene de algo mucho más cerca de casa: mi querido río de la Plata. ¿Se puede cruzar a nado? Sí, se tarda más o menos trece horas y la lista de quiénes lo consiguieron no es muy extensa. Por suerte, para Ipati, el Elisio se puede cruzar en menos tiempo, pero incluso con más riesgos.

No hace falta que mencione la inmensidad de pueblos errantes, exiliados y desplazados que han sido parte de la historia, de la misma manera en la que lo es Gadisa en esta novela. Si bien no son parte de la trama principal, me pareció que su presencia incluía matices a la rivalidad dicotómica blanco-moreno.

Por otro lado, mi planteamiento de los pueblos del río —y luego, los de la costa— están ligeramente basados en algunas formas de organización de sociedades segmentarias con principios de igualdad entre todos sus miembros y de extrañeza con aquellos por fuera del círculo más compacto de población. Se explica así los lazos débiles que tenían entre sí los pueblos de Ipati y la baja influencia de Ciudad Real sobre el territorio. También podría aplicar a la relación entre los hijos del sol y los hijos de la luna, aunque aquí también podemos ofrecer el claro marcador étnico.

No me pareció descabellado que dos grupos tan diferentes como son aquí los blancos y los morenos pudieran sentirse parte de una misma nación o de un mismo origen, porque también hay varios ejemplos históricos reales que se pueden señalar. El que creo sería más tristemente célebre por el ojo occidental sería el de hutus y tutsis, en las actuales Ruanda, Uganda y Burundi. Allí, el odio y la rivalidad —y, posteriormente, el genocidio— son todavía más complejo, porque prácticamente no existen diferencias étnicas distintivas entre ellos, sino más bien una cuestión de clase y, obviamente, la mano del colonizador. Pero bueno, no quiero meterme en otros temas; mi punto era que, con un poco de imaginación y algunos ejemplos históricos, se podría llegar a crear realidades distópicas y precapitalistas como la que presenta el mundo de Ipati.

Quiero recalcar otra vez que, a pesar de mi interés y mi esfuerzo en lo que hoy llamamos el *worldbuilding*, esta novela está pensada en base a personajes. Tomé un puñado de personalidades y quise darles un contexto, una razón de ser y una mentalidad que me permitiera jugar con ellos, entrometerme en sus creencias y quebrar sus imaginarios. Quería indagar libremente en las ideas que pueblan la trama, tales como el origen, el mito, el respeto, la tolerancia, el odio, la familia y el amor, en un mundo que pudiera amoldar a mi gusto. Dicho esto, estoy segura de que habrá cosas que se me hayan escapado o detalles que tal vez pudieran tener sentido solo en mi cabeza. Por los posibles agujeritos del mundo, me disculpo de antemano. Esta fue mi primera experiencia en lo que podría llegar a llamarse distopía o mundo fantástico, así que, con seguridad, tenga mucho más para aprender.

Si los hijos del sol, los hijos de la luna o los exiliados de Gadisa se llevaron un pedacito de su corazón o los dejaron reflexionando sobre algo, entonces yo ya tengo todo el trabajo hecho. Muchas gracias por llegar hasta aquí y haberme dado una oportunidad.

Nos leemos en la próxima historia.